김미정 판타지 장편 소설

잃어버린 세계

The Lost World

7.

잃어버린 세계 7

김미정 판타지 장편 소설

초판 1쇄 찍은 날 § 2002년 8월 20일
초판 1쇄 펴낸 날 § 2002년 8월 30일

지은이 § 김미정
펴낸이 § 서경석

편집장 § 문혜영
편집책임 § 권민정
편집 § 장상수 · 박영주 · 김희정 · 이종민
마케팅 § 정필 · 강양원 · 김규진 · 안진원

펴낸곳 § 도서출판 청어람
등록번호 § 제1081-1-89호
등록일자 § 1999. 5. 31
어람번호 § 제1-0282호

주소 § 경기도 부천시 원미구 심곡1동 350-1 남성B/D 3F (우) 420-011
전화 § 032-656-4452 팩스 § 032-656-4453
http://www.chungeoram.com
e-mail § eoram99@chollian.net

값 7,500원

ISBN 89-5505-232-4 (SET)
ISBN 89-5505-462-9 04810

김미정 판타지 장편 소설

잃어버린 세계

The Lost World

7

종마로 향해 가는 운명의 수레바퀴

도서출판
청어람

목__

차__

Part 23

촛불의 저택

촛불의 저택 1

"진현이 형은 죽었어."

"......."

침대에 가만히 앉아 있는 현홍은 자신이 깨고 난 뒤에 처음으로 들은 말이 그것이라는 사실을 인정할 수밖에 없었다. 자신의 침대 옆에 의자를 끌고 와 앉아 있던 우혁은 조용히 자신의 품에서 단검 두 자루를 꺼내어 현홍의 침대 위에 놓아두었다. 작게 숨을 내쉬며 현홍은 눈을 내려 자신이 쓰던 단검들을 바라보았다. 자신이 진현을 죽였다는 것은 조종을 당하고 있었기 때문에 기억하지 못해도… 알 수 있을 것 같았다.

가만히 앉아 자신의 단검을 쓰다듬으며 현홍은 가까스로 입을 열었다.

"진현은… 묻었어?"

우혁은 예상 밖으로 현홍이 담담하게 나오자 내심 당황하면서 살짝 고개를 저었다.

"아니, 화장했어. 묻을 만한 곳이 마땅치 않아서……."

"그렇구나."

눈물이라도 펑펑 흘릴 줄 알았던 현홍은 담담하게 눈을 감으면서 고개를 끄덕였다. 새하얗게 질려 있는 얼굴과 며칠 동안 수면만을 취했기 때문에 약해 보이는 몸이었지만… 그래도 건강해 보여 우혁은 안도했다. 물론 마음은… 그렇지 못하겠지만. 살며시 눈을 뜨고 고개를 창가 쪽으로 돌린 현홍은 조금 쉰 듯한 음성으로 다시 말했다.

"…비가 오니?"

분명 보이는 것은 파란 하늘이었다. 그러나 그 아래로는 약간은 굵은 빗줄기가 쏟아져 내리고 있었다. 보통 사람들이 여우비라고 부르는 그것, 구름이 없는데도 비가 내리고 있었던 것이다. 힐끔 그것을 본 우혁은 살며시 고개를 끄덕이며 대답했다.

"응, 비가 오는데. 왜?"

검은색 스탠드 칼라 옷을 입고 있던 우혁은 조용히 자리에서 일어났다. 현홍은 자신의 단검을 조용히 베개 밑에 넣어두면서 천천히 침대 시트를 손으로 걷었고, 우혁은 미간을 살짝 찌푸렸다. 무엇을 하려는 것일까? 우혁은 맨발로 바닥을 딛고 조금 비틀거리는 현홍의 몸을 조심스럽게 부축했다.

"더 누워 있는 게 좋아."

그러나 현홍은 우혁의 팔을 천천히 놓으면서 고개를 저었다. 그의 눈동자가 조금 흔들렸지만 우혁은 그것을 보지 못했다. 현홍의 곁에서 떨어져 나온 우혁은 천천히 발을 옮겨 문 쪽으로 걸어가는 현홍의 뒷

모습을 말없이 바라보았다. 조금씩 몸이 흔들리기는 했지만 현홍은 용케 쓰러지지 않고 잘 걸어갔다. 그의 얼굴은 무표정했으며 우혁은 이상하게도 지금 그를 잡아서는 안 된다는 느낌을 받아야만 했다.

진현이 죽은 지 벌써 일주일이 흘렀다. 그동안에 다른 사람들은 마음의 안정을 받을 수 있었다. 그러나 현홍은… 자신이 잠든 것이 마치 어제와 같이 느껴질 그에게는 무슨 위로가 필요할까? 그런 것은 아무것도 필요없을 것이다. 그저… 조용히 시간이 흘러 그의 마음을 쓰다듬어 줄 그때까지는.

차가운 대리석으로 된 복도를 걸어가는 현홍의 모습을 몇몇 하녀들과 하인들은 볼 수 있었지만 잡을 수는 없었다.

그들 역시… 일주일 전, 밤에 보았던 현홍의 모습과 진현의 시신을 먼발치에서나마 보았던 사람이었기 때문이다. 벽을 짚고 천천히 걸어간 현홍은 어느새 정원으로 나와 있었다. 촉촉하게 젖은 흙과 잔디들이 그의 살결을 부드럽게 매만져 주었다. 차가운 빗방울들이 그의 머릿결 위에 떨어졌고, 하얀 얼굴을 촉촉하게 적셔주었다.

바람은 거의 불지 않았다. 그저… 파란 하늘과 더불어 굵직한 빗줄기만이 하늘에서 떨어져 내렸다. 천천히 나무를 손으로 짚으며 선 그는 조용히 고개를 들어 하늘을 바라보았다. 시리도록 파란 하늘, 그러나 내리는 것은 비……. 현홍은 짧은 숨을 내쉬면서 조용히 입가에 미소를 띠었다.

"…넌 거기서… 행복하니, 진현아?"

그의 눈가에 흘러내리는 것은 얼굴에 부딪친 빗방울일까… 아니면……. 그는 조용히 손으로 얼굴을 덮으면서 고개를 숙였다. 그의 잠옷 자락이 빗물에 물들어가는 것을 우혁에게 얘기를 듣고 쫓아 나온 아영과 에오로가 보고 있었다. 멀찌감치 서서 우산을 들고 나올 생각도 하지 못한 그들은 현홍의 모습을 보면서 이를 악물어야 했다.

에오로는 거칠게 머리카락을 쓸어 넘기며 고개를 돌렸고, 아영은 두 주먹을 굳게 쥐었다. 현홍은 고개를 숙인 채로 나무에 등을 기대고 서 있었다. 무슨 생각을 하는 것인지 현홍은 그렇게 한참을 서 있었다. 그리고 조용히 무릎의 힘을 풀면서 바닥에 주저앉았다. 그리고 그 상태로 또 한참을 있었다. 마치 넋이 나가 버린 사람처럼 하염없이 비를 맞으면서 그렇게 앉아 멍한 얼굴이 되었다.

현홍은 비를 맞고 있는 고개를 내리면서 주위를 살폈다. 그의 눈에 들어온 것은 뾰족한 끝을 가진 작은 돌멩이였다. 멍한 얼굴로 손을 뻗은 현홍은 그것을 집어 들었다. 천천히 자신의 왼쪽 눈을 손가락으로 매만지며 현홍은 조용히 눈을 감았다. 입술을 살짝 깨물면서 현홍은 돌멩이를 들어 올렸다. 멀찍이 서서 현홍을 바라보던 에오로는 현홍의 행동이 뭔가 이상하다는 것을 느끼며 천천히 현홍의 쪽으로 걸어갔다.

그리고… 현홍이 두 손으로 돌을 쥐면서 자신의 얼굴로 내리찍을 때 에오로는 비명처럼 소리를 질렀다.

"뭐, 뭐 하는 짓이야?!"

퍼억!

아영은 짤막하게 비명을 질렀고, 에오로는 인상을 쓰면서 현홍에게로 달려갔다. 현홍은 자신의 손에 쥐인 돌의 뾰족한 부분으로 인정사정없이 자신의 왼쪽 눈을 찌른 것이다. 피가 사방으로 튀었고 현홍의 흰 옷자락을 물들였다. 에오로가 뛰어가 현홍의 손에 들린 돌멩이를 집어 던진 후 현홍의 멱살을 잡아 올렸다.

"뭐 하는 거야! 너!"

현홍의 왼쪽 눈동자가 있었던 자리에서는 쉼없이 피가 솟아오르고 있었다. 그리고 그와 함께 눈물 또한……. 하염없이 눈물을 흘리면서 현홍은 입을 열었다.

"진현이 없으니까… 이 왼쪽 눈도 필요없어."

"…무슨 말이야?"

그러나 현홍은 대답없이 눈을 감으면서 눈물을 흘렸고, 곧 이어 정신을 잃고 쓰러져 버렸다. 서둘러 달려온 아영이 상급 물의 정령을 이용하여 현홍의 눈을 치료했지만, 에오로는 현홍의 말을 이해할 수가 없었다. 다시 자신의 침대로 옮겨진 현홍을 내려다보면서 아영은 자신의 이마를 짚었다. 그녀의 옆으로 우혁이 팔짱을 낀 채로 서 있었다.

다행히도 재빨리 치료한 덕분에 눈을 잃지는 않았지만 아영은 이해할 수 없었다. 왜 하필이면 눈일까? 그래… 진현을 따라가고프다면 차라리 손목을 긋는 것이 더 좋을 텐데? 그런데… 눈, 왼쪽 눈이라니… 골치가 아파서 미간을 찌푸리는 아영에게 우혁이 무뚝뚝한 목소리로 말했다.

"모르는 얘기인가 보군."

"뭘 말이야?"

거칠게 머리카락을 하나로 모아서 끈으로 묶은 아영이 조용히 고개를 돌려 우혁을 바라보았다. 우혁은 등을 벽에 기대면서 나직한 목소리로 말을 이었다.

"…현홍이 형의 왼쪽 눈은 사실 진현이 형의 눈이야."

"뭐?"

처음 듣는 이야기였기에 아영은 인상을 쓰면서 입을 다물었다. 대체 무슨 말인지 모르겠다는 표정이 된 아영에게 우혁은 한숨을 쉬면서 설명해 주었다.

"넌 현홍이 형이 사실… 기억상실증이라는 것은 알고 있지?"

"아, 으음… 5년 전에 사고로 그렇게 되었다고 했지. 하지만 사회 생활에는 전혀 이상이 없었잖아. 그런데 그게 왜?"

"…그때 현홍이 형은 사실 왼쪽 눈도 다쳐서 실명 직전에 이르렀었지."

아영은 말없이 우혁을 바라보다가 다시 고개를 돌려 잠이 든 현홍을 내려다보았다. 잠이 들었음에도 무슨 꿈을 꾸는지 눈가에서는 눈물이 한줄기 흐르고 있었고 그것을 보며 아영은 입술을 깨물었다. 그리고 우혁의 말은 계속되었다.

"의학 분야에서 최고라고 꼽히는 독일까지 간 진현이 형은 자신의 눈 하나를 현홍이 형에게 이식해 주었다. 물론 그 사실을 비밀로 하고 말야. 그렇지만… 현홍이 형은 어떻게 알고 있었나 보군."

"그럼 진현의 눈은……?"

"후우, 진현이 형은 항상 앞 머리카락을 길게 길러서 오른쪽 눈을 덮고 있었지. 오른쪽 눈은 의안이었어. 원래는 시력이 좋았던 그가 눈이 나빠진 것도 그때부터였지."

그의 말이 끝나자 아영은 입을 다물고 말았다. 진현이… 그토록 현홍을 위했단 말인가? 아무리 소중한 사람이라고 하지만, 자신의 눈까지 떼어내 준다는 것은 보통 사람으로서는 쉽게 생각할 수 없는 일이지 않은가. 조금 오싹한 느낌에 아영은 자신의 손으로 입을 가리면서 미간을 찌푸렸다. 슬픈 꿈을 꾸는 사람처럼 몸을 뒤척이는 현홍을 내려다보면서 아영은 어렵사리 입을 열었다.

"…이제 어떻게 하면 좋지?"

그녀는 머리가 아픈 듯이 이마를 손으로 짚었다. 진현은 죽었다. 정말로, 정말로… 죽어버린 것이다. 그렇다면 남아 있는 사람들은? 이제 어떻게 하면 좋단 말인가. 진현이 죽자마자 사람들은 어미 잃은 오리 새끼들처럼 우왕좌왕 어찌할 바를 모르는데. 진현이 아무런 말도 없이 죽어버렸으니 『잃어버린 세계』라든지 그 외의 문제에 대해 아는 사람은 이제 없어진 것이나 다름이 없었다. 이대로 돌아가지도 못하고…….

한숨을 쉬면서 의자에 털썩 주저앉는 아영을 보며 우혁은 아무런 말도 하지 않았다. 정확히 말하자면… 그 역시 거의 아는 것이 없었기 때문이다. 하지만 아영이나 현홍처럼 자신을 선택한 종족과 연락을 할 수 없는 이들과는 달리 우혁은 자신이 원한다면 드래곤 일족에게 물어볼 수 있는 능력을 가지고 있었다. 더불어 아영이 정령의 힘을 빌리는 것처럼 자신도 드래곤들의 힘을 빌릴 권한을 가지게 되었다. 지금까지는 쓸 일이 없었지만.

현홍을 보면서 연신 한숨을 내뱉는 아영을 내버려 둔 채로 우혁은 조용히 방을 빠져나왔다. 그날 밤… 현홍이 칼 레드에게 조종을 당해 저택에서 사라졌을 때 진현은 자신의 운명을 알고 있었을 것이다. 어쩌면 죽는다는 것도…….

차가운 얼굴로 우혁은 복도를 걸어갔다. 진현이 죽은 후로 저택에서는 웃음이 사라진 지 오래. 그러나 시간은 모든 것을 잊게 만들어주는 약처럼 사람들의 마음을 조금씩 어루만져 주었다. 비록 그것이 가식적이라고 해도…….

한숨을 쉰 우혁은 손을 들어 어깨를 주물렀다.

"귀찮은 것은 다 해결하지도 않은 채로 가버렸군, 형."

조금은 짜증이 섞인 말투. 사촌 형이자 그를 잘 이해해 주었던 이가 죽었는데도 슬픔이라는 감정은 찾아볼 수가 없었다. 언제 죽든 간에… 중요한 것은 그가 원하던 결과였느냐가 우혁이 가장 중요하게 여기는 관심사였기 때문이다. 생명을 가지고 있는 존재로서 죽음이라는 것은 언제든지 맞이할 수 있는 결과물. 진현은 자신이 바라던 죽음을 맞이했으니… 그 일을 가지고 슬퍼할 이유는 없는 것이다.

빗방울이 톡톡 유리창을 두드리는 소리를 들으면서 우혁은 자신의 방에 도착했다. 어둑한 방 안에서 아직까지 단잠에 빠져 있는 루를 볼 수가 있었다.

심하게 요동을 쳤는지 저만치 떨어져 있는 이불을 들어다가 다시 덮어주면서 우혁은 조용히 중얼거렸다.

"…난 죽으면 안 돼."

이 아이가 있으니까, 이 아이를 내버려 두고 죽을 수는 없으니까. 마치 절대로 죽지 않겠다는 사람처럼 우혁은 이를 악물면서 눈을 감았다. 하지만 그런 것도 잠시, 루의 머리카락을 쓸어 넘겨준 우혁은 탁자 위에 놓아둔 두 권의 책으로 시선을 돌렸다. 신족에게서 선택된 진현은 죽었다. 그들은 어떻게 나올 것인가? 의문 사항을 뒤로한 채 우혁은 책을 들고 방을 나섰다. 조용한 곳이 필요했다. 누구에게도 방해를 받지 않을 수 있는 조용한 공간… 그런 곳을 생각하면서 우혁은 서재로 발걸음을 옮겼다.

진현이 없는 이상, 저택에서 서재를 쓸 사람은 거의 없었다. 그의 생각대로 서재는 아무도 없이 고요함 그 자체였다. 천천히 소리나지 않게 문을 닫고 방으로 들어선 우혁은 주위를 둘러보았다. 이 저택에서 서재는 곧 진현의 전유물에 가까웠다. 책을 좋아하는 우혁 자신도, 항상 진현이 이곳에 틀어박혀 있었기에 서재에 발을 들여놓은 것은 이번이 처음이었다. 서로서로 다른 사람이 있는 곳에서는 책을 잘 읽지 못하는 버릇 비슷한 것이 있었기 때문이다.

창이 있는 벽면만을 제외하면 다른 곳은 모두 책장뿐이었다. 커다란 책상과 가죽이 씌워진 의자, 그리고 중앙에는 동그란 탁자와 의자 몇 개가 있었다. 탁자 위에는 출처를 모를 종이들이 쌓여 있었다. 자신이 들고 있던 책을 의자 위에 놓아둔 우혁은 조용히 종이들을 모아서 살펴보기 시작했다.

"과연 진현이 형이로군."

그가 보고 있는 종이들에는 『잃어버린 세계』와 선택되어진 자들, 또한 그 외의 알려주지 않았던 여러 가지 자료들이 적혀 있었다. 어쩌면 진현은 자신에게 일이 있은 후… 이 서재에 맨 처음 발을 들일 사람이 누구였는지도 알고 있었을지 모른다고 생각한 우혁은 고개를 저을 수밖에 없었다. 의자에 걸터앉아 종이들을 살펴본 우혁은 나직하게 중얼거렸다.

"…형은 혼자서 이런 정보를 수집한 걸까? 그것도 아니면… 누군가 그에게 정보를 주는 인물이 있었던 걸까?"

턱을 매만지며 중얼거린 우혁은 조용히 종이들을 포개어 다시 탁자 위에 올려놓았다. 검지손가락으로 또각거리며 탁자를 두드린 우혁은 잠시 동안 아무 말도 없이 그대로 턱을 괴고 있었다. 생각을 정리하는 듯 가만히 눈을 감고 있던 그가 눈을 뜬 것은 한참이 지나서였다. 탁자를 두드리던 손을 멈춘 우혁은 조용히 입을 열었다.

"엿보는 취미는 어울리지 않는군."

그의 말이 끝나자 서재의 어두운 구석 한편에서 조용히 무언가가 움직였다. 흡사 검은 연기가 움직이는 것처럼 천천히 뭉친 그것은 곧 한 사람의 모양을 만들어냈다. 그 모습을 보면서 우혁은 팔짱을 끼고 의자에 등을 기대었다. 칠흑 같은 검은 머리카락, 그리고 그와 같은 검은 옷… 화려하게 장식되어진 귀고리와 벨트를 제외한 모든 것이 검은색이었다. 물론 속을 알 수 없는 눈동자 역시 그러했다.

입가에 희미한 미소가 걸쳐졌고, 조용히 손을 들어 턱을 매만지면서 그는 입을 열었다.

"후훗, 처음 만났을 때처럼 감이 좋은 것은 여전하군."

"…오랜만에 본다, 라고 해야 할까."

"물론이지, 직접 대면하는 것은 처음 만난 후에 이번이 처음이니까."

드래곤 일족을 대표하여 이번 『잃어버린 세계』에 관한 일의 대표 격을 맡은 블랙 드래곤의 수장 율은 피식 웃으면서 우혁의 곁으로 다가왔다. 그림자가 지지 않을 정도로 검은 옷자락을 옆으로 살짝 걷어내면서 율은 우혁의 맞은편 의자에 앉았다. 비록 지금은 인간의 형태를 취하고 있다지만 그의 본모습은 어디까지나… 인간이 범접하지 못하는 존재. 신이 되지 못한 것이 아닌, 신이 되지 않은 존재인 것이다.

그러나 그것조차 개의치 않는지 우혁은 그 특유의 무뚝뚝한 얼굴로 말했다.

"이제 어떻게 할 거냐? 벌써부터 그 예언서의 내용이 틀어지기 시작했다. 예언에 적혀진 사람들 중의 한 명이 죽었다."

날카로운 뼈가 들어가 있는 그의 말에 율의 얼굴도 조금 어두워졌다. 비록 낮이기는 했지만 창문에서 들어오는 빛을 제외하고는 촛불 하나 없는 방이었다. 율은 자신의 검은 머리카락을 쓸어 넘긴 후에 천천히 고개를 저으면서 어렵게 입술을 달싹였다.

"그것에 대해서는… 현재 신족 자체적으로 회의에 들어가 있는 듯하다. 연락은 받았지만… 선택되어진 넷 중에서 가장 강한 힘을 가졌다고 할 수 있는 그가 죽었다는 것은 받아들이기 힘든 사실이다."

"그는 강하지 않았어. 다만 강했던 옛 과거를 가졌을 뿐이지."

"……."

두 손을 각지 껴 모은 율은 천천히 상체를 앞쪽으로 숙이면서 말했다.

"…데저티드 드래곤들의 수장인 칼 레드라는 자가 그 정도로 손을 쓸 줄을 솔직히 예상하지 못했다. 이 점에 대해서는 나도 사과하도록 하지. 하지만 이왕 이렇게 된 것 신족 측에서는 새로운 인물을 대치할 것 같다. 셋으로는 솔직히 무리……."

쾅!

율의 말은 끝나지 못했다. 우혁이 미간을 찌푸리며 탁자를 주먹으로 내려쳤기 때문이다. 다행히 부서지지는 않았지만 단단한 목재로 만들어진 탁자는 부들거리며 떨렸다. 우혁은 이를 악물면서 율을 향해 낮게 말했다.

"장난치나? 사람이 죽었단 말이다. 네놈들에게는 세계가 중요할지 몰라도, 나에게는 내 곁에서 머무는 한 명, 한 명이 더 소중하다. 진현이 형이 죽고 난 뒤에… 내가 아는 많은 사람들이 슬퍼했다. 내게는! 내게는 그 슬픔이 세계의 존망보다 더 중요해."

싸늘한 우혁의 시선에 율은 조금 미간을 찌푸렸다가 곧 고개를 저어 보였다. 아무리 슬퍼한다고 해도, 분노한다고 해도… 죽은 사람은 돌아오지 않는다. 드래곤인 자신으로서는 이해할 수가 없는 일이었다.

죽은 사람에 대해 슬퍼하는 게 말이다. 잠시 동안 우혁이 눈을 감고 마음을 가라앉히는 동안 율 역시 입을 다물고 있었다. 같이 슬퍼할 수는 없지만 동조하는 척할 수는 있으니까. 잠시 후, 작게 한숨을 내쉰 우혁이 입을 열었다.

"원래의 세계로 돌아가는 것 따위는 이제 신경 쓰지 않는다. 하지만 난 복수를 해야겠어."

진현의 죽음에 대한 것과 자신의 주위 사람들을 슬프게 만든 것에 대한 복수를. 우혁은 뒤의 말은 입 안으로 삼켰지만, 율은 그 말을 듣지 않고도 알 수 있었다. 여러 드래곤 일족 중에서도 '파괴'와 '복수'라는 부분을 담당하는 블랙 드래곤 일족의 수장으로서… 자신들의 선택을 받고 온 자의 이 말을 그냥 흘릴 리 없다. 입가에 쓴 미소를 머금은 채로 율은 조용히 말했다.

"…복수라는 칼을 붙잡겠다는 건가? 그래 봤자 아무런 소용이 없는데도?"

드래곤인 그로서는 이해할 수 없었다. 복수를 한다고 해서 죽은 이가 돌아오는 것도, 무엇도 아닌데… 왜 인간은 복수를 하는 것일까? 우혁은 싸늘하게 웃으면서 자신의 스탠드 칼라의 옷깃을 조용히 손가락으로 매만졌다.

"자기 만족이지. 너희들은 평생 가도 이해할 수 없겠지만."

그의 말대로 율은 이해할 수 없었지만 토를 달거나 하지는 않았다. 우혁을 드래곤 일족의 대표로 만들어 이곳으로 보내면서 조건은… 그가 바라는 '세 가지 소원'을 들어주는 것이었다. 첫 번째 소원을 복수라는 부분에 당당히 쓰겠다는 의지를 밝히는 우혁을 보면서 율은 알수 없다는 표정을 지었다. 그러나 우혁은 그답지 않게 차가운 미소를 입가에 띠면서 고개를 숙일 뿐이었다.

둘 사이에는 잠시 동안 침묵이 흘렀다. 그리고 그때 우혁은 창문 앞에서 하나의 빛무리들이 뭉치는 것을 보았다. 창에서 흘러 들어오는 빛보다 더욱 밝고 아름다웠지만… 마음을 끌지는 않았다, 이상하게도. 수없이 많은 반딧불이 사방에 퍼진 것처럼 빛무리들은 조용히 하나의 형상으로 뭉쳐 갔다. 그것을 보면서 율은 입가에 실소를 머금으며 말했다.

"…고귀한 신족이 이런 곳에까지 모습을 드러낼 정도인가 보군, 샤테이엘."

그의 말에는 비꼬는 기색이 영력했지만 새로이 나타난 존재는 화를 낸다거나 하지 않았다. 곱게 금색의 실로 수가 놓아진 흰색 옷을 입고, 푸른빛을 띤 은발이 바람에 의해 살며시 흔들렸다. 그리고 그의 등에 달린 새하얗다 못해 투명한 날개에서는 밝은 빛 조각들이 떨어져 나와 바닥을 물들였다. 그 존재 하나로 인해 방은 순식간에 몇 배 이상으로 밝아졌다. 두 손을 포개어 살며시 고개를 숙인 샤테이엘은 블랙 드래곤의 수장에게 예를 갖추었다.

"오랜만에 뵙사옵니다, 율님."

삐딱하게 고개를 틀어 샤테이엘을 보던 율은 흥 하고 코웃음을 친후에 다시 고개를 돌렸다. 신족보다는 마족에 가까운 성향을 가진 블랙 드래곤인 그에게 신족 상위 서열의 샤테이엘은 그리 곱지 않게 보여지는 모양이었다. 천사인 샤테이엘을 보면서 우혁은 미간을 찌푸린 채 살짝 고개를 갸웃거렸다.

"누구지?"

그는 처음 보는 이였기에 율은 조용히 대답해 주었다.

"신족에서 『잃어버린 세계』의 대표자 격인 위대한 짐승 하요트의 대리인이라고 할까? 침묵의 권능을 신으로부터 위임받은 샤테이엘이라는 천사지."

퉁명스러운 그의 말에 샤테이엘은 곱게 미소 지으며 한 발자국 앞으로 걸어나왔다. 그가 움직일 때마다 그의 몸에서는 새하얀 빛의 가루들이 떨어져 내려 사방을 아름답게 만들었다. 어깨를 소담히 덮는 은발의 머리카락을 조용히 쓸어 내리면서 샤테이엘은 새파란 눈동자를 살짝 굴려 우혁을 보면서 고개를 숙였다.

"처음 뵙겠습니다, 드래곤 일족의 선택을 받은 분이시여. 그대를 보니 굳건한 대지가 생각나는군요."

비록 예의 바르게 보이는 그였지만 우혁은 어딘지 모르게 마음에 들지 않았다. 가식적이라는 분위기가 흘렀기 때문이다. 그런 그의 생각을 아는지 모르는지 샤테이엘은 긴 소맷자락을 들어 자신의 입가를 가리면서 나직하게 말했다.

"율님께서 짐작하신 대로 현재 저희 신족 측에서는 새로이 인물을 선택할 것입니다."

"뭐?!"

주먹을 불끈 쥐면서 우혁이 일어나려고 하자, 율이 재빨리 그의 팔을 붙잡았다. 샤테이엘은 우혁의 그런 반응을 이미 예상이라도 했었는지 한 발자국 뒤로 물러서면서 소맷자락으로 얼굴을 가리며 고개를 숙였다.

"아, 죄송합니다. 아직 인간에게는 이런 말이 상처가 될 수 있다는 사실을 인지하지 못하였사옵니다. 용서하여 주십시오."

그러나 그 태도 또한 우혁에게 거슬렸을까. 그는 이를 악물면서 당장이라도 샤테이엘을 후려칠 기세였고 율은 어쩔 수 없이 자리에서 일어나 우혁과 샤테이엘 사이에 섰다. 율은 손을 들어 샤테이엘을 가리키면서 나직하게 말했다.

"신족 측의 인간은… 예전 신족으로서의 삶을 살았던 것을 알고 있는데? 그런 것치고는 반응이 너무 냉정한 것 아닌가?"

"…어차피 제한을 가진 인간으로 다시 태어나신 분입니다. 예전의 기억은 없었던 것으로 해달라고 했던 것도 그분이셨죠. 일이 이렇게 틀어진 이상, 저희 신족으로서는 최후의 방책으로 새로운 사람을……."

스걱, 콰앙!

샤테이엘은 황급하게 날개를 퍼덕거리며 뒤로 물러났고, 그것은 율역시 마찬가지였다. 탁자가 반으로 갈라지면서 좌우로 넘어졌고 우혁은 천천히 자신의 애도 파사破邪를 들고 서 있었다. 분명히 그의 손에는 검이 없었다는 것을 알고 있는 율은 미간을 찌푸리면서 우혁을 바라보았다. 검은색의 옷을 입고, 시퍼렇게 살기가 흘러나오는 검을 들고 있는 그의 모습은 누가 봐도 오싹하게 보였다. 정확하게 반으로 갈라진 탁자 중 하나에 발을 올리면서 우혁은 자신의 애도를 천천히 들어 올렸다.

샤테이엘이 그 고운 얼굴을 찡그리며 자신의 날개를 천천히 펴기 시작한 것도 그때였다. 우혁은 애도를 정확히 샤테이엘의 목에 겨누면서 사납게 말했다.

"너희 신족에게는 인간이 소모품 정도로밖에 보이지 않느냐? 네놈들이 보낸 인간이 죽었는데 고작 한다는 말이 새로운 인물로 다시 보내준다고? 그럼 그 인간도 죽으면… 또 새로운 인물로 대치하겠군 그래? 웃기는 짓거리 좀 작작 하시지!"

원래 우혁은 흥분하는 일이 드물지만 한번 화가 나면 진현조차 못 말릴 정도로 불같이 화를 내곤 했다. 현홍이나 우혁처럼 자주 화를 내지 않는 사람이 한번 화를 내면 무섭게 화를 내기 때문에 그런 사람은 잘 건드리지 않는 것이다. 왜냐하면 화를 낼 것을 가슴속에 모아두고 있다가 화산이 터지는 것처럼 한 번에 터뜨려 버리니까. 처음 샤테이엘이 우혁을 보면서 대지가 생각난다고 했던 것처럼, 지금 우혁은 대지의 분노인 지진처럼… 엄청난 살기를 내뿜고 있었다.

그의 그런 모습을 처음 보는 율은 움찔하면서 머쓱한 표정을 지었다. 하지만 여기서 우혁과 샤테이엘이 싸우기라도 한다면 드래곤 일족의 입장이 난처하게 되고 만다. 어쩔 수 없이 중재에 나서기로 한 율이 조용히 우혁의 앞을 가로막으면서 말했다.

"진정해. 네가 복수해야 할 대상은 신족이 아니니까."

"하지만……!"

"머리를 식혀. 넌 원래 화를 잘 내지 않잖아. 진정해라."

블랙 드래곤 특유의 장중하고 위압감있는 힘을 내는 율의 목소리를 들으면서 우혁은 조용히 눈을 감고 숨을 골랐다. 아주 화가 많이 났을 때, 빠르게 뛰는 심장을 진정시키기 위해 우혁은 종종 그렇게 행동을 했다. 율은 조용히 우혁의 어깨를 두드려 주었고 샤테이엘 쪽으로 고개를 돌리면서 눈가를 찌푸렸다.

"…그리고 그 일의 대리인씩이나 되면서 고작 한다는 말이 그런 말 뿐이라니… 신족의 운도 다했다는 소문이 맞는 말인 것 같군."

사람을 비웃는 듯한 미소를 띠면서 율이 그렇게 말하자 샤테이엘은 곱게 미간을 찌푸렸다. 그의 날개가 파르르 떨리면서 빛의 가루들이 화려하게 휘날렸다. 짙은 파란색 눈동자에 이채가 스쳐 지나간 후, 샤테이엘은 작게 한숨을 내쉰 후에 고개를 숙였다.

"…훗, 그 말씀은 깊이 새겨두도록 하겠습니다. 그렇지만 운이 다한 것은 드래곤 일족 역시 마찬가지가 아니옵니까? 데저티드 드래곤들이 가장 증오하는 대상은 어디까지나 자신들을 배척하고 살육을 일삼은 드래곤 일족. 그들이 테펜 체 에—디브 비 세크의 사본을 가져간 이상 가장 먼저 목표물이 될 대상은……."

샤테이엘은 말을 끝내지 않고 조용히 등을 돌렸다. 펄럭거리는 흰색의 옷자락이… 마치 표백제를 이용해 티끌 하나 묻지 않은 천을 연상케 했다. 불편한 얼굴을 하고 있는 율을 조용히 곁눈질로 보면서 샤테이엘은 소맷자락을 끌어 올려 입가를 가리었다.

"어찌 되었든 간에 저희에게 선택받은 인물은 명을 달리하셨으니 새로운 인물이 배정되는 즉시 이쪽으로 보내도록 하겠습니다. 그럼 저는 이만……."

나타났을 때처럼 화려한 빛무리로 변해서 창문 밖으로 사라지는 샤테이엘을 보면서 우혁은 작게 잇소리를 냈다. 그것은 율 역시 마찬가지였다. 그에게 있어서 마족보다 더 짜증이 나는 존재가 바로 신족이었으니까. 말 그대로 제 잘난 맛에 사는 존재들이라고 할까? 그런 생각을 하면서 율은 살며시 미간을 찌푸린 후에 고개를 저었다. 세계에 관련된 일만 아니었으면 저들과도 만날 일이 없을 터인데. 우혁이 검을 검집에 꽂아 넣는 것을 보면서 율은 천천히 팔짱을 끼고 삐딱하게 고개를 틀어 올렸다.

"후우, 정말로 상대하기 싫은 녀석들이야. 차라리 솔직하게 자기 생각을 표출하는 마족들이 훨씬 낫지. 신족들은 무슨 생각을 하는지 도통 모르겠단 말이야. 그런데… 과연 새로운 인물이라는 것은 누구일까?"

"…누구든지 필요없어."

단호한 그의 말에 율은 어깨를 으쓱거렸다. 반으로 갈라진 탁자 주위에 널려진 종이들을 우혁은 조용히 주워서 정리하기 시작했다. 아무리 화가 나서 물건을 부숴도, 그 다음에 정리까지 몽땅 하는 성격이었으니까. 고지식하다고 할까… 일단 열이 받으면 눈에 보이는 것은 없지만 식으면 냉정하게 주위를 살피는 성격이었다. 조용히 책과 종이들을 주운 우혁은 작게 한숨을 쉬었다. 진현이 죽은 후에 쌓여 있던 것이 모두 폭발하는 느낌이었다. 이제 그나마 자신을 받쳐 주는 존재가 사라져서일까.

그런 그를 보면서 율은 조용히 어깨를 토닥여 주었다.

"…인간은 언젠가는 환생하는 존재이지. 비록 알아볼 수는 없지만 이상하게 애착이 가는 사람이라거나 알 수 없지만 뭐든 주고 싶어지는 존재… 언젠가 그 역시 환생할 것이다."

"…언젠가는 그렇겠지. 내가 늙어 죽을 때나, 아니면 갓난아기 때 만나지 않기만을 바랄 뿐이야. 그리고 환생하더라도… 그가 자신의 생각을 말하고 존재를 말할 때는 십수 년이라는 시간이 걸려. 지금 당장 환생해도 말이지."

낮게 말하는 우혁의 목소리에 율은 아무런 말도 하지 못했다. 종이들을 다 챙겨서 모은 우혁은 창가의 앞에 마련되어진 책상의 위에 그것들을 쌓아 올렸다. 아직까지 맑은 하늘에서는 빗방울이 떨어지고 있었다. 그것이 왜… 입가에 미소를 띤 채로 눈물을 흘리는 현홍의 모습을 떠올리게 하는 것인지. 짧게 한숨을 내쉰 우혁이 고개를 돌려 율에게 말했다.

"후우, 어쨌거나 그 예언서의 사본이라는 것을 찾는 게 중요하겠군. 그리고 그것을 찾으려면 칼 레드도 찾아야 해."

"…그래, 하지만 쉽지만은 않을 거야. 데저티드 드래곤들은 인간으로 변해 자주 인간들의 틈 속에서 살아가지. 무엇보다 그 힘을 이용해 인간들을 조종하는 경우도 많고. 찾는 게… 쉽지만은 않을 거야."

하지만 반드시 찾아야 한다. 현홍의 목숨마저 잃지 않으려면 말이다. 칼 레드가 그에게 건 저주, 99일 중에서 7일이 흘러 버렸다. 앞으로 남은 시간은 92일. 92일 안에 칼 레드를 찾아서… 현홍의 심장을 옥죄고 있는 그 저주를 풀어야 현홍은 살 수 있다. 하지만 현홍이… 그 전까지 살 수 있을까? 진현을 잃어버린 슬픔과 상실감으로부터 살아남을 수가 있을까? 혼자서는 날 수 없는 비익조처럼, 혼자서는 헤엄칠 수 없는 비목어처럼… 진현에게는 현홍이 늘 함께 있었고 현홍에게는 진현이 늘 함께였으니까.

그들을 아는 이들은 모두… 그렇게 알고 있으니까.

"잔인한 사람……."

우혁은 나직하게 중얼거렸다. 진현이 써놓은 수많은 글씨들을 보면서 아주 작게 중얼거렸기 때문에 율은 듣지 못했다. 그 사실을 스스로 알고 있으면서 현홍이 형을 두고 죽어버리다니. 차라리 함께 죽었다면… 남은 사람들이 이런 걱정을 하지는 않을 텐데. 하지만 진현은 언제나 그랬다. 자기 자신만을 생각하고 자기 자신이 원하는 일을 했으니까… 지독히도 이기적이었다. 자신이 없이는 살 수 없도록 만들어놓고 현홍을 버려두고 가버리는… 잔인한 사람.

"우혁?"

자신을 부르는 율의 목소리에 우혁은 미간을 찌푸리면서 고개를 저었다. 이런 생각 따위는 지금 아무런 쓸모도 없다. 지금 자신이 가장 바라는 것을 해야 한다.

"난… 현홍이 형까지 잃고 싶지 않아."

다시금 중얼거리는 그의 말에 율은 고개를 갸웃거렸지만 이번에는 제대로 들었는지 진지한 얼굴이 되었다. 그 역시 칼 레드가 현홍에게 무슨 짓을 했는지 잘 알고 있으니까. 우혁은 조용히 고개를 돌려 율을 바라보면서 말했다.

"…칼 레드의 정보가 들어오는 즉시 내게 알려주길 바래. 더불어 한 가지 부탁 더 들어줄 수 있겠어?"

율은 고개를 갸웃거렸지만 우선은 그 부탁이 무엇인지 궁금했기에 고개를 끄덕여 보였다.

"뭔지 모르겠지만 내가 들어줄 수 있는 거라면."

"…신족에 대해서도 몰래 조사해 줬으면 해."

그의 갑작스러운 말에 율의 안색이 달라졌다. 신족에 대해서 조사해 달라니? 뭘 말인가. 당황해하는 그의 표정을 보면서 우혁은 자신의 손에 들린 종이 한 장을 살며시 들어서 내려다보았다. 그 종이를 보면서 우혁은 묵묵하게 다시 입을 열었다.

"『잃어버린 세계』에 대해서… 신족은 무언가를 꾸미고 있는 것 같아. 알아서는 안 될… 무언가를."

"…신족이?"

우혁의 진지한 목소리에 율 역시 짐짓 무거운 느낌을 받게 되었다. 신족이… 꾸미는 일? 그렇다면 그 배후에 있는 것은 분명… 인간들이 신이라고 말하는 그일 텐데. 일이 틀어진 정도가 어쩌면 더욱 심각할 것 같다는 생각이 불현듯 율의 머리 속을 스쳐 지나갔다. 그리고 우혁은 진지한 눈으로 종이를 내려다보면서 자신의 손이 희미하게 떨리는 것을 느꼈다. 과연… 앞으로는 무슨 일이 일어날까? 그런 걱정과 함께 불안함도… 느껴야 했다.

촛불의 저택 2

"따분해."

낮잠을 자다가 일어난 에오로는 자신의 이마를 짚으며 그렇게 중얼거렸다. 부스스한 머릿결과 조금은 야윈 것 같은 얼굴, 피곤한 인상을 한 그는 조용히 고개를 숙이고 한참을 침대에 앉아 있었다. 항상 생기 발랄했던 그는 요즘 들어 무기력함을 느끼면서 부쩍 활동량이 줄었다. 그도 당연할 것이… 진현이 죽었으니까. 그리고 그 사실을 알게 된 현홍은 자신의 왼쪽 눈을 돌로 찍어버렸다.

그때의 장면이 다시 생각나 오싹한 한기를 느낀 에오로는 자신의 팔을 문지르면서 고개를 저었다. 이제 8월도 하루밖에 남지 않았다. 내일이면 가을로 들어서는 9월이 된다. 그러나 날씨는 이미 부쩍 쌀쌀함을 담고 있었다. 가을을 재촉하는 비가 내린 후에… 아침저녁으로 가을의 쌀쌀한 바람들이 불었다. 진현이 죽은 뒤에 사람들은 태엽 풀린 인형처럼 무기력한 일상을 반복했다.

그리고 자신도 그에 속했다. 에오로는 자신도 모르게 피식 실소가 나오는 것을 느꼈다. 그리고 하얀 시트 위로 한 방울 떨어지는 물기를 보면서 눈을 감았다. 스승인 다카가 죽었을 때처럼… 자신의 무력함과 쓸모없음에 스스로를 증오해야 했다. 머리카락을 손으로 쓸어 넘기며 에오로는 침대에서 내려섰다.

"후우, 이제 와서 무슨 생각이람."

한숨을 내쉰 에오로는 고개를 휘휘 저었다. 눈가에 고인 눈물을 손등으로 거칠게 훔친 그는 조용히 방을 나설 준비를 했다. 평상시 그가 즐겨 입는 평범해 보이는 셔츠와 편한 바지, 그리고 가죽 부츠. 허리에는 검을 걸 수 있는 벨트를 찼다. 전신 거울에 자신을 비춰 보면서 에오로는 다시 피식 웃고 말았다. 자신이 너무나도 초라해 보였기 때문이다.

자신의 머리를 거칠게 긁적인 후에 그는 방을 나섰다. 저택 안은 조용했다. 이제 정오가 조금 지난 시간인데도 소란스러움은 없었다. 진현의 영향력은 그만큼 컸다. 우울한 기분을 느끼면서 에오로는 조용히 아래층으로 내려가기 위해 복도를 걸어갔다. 하지만 그전에 그의 발길을 잡아끈 것이 있었다. 자신의 방과 조금 떨어진 곳에 위치한 아영의 방에서 들려온 고함 소리였다.

"꺼져! 새로운 사람?! 그 딴 것 필요없단 말야!"

곧 이어 들리는 뭔가 집어 던지는 소리. 에오로는 살짝 고개를 갸웃거리다가 궁금함에 못 이겨 그녀의 방으로 살며시 걸어갔다. 조금 열려진 방문 틈으로 에오로는 조용히 아영의 방을 들여다보았다. 그리고 자신의 손으로 입을 막았다. 그녀의 방 안은 온통 엉망진창이 되어 있었기 때문이다. 깨뜨려진 화병과 사방에 널려진 꽃잎들, 그리고 그것을 짓이기면서 연신 팔을 휘젓는 아영의 모습.

그녀의 앞으로는 희미한 모습의 사내가 서 있었다. 조용한 얼굴에 굉장히 미남이기는 했지만 투명하게 반쯤은 비쳐 보였고, 허공에 발을 띄운 채 진지한 얼굴로 아영을 내려다보는 중이었다. 그의 옆으로는 화려하게 불타오르는 붉은 머리카락과 장신구들을 걸친 사내도 서 있었다. 다른 것은 푸른빛을 띠는 투명한 사내와는 다르게 그는 완전히 인간처럼 보였다. 물론 곁에서 불타오르는 화염만 뺀다면 말이다.

에오로는 에이레이에게 들었던 바람의 정령 왕과 불의 정령 왕을 머리 속에 떠올렸다. 이를 악물고 있던 불의 정령 왕 샐리온이 팔짱을 낀 손을 풀면서 한 발자국 앞으로 걸어갔다. 그와 함께 그의 몸 주위에 있던 불길이 한층 더 타올랐다.

「누군 이따위 말 하고 싶어서 하는 줄 알아?! 우리보고 어쩌라고! 어쩔 수 없어! 어쩔 수 없단 말이다!」

다혈질적인 성격이 그대로 드러나듯 그는 화난 얼굴로 아영을 노려보았다. 그러나 샐리온의 사나운 모습에도 아영의 화는 줄어들 기미가 보이지 않았다. 그녀는 뭔가 분한 얼굴로 손톱을 물어뜯더니 곧 자신의 옆에 있는 오리털 베개를 들어 샐리온을 향해 집어 던졌다.

"시끄러워! 절대로 용서 안 해! 시겔한테 그렇게 말했!"

아슬아슬하게 베개를 피한 샐리온이 주먹을 불끈 쥐면서 다시 뭐라고 소리치기 전, 무표정한 얼굴로 있던 실피드가 그의 어깨를 붙잡았다. 발끈한 샐리온이 자신을 돌아보자 바람의 정령 왕 실피드는 그의 고운 얼굴을 조금 구겨 보였다. 사대정령 왕 중에 가장 말수가 적고 무뚝뚝한 그가 이런 표정을 짓는다는 것 자체가 파격적인 일이었다. 움찔한 샐리온이 입술을 깨물자 실피드가 조용히 입술을 달싹였다.

「아영님… 당신에게는 이 세계의 존망이 중요하십니까, 아님 한 사람의 목숨이 중요하십니까?」

그 특유의 낮고 높낮이가 없는 목소리. 바람이 잔잔하게 부는 것처럼 마음으로 연결되는 그의 목소리에 아영은 주먹을 쥐면서 살짝 어깨를 떨었다. 실피드의 목소리에는 진지함과 함께 이번 일이 중요하다는 뜻을 한껏 내포하고 있었으니까. 하지만… 하지만! 용납되는 일이 있고, 안 되는 일이 있는 것이다. 소환하지도 않았는데 나타난 두 정령왕이 자신에게 한 말은… 도무지 용납할 수 없는 그런 것이었다.

아영이 입술을 깨물면서 자신을 올려다보자 실피드의 미간이 한차례 꿈틀거렸다. 그녀의 눈빛에 깃든 굳은 의지를 보았기 때문이다.

"미안하지만! 나는 세계가 어찌 되든 신경 안 써! 내 주위 사람들 몇 명이 더 소중하단 말야!"

샐리온은 멍한 표정을 짓다가 다시 발끈하여 외쳤다.

「그런 멍청한 생각이 어디 있어?! 너, 너 말야! 몇 명의 희생으로 대다수의 사람이 살 수 있는 그런 생각은 안 해봤냐?!」

"몰라! 그 딴 것은 모르니까! 새로운 사람?! 흥! 웃기지도 말라고 해! 누가 오든 간에 받아줄 생각 없어! 진현이 아니라면!"

「이 바보가!」

대판 싸움이 날 것 같은 분위기로 아영과 샐리온이 서로를 노려보자 실피드는 작게 한숨을 쉬며—다른 사람들은 전혀 모르게—둘의 사이에 끼어들었다. 자칫 잘못하다가는 고래 싸움에 등 터진 새우 꼴이 되겠지만. 양손을 들어 샐리온과 아영을 진정시킨 실피드는 천천히 고개를 저었다. 그리고 아영 쪽으로 고개를 돌렸다. 차분한 얼굴… 보는 사람도 마음을 차분하게 만들 정도로 실피드의 얼굴에는 조용함과 차분함이 흘렀다.

「…당신의 생각은 잘 알겠습니다. 하지만 이 문제는 저희도 해결할 수 없고, 시겔님께서도 해결하실 수 없습니다. 이것은 어디까지나 신족이 결정한 문제. 그들이 선택했던 인물이… 죽었으니, 새로운 인물을 선택할 권리도 그들에게 있는 것입니다. 정령족이 그들의 일에 이의를 제기할 수는 없는 일…….」

"그럼 그 신족인가, 뭔가를 데려와! 그 자식들! 진현이 죽자마자 뭐?! 새로운 인물? 웃기지 말라고 해! 내 앞에 데려놔! 엉덩이를 걷어차 버릴 테니까!"

말은 험악하게 외쳤지만 아영의 목소리는 뒤로 갈수록 물기가 묻어났다. 그렇지 않아도 심란한데… 진현의 자리에 새로운 사람이라고? 그렇지 않아도 진현의 빈자리를 실감할 때마다 눈물이 날 것 같은데… 그런데……. 이마를 짚고 고개를 돌려 버리는 아영을 보면서 샐리온은 못마땅한 얼굴을 했다. 정령인 그가 아영의 마음을 이해할 수는 없지만 그녀의 마음이 슬픔에 잠겨가는 것은 알 수 있었기 때문이다. 그것은 실피드 역시 마찬가지였지만 그는 애써 내색하지 않은 채로 조용히 눈을 감았다.

잠시 동안 방 안에는 침묵이 흘렀다. 눈가에 고인 눈물을 손등으로 닦아버린 아영이 다시 강한 어투로 말했다.

"…너희들도 내가 죽으면 새로운 인물을 들여놓을 거지?"

「……!」

갑작스러운 그녀의 말에 샐리온은 놀란 기색이 역력했고 표정의 변화가 거의 없는 실피드마저 조금은 눈을 크게 뜰 수밖에 없었다. 그런 생각은… 하고 있지 않았으니까 아영의 말이 더 더욱 놀라운 것이었다. 자신의 머리카락을 거칠게 쓸어 넘기면서 샐리온이 더듬더듬 외쳤다.

「무, 무슨 소리야! 이, 이상한 말 좀 하지 마!」

그들은 모든 것을 시겔의 명에 따르기 때문에 정말로 아영이 죽는 순간이 된다면 무조건 시겔의 말을 들을 수밖에 없다. 하지만… 세계의 존망이 걸려 있다면 아영의 자리에는 새로운 인물이 들어올 것이다, 분명히. 인간에게 있어서 잊혀지고 자신의 자리가 사라진다는 것은 꽤 큰 아픔에 속한 것이다. 그렇기에 아영은 입술을 깨물면서 당황하는 두 정령 왕을 바라보았다. 이미 대답이 정해진 물음이었지만 그래도… 하고 싶었다. 대답 역시 듣고 싶었다.

당황해서 고개를 돌리는 샐리온과는 달리 실피드는 조용히 아영의 곁으로 다가갔다. 그는 희미하게 비치는 손을 들어 아영의 머리카락을 쓸어 내려주었다. 그가 이런 행동을 하는 것은 처음이었기 때문에 아영은 조금 놀란 눈으로 실피드를 올려다보았다. 미소를 짓는 것인지 알 수 없을 정도로 희미하게 웃으며 실피드가 입을 열었다.

「만남이 있다면 언젠가는 헤어짐도 있기 마련이겠지요. 하지만… 최소한 저희 사대정령 왕이 당신의 곁에 있을 때까지는 그런 일은 없을 겁니다. 저희가 당신을 지켜 드리겠습니다.」

멍청한 얼굴로 실피드를 올려다보던 아영은 피식 웃으면서 고개를 끄덕였다. 너무 깊게 생각했던 것일까? 고개를 설레설레 저어버린 아영이 샐리온과 실피드를 보면서 말했다.

"…신족 측에서 말하는 그 새로운 인물에 대해 알고 있어?"

자못 진지하게 묻는 그녀를 보면서 샐리온은 입술을 샐쭉거렸다. 아이같이 위로 한번 해줬다고 금방 태도가 바뀌는 아영을 보면서 못내 심통이 난 것이었다. 물론 그 역시도 자신이 아이 같은 성격이라는 것은 곧 죽어도 인정 안 하려고 하지만. 아영의 물음에 실피드는 조용히 고개를 저었다.

「그들은 그저 새로운 인물을 뽑아 보내준다고 했을 뿐… 그 이상의 언급은 없었습니다.」

"칫! 진현이 죽었다고 곧장 사람을 바꿔? 빌어먹을, 그 자식들… 어째 수상하단 말야."

엄지손톱을 깨물면서 말하는 아영을 향해 샐리온이 잇소리를 냈다.

「수상하긴 뭐가 수상해?! 당연한 거지! 어서 데저티드 드래곤들의 손에서 그 사본인가 뭔가를 빼앗지 않으면 사람 한 명이 죽는 것보다 더 큰일이 일어난단 말이다. 세계의 존망이 오락가락하는 이 순간에 한 시간이라도 더 빨리 다른 사람을 뽑는 게 당연하잖아?!」

그의 말에 다시 발끈한 아영이 샐리온의 정강이를 걷어찼고, 샐리온은 윽 하는 신음 소리를 흘리며 비틀거렸다. 손바닥을 탁탁 털면서 아영은 마치 여왕님과 같은 포즈로 오만하게 턱을 치켜 올렸다.

"흥! 내가 수상하다면 수상한 거야. 감히 내 말에 토를 달다니! 어쨌거나 실피드, 부탁이 있어."

「제가 행할 수 있는 일이라면 무슨 일이든지.」

"신족에 대해 조사 좀 해주겠어?"

그녀는 놀랍게도 피가 이어지지 않은 자신의 사촌, 우혁과 같은 부탁을 하고 있었다. 물론 본인들은 모르는 일이겠지만. 샐리온이 정강이를 손으로 문지르면서 고개를 갸웃거렸고 실피드의 미간이 조금 좁아졌다. 아영은 자신의 침대에 조용히 걸터앉으면서 말했다.

"이상하게 진현의 죽음… 석연치가 않아서 말야. 아아, 난 공포 영화나 미스테리 물은 질색이고 추리 소설도 안 내켜. 하지만… 이번 일은 풀어봐야겠어. 『잃어버린 세계』에 대한 신족의 반응이라든가, 뭐 기타 등등. 쓸데없는 작은 소식이라도 좋으니까 부탁할게. 솔직히 그런 정보 모으는 것은 정령들에게 부탁하는 게 최고잖아?"

빙긋 웃으면서 아영이 고개를 까닥였고 실피드는 말없이 그녀의 얼굴을 내려다보다가 천천히 허리를 숙였다.

「알겠습니다. 당신께서 그리 말씀하시니 정보를 얻는 즉시 당신께 보고드리도록 하겠습니다.」

"고마워, 실피드."

그녀의 대답을 끝으로 실피드는 조용히 바람으로 화해서 사라졌고, 그의 뒤를 따라 샐리온 역시 뭐라고 궁시렁거리면서 불꽃으로 변했다. 두 정령 왕이 사라진 직후 아영은 조용히 손을 모으고 앉아 고개를 젖혔다. 작게 한숨을 내쉰 아영은 천천히 두 손을 들어 자신의 얼굴을 감쌌다. 진현이 죽은 후에 마음이 이상하게 불안했던 그녀였다. 가장 가까웠던 사람 중 한 명이 죽은 그 슬픔 때문만이 아니라 알 수 없는 불안감이 아영을 괴롭혔던 것이다. 조용히 고개를 저은 아영이 피식 웃으며 입을 열었다.

"훔쳐보는 것은 나쁜 짓이야, 알아?"

그녀의 말이 떨어지자마자 문밖에서 가만히 엿보고 있던 에오로는 흠칫하면서 숨을 삼켰다. 하지만 이미 들킨 이상 도망치는 것도 그렇고… 에오로는 쓴 미소를 지으면서 방으로 들어섰다.

"미, 미안. 엿볼 생각은 아니었는데… 들어올 수가 없었어."

일반인들은 평생 가도 보지 못할 두 정령 왕의 위압감 때문에 들어

올 수 없는 것도 무리가 아니다. 머리를 긁적이는 에오로를 보면서 아영은 자리에서 일어나 고개를 저었다.

"됐어. 나중에 맛난 거나 사줘. 그건 그렇고… 얘기 다 들었지?"

"아? 으응."

아영은 자신의 머리를 거칠게 긁적였다. 화가 잔뜩 난 표정으로 아영은 다시 자신의 엄지손톱을 깨물었다.

"대체 무슨 생각들을 하는 건지 모르겠어. 새로운 사람? 마치 부속품이 낡아버렸으니까… 고장이 났으니까 새로 바꾸는 것처럼 들리잖아! 빌어먹을!"

얘기는 다 들었지만 『잃어버린 세계』의 사람들에 대한 자세한 사항은 모르는 에오로는 그저 말없이 고개만 끄덕일 뿐이었다. 우선 자신역시 진현을 대신해 다른 사람이 온다는 것은 싫었으니까. 하지만 신족 측의 생각이라는 것도… 솔직히 틀린 이야기는 아니었다. 샐리온이외쳤던 것처럼 진현이 있던 자리가 비면 더 큰일이 일어날 수도 있을것 같았다. 침대의 나무 기둥에 살며시 등을 기댄 에오로가 허공을 바라보면서 중얼거리듯 말했다.

"…하지만 맞는 말 같던걸."

"뭐가?!"

에오로는 새된 소리로 외친 아영의 얼굴을 곁눈질로 힐끔 쳐다보았다. 마치 고양이처럼 눈을 쫙 찢어서 자신을 노려보는 아영의 모습에 에오로는 잘못했다가는 자신도 샐리온처럼 걷어차일 것 같았다. 하지만 생각일 뿐이니까… 에오로는 잔뜩 긴장하면서 다시 입을 열었다.

"음, 그러니까… 진현은 이미 죽었어. 슬픈 일이고 화나는 일이지만… 죽었어. 이 사실은 인정해야 해. 그 사실에 얽매여 다른 것들을 보지 않으면 안 되는 거야. 남편이 죽었다고 해서 슬픔에 잠긴 채로 아이들을 돌보지 않으면 안 되는 것처럼, 부모가 죽었다고 해서 자신의 인생이 어떻게 되든 신경 쓰지 않는 것처럼 말야."

"……."

자기보다 나이가 적은 친구에게 충고조의 말을 들으면서 아영은 입술을 내밀었지만, 그녀 역시 에오로의 생각에 동의할 수밖에 없었다. 죽은 사람은 죽은 사람이고 산 사람은 산 사람이라는 말을 아영 역시 잘 알고 있었고, 무엇보다 이해했으니까. 그렇지만 이대로 진현의 자리에 다른 사람이 들어오는 것은 도저히 보고 있을 수가 없을 것 같았다. 뭔가 체념한 듯한 얼굴이 된 아영의 어깨를 에오로는 웃으면서 두드려 주었다.

"너무 그렇게 깊이 생각하지 마. 진현도… 자신 때문에 다른 사람들이 슬퍼하는 모습을 보고 싶지 않을 거야."

"하아……."

깊게 숨을 내쉰 아영이 고개를 끄덕였다. 이렇게 걱정한다고 해서 죽은 사람이 돌아오는 것은 아니다. 현재 걱정해야 할 일은… 산 사람을 살리는 일이니까. 신경을 쓴 탓인지 이마에 송송 맺혀 있는 땀방울을 닦아낸 아영은 방의 중앙에 있는 테이블로 걸어가 유리잔에 찬물을 따르면서 말했다.

"그래, 어쨌거나 지금 제일 걱정인 것은 현홍이야. 현홍이는… 현홍이는 어때?"

현홍의 이름이 나오자마자 에오로의 안색이 판이하게 달라졌다. 하얗게 안색이 질려 버린 에오로는 입술을 깨물면서 고개를 저었다. 스승인 다카도 잃었고 동료였던 진현도 잃었다. 그리고 이제는 잘못하면 친구인 현홍도 잃게 생겼다. 그런 입장에 놓인 에오로는 이를 악물면서 세차게 고개를 저었다.

"바보 같은 녀석이… 아무것도 먹지 않고, 잠도 자지 않아. 이대로 놔두면 저주가 발동돼서 죽는 것보다 더 빨리 죽게 될 거야."

음식물을 섭취하지 않으면 인간은 대략 20일까지 생존할 수 있다. 하지만 그것은 어디까지나 가장 많이 버틴 사람의 이야기일 뿐. 그러나 수면까지 취하지 않는다면? 인간이 생존함에 가장 필요한 것은 산소, 물, 그리고 수면이다. 계속해서 수면을 취하지 않는다면 죽기 전에 미칠 것이 분명하다. 진현 문제로도 골치가 아픈데 현홍마저 저러니……. 깊게 한숨을 내쉰 아영이 다시 입을 열려고 했다.

쾅!

하지만 그전에 조금 열려져 있던 방문을 열고 누군가가 안으로 급하게 뛰어 들어왔다. 까만색의 메이드 복을 입은 하녀 한 명이었다. 그녀는 새파랗게 질린 얼굴로 다급하게 외쳤다.

"아, 아영님!"

"무슨 일……?"

얼떨떨한 얼굴이 된 아영과 에오로가 자신을 바라보자 하녀는 급하게 숨을 참으면서 말했다.

"혀, 현홍님께서… 지금!"

창백한 그녀의 안색에 아영과 에오로는 뭔가 잘못되었다는 것을 직감적으로 깨달을 수 있었다. 몸의 피가 거꾸로 솟는 기분을 느끼면서 아영은 하녀를 밀치고 밖으로 뛰쳐나갔다. 그리고 그녀의 뒤를 에오로 역시 황급하게 따랐다. 대체, 대체 무엇 때문에… 아영은 불길한 예감이 드는 것을 깨닫고는 고개를 저었다. 같은 층에 현홍의 방이 있었기에 그의 방에 도착하는 것은 그리 시간이 걸리는 것이 아니었다. 열려진 현홍의 문으로 몇 사람들의 목소리가 들렸다.

"거기 시트! 시트를 찢어서 주십시오! 어서!"

우혁의 다급한 목소리, 그리고 서둘러 움직이는 발걸음 소리들. 어둑한 방 안에 사람들이 잔뜩 서 있었다. 방에 도착한 에오로는 순간 숨을 멈추고 자신의 입을 막았다. 비릿한 피 냄새가 코끝을 마비시키는 것 같았다. 몇 명의 사람들을 거칠게 밀친 아영이 소리쳤다.

"뭐야! 무슨 일이야?!"

하인들이 뒤로 황급하게 물러났고, 하녀들은 시선을 어디에도 두지 못하고 있었다. 그런 그들을 밀어낸 아영은 바닥에 뉘어진 현홍을 보고 머리 속이 하얗게 변해 버렸다. 그리고 자신의 신발 밑에 느껴지는 끈적한 감촉에 소름이 돋았다. 컥컥거리는 숨을 거칠게 몰아쉬는 현홍의 눈은 점점 초점이 맞지 않았다. 그의 어깨를 감싸 안고 있는 우혁의 검은 옷에는 붉은 피가 가득 묻어 있었다. 니드가 이빨로 물어뜯은 시트를 건네받은 우혁이 고개를 들었다.

이마에 맺힌 땀을 닦을 새도 없이 우혁은 멍한 얼굴이 된 아영에게 말했다.

"어서, 어서 물의 정령을 불러! 어서!"

"아, 아아……."

왈칵 솟는 눈물 때문에 순간적으로 눈앞이 부옇게 바뀌었다. 덜덜 떨리는 두 손을 들어 입을 가린 아영은 자신도 모르게 한 발자국 뒤로 물러나고 말았다. 현홍의 창백한 얼굴과 대리석 바닥에 크게 번져 기하학적인 원을 그리는 핏물들. 가만히 서 있는 아영에게로 우혁은 암적색의 피가 묻은 손을 내밀었다.

"현홍이 형을 죽게 만들 셈이냐! 정신 차려, 멍청아!"

하얀 시트가 붉은색으로… 붉은색으로 번졌다. 부드러운 실크로 된 천이 빠른 속도로 피에 젖어 들었다. 아영은 머리가 어지러워 잠시 몸을 비틀거렸다. 주위에서 소리치는 목소리들도 들리지 않았다. 빙글거리며 천장이 돌아갔다. 비록 진현의 시신도 보았지만 그것은 어디까지나 죽어 있는 사람. 하지만 현홍은 지금… 지금 죽어가고 있는 것이었다. 진현이 죽은 사실을 안 후에 침대에 앉아서 항상 멍한 눈으로 허공을 바라보던 현홍의 눈은 점점 빛을 잃어갔다. 그렇다, 죽어가고 있는 것이다!

하지만 몸이 떨리고 혀가 굳어서 목소리가 나오지 않았다. 동화에 나오는 인어처럼, 마법으로 목소리라도 빼앗긴 것같이 말이다. 이마에 맺혀 있던 식은땀이 뺨을 따라 흘러내렸다. 한시가 급한 이 마당에 아영이 멍하니 서 있자 우혁은 이를 갈았다. 아영의 옆에 서 있던 에오로도 그녀가 가만히 서 있을 뿐 아무런 행동도 하지 않자 애가 탔다. 조금만 더 출혈을 하게 된다면 현홍은… 죽을 텐데. 아영이 다시금 한 발자국 뒤로 물러서자 우혁은 할 수 없이 이를 악물고 외쳤다.

자신이 가진 「힘」을 담아서.

"「엘라임」!"

그가 가진 힘 중 최강이라고 칭할 수 있는 것, 그것은 용언이었다. 드래곤의 그 강대한 힘처럼 절대적인 언어의 마법. 그의 힘을 빌어 주인의 부름이 아닌데도 물의 정령 왕 엘라임은 그 실체를 이 세계에 드러낼 수밖에 없었다. 그리고 그와 동시에 아영은 휘청하며 무릎을 꺾고 그 자리에 쓰러지고 말았다. 허공을 가득 메우고 요동 치는 아이스블루의 머리카락을 손으로 쓸어 내리면서 엘라임이 곱게 눈을 흘겨 우혁을 내려다보았다.

뭐라고 한마디 쏘아주려다가 우혁의 품에 안긴 현홍을 보면서 엘라임은 미간을 찌푸렸다.

「그 사람은…….」

"어서 치료를 부탁해!"

다급한 우혁의 말과 쓰러져 있는 아영을 번갈아 본 엘라임은 어쩔수 없다는 표정으로 살며시 자신의 두 손을 현홍의 오른 손목에 가져갔다. 마치 물통이 터진 것처럼 피가 솟아 나오던 손목의 상처는 조용히 아물어갔다. 물방울처럼 투명한 기운이 현홍의 손목에 서렸고, 뼈가 드러날 정도로 뜯겨진 살점들이 제자리를 찾아갔다. 그러나 흘려진 피들은 몸에서 빠져나간 것이기에 어쩔 수가 없었다. 간신히 숨은 붙어 있게 되었지만 그래도 위험한 상태였기에 우혁은 재빨리 현홍을 들쳐 업고 소리쳤다.

"의사를 불러주십시오. 아직 안심할 상태는 아닙니다."

그의 말을 들은 하인들은 우르르 밖으로 뛰쳐나갔고, 하녀들은 새로운 시트를 들고 와 침대에 재빨리 깔기 시작했다. 에오로는 하얗게 질린 얼굴로 이마에 맺혀진 식은땀을 닦아냈다. 그리고 바닥에 쓰러진 아영을 추슬러 올렸다. 눈가에 고인 눈물을 보면서 에오로는 조용히 고개를 저었다. 진현이 죽고 현홍마저 죽을 뻔한 상황을 눈앞에 두고… 당황하지 않을 수 없었을 것이다. 침대에 현홍을 눕힌 우혁은 못마땅한 눈으로 에오로에게 안긴 아영을 보았다. 입술을 살짝 깨물었다가 입을 열려는 우혁을 보면서 에오로는 고개를 가로저었다.

그의 모습에 우혁은 움찔하면서 꺼내려던 말을 입속으로 삼킬 수밖에 없었다. 허공에 반쯤 투명한 모습으로 떠 있는 엘라임을 올려다보면서 우혁이 조용히 고개를 숙였다.

"…죄송합니다, 경황이 없어서. 금지된 방법을 쓰고 말았군요."

정중히 사과하는 모습을 보면서 엘라임은 자신의 새하얀 뺨을 손가락으로 만지작거리면서 입을 열었다.

「어쩔 수 없었던 상황이니 이해해 드리지요. 하지만 너무 아영을 몰아붙인 것은 조금 심하다고 생각되지 않으시오?」

"그렇게라도 하지 않았다면… 현홍이 형은 죽었을 겁니다. 그렇다면 아영은 어땠을까요?"

우혁의 진지한 말에 엘라임은 아무런 말도 하지 않았다. 그의 말도 일리가 있었으니까. 침대에 누워서 거친 숨을 몰아쉬는 현홍을 힐끔 쳐다보던 엘라임은 무슨 생각을 하는 것인지 고운 얼굴을 구겼다. 그리고는 곧 살며시 옅어져 정령계로 돌아가 버렸다. 마치 푸른 숲 속에 흐르는 물의 향기가 방 안을 메우는 것을 느끼면서 우혁은 고개를 돌렸다. 아영을 안고 있는 에오로를 보면서 우혁이 나직하게 말했다.

"아영을 방으로… 부탁해, 에오로."

"아아, 알겠어."

고개를 끄덕인 에오로는 하녀들의 도움을 받아 아영을 데리고 그녀의 방으로 갔다. 무서울 정도로 차가운 표정의 우혁을 보면서 침대를 정리하던 하녀들도 흠칫 어깨를 떨 정도였다.

잠시 후, 하인들이 의사 한 명을 데리고 현홍의 방으로 들어왔다. 낮시간이었지만 방은 조금 어둑했기에 하녀들이 서둘러 촛불을 몇 개 켜고 커튼을 걷었다. 환한 햇살이 창을 통해 방 안으로 쏟아졌다. 침대에 누워서 곧 끊어질 것처럼 숨을 내쉬는 현홍을 내려다보면서 니드는 작은 신음 소리를 내뱉었다.

정말로 목숨을 끊을 생각을 하다니……!

그것도 손목을 그을 마땅한 물건이 없자 이빨로 살점들을 물어뜯어서… 근육까지 모두 끊어놓았다. 독하게도 말이다. 그 정도로 죽고 싶었단 말인가. 우혁은 두 주먹을 불끈 쥐곤 고개를 숙이고 있는 니드의 어깨를 조용히 두드렸다. 흠칫하면서 고개를 든 니드는 자신의 뒤에 흰 가운을 입은 사내가 있다는 것을 알아챘다.

"아, 죄… 죄송합니다."

서둘러 옆으로 물러난 니드에게 그 의사는 살짝 미소를 지었다. 회색 셔츠와 검은 바지, 그리고 흰색의 가운, 깔끔하게 넘긴 적보라색의 머리카락이 매력적인 사내였다. 하지만 니드는 그의 미소를 보면서 이상하게 오싹한 한기를 느껴야 했다. 의사가 자신의 곁을 스쳐 지나가자 니드는 뭔가 향긋한 향기를 맡을 수 있었다.

'향수를 뿌리는 건가? 그건 그렇고… 남자가 꽃 향기라?'

니드가 그런 생각을 하든 말든 의사는 조용히 침대에 누워 있는 현홍을 내려다보았다. 그런 후에 자신이 들고 온 큰 가방을 침대 옆에 있는 탁자 위에 올리면서 뒤를 돌아보았다.

"…체력이 눈에 띄게 안 좋아졌군요. 영양 상태도 안 좋아 보이고 말입니다."

슬그머니 말하는 그를 보면서 니드는 우울한 표정으로 조심스럽게 대답했다.

"요 근래 들어서… 식사도 하지 않았고, 수면도 취하지 않았습니다. 물도 물론 한 모금도 마시지 않았고요. 그래서……."

"…그래요."

뭔가 생각하는 표정이 된 사내는 자신의 턱을 매만지다가 가방을 뒤적여 주사기와 여러 가지 약병을 꺼내 들었다.

"우선은 영양제와 수면제를 조금 투여하겠습니다. 나중에 처방도 따로 써드리겠습니다만… 우선은 환자가 휴식을 취해야 하니 다른 분들은 방에서 나가주시겠습니까?"

하녀들은 찢어진 시트를 들고 방에서 나갔고, 우혁과 니드는 잠시 동안 현홍의 얼굴을 본 후에 침울한 표정으로 방을 나섰다. 나직하게 문이 닫히는 소리가 들린 직후에 사내는 자신의 손에 들린 주사기에 약물을 넣으면서 피식 미소를 지었다. 주사기에 약물이 담기자 그것을 조금 허공에 쏘아본 후에 그는 현홍의 소매를 걷었다.

"정말이지, 두 사람 모두 한쪽이 없으면 죽네 사네 하는 것은 여전하군 그래."

숨을 몰아쉬는 현홍의 얼굴을 내려다보면서 그는 다시금 미소 지었다. 그가 막 현홍의 정맥에 주삿바늘을 꽂아 넣을 때 그는 자신의 뒤로 누군가가 있다는 것을 알아챘다. 조용히 주사기를 거두면서 고개를 들자 방 안의 한쪽 그늘에서 누군가가 있는 것을 볼 수 있었다.

"장난은 치지 않겠지? …펠레스."

"아아, 물론이지요. 저는 의사입니다. 환자에게 장난치는 일은 하지 않습니다."

펠레스… 마계의 고위 귀족 중의 한 명이자 대공大公인 메피스토펠레스가 그의 본명이었다. 그는 허리를 들어 올리면서 자신에게 말을 건 남자를 쳐다보았다. 검은색의 공단에 붉은 매화가 수놓아진 고급스러운 옷을 입고, 붉은 한지가 붙여진 부채를 펄럭이면서 그는 나타났다. 곱게 길러진 검은 머리카락을 비단 천으로 묶어 내린 그는 곱게 미간을 찌푸리고 있었다. 천천히 걸음을 옮기면서 환하게 비치는 빛 속으로 걸어나온 주월은 자신이 들고 있던 부채를 접으면서 입을 열었다.

"…멍청한 녀석."

그의 그 말이 누구를 향해 하는 것일까? 메피스토펠레스는 고개를 살짝 갸웃거리다가 주월의 시선이 침대에 누운 현홍을 향해 있다는 것을 알아챘다. 그러고 보니 지금의 생에서 주월과 현홍은 친구이지 않은가. 메피스토는 속으로 무언가 생각을 하다가 곧 자신의 손에 주사기가 들려 있다는 것을 생각해 내곤 고개를 저으면서 다시 허리를 숙여 현홍의 팔을 매만졌다. 피부가 하얗기 때문에 팔뚝의 혈관을 찾아내는 것은 그리 어렵지 않았다.

조심스럽게 주삿바늘을 정맥에 꽂고 약물을 투여한 메피스토펠레스를 보면서 주월이 말했다.

"무슨 약이지?"

"음, 우선은 수면제입니다. 하지만 영양 상태가 안 좋고, 수분도 섭취하지 않았다고 하니… 영양제와 멸균을 한 식염수도 투여할 생각입니다. 이 세계도 제법 의학 기술이 뛰어나거든요."

빙긋 웃으면서 메피스토펠레스는 가방에서 이것저것 여러 가지를 꺼내어 보았다. 주위를 두리번거리다가 한쪽에 있는 옷걸이를 들어다 침대 옆에 놓은 그는 노란색의 액이 든 팩과 길고 얇은 호스를 꺼냈다. 실제로 병원에서 많이 볼 수 있는 링거였다. 팩을 옷걸이에 건 메피스토펠레스는 빙글빙글 웃으면서 현홍의 정맥에 주삿바늘을 꽂고, 호스를 연결해 그 액체가 투여되게 만들었다. 적당히 액체의 양을 조절한 메피스토펠레스는 자신의 소맷자락을 걷으면서 고개를 돌렸다. 바지 주머니에 두 손을 꽂고 삐딱하게 고개를 튼 메피스토펠레스가 입을 열었다.

"그건 그렇고 모습을 자주 드러내지 않기로 유명하신 분께서 무슨 일이십니까? 혹시나 제가 당신의 친구 분께 무슨 짓이라도 할 것 같아서입니까?"

특유의 장난스러운 어투에 주월은 조금 거슬렸지만 개의치 않고 조용히 부채를 펴서 부치며 말했다.

"흥, 그럴 수도 있지 않나? 현홍은 분명히 네 친구의 동생이니까. 예전 일이지만……."

"그렇습니다, 예전 일이죠. 사타나키아의 동생이 분명 저기 누워 있는 인간의 전생이기는 하지만 당신께서도 알고 계시지 않습니까? 아스타로테와 저 인간은 다르다는 것. 비록 육체는 하나일지 몰라도 영혼은 전혀 다르다는 것 말입니다."

팔짱을 낀 채 그렇게 말하는 메피스토펠레스를 보면서 주월은 살짝 고개를 끄덕였다. 그는 한쪽 소매를 걷고 링거를 맞으며 침대에 누워 있는 현홍을 바라보았다. 창백한 안색, 초췌해진 얼굴을 하고 깊은 잠에 빠진 현홍을 보면서 주월은 나직하게 혀를 찼다.

"하지만 이대로 있다가는 네 정체가 들키게 될 텐데? 아영과는 만난 사이가 아닌가?"

"아아, 그건 걱정 마십시오. 저도 바보는 아니니까. 그녀가 없을 때만 살짝 들르는 식도 괜찮고요. 후훗, 사실은 이런 방법을 쓰지 않고 기억을 지우는 수도 있지만… 그녀에게 다가갔다가는 정령 왕들에게 호되게 혼이 날 것 같아서요. 저는 겁이 많은지라……."

쿡쿡거리는 웃음을 흘리며 말하는 폼이 전혀 겁먹은 것 같아 보이지는 않았다. 능글거리는 태도 역시 그의 트레이드마크라는 것은 알고 있었지만 심히 기분이 좋지 않았다. 팔짱을 끼곤 자신을 날카롭게 쳐다보는 주월에게 메피스토펠레스는 빙긋 웃으면서 손을 저었다.

"너무 그렇게 노려보지 마십시오. 저는 이곳에서 그저 의사일 뿐입니다. 뭐, 물론 '정식'으로 임무를 받지 않았을 때의 일이지만 말이죠."

의미심장한 그의 말에 주월은 입가를 부채로 살짝 가리면서 나직하게 말했다.

"너는… 베르 다음으로 가장 마신의 명을 많이 받는 녀석으로 알고 있다. 베르, 그 녀석은 명령을 받아도 카리안과 관련된 명령을 받거나 하지만 너는 마신의 직속 부하나 다름이 없다. 이번 일에 마신이 끼여 있는 것이냐?"

"……."

"대답해."

위압적인 주월의 목소리였지만 메피스토펠레스는 피식 웃으며 어깨를 으쓱거렸을 뿐이었다. 무슨 말인지 모르겠다는 듯 그는 시치미를 뚝 떼면서 대답했다.

"무슨 말씀이신지 모르겠군요. 참된 군주를 신명을 다해 받드는 것이 잘못된 일이란 말입니까? 마족의 일원으로서 당연한 일입니다. 주시자인 당신께서… 너무 한 인간의 일에 관여하는 것 아닙니까? 아무리 세상에서 제일 소중한 사람이 죽었다고 해도 말입니다."

"큭!"

주월이 쥐고 있던 부채가 콰직 하는 나무 부러지는 소리가 나면서 부러져 버렸다. 바닥에 후두두 떨어져 내리는 나뭇조각들을 보면서 메피스토펠레스는 고개를 숙여 피식 웃었다. 이를 갈면서 주월은 자신의 손에 들린 나머지 부채 조각들을 바닥에 집어 던졌다.

"빌어먹을 자식! 내 모를 줄 아느냐?! 마신이라는 작자가 마음만 먹으면 그 딴 마룡족 따위는 충분히 날려 버릴 수 있는데! 진현을 돌려받기 위하여 그대로 내버려 둔 것을 말이다! 신족과 짜고 칼 레드가 마음대로 설치도록 내버려 둔 것을!"

발끈하여 외친 주월이었지만 사실 이것은 어디까지나 자신의 심중에 지나지 않았다. 물론 사실일 확률이 너무나도 농후한 심중이었지만 말이다. 잇소리를 낸 후 이마를 짚고 고개를 돌리는 주월을 보면서 메피스토펠레스는 아무런 말도 하지 않았다. 차가운 표정이 된 그는 화가 나서 안절부절못하는 주월을 말없이 쳐다보았다.

'주시자라지만 많은 것을 알고 계신가 보군. 어쨌거나 요주의 대상이야, 카리안님과 함께 말이지. 마신께 보고드리는 수밖에.'

그렇게 알 수 없는 중얼거림을 남긴 메피스토펠레스는 조용히 고개를 숙이며 말했다.

"너무 흥분하지 마십시오. 마신께서는 이번 일과 무관하십니다. 하지만 분명히 기다리고 계신 것은 맞지요. 그분 역시… 아드님을 소중히 여기시니 말입니다."

"흥! 빌어먹을 늙은이! 아들이 소중하다면 그 아들이 하고 싶어하는 것을 하게 놔두는 것이 당연한 것 아니냐! 순 자기 위주로 생각하는 것이 소중한 아들을 대하는 태도냐?!"

분한 듯 외친 주월은 숨을 몰아쉬며 자신의 긴 옷자락을 펄럭거리며 창가로 성큼성큼 걸어갔다. 화를 가라앉히려는 듯 숨을 고르는 주월의 뒷모습을 보면서 메피스토펠레스는 자신의 적보라색 머리카락을 쓸어넘겼다. 흰색 가운의 주머니를 뒤적여 볼펜을 꺼낸 메피스토펠레스는 사람들에게 줄 진단서를 탁자 위에 있는 종이에 써 내려갔다. 창틀을 두 손으로 붙잡은 채 한참을 숨을 고른 주월은 천천히 자신의 이마를 짚은 채 고개를 저었다. 희미한 미소를 입가에 띠면서 말이다.

갑자기 흥분해 버렸다. 그때, 진현이 죽을 때… 그날이 머리 속을 뒤집어놓았기 때문이다. 생각하고 싶지 않았다. 진현과 만난 후… 정확히 말해서는 전생의 그부터 알고 지낸 후 그렇게 가슴 아팠던 적은 없었다. 몇 번이고 진현의 죽음을 눈으로 보아온 주월이었지만 이번 그의 죽음은 주월의 마음을 찢어발기기에 충분한 아픔이었던 것이다. 왜냐하면… 그건……

"예기치 못한 죽음이었기 때문이죠, 주월님?"

"……"

차분하게 들려오는 메피스토펠레스의 목소리에 주월은 정신을 차리고 고개를 들어 올렸다. 그랬다. 예기치 못한 죽음, 바로 그것이었다. 지금까지 진현이 전생에 겪었던 수많은 죽음들은… 그의 명에 해당하는 것이었기에 주월은 담담히 받아들일 수가 있었다. 하지만 이번 죽음은… 그렇지 못했다. 예상하지 못했던 것, 그렇기에 주월로서는 자신이 아무런 힘도 쓰지 못했다는 것이 분하고 원통할 따름이었다. 그러나… 알고 있어도 무슨 소용이 있을까?

"…알고 계셨어도 운명은 어떻게 할 수 없지 않습니까?"

"알고 있어. 하지만 그래도……"

빌어먹을 운명 따위에 졌다는 사실을 인정하고 싶지 않았다. 침울한 표정이 된 주월을 메피스토는 잠시 동안 쳐다보고 있었다. 그리고 한숨을 쉰 후 자신의 가방을 정리해 조용히 방을 나서려 했다. 문고리를 잡고 걸음을 멈춘 메피스토펠레스는 고개를 돌려 창가에 기대어 있는 주월에게 말했다.

"한 가지 제가 정확히 말씀드릴 일이 있다면… 그분의 영혼이 아직 명계로 오지 않았다는 겁니다."

"뭐?!"

흠칫 놀라 고개를 쳐든 주월은 인상을 쓰며 메피스토펠레스를 바라보았다. 메피스토펠레스 역시 진지한 얼굴이 되어 주월을 바라보며 다시 입을 열었다.

"본디 인간의 영혼은 죽은 후 명계로 와 예전의 기억을 모두 지우고 새로운 인간으로서 다시 환생하게 됩니다. 알고 계시겠죠? 그런데 그분의 영혼은 아직까지 명계에 도착하지 않았다고 합니다."

"그, 그럴 리가……!"

"정확한 사실입니다. 그분의 영혼은 보통 인간들과는 달리 명계의 신이신 하데스님께서 직접 관리하고 계십니다. 그런데 아직… 그분의 영혼이 명계에 도착하지 않았습니다."

순간적으로 다리에 힘이 빠져 휘청거린 주월은 벽을 한 손으로 짚고 고개를 숙였다. 영혼이… 명계에 도착하지 않았다고? 그렇다면, 그렇다면 환생을 하는 속도도 느려진다. 아니, 지금의 상황에서는 영혼이 어디로 갔느냐가 더 중요하다. 만약에 혹시나 영혼이 길을 잃었다면? 그럴 리는 없겠지만 주월은 이를 악물고 서둘러 자신의 성으로 돌아가는 공간의 문을 열었다. 마치 뭔가에 쫓기는 사람처럼 서둘러 공간의 틈새 속으로 사라지는 주월의 뒷모습을 보면서 메피스토펠레스는 희미하게 미소 지었다.

소중한 사람의 이야기가 나오면 흥분하는 것은 어쩔 수 없는 노릇이라고 생각하면서. 어쩔 수 없이… 이성보다는 감정이 먼저 앞서는 그런 일.

"후훗."

작게 웃으면서 메피스토펠레스는 머리를 긁적였다. 그것은 자신도 마찬가지였으니까.

촛불의 저택 3

현홍은 멍하니 자리에 앉아 있었다.

약간의 통증이 느껴져 자신의 팔뚝을 내려다보니 가는 호스가 연결되어 있었다. 몸속으로 들어오는 이물질을 쳐다보는 현홍의 귀에 낯익은 목소리가 들렸다.

"아, 일… 일어난 거니?"

바닷빛의 긴 머리카락과 부드러운 표정을 가진 남자… 하지만 지금은 걱정스러운 기색이 역력해 보였다. 초점이 맞지 않는 눈으로 현홍은 고개를 돌려 니드를 보았다. 쟁반을 들고 방으로 들어온 니드는 들고 있던 것을 탁자 위에 올려두고는 현홍의 곁으로 다가왔다. 자신을 멍하니 쳐다보는 현홍을 보며 니드는 입술을 깨물었다. 비록 몇 시간 자고 일어나기는 했지만 여전히 초췌해 보이는 얼굴과… 알 수 없는 슬픔과 고통이 담겨진 표정은 니드의 마음을 아프게 하기에 충분했다.

현홍은 다시 천천히 고개를 돌려 정면을 바라보았다. 항상 미소를 짓던 붉은 입술은 영양 부족으로 트고 갈라져서 보기가 안쓰러울 정도였다. 넋이 나가 버린 얼굴로 허공을 쳐다보던 현홍의 입술이 작게 달싹였다.

"…죽게 해줘."

"현홍아?"

너무 힘없이 말해서 제대로 알아듣지 못한 니드가 조용히 허리를 숙였다. 하지만 현홍은 마치 허공에 누군가가 있는 것처럼 계속해서 허공을 향해 중얼거렸다.

"…제발, 죽게… 해줘. 살리지 마. 죽고 싶어… 죽고 싶어. 진현이가 없으면 나도 살 수가 없단 말야. 그게, 그게 약속인걸…….."

너무나도 애처로운 목소리에 니드는 숨이 멎는 것 같았다. 다른 말은 할 수도 없었다. 현홍의 창백한 피부를 타고 흐르는 물줄기를 보면서 니드는 이를 악물고 현홍의 어깨에 손을 올렸다. 그러나 현홍은 천천히 고개를 돌려 니드의 양팔을 붙잡았다. 주삿바늘이 꽂혀 있는 팔을 움직였기 때문에 바늘이 뽑혀져 나왔고, 동시에 팔뚝에서는 피가 흘러나왔다. 다시금 흰 시트 위에 핏방울이 떨어져 내렸다. 당황한 니드가 한 발자국 뒤로 물러났지만 현홍은 니드의 두 팔을 더 굳게 부여잡을 뿐이었다.

"부탁이야… 부탁이니까 살리지 말아줘. 죽게 내버려 둬. 죽을 수 있게… 혼자 있을 수 있게. 그러니까 살리지 마. 지금 죽지 않으면… 진현을 따라갈 수가 없는걸. 진현과 헤어져야 하는걸…….."

오싹한 한기를 느껴야 했다. 현홍의 목소리는 애처로운 동시에 강하게 사람을 자극했다. 정말로, 정말로 그렇게 해주고 싶다는 생각이 들 정도로 말이다. 링거에 연결된 호스에서는 노란색 액체가 흘러나와 바닥을 더럽혔다. 현홍의 팔뚝에서는 계속해서 핏줄기가 흘러나왔지만 니드로서는 지금 현홍을 떼어놓지도 못할 정도였다. 죽고 싶다는 강한 열망. 지금 현홍이 가진 생각은 그것밖에 없는 것이다.

그때 문을 열고 우혁이 방으로 들어왔다. 그는 현홍이 깨어난 것을 보고 흠칫 놀라면서 재빨리 그에게로 다가왔다. 그리고 바닥에 흐르는 노란색 액체와 현홍의 팔뚝을 번갈아 보면서 미간을 찌푸렸다.

"니드, 잠시만……."

우혁은 니드의 팔을 붙잡고 있는 현홍의 허리를 붙잡아 거의 떨어지려는 침대 위로 앉혀놓았다. 그러나 현홍은 이제 우혁의 어깨에 얼굴을 묻으면서 소리치듯이 말했다.

"우혁아! 우혁아, 제발 나 좀… 나 좀 죽게 내버려 둬! 부탁이야, 제발… 죽게 해줘! 죽게 해달란 말이야―!"

순간적으로 울컥한 우혁이었지만 자신의 팔을 두 손으로 붙잡고 비명처럼 눈물을 쏟아내는 현홍을 보면서 화를 낼 수는 없지 않은가. 조금 길어진 현홍의 손톱이 자신의 팔뚝을 뚫는 기분이 들었다. 그만큼 많이 아프고 힘든 것이리라. 어쩌면 당연할까. 우혁은 한숨을 내쉬었다. 그리고 조용히 현홍의 등을 쓸어 내려주었다.

당연할 것이다. 부모가 모두 사고로 죽은 후… 어린 여동생과 함께 고등학생의 나이로 살아가던 현홍에게 가장 많은 힘이 된 사람이었다. 6년이라는 세월 동안 가장 깊이 마음을 열어준 사람일 테니까. 가장 소중하고 가장 사랑하는 사람.

피맺힌 외침을 쏟아내며 눈물을 흘리는 현홍을 우혁과 니드는 말없이 바라볼 수밖에 없었다. 이기적이라고 해도 좋다. 하지만 죽게 놔둘

수는 없었다.

우혁은 그렇게 생각했다. 아무리… 아무리 아파하고 슬퍼해도… 언젠가는 잊을 수 있을 것이다. 시간이 약이라니까, 잊을 수… 있겠지. 작게 숨을 내쉬면서 우혁은 현홍의 어깨를 붙잡았다. 비틀거리는 현홍의 몸은 마치 인형처럼 가벼웠다. 체력도 없는 상태에서 눈물을 쏟더니 현홍은 곧장 거칠게 숨을 몰아쉬기 시작했다. 곧장이라도 숨을 멎을 것처럼 비틀거리는 현홍을 보면서 우혁은 니드에게 말했다.

"의사를 불러와 주십시오! 지금 1층 식당에 계실 겁니다."

"아, 예!"

니드가 황급히 방을 나선 후에 우혁은 현홍을 안아 침대에 눕혔다. 핏자국 때문에 다시 시트를 갈아야 할 것 같았다. 혀를 차면서 우혁이 침대의 시트를 끌어당겨 모았다. 침대에 누운 현홍은 숨을 몰아쉬다가 자신의 손끝에 무언가 차가운 것이 닿는 것을 느꼈다. 힘겹게 눈을 내리떠 보니 그것은 방금 전까지 자신의 팔뚝에 꽂혀 있던 주삿바늘이었다. 우혁은 허리를 숙여 시트를 정리하고 있었고, 그것은 현홍에게 있어 하나의 기회였다. 떨리는 손으로 주삿바늘을 집어 올리자 아직까지 호스에 남아 있던 약액이 조금씩 바늘 끝의 미세한 구멍으로 흘러내렸다.

한숨을 쉬면서 우혁이 허리를 들어 올렸고, 현홍은 이를 악물고 눈을 감았다. 바늘의 차가운 금속 느낌이 목 언저리에 느껴짐과 동시에 현홍은 손끝에 힘을 주었다.

"형!"

다급하게 외치는 우혁의 목소리가 귓가에 울렸다. 그러나 현홍은 손을 거두지 않았다. 눈물이 나올 정도의 아픔이 느껴졌다. 목 언저리에 바늘을 꽂아 그대로 그어버렸다. 왈칵 따뜻한 피가 목에서 뿜어져 나왔다. 헉 하고 작게 숨을 내쉰 현홍은 손에 들린 바늘을 놓아버렸다. 손목의 동맥을 물어뜯을 때처럼 따뜻한 피가 몸 전체에서 빠져나가는 느낌이었다. 찢어지는 아픔에 이를 악물어야 했지만 후회 따윈 없었다. 목에서 피가 솟아 나오면서 현홍의 몸은 침대에 축 늘어져 버렸다.

그리고 그때, 니드와 함께 식당에서 식사를 즐기던 메피스토펠레스가 방으로 들어왔다.

"현홍아!"

외마디 비명을 외치면서 니드가 파랗게 질린 얼굴로 현홍에게 뛰어왔다. 메피스토펠레스 역시 입에 물고 있던 담배를 바닥에 떨어뜨리며 황급하게 침대로 달려왔다. 그는 급히 현홍을 똑바로 눕히더니 목의 상태를 살피기 시작했다. 복도에서 일하던 하인들과 하녀들도 니드의 비명 소리를 들었는지 방으로 들어왔고 곧 안색이 질려 버렸다. 메피스토펠레스는 다급하게 외쳤다.

"뜨거운 물과 거즈, 붕대를 준비해 주십시오! 빨리 봉합하지 않으면 위험합니다!"

그의 말이 떨어지자 하녀들과 하인들은 재빨리 준비물을 챙기기 위해 방을 나섰다. 메피스토펠레스는 입술을 깨물면서 자신의 가방을 열었고 곧 두툼한 거즈와 플라스틱 병을 꺼냈다. 거즈에 병에 담긴 액체를 잔뜩 부은 후 그것을 피가 흘러나오는 상처 부위에 갖다 대니 현홍은 헉 하고 신음 소리를 내뱉었다. 메피스토는 두 손으로 거즈를 잡아 상처 부위를 누르면서 자신의 주위에 서 있는 우혁과 니드에게 말했다.

"수술이 필요합니다. 우선 나가주십시오. 하인과 하녀 몇 명만 들여보내 주시고요."

우혁과 니드는 뭐라고 말하려 했지만 하녀들과 하인들이 들어오자 어쩔 수 없이 방을 쫓기듯 나와야 했다. 그들보다는 차라리 하인들과 하녀들이 더 쓸모가 있었기 때문에 메피스토펠레스는 그렇게 말했던 것이다. 하인 한 명에게 상처에 댄 거즈를 누르게 한 그는 가방을 열어 바늘이 든 작은 가죽 주머니를 하녀에게 내밀었다.

　"중간 바늘과 실을 삶아주십시오."

　하녀는 고개를 끄덕이고는 펄펄 끓는 물에 바늘과 실을 삶았다. 옆에서는 하녀 몇 명이 거즈를 가위로 잘랐고, 하인들은 붕대를 길게 펴 놓았다. 메피스토펠레스는 가방에서 주사기와 약물이 든 병을 꺼냈다. 주사기에 약물을 넣은 후 그것을 팔뚝의 정맥에 투여하자 현홍의 부들거림은 조금 줄어들었다. 하지만 이미 출혈이 상당 부분 진행되었기 때문에 어서 봉합하고 수혈을 해야 한다. 어차피 그가 가지고 있는 혈액형은 모두 O형이니 누구에게 수혈을 해도 상관이 없었다. 재수없게 RH⁻가 아니라면 말이다.

　어차피 여기 사람들은 혈액형도 모르니. 잇소리를 낸 메피스토펠레스는 물에 손을 씻은 후 가방에서 소독이 된 수술용 고무장갑을 꺼냈다. 장갑을 낀 메피스토펠레스에게 소독이 끝난 바늘과 실이 건네어졌다. 그는 빠르게 상처 부위의 피를 닦아낸 후 바늘을 이용해 상처 부위를 봉합하기에 이르렀다. 그 손 놀림에 하인들과 하녀들도 입을 다물었다. 물론 이 정도의 수술로는 조금 무리가 있었기에 메피스토펠레스는 사람들 몰래 치유 마법도 함께 병행했다.

　잠시 후 현홍의 목에는 실로 기워진 상처가 드러났고 메피스토펠레스는 피에 젖은 장갑을 벗어 던졌다. 거즈에 옥시돌을 묻혀 상처 부위를 소독한 다음 목 언저리에 묻은 핏자국들도 모두 깨끗하게 닦아냈다.

하인들이 건네준 붕대를 현홍의 몸에 감는 것으로 수술은 빠르게 끝이 났다. 그러나 하녀들과 하인들은 모두 초죽음이 될 정도로 긴박한 상황이었다. 피에 젖은 시트와 침대보, 현홍의 잠옷을 하인들이 가져가는 동안 메피스토펠레스는 조용히 바닥에 굴러다니는 바늘을 집어 올렸다.

아마도 흉기는 이것이었으리라. 다음부터는 몸속에서 녹아버리는 일회용으로 주사해야겠다고 생각한 메피스토펠레스는 마취제의 영향으로 축 늘어져 있는 현홍을 내려다보았다.

'인간들이란…….'

이다지도 삶에 대한 애착이 없단 말인가. 한숨을 쉬면서 고개를 저은 그는 가방에서 수혈용 혈액 팩을 꺼냈다. 다시 현홍의 팔뚝에 주삿바늘을 꽂고 수혈을 한 다음 메피스토펠레스는 방문을 열고 밖으로 나왔다. 걱정스럽게 안절부절못하고 있던 니드가 황급하게 메피스토펠레스의 팔을 붙잡고 물었다.

"혀, 현홍은? 현홍은 괜찮습니까?"

"예, 괜찮습니다. 조금만 늦었다면 위험했겠지만… 말입니다."

니드는 안도의 한숨을 내쉬면서 가슴을 부여잡았다. 이게 세 번째다. 처음에는 돌로 눈을 찔렀고, 두 번째는 이빨로 손목을 물어뜯었다. 그리고 이제는 주삿바늘로 목을 그어버리다니… 니드는 미세하게 자신의 손이 떨리는 것을 알아챘다. 하지만 빠르게 뛰는 심장은 진정될 기미가 보이지 않았다. 우혁은 조용히 고개를 숙이면서 중얼거리듯 말했다.

"제 부주의입니다. 주삿바늘 같은 것으로… 그럴 리 없다고 생각해서."

"후우, 보통 사람들도 다 그렇게 생각할 겁니다. 수혈이 끝난 후에 다시 영양제와 함께 신경 안정제도 투여해 드리겠습니다. 하지만 이제 부터라도 혼자 두지 않는 편이 좋을 것 같습니다."

진지한 그의 말에 니드와 우혁은 고개를 끄덕였다. 뒤늦게 소식을 듣고 에오로가 달려왔다. 그는 헉헉거리며 거칠게 숨을 내쉰 뒤 우혁과 니드의 얼굴을 번갈아 쳐다보았다.

"뭐, 뭐예요? 현홍이가 또⋯⋯?!"

무겁게 고개를 끄덕인 우혁을 보면서 에오로는 이를 악물었다. 대체 왜 그러는 걸까? 괜히 화가 나서 애꿎은 벽만 걷어찬 에오로는 묵묵히 자신을 바라보는 흰 가운의 의사를 올려다보았다. 왠지 만난 적이 있는 것 같다는 생각이 들었다.

현홍의 방에서 하녀들과 하인들이 시트와 그 밖의 쓰레기들을 치워서 나오자 에오로가 눈치를 본 후 방으로 들어갔다. 사람들에게 수고했다고 인사를 한 다음 니드 역시 방으로 들어갔고 복도에는 메피스토 펠레스와 우혁만이 남아 있게 되었다.

이제 해가 져가고 있는 저녁 시간이었기에 창가에는 황혼의 햇살이 아름답게 내리비치고 있었다. 여름이 아닌 가을의 햇살, 따스하고 포근한 그 햇살을 맞으면서 두 사내는 한동안 말없이 창가를 등지고 서 있었다. 먼저 입을 연 것은 우혁이었다.

"꽤 훌륭한 의사인가 보군. 전업할 생각은 없나?"

피식 하고 웃은 메피스토펠레스는 앞 머리카락을 쓸어 넘기며 말했다.

"쿡, 자네도 연극을 참 잘해. 속일 생각은 없었지만⋯ 마계에서는 의사 하기 힘들거든. 원체 잘하는 녀석들이 많아서 말야."

"어쨌거나 고맙군, 확실하게 고쳐 주기는 했으니까."

"후훗, 고맙다는 말을 들어본 기억이 가물가물한데."

빙긋 웃으면서 메피스토펠레스는 자신의 가운 주머니에서 담배와 라이터를 꺼내 들었다. 담배 한 개비를 입에 문 그는 우혁에게도 한 개비를 내밀었지만 우혁은 손을 들어 정중히 거절했다.

"끊은 지 오래됐어. 건강이 최고니까. 의사 주제에 담배까지 피우나?"

"음, 개인의 취향이자 기호품이랄까. 아무리 담배를 피워봤자 인간처럼 폐암 같은 병에 걸릴 리 만무하니 오히려 즐기기 편하지 않은가?"

그렇게 말하곤 그는 담배에 불을 붙였다. 천천히 연기를 들이마시고 내뱉은 메피스토펠레스는 담배를 손가락 사이에 끼워 들고 조용히 벽에 등을 기대었다. 조금 열려진 문틈 사이로 에오로와 니드가 침대 옆에서 왔다 갔다 하는 모습이 보였다.

"후우, 그건 그렇고 오랜만이라고… 해야 하나?"

"……."

우혁은 말없이 서 있었고, 그 모습을 곁눈질로 흘깃 쳐다본 메피스토펠레스는 툭 하고 우혁의 어깨를 치면서 웃었다.

"쿡쿡, 왜 그렇게 긴장하고 있어? 걱정 마, 자네 주변 사람들을 괴롭히는 짓은 하지 않아."

"그렇길 바라고 있어."

나직하게 대답한 우혁은 작게 한숨을 쉬었다. 이렇게 웃고 있어도 무시할 만한 상대는 절대로 아니었다. 메피스토펠레스는 겉으로는 조금 느슨해 보여도 정작 전투를 앞에 두면 악마 특유의 잔악함과 호전성이 드러났다. 다른 악마들 역시 그것은 마찬가지였지만……. 보통의 악마와 다른 것이 있다면 그 압도적인 힘, 이름만 마계의 대공大公이 아닌 것이다. 메피스토펠레스와의 인연은 꽤 오래되었다. 물론 다른 이들에게는 절대적인 비밀이지만.

지금까지도… 그리고 앞으로도 비밀이어야 할 것. 가슴 깊이 묻어두고 꺼내지 말아야 할 「금기禁忌」.

"그건 그렇고, 저대로 내버려 두면 또 자살을 시도할 텐데? 차라리 그 진현이라는 자의 기억을 지워 버리는 것은 어때?"

"네 기억 조작술이 뛰어나다는 것은 알고 있어. 하지만 그 방법은 정말로 최후에 쓰고 싶군. 시간이 있으니까… 언젠가는 잊혀지겠지."

"그동안에 저 인간은 상처만 늘어날 텐데?"

단호한 메피스토펠레스의 말에 우혁은 대답하지 않았다. 입을 다물고 가만히 서 있는 우혁의 어깨를 메피스토펠레스는 다시 토닥여 주었다. 그리고 조용히 담배를 입에 문 후 걸음을 옮겼다. 복도를 따라 걸어가는 그의 흰 가운이 오렌지 빛 햇살에 아름답게 반짝였다. 우혁은 그의 등을 보면서 나직하게 말했다.

"어디 가는 거지?"

살며시 걸음을 멈춘 메피스토펠레스는 씨익 웃으면서 고개를 들어 우혁을 보았다. 조용히 손을 들어 작게 흔들면서 그는 말했다.

"자네 사촌 여동생과는 만나면 안 되거든. 저번에 잔뜩 싸워놔서 말야. 하지만 걱정 마, 이 저택 주위는 떠나지 않을 테니까. 위험하면 부르라고."

그렇게 말하고 메피스토펠레스는 조용히 걸어가기 시작했다. 복도의 모서리를 돌아 사라지는 그를 보면서 우혁은 한참을 그렇게 서 있어야만 했다. 살짝 힘이 들어간 주먹을 들어 우혁은 나직하게 중얼거렸다.

"이런 모습으로는 만나지 않길 바랬다, 메피스토."

우혁의 말이 무엇을 뜻하는지, 왜 그가 그렇게 슬픈 듯한 표정을 짓는지… 아는 사람은 아무도 없었다. 다만 무언가 공허한 울림만이 말 속에 깃들어 있다는 것은 지금의 그의 목소리를 듣는 자라면 다 알 수 있었을 것이다. 햇살이 점점 사라져 어둠이 차갑게 스며오는 시간이 될 때까지 우혁은 그 복도에 서 있었다. 알 수 없는 슬픔과 공허가 담긴 말을 종종 중얼거리면서 말이다.

*　　　　*　　　　*

어둠이 있는 공간. 또한 그 어둠의 근거지이자 기본이 되는 그런 곳. 차가운 바람이 스산하게 불었지만 분명 이곳의 아름다움은 지상의 모든 생물들이 생각할 수 없을 정도로 아름다운 그것이었다. 화려하게 반짝이는 대리석으로 쌓아 올려진 신전과 같은 건물과 금과 온갖 보석들로 치장된 동상들이 곳곳에 서 있었다. 물론 이곳이 아닌 다른 몇몇 변방 지역은 정말로 인간들이 지옥이라 불리는 곳처럼 끔찍한 광경이 펼쳐지는 곳도 있지만.

어둠밖에 없으리라 생각된 공간에는 뜻밖에도 아름다운 빛들이 있었다. 하지만 그 출처는 햇빛이 아닌 다른 무언가. 마치 자연 농원을 연상시키는 거대한 규모의 정원들이 끝없이 펼쳐져 있었고, 분수대에서는 물줄기가 쏟아 올려지고 있었다. 낮보다는 어둡고 밤보다는 밝은 정도. 향기로운 꽃 향기가 코를 간질이는 이곳을 그 누가 인간들이 부르는 '지옥'이라 생각하겠는가. 사방에 펼쳐진 정원들의 중앙으로 엄청난 규모의 건물이 그 위용을 한껏 뽐내며 서 있었다.

그곳은 바로 모든 마의 근원이자 어둠의 숨결이 가장 강하게 드리워지는 곳—만마전Pandemonium이었다. 수없이 많은 마계의 고위급 장성들이 기거하는 곳이자 그들의 수장인 마신魔神의 성으로 하급의 악마들은 근접조차 할 수 없는 곳이다. 건물의 바로 앞, 거대하게 서 있는 백금의 동상을 올려다보면서 메피스토펠레스는 가운의 주머니에서 다시 담배 한 개비를 꺼내어 입에 물었다. 마계 서열 10위 안에 들어가는 대공 중 하나인 그였지만 오랜만에 오는 곳이었다, 이곳은.

한숨을 작게 내쉬면서 메피스토펠레스는 담배에 불을 붙이고 걸음을 옮겼다. 이곳은 어디까지나 공적인 공간. 대악마들도 자신의 집이 다른 곳에 마련된 경우가 많았다. 메피스토펠레스 역시 그의 집 자체는 만마전으로부터 제법 떨어진 곳에 있었으나 집보다는 만마전에 더 자주 출입했다. 하긴 마계에 오는 일도 드물었으니 오죽하겠는가.

"여긴 변하는 것이 없어."

그렇다. 바로 그것이 메피스토펠레스가 마계에 자주 출입을 하지 않는 이유였다. 항상 바쁘게 변해가는 지상과는 달리 마계는 몇천 년, 아니, 몇만 년 동안 변함이 없었다. 동상의 위치도, 분수대의 위치도… 하물며 나무들의 위치까지. 항상 일률적이고 또한 고요했다. 시끄러운 것을 좋아하는 그가 마계가 달갑게 여겨지지 않은 이유 중 하나도 조용한 마계가 싫었기 때문이다. 악마이면서 제법 인간적인 면이 많은 악마가 바로 그였다.

마계의 변방에 나가면 항상 하급 마물들과 지금의 마신 체제에 반발하는… 말 그대로 적대 파들과 전쟁이 항상 발발하고 있다. 인간들의 세상과 마찬가지라고 그는 생각했다. 정부, 정치, 전쟁 등등.

"귀찮게……."

작게 중얼거리며 메피스토펠레스는 건물의 정문으로 향했다. 몇백 명이 우르르 몰려 들어가도 무리가 없을 정도로 거대한 문의 좌우로 거대한 동상 두 개가 서 있었다. 붉은 구슬과 푸른 구슬을 물고 있는 용의 모습이었다. 정확히 말하자면 동양의 용과 서양의 드래곤을 반씩 섞어 나온 모습이랄까. 그리고 그 아래로 몇천 년 동안 변하지 않은 보초들이 문을 감시하고 있었다.

띄엄띄엄 간격을 두고 서 있던 그들은 무표정한 얼굴로 메피스토펠레스를 힐끔 쳐다보고는 문을 열어주었다. 머리를 긁적이면서 메피스토펠레스는 떨떠름한 표정으로 안으로 들어섰다. 밖에서 보았던 위엄을 그대로 보여주듯이 건물의 내부 역시 화려했다. 온통 번쩍이는 명화와 장식품들, 그리고 하늘을 떠받치는 것 같은 기둥들.

하지만 셀 수 없을 정도로 오랜 시간 동안 봐온 메피스토펠레스에게는 지겨운 장면임에 분명했다. 담배를 들고 하품을 한 메피스토펠레스의 귀에 작은 목소리가 들렸다.

"만마전에는 오랜만이 아닌가."

익숙한 목소리에 메피스토펠레스는 피식 웃으면서 등을 돌렸다. 새까만 정장에 품위있어 보이는 사내가 기둥에 기대어서 있었다. 조금 긴 단발형의 검붉은 머리카락이 살짝 흔들렸다. 주머니에 꽂아둔 손을 빼내면서 사내의 입이 열렸다.

"마신께서 호출을 했나 보군."

"아니, 틀렸어. 그냥 자의에 의해서 들어온 거다. 뭐, 보고할 건이 있기는 하지만."

"그래?"

마황자魔皇子이자 백색의 황자라는 별칭을 가지고 있는 카리안 드라헬 헬레스폰트의 바로 직속 수하인 베르는 고개를 끄덕였다. 카리안의 가장 오래되고 충성스러운 신하이자 조언자의 역할까지 하고 있는 그는 메피스토펠레스의 친우 중 하나이기도 했다. 악마들 사이에서도 서로의 힘을 견제하고 세력을 약화시키려 비열한 짓을 하는 자도 있기는 했지만, 최소한 메피스토펠레스와 베르는 그들 중에 속하지 않은 악마였다.

왜냐하면 우선적으로 권력이나 세력 따위에는 관심이 없는 악마들이었으니까. 그들에게 있어 중요한 것이 있다면 자신의 상관과 일이었다. 메피스토펠레스에게는 하나 더 추가되는 사항이 있는데 바로 '재미'라는 부분이 있는 일을 좋아한다는 것. 어쨌거나 만마전에서 오랜만에 만난 둘은 함께 복도를 걸어가면서 얘기를 나눴다.

"그건 그렇고…「일」은 잘되고 있나?"

베르의 질문에 메피스토펠레스는 어깨를 으쓱거리면서 담배를 손에 들었다.

"글쎄, 그럭저럭 일은 잘 추진되고 있는 것 같은데. 하지만 일이라는 것이 원래 어디로 튈지 몰라야 더 재미있는 것 아니겠어? 아직은 모르겠지만 이 일도 꽤 변수가 있을 것 같아서 좋아."

빙긋 웃으면서 담배를 입에 물고 주머니에 손을 꽂는 그를 보며 베르는 실소를 터뜨렸다. 두 악마가 걷기에 너무나도 넓은 복도에는 붉은 카펫이 펼쳐져 있었다. 그래서 발자국 소리는 들리지 않았지만 둘은 자신들에게로 다가오는 한 존재가 있다는 것을 알아챘다. 복도 중간중간에 있는 문들 중 하나가 조금씩 열리면서 그 존재가 그들의 앞에 모습을 드러냈다. 메피스토펠레스와 베르는 흠칫 어깨를 떨고 무릎을 구부려 예를 갖춰야 했다.

그들의 앞에 나타난 것은 지옥 서열 5위의 대악마 벨리알이었다. 훤칠한 키에—사실 악마들에게 키나 신체적인 부분은 별 상관이 없었지만—아름다운 외모, 또한 칠흑의 머리카락을 포니 테일 형식으로 묶어 내리고 있었다. 왠지 마계에는 어울리는 것 같지 않은 인간 세계의 정장을 입고 있는 그를 보면서 메피스토펠레스와 베르는 절로 무릎을 꿇어야 했다. 둘 모두 서열은 10위 안에 든다고 해도 그것은 어디까지나 공식적인 입장에서의 것. 악마들에게 서열 같은 것은 사실 불필요한 것이었다. 자유로운 그들은 그저 자신보다 강한 악마를 알아보고 예를 갖추었으니까 말이다.

붉은 눈동자를 굴려 카펫 위에 무릎 꿇고 있는 둘을 내려다본 벨리알은 부드럽게 웃으면서 손을 저었다.

"아, 오랜만이로군. 메피스토펠레스는 마신께 임무를 받았다고 하던데 그래, 잘되어가는가?"

"아, 예……."

악마답지 않다고 말하면 이자를 따라갈 자가 있을까. 어느 회의에서든 중립적인 위치를 구가하고 항상 미소를 띠고 살아가는 악마였다. 요즘은 인간 세계에서 장사를 하고 있다는 소문도 들렸다. 메피스토펠레스와 베르는 조용히 자리에서 일어나 고개를 숙였다. 짙은 회색의 정장을 입고 있는 벨리알은 마치 회사에 출근하는 샐러리맨 같은 면모를 보여주어 두 악마를 당혹케 했다. 뭐, 하루 이틀의 일은 아니었지만.

긴장한 듯 보이는 둘의 모습에 벨리알은 빙긋 웃었다.

"너무 그렇게 긴장하지 말게. 조금 길게 얘기를 나누고 싶지만 내가 지금 가게 문을 열러 가야 하거든. 아, 이런 늦었군."

손목에 찬 시계를 슬쩍 본 벨리알은 살며시 손을 흔들면서 정문을 향해 걸어갔다. 멍하니 자신을 바라보는 두 악마를 내버려 둔 채로 말이다. 베르는 멀어져 가는 벨리알의 뒷모습을 보면서 허탈한 음성으로 말했다.

"정말이지, 알 수 없는 분인 것 같아."

"동감이야."

고개를 끄덕인 둘은 한참 동안 벨리알이 지나간 그 자리를 쳐다보고 있었다. 메피스토펠레스는 자신의 흰 가운 주머니에 손을 꽂고 고개를 삐딱하게 틀었다. 그리고 나직하게 말했다.

"저분도 영겁의 시간 동안 많이도 변하셨군."

그의 말을 들은 베르는 고개를 갸웃거렸다.

"그렇게 생각하나? 내가 보기에는 변하신 것 같지 않은데."

"후훗, 그럴지도 모르지."

마치 자조하듯 중얼거리는 메피스토펠레스를 보며 베르는 알 수 없다는 얼굴이 되었다. 베르는 악마이면서 마계에 모습을 드러내는 일이 드문 메피스토펠레스가 변해간다고 생각했다. 물론 생각에만 그쳤지 입 밖으로 내는 짓은 하지 않았다. 어떻게 말할 수 있을까, 자네를 보면 종종 인간같이 느껴진다는 말을.

둘은 다시 복도를 걸어갔고 곧 이어 베르는 자신의 집무실에 도착할 수 있었다. 문의 좌우로 화려하게 장식된 마계의 꽃들을 보면서 메피스토펠레스는 피식 웃었다.

"자네 취향은 여전하군 그래. 이왕이면 인간계의 꽃이 향기가 더 진하니까 좋을 것 같은데. 그렇다면 향기를 위해서 이렇게 많이 장식할 필요는 없지 않을까."

커다란 꽃병에 사람 몸통 크기 정도로 장식된 꽃들 중 한 송이를 뽑아 코끝에 가져가며 메피스토펠레스는 그렇게 말했다. 마계의 꽃들이 가진 향기는 인간계의 꽃이 가진 향기의 절반 정도밖에 이르지 않는다. 더욱이 향기를 가지지 않은 꽃들도 많았다. 문을 열고 들어가려다가 메피스토펠레스의 말에 고개를 돌린 베르는 희미하게 웃었다.

"인간계의 연약한 식물이 마계의 독기를 견뎌낼 수 있다면… 그런 전제가 있다면 가져올 수도 있겠지."

그의 말에 메피스토펠레스 역시 고개를 끄덕였다. 마계는 마계다. 아무리 아름답고 인간들이 생각하는 것처럼 어둡고 음침하지만은 않다고 하지만 그것은 어디까지나 시각적인 관점일 뿐. 마계의 독기에 노출이 된 인간은 한참을 죽지 않을 정도로만 괴로워하다가 마지막에는 결국 하급 마수로 변해 버린다. 하급의 악마도 이곳, 만마전에는 출입이 되지 않을 정도인데 하물며 인간이야 오죽하겠는가. 메피스토펠레스는 알 수 없는 미소를 띠다가 곧 자신의 손에 들린 한 송이 꽃을 재로 변하게 만들었다.

가루가 되어 흩어지는 꽃을 보면서 메피스토펠레스는 주머니에 두 손을 꽂고 등을 돌렸다.

"훗, 나중에 또 보도록 하지. 그럴 시간이 있다면 말야."

"한 가지 묻고 싶은 게 있는데……."

"응?"

주머니에 든 것은 담배뿐인지 끊임없이 나오는 담배 한 개비를 입에 물고 메피스토펠레스는 눈을 동그랗게 떴다. 베르는 문의 손잡이를 잡은 채로 잠시 입을 다물고 있다가 진지한 얼굴로 물었다.

"…마신께서 네게 내린 명령은 뭐지? 왜 그분 직속의 정보 부대나 특수 부대가 아닌 널……."

딸칵.

메피스토펠레스는 살며시 라이터의 뚜껑을 열어 담배에 불을 붙였다. 은색의 라이터를 엄지손가락으로 매만진 그는 피식 웃더니 베르를 향해 밝은 목소리로 대답했다.

"후훗, 자네가 왜 그런 질문을 하는지 모르겠군. 원래 마신의 명령은 철저한 비밀에 붙여진다는 것을 모르나?"

"그, 그야……."

스스로가 궁금증에 못 이겨 물어보았다고 솔직하게 말하지 못한 베르는 고개를 돌리면서 메피스토펠레스의 시선을 피했다. 그 모습을 보면서 메피스토펠레스는 다시 한 번 웃을 수밖에 없었다. 하지만 곧 이어 그의 입가에서는 미소가 사라졌다. 그래, 그건 어디까지나 비밀… 누구에게도 알려져서는 안 될 그런 것. 담배를 문 입가를 살짝 움직여 본 그는 천천히 발걸음을 돌렸다. 몇 발자국 걸어갔을까. 메피스토펠레스는 자신의 이마를 손으로 짚으면서 작게 중얼거렸다.

"개인적인 일이야. 아주… 개인적인."

"뭐?"

듣기는 들었는지 베르가 미간을 찌푸리며 되물었지만 메피스토펠레스는 다시 걸어가면서 한 손을 흔들 뿐이었다. 멀어져 가는 그의 뒷모습을 보면서 베르는 알 수 없는 느낌이 들었다. 뭐랄까, 불안감? 그것이 아니라면 이상하게 떨리는 심장은 뭐란 말인가? 알 수 없는 불안감을 느끼기는 했지만 딱히 정의할 수가 없었기에 베르는 그저 기분 때문이라고 생각하며 자신의 집무실로 들어갔다.

문이 닫히는 작은 소리가 메피스토펠레스의 귓가에 들렸고 그와 동시에 그는 걸음을 멈추고 힐끔 뒤를 쳐다보았다.

잊고 있었다, 베르는 감이 좋다는 것을. 입에 문 담배가 빠르게 타들어가자 그는 그것을 재로 만들어 버리곤 다시 새 담배를 찾아 입에 물었다. 잠시 불을 붙이지 않고 입술로 빙빙 돌려본 메피스토펠레스는 피식 웃으면서 자신의 적보라색 머리카락을 쓸어 넘겼다.

"쓸데없는 생각은 말자."

알 수 없는 말을 작게 중얼거린 후 그는 발길을 돌려 만마전의 중심으로 들어갔다. 흰색의 가운이 묘한 여운을 주면서 흔들렸다. 훤칠한 키에 알맞게 걸음걸이도 깨끗했고 당당했다. 붉은 카펫이 깔린 복도를 몇 개씩 지나서 그는 겨우 자신이 가고자 하는 곳에 도착했다. 하지만 그곳은 들어가기 전부터 그의 기분을 상하게 만들기에 충분했다. 쓸데없이 거대한 문과 초대형의 액자들이 걸려 있는 곳. 괴기 영화에나 나올 법한 검은 두건을 쓴 몇몇 시종들이 문을 들어왔다 나왔다 했다.

청보라색의 벨벳 커튼이 양 옆으로 쳐져 있었고 그 사이로 그림들이 보였다. 메피스토펠레스는 그중 하나의 초상화에 눈길을 주었다. 벨벳 커튼에 가려져 반쯤은 보이지 않았지만 그 틈 사이로 보이는 것은 선명한 카리스마였다. 꿀을 녹여 만든 것 같은 아름다운 금실의 머리카락, 아름답지만 분명한 차가움이 깃든 보랏빛의 눈동자.

모든 것이 하얀 느낌이었다. 이 마계에서 저리도 하얀 사람은 두 번 다시는 없었을 것이다. 물론 그의 모습을 따라 하는 카리안 황자는 제외하고 말이다.

작게 한숨을 내쉰 메피스토펠레스는 고개를 살짝 저었다. 보고 있노라면 그때가 생각나 다시 넋이 나갈 것 같았기 때문이었다. 피식 웃으면서도 다시 그 하얀 초상화를 올려다보는 그의 귓가에 흐릿한 음성이 들렸다.

"메피스토펠레스님, 마신께서 알현을 승낙하셨습니다. 자, 이리로……."

검은색의 너덜거리는 천을 둘러쓴 시종이 조용히 손을 내밀었다. 그들은 마신이 특별히 힘을 실어 만든 그만의 시종이었다. 미적인 센스는 그다지 없는 것인지 두건의 아래로 보이는 것은 검은 그림자였고 반짝이는 붉은색 안광은 기분을 나쁘게 만들기에 충분했다. 또 종종 드러나는 손 역시 사람이 썩어서 해골만 남았을 때처럼 검은 가죽과 기형적으로 긴 손가락뿐. 입맛을 다시면서 메피스토펠레스는 걸음을 옮겨 앞으로 걸어갔다.

마치 거대한 암석이 흔들리는 듯한 소리가 나면서 수십 미터에 이르는 문이 벌려졌다. 그와 함께 기괴한 비명 소리와 굉음이 사방에 울려 퍼졌다. 지옥의 나락에서 벌을 받는 가련한 영혼들이 울부짖는 소리일까? 몇 번을 들락날락거리는 것이지만 적응이 되지 않는다고 생각하면서 메피스토펠레스는 얼굴을 구겼다. 끝없이 아래로 펼쳐진 계단은 빛 하나 없이 어두웠다. 음울한 느낌과 뒤섞여 들리는 비명 소리들.

빛이 없어도 볼 수 있는 악마로서는 계단을 내려가는 것은 그리 어렵지 않은 일이었다. 사람 하나가 들어갈 정도로 벌려졌던 문은 메피스토펠레스가 계단에 발을 디딤과 동시에 천천히 닫혔다. 쿵 하고 문이 닫혔고 동시에 빛은 사라졌다. 온통 어두웠다. 메피스토펠레스는 자신의 손을 들어 눈가를 비빈 다음 다시 눈을 떴다. 마치 적외선 카메라로 사방을 보는 듯한 느낌.

천천히 계단을 내려가기 시작했다. 한 발자국씩 내려갈 때마다 비명

소리는 더욱더 크게 들려왔고 메피스토펠레스는 스스로가 악마이지만 오싹함을 느껴야 했다. 끝없이 펼쳐질 것 같은 계단은 어느 지점에서 끊겼고, 메피스토펠레스는 잠시 넋이 나가 있다가 퍼뜩 정신을 차렸다. 이 계단을 내려올 때마다 그는 시간이 정지하는 것이 아닌가 하는 생각을 했다. 그만큼 계단은 시간 감각을 무디게 할 정도로 길었고 어둠은 그 감각을 더욱 자극했다.

붉은색의 램프가 틈틈이 벽에 걸려 있었고, 문 앞에서 보았던 검은 두건의 시종들이 소리도 없이 사방으로 걸어 다녔다. 가운 주머니를 뒤지던 메피스토펠레스는 담뱃갑을 들어보곤 이제 얼마 남지 않았다는 것을 알았다. 입맛을 다신 그는 거칠게 머리를 긁적이곤 검은 복도를 걸어갔다. 아무런 장식도 없었다. 그저 검은 대리석과 검은 벽지만이 있을 뿐.

얼마 걸어가지 않아서 그는 또다시 문을 보았다. 하지만 그 문은 방의 주인에게서 흘러나오는 힘에 의해 차원의 틈새처럼 묘하게 뒤틀려져 있었다. 피식 웃은 그가 문의 손잡이를 잡았다. 짜릿한 어둠의 기운에 그는 오랜만에 악마다운 미소를 지어 보였다. 처음의 문보다는 작았지만 그래도 제법 크다 할 수 있는 문을 열고 들어가니 역시나 늘 보았던 장면이 다시 눈앞에 펼쳐졌다.

어두웠다. 온통 검은색 물결이라고 할까. 색 도착증 환자처럼 검은색 물건투성이였다. 그래도 틈틈이 걸린 램프의 불빛 때문에 시야가 불편하거나 하지는 않았다. 검은색의 탁자와 검은색의 책장, 책들마저도 모두 검은색의 책들뿐이었다. 모두가 검은색의 벽지로 도배된 곳에서 다른 것을 찾으라면 벨벳 커튼이 쳐진 한쪽 벽면일까? 색이 다른 것 하나는… 밝은 색으로 칠해진 초상화 두 점. 하나는 처음의 문에서 자신이 넋 놓고 보았던 「그」의 초상화, 또 다른 하나는……

「늦었군……」

귀가 아닌 마음에 울리는 목소리. 웅장하면서도 근엄하고, 차가움마저 깃든 목소리를 들으면서 메피스토펠레스는 자신의 이마를 짚고 키득 웃었다.

"쿡, 이곳은 올 때마다 구경거리를 주니까 넋 놓고 보고 있다 보면 시간이 흘러가더군요."

이상한 태도였다. 서열 5위의 벨리안에게마저 무릎을 꿇고 정중하게 인사를 하는 메피스토펠레스가 아닌가. 지금 그의 눈앞에 있는 자는 마계를 지배하며 신과 동급의 어둠의 힘을 가진 마신이었다. 그런데 왜 메피스토펠레스는 예를 갖추지 않는 것일까. 어쩌면 자신과는 너무나도 다르기 때문이 아닐까? 너무 높은 자에게는 애써 예의를 차리지 않아도 이미 마음으로부터 경배의 대상이니까 말이다. 이유가 어쨌든 간에, 메피스토펠레스는 입에 새 담배를 물면서 라이터를 꺼내 들었다.

"그건 그렇고, 저 초상화는 여전하군요. 몇만 년 전에도 그랬고 몇천 년 전에도 그랬고, 지금도… 그렇고 말입니다."

검은색의 대리석으로 만들어진 거대한 옥좌에 그가 앉아 있었다. 보통의 체격보다 훨씬 큰 몸집이었지만 그것이 어색해 보이거나 하지는 않았다. 아무런 장식도 없는 흑색의 옷 위로 흘러내리는 검붉은 색 머리카락은 앉아 있음에도 불구하고 발목까지 닿을 정도였다. 창백한 흰색의 얼굴을 손으로 덮고 빼딱하게 앉아 있던 그는 조용히 손을 떼고 정면을 바라보았다. 붉은색의 두 눈동자에는 거대한 힘과 공허함이 흘러넘쳤다.

여성의 그것처럼 길게 기른 손톱에는 검은색의 안료가 발라져 있었고 몇 개의 손가락에는 검은색 내지는 붉은색의 반지가 끼여져 있었다. 화려하기보다는 오히려 그 자체의 강한 위압감에 억눌려서 장신구도 평범해 보일 정도였다. 담뱃불을 붙인 메피스토펠레스는 그의 모습을 보면서 피식 웃었다.

"변한 것이 없다면 당신도 그중 하나일까요. 아, 길어지는 머리카락만 제외한다면 말입니다."

그의 농담 아닌 농담에 마신의 몸이 천천히 움직였다. 190㎝을 넘는 메피스토펠레스마저 올려다봐야 할 정도로 큰 키와 몸집을 가진 그였다. 뭐, 실질적인 외모는 그들에게 아무런 의미 없겠지만. 하지만 역시나 그의 아버지여서 그런지 미모 하나는 전 마계 최고임이 분명했다. 메피스토펠레스가 자신을 올려다보면서 실실 웃고 있자 마신은 등을 돌려 검은색 벨벳에 싸인 소파 쪽으로 걸어갔다.

천천히 검은 망토를 옆으로 걷으며 소파에 마신이 앉자 메피스토펠레스 역시 그의 곁으로 다가갔다.

「계획은 차질없이 잘 행하고 있겠지?」

"아아, 물론입니다. 이건 저나 당신 모두에게 중요한 일임이 분명하니까요."

그렇게 대답하며 메피스토펠레스는 마신의 정면 소파에 털썩 소리를 내며 주저앉았다. 누가 본다면 주군과 신하가 아닌 친구 사이로 보일 것 같은 장면이었으나 정작 당사자들은 그다지 개의치 않고 있었다. 메피스토펠레스가 이렇게 행동하는 것도 다른 악마들 앞이 아닌 이렇게 단둘만이 있을 때뿐이었으니까. 마신은 두 손을 깍지 긴 채로 소파의 등받이에 편하게 기대어앉았다.

「…이제 남은 것은 예언서에 적혀진 '열 개의 존재'를 찾는 것뿐이다. 그렇게 되면……」

"그렇게 되면 저도 그렇고… 당신도 그렇고 원하는 것을 손에 넣게 되겠지요. 세상을 뒤집어엎어서라도 원했던 것을 말입니다."

인간계에 있을 때에는 짓지 않았던 악마의 미소. 차갑고 음울하면서도 잔인한 미소를 입가에 띠며 메피스토펠레스는 조용히 상체를 앞으로 숙였다.

"그것을 위해 저는 당신에게 이 일을 위임받았습니다. 결과가 그렇지 못하다면… 저는 모든 것을 잃고 말겠지요. 이 일은 제게 있어서도 도박입니다."

그의 얼굴에서 미소가 사라졌다. 마치 자신이 던진 주사위의 숫자가 나오기 직전의 도박사처럼 그는 잔뜩 긴장한 모양새였다.

그것은 마신 역시 마찬가지였다. 그러나 표정이 없다고 해도 과언이 아닐 정도인 자였기에 마신은 조용히 눈을 감을 뿐. 존재의 시작에서부터 지금까지 단 한 번의 웃음도, 단 한 번의 눈물조차 흘려본 적이 없는 자였다. 그러나 이제는 미소 지을 수 있을지도 모른다. 자신이 그렇게 소중하게 여겼던 존재로 인해서 말이다.

메피스토펠레스는 마치 놀이를 계획하는 개구쟁이 꼬마와 같은 얼굴을 하면서 자리에서 일어났다. 흰색의 가운이 펄럭거리면서 마신의 눈앞을 어지럽혔다. 벨벳의 커튼이 쳐진 한쪽 벽으로 걸어가면서 메피스토펠레스는 희미하게 웃었다. 커튼의 중간에 달려진 길다란 줄을 살며시 손으로 잡으면서 그는 고개를 돌려 마신을 보았다. 그러나 마신은 여전히 눈을 감고 무엇인가를 생각하는 듯했다.

할짝.

입술을 혀로 핥은 메피스토펠레스는 천천히 줄을 잡아당기며 중얼 거렸다.

"…조만간 그 아름답고 고귀한 모습을 다시 한 번 볼 수 있겠군요, 황태자 전하."

살며시 걷어진 커튼의 사이로는 투명한 유리 벽이 있었다. 그러나 유리 벽 안으로도 새하얀 연기들이 가득 매우고 있어 안을 보기에는 어려움이 많았다. 마치 냉동고처럼 유리 벽 가득 끼인 하얀 서리 사이 로 검은 물체가 희끗 보였다. 두터운 유리 벽이 있음에도 불구하고 입 가의 숨결을 하얗게 만들 정도로 차가운 기운에 메피스토펠레스는 살 짝 어깨를 떨었다. 그럼에도 그가 끝까지 시선을 떼지 못한 것은 자신 이 보았던 그 초상화의 남자가 바로 이곳에 있었기 때문이다.

천천히 유리 벽이 연극의 첫 막이 오를 때처럼 위로 올라갔고, 몸을 떨게 만드는 그 추위도 더욱 잘 느껴졌다. 유리 벽 안으로만 맴돌던 차 가운 공기가 방으로 쏟아져 나왔다. 한 발자국 걸음을 떼고 그 안으로 들어선 메피스토펠레스는 입가에 미소를 띠면서 자신의 팔을 감싸 안 았다. 유리 방의 중앙에는 하얀 대리석 제단이 있었고, 그 위로 잠을 자듯이 눕혀진… 그가 있었다.

촛불의 저택 4

만지면 사그라져 버릴 것처럼 아름다운 칠흑의 머릿결이 차가운 공기에 살짝 흔들렸다.

양손을 모아 가슴에 얹고 잠이 든 것 같은 동화 속의 공주처럼 그는 흰 대리석 위에 누워 있었다. 영겁을 지탱하는 세월 동안 이곳에서 자신을 사랑하는 아버지의 품에서… 비록 영혼은 없는 껍데기지만 머물러 있었던 것이다. 새하얀 냉기들이 베일처럼 그를 감싸 안았다. 메피스토펠레스는 마치 잠든 공주에게 키스를 하려는 왕자처럼 고개를 숙이며 나직하게 중얼거렸다.

"시간이 흘러도 절대 손상시킬 수 없는 것들이 있다면, 그중 당신도 들어가겠지요. 자, 이제 잠에서 깨어나 주십시오."

마치 귓가에 속삭이는 듯한 음성으로 메피스토펠레스는 그렇게 말했다. 사방이 온통 유리였고, 그것으로 인해 대리석에 누워 있는 그의 모습을 더욱더 아름답게 볼 수 있었다. 방 안의 온도는 영하 수십 도가 될 것 같았지만 악마에게 있어 그것은 그리 중요한 것이 아니었다. 물론 추위를 느끼지 않는 것은 아니었지만. 흰색의 코트와 흰색의 목을 덮는 셔츠, 모든 것이 다 흰색이었다. 밤하늘을 연상케 하는 검은 머리카락과 지금이라도 그 아름다운 목소리를 낼 것 같은 붉은 입술을 제외하면 말이다.

열려진 유리 벽으로 마신도 조용히 들어왔다. 그는 공기에 이리저리 흔들리는 검붉은 색 머리카락을 살며시 쓸어 넘기며 대리석 제단 쪽으로 다가왔다. 그와 함께 메피스토펠레스는 허리를 숙이면서 옆으로 비켜났다. 어쨌든 여기서는 자신이 주인공이 아니었으니까. 한쪽 벽에 등을 붙이고 선 그는 마신을 유심히 살펴보았다. 무표정한 얼굴은 여전했지만 아마 그도 지금은 미소 짓고 싶으리라. 얼마나 오랜 시간 동안 이날을 기다려 왔던가?

신족의 영역까지 자신이 직접 가 국지적인 전쟁까지 일으킨 일도 있지 않은가? 그리고 그때… 이날을 기약하면서 마신은 자신의 손으로 직접 죽인 아들의 시체를 마계로 가져왔다. 그렇다, 지금 저 시체 같지 않은 시체는… 그 예전 전생의 육체인 것이다. 이날을, 언젠가는 올 이날을 기약하면서 마신은 저 육체를 손상시키지 않고 지금까지 보관을 했다.

마신은 손톱이 길게 길러진 손을 뻗어 누워 있는 사내의 얼굴 앞에 가져갔다. 세게 만졌다가는 바스러져 버릴 마른 꽃잎을 다루듯이, 마신의 커다란 손은 칠흑의 머리카락과 하얀 얼굴… 그리고 붉은 입술을 부드럽게 매만졌다. 지금이라도 당장 숨을 내쉴 것 같은데, 따뜻하게 피가 돌면서 움직일 것 같은데… 손길이 닿은 곳은 하나같이 차갑기 그지없었다. 얼마의 시간 동안 이런 차가운 인형 같은 모습으로만 보아왔던가?

하지만 그것도 오늘로 끝이 난다. 마신은 조용히 손을 거두어 자신의 손목을 내려다보았다. 다른 손을 들어 칼같이 날카로운 손톱으로 손목을 그었다. 보통 인간들과 같은 검붉은 색 피가 아닌 마치 물같이 투명한 액체가 마신의 손목에서 스며져 나왔다. 그 모습을 보며 메피스토펠레스는 가운의 주머니에서 회색 라이터를 꺼내 들었다. 일반적으로 볼 수 있는 지포 라이터였다. 그는 손바닥에 올려진 그것을 내려다보면서 회심의 미소를 지었다.

"거짓말은 하지 않았지……."

알 수 없는 말을 중얼거린 그는 자신을 바라보는 마신의 시선을 느끼곤 생긋 웃어주었다. 눈을 감고 라이터를 힘있게 쥐자 잠시 후… 굳게 쥔 그의 주먹 사이로 희미한 빛이 새어져 나오는 것이 아닌가. 그것은 점점 빛을 띠면서 백열전구보다 강한 빛을 띠게 되었다. 농구공처럼 커다랗게 변한 빛의 덩어리를 보며 메피스토펠레스는 쓰게 웃었다.

"주월님, 주월님… 거짓말쟁이라고 말하지 말아주십시오. 저는 어디까지나 「명계」로 가지 않았다고 했을 뿐이니까요."

제 손에 없다고는 하지 않았습니다. 뒤의 말을 삼키고… 오늘 주월과의 만남을 떠올리면서 메피스토펠레스는 자신도 모르게 실소가 나오는 것을 느꼈다. 그래, 악마는 거짓말을 잘 하지 않는다. 한다 해도 하급의 악마들이 하는 것. 자신의 말에 책임을 져야 하는 신분의 악마는 거짓말은 '절대' 하지 않는다. 다만, 말을 돌려서 할 뿐. 키득, 하고 낮게 웃은 메피스토펠레스는 자신의 손에 들린 빛을 조용히 놓아주었다.

영혼이라는 것은 자신이 들어갈 몸을 잘 알고 있다. 비록 현재의 몸은 아니라고 할지언정 예전 자신의 몸을 잊지는 않는다는 말이다. 그의 생각대로 무색 투명한 빛의 덩어리는 천천히 누워 있는 그의 몸으로 다가갔다. 그것이 몸으로 막 들어가기 직전, 마신은 자신의 손목에서 흘러나오는 피를 빛의 덩어리에 흘려주었다. 그러자 환하게 빛나고 있던 빛은 점점 검은색으로 물들어갔다. 빛이 아닌 이제는 마치… 검은 안개가 뭉쳐진 모양이었다.

잠시 꿈틀거리던 그 검은 구체는 조용히 제단 위에 누워 있는 사내의 몸으로 스며져 들어갔다. 그와 동시에 흰색의 코트 자락이 조금 흔들렸고, 칠흑의 머리카락이 허공에 너울거렸다. 몸에 급격한 충격을 받은 사람처럼 잠시 동안 그의 몸이 덜컹, 소리가 날 듯이 움직였다. 메피스토펠레스와 마신은 그 모습을 숨죽인 채 지켜보아야 했다. 검은 기운이 그의 몸속에 혈액이 흐르는 모습처럼 떠돌았고, 파르르 떨리던 몸의 경련이 점점 멎어갔다.

얼마 동안의 시간이 지났을까. 고요하게 눈을 감고 잠에 취한 듯한 모습의 그가 번쩍 눈을 떴다.

쨍그랑—! 쾅—!

사방의 유리 벽이 동시에 폭발하듯 깨어졌고 메피스토펠레스는 움찔하며 등을 구부렸다. 한순간에 깨어져 나간 유리 파편들이 아름다운 빛을 내면서 바닥에 떨어졌고, 한기가 가득하던 유리의 방은 점점 제 온도를 찾아갔다. 뺨에 난 생채기를 손가락으로 매만지면서 메피스토펠레스는 주위를 살펴보았다.

"후, 깨어나는 것도 요란하시군요."

반짝이는 은빛의 유리 파편 틈 속으로 그는 제단 위에 앉아 있었다. 어느 틈에 일어났는지도 알 수 없었지만, 막 잠에서 깨어난 사람마냥 조금 멍한 눈동자로 허공을 응시하고 있는 그를 메피스토펠레스는 놀란 눈으로 바라보았다. 정말로, 저 모습 그대로 깨어날 줄은 예전에는 생각지도 못했으니까. 아직 방의 온도는 차갑기 그지없었기에 살며시 벌려진 그의 입가에서는 새하얀 김이 뿜어져 나왔다. 무슨 일이 있어도 무표정하던 마신의 표정이 조금 바뀌었다. 그는 미간을 살짝 찌푸리면서 한 발자국 앞으로 걸어갔다.

다이아몬드 더스트처럼 사방에 아름답게 반짝이는 유리 파편들 속에서 제단 위에 걸터앉아 있는 사내의 새하얀 코트가 더욱 빛을 발했다. 칠흑의 머리카락을 조용히 쓸어 넘기면서 그가 고개를 돌렸다. 제비꽃을 연상케 하는 아름다운 보랏빛 눈동자가 조금 흔들리고 있었다.

"…아버님?"

그 목소리를 들었을 때 메시프토펠레스는 자신도 모르게 온몸에 소름이 돋는 것을 느꼈다. 셀 수 없을 정도로 오랜 세월 동안 듣지 못했던 그의 목소리를 다시 듣게 될 줄이야. 비록 외모는 얼마 전까지 살았던 '인간 김진현'으로서의 외모와 크게 다른 것은 없었다. 그러나… 그러나 그 목소리에 들어 있는 마계의 제1황태자로서의 위압감과 장중함은 인간과는 사뭇 다른 것이었다. 아쉬운 것이 있다면 저 육체는 첫 번째 생, 그러니까 마족으로서의 육체가 아닌 두 번째 생인 신족으로서의 육체지만 그것은 그리 중요한 것이 아니었다.

방금 마신의 피가 영혼에 스며들었으니까. 이제 그는 마족인 것이다. 빛의 신족도 아닌, 연약한 인간도 아닌 검은 어둠의 지배자인 마족. 메피스토펠레스는 등을 벽에 기대고 소리 죽여 웃었다. 비록 자신의 가장 큰 목적은 아니지만, 예전 자신이 모시던 주군을 다시 볼 수 있게 되었다는 것이 그에게는 큰 기쁨이었던 것이다.

「키스카… 오랫동안 기다렸다.」

키스카 드 라헬 헬레스폰트, 마계 제1황태자이자 마신의 자식들 중에서 가장 아버지의 사랑을 받고 자란 자였다. 그러나 그의 어머니가 정실도 아니고, 무엇보다 마족도 아니라는 것을 아는 이들은 다 아는 사실이었다. 그의 배경만 따지자면 황위 서열 문제로 파벌에 휩싸여 죽었을 수도 있는 문제다. 정실도 아닌 자가 제1황태자라니 말이다. 그러나 불행인지 다행인지 그는 마신의 피를 가장 짙게 이어받았다. 마신과 비교해도 손색이 없는 거대한 암흑의 힘과 아름다운 외모와 냉혹한 성격까지.

자신의 흰 코트를 멍한 시선으로 내려다보고 있던 키스카는 고개를 들어 올려 마신을 올려다보았다. 아름다운 보랏빛 눈동자가 자신을 응시하고 있는 것을 보며 마신은 천천히 손을 들어 올려 키스카의 머리카락을 쓸어 내려주었다. 마치 꿈을 꾸고 깨어난 이처럼 아직 키스카는 자신의 현재 상황을 이해하지 못했다. 그는 붉은 입술을 달싹여 말했다.

"여기가 어디……? 제가 왜? 아버님……."

머리가 어지러운지 손으로 얼굴을 덮으면서 키스카는 조금 고개를 저었다. 비록 무표정한 얼굴이었지만 마신은 조용히 키스카의 어깨를 끌어안으면서 허리를 숙였다. 그의 웅장한 목소리가 조금 떨리고 있다는 것을 메피스토펠레스는 느낄 수 있었다.

「오랜 잠을 자고 일어난 것이니까. 이제는 편히 쉬거라, 편히… 이곳에서 말이다.」

아버지가 아들을 사랑하는 것치고는 정도가 조금 심하기는 했지만 어쩔 수 없는 것일까? 가장 사랑하던 여성과의 사이에서 난 자신과 똑

같은 자를 사랑하는 것은 피가 이어진 자로서 당연하겠지. 새하얀 얼굴이 조금 창백하게 변한 것 말고는 키스카는 별달리 몸에 문제가 있어 보이지 않았다. 작게 한숨을 내쉬면서 키스카는 살며시 아버지이자 어둠의 지배자인 마신의 품에 뺨을 기대었다. 무엇 때문인지는 몰라도 피곤했던 걸까? 천천히 눈을 감은 키스카는 다시 잠에 빠져들었고 마신은 그런 그의 등을 쓸어 내려주었다. 아주 부드럽게 말이다.

라이터가 사라져서 담배에 불을 붙이지 못하게 된 메피스토펠레스는 담배를 입에 물고는 빙빙 돌리면서 말했다.

"제가 이 방법이 가장 마음에 든 이유가 뭔지 아십니까? 그건 바로 키스카님의 영혼에 명계의 신이신 하데스님의 손길이 닿지 않았다는 겁니다. 후훗, 인간들은 일단 죽으면 그 생의 기억을 모두 잊지요. 만약 저희들 쪽에서 먼저 키스카님의 영혼을 손에 넣지 않았다면… 키스카님께서는 인간이었던 생의 기억까지 모두 기억하셨을 겁니다."

별수없다는 듯 자신의 검지손가락을 담배에 가져가자 그의 손가락 끝에서 화륵, 하고 작은 불길이 일어났다. 회색의 짙은 연기를 폐까지 깊이 들이마시면서 메피스토펠레스는 이마를 손으로 짚었다.

"…이번 생에서도 상당히 안 좋은 기억들이 많으셨지요. 차라리 잊는 게 좋을 정도로."

소중했던 친구들의 기억도, 사랑했던 사람의 기억도 모두 다……. 이제는 영원히 마계의 황태자로서의 삶을 살아가는 겁니다, 전하. 메피스토펠레스는 피식 웃곤 바닥에 널브러진 유리 조각들을 밟으며 방을 빠져나갔다. 이제 자신의 두 번째 일을 할 차례였다. 마신이 소중했던 아들을 위해서 수많은 일을 행한 것처럼 자신 역시 말이다. 이해하지 못할지도 모른다, 그는. 그러나… 이해를 바라고 하는 짓은 아니었다. 어쩌면 자기 만족일지도 모르지.

유리의 방을 나와 메피스토펠레스는 마신의 방에 들어섰다. 모든 것이 암흑처럼 검은 방에서, 메피스토펠레스는 걸음을 멈추고 벽에 걸린 두 점의 초상화에 시선을 두었다. 하나는 마족이었을 때의 키스카의 모습을 담은 초상화, 그리고 그의 옆으로 나란히 걸린 초상화. 키스카의 머리카락 색과 같은 금발 머리카락을 아름답게 어깨 위로 흐르게 내버려 둔 여성의 초상화였다. 입가에 걸쳐진 부드러운 미소와 아이스블루의 눈동자, 자애로워 보이는 여성의 모습. 마신이 사랑했던… 단 한 명의 여성.

실소를 내뱉은 메피스토펠레스는 고개를 저었다. 아버지와 아들이 취향이 비슷하다고 생각하면서. 마족이면서 인간을 사랑하는 그 점이 말이다. 담배를 입가에 문 채로 메피스토펠레스는 가운 주머니에 손을 꽂은 채 방을 나섰다. 이제 소문을 퍼뜨려야겠지라고 작게 중얼거리면서.

며칠이 지난 후, 마계에는 새로이 돌아온 황위 서열 1위의 황태자에 대한 소문이 변방의 구석까지 퍼졌다. 그와 함께 키스카의 잔존 세력인 발록의 군대와 키스카의 사망 후에 두문불출하며 모습을 숨기던 수많은 세력들이 어둠 속의 그림자에서 모습을 드러냈다.

* * *

"현홍아, 정신이 들었어?"

에오로는 상반신을 살짝 숙이면서 현홍의 얼굴을 내려다보았다. 폭신한 오리털 베개에 머리를 기대고 누워 현홍은 멍하게 눈을 깜박였다.

잠시 동안 천장을 올려다보면서 잠이 덜 깬 사람의 얼굴을 하던 현홍이 조용히 몸을 일으켰다. 흠칫 놀란 에오로가 현홍의 팔을 잡고 나직하게 말했다.

"안 돼. 누워 있어야 돼."

현홍은 손을 들어 자신의 목에 감겨 있는 붕대를 만지작거렸다. 잠깐 욱씬거렸지만 바늘을 꽂아 넣을 때만큼은 아니었기에 현홍은 살짝 미간을 찌푸릴 뿐이었다. 이것도 다 자기 자신이 한 일. 후회할 수도, 어쩔 수도 없는 것이었다. 만약, 만약에 죽었더라면… 이런 고통은 안 겪어도 될 테지만. 멍한 얼굴이 되어 손으로 붕대만 만지작거리는 현홍의 얼굴을 에오로는 걱정스럽게 쳐다보았다. 말도 못할 정도로 창백한 얼굴과 거칠한 피부, 약이라도 맞고 자지 않았다면 더 위험한 상태가 되었을 것이 분명했다.

그래도 제법 오래 잤을까. 이미 하루가 흘러 새벽 동이 트는 중이었다. 처음에는 우혁이 간호했었고, 다음이 니드, 그리고 이번이 에오로의 차례였다. 저녁 시간에 잠을 자둔 덕분에 잠이 오거나 하지는 않았다. 물론 혼자서 간호하는 것이 굉장히 어려운 일이었지만. 검술 교본이라도 읽으면서 시간을 때우지 않았다면 벌써 지겨움에 겨워 쓰러졌을 것이다.

에오로는 뻐근한 목을 주무르면서 의자에서 일어났다. 허리가 욱씬거려 에오로는 자신도 모르게 윽, 하고 신음 소리를 내뱉었다. 주먹으로 툭툭 허리를 두드리고 있는데 귓가에 작은 목소리가 들렸다.

"…꿈에 진현이 나왔어……."

에오로는 자신도 모르게 움찔하면서 고개를 내려 현홍을 쳐다보았다. 현홍은 자신의 두 손바닥을 펴고, 그것을 내려다보면서 작은 목소리로 중얼거렸다.

"안녕이라고 말했어. 희미하게… 웃는 얼굴로 이제… 다시는 못 볼 사람처럼 '안녕' 하고… 말했어."

"…현홍아."

애처로운 눈으로 에오로는 현홍을 내려다볼 수밖에 없었다. 아무리, 아무리 위로해도 본인의 귀에는 들리지 않을 테니까. 무슨 위로가 필요할까? 가장 소중한 사람이 죽어버렸는데. 그것도… 자신의 손에. 에오로는 눈을 감으면서 고개를 저었다. 그것은 사고였다. 사고였으니까… 현홍의 잘못은 아닌 것이다. 칼 레드, 마룡왕의 저주가 아니었다면 그런 일도 없었을 텐데. 이를 악물면서 에오로는 다시 의자에 앉으면서 현홍의 어깨를 토닥여 주었다.

한 손으로 눈가를 덮으면서 현홍은 몸을 파르르 떨곤 다시 말했다.

"…죽었어, 진현은… 분명히 죽었어. 하지만… 하지만 아직 그 모습이 생생한걸. 그래서 잊을 수가 없는 거야. 비록 태어난 것은 서로 다른 날, 다른 시간이었지만… 이 세계를 떠날 때에는 둘이서 함께하기로 했는데… 그랬는데……."

"……."

사람이 사람을 사랑한다는 말이 이럴 때 사용하는 것이 아닐까? 비록 이성 간의 사랑은 아니더라도… 서로를 무엇보다 아끼고, 소중한 것을 대하는 마음 말이다. 꼭 이성 간의 사랑만 사랑이라고 할 수는 없을 것 같았다. 무릎을 모아 그곳에 얼굴을 묻으면서 현홍은 조용히 고개를 돌려 창가를 바라보았다. 그의 눈가에서 흘러내리는 눈물이 햇빛을 받아 아름답게 반짝였다. 두 팔로 무릎을 감싸 안고 현홍은 희미하게 웃었다. 그의 미소를 보며 에오로는 깜짝 놀랐다. 손가락으로 눈가의 눈물을 살며시 훔치며 현홍은 입술을 달싹거렸다.

"…잊을 수 없어. 하지만… 잠시 동안만 잊은 척… 할게. 조금만 기다려 줘. 조금만……."

그렇게 말하면서 현홍은 다시 무릎에 얼굴을 묻고 어깨를 떨었다. 어떻게 잊을 수가 있을까. 영원히… 분명, 영원히 잊지 못할 것이다. 가장 소중한 사람인걸… 에오로는 작게 중얼거리면서 창가로 스며 들어오는 가을의 서늘한 새벽바람에 흔들리는 커튼 자락을 쳐다보았다. 이걸로 조금은… 현홍도 진정할 수 있겠지. 스스로가 저렇게 말했으니까.

눈물을 흘리다가 스르륵 잠이 들어버린 현홍을 다시 침대에 눕힌 에오로는 조심스럽게 방을 빠져나왔다. 혼자 두지 말라고 했지만 이제… 괜찮을 테니까. 현홍이 스스로 저렇게 말했으니까… 문을 닫으면서 에오로는 작게 한숨을 내쉬었다.

"에오로?"

낮은 목소리가 들려서 고개를 들어보니 다시 간호를 하기 위해 나온 우혁이었다. 언제나처럼 단정해 보이는 검은 스탠드 칼라의 옷을 입고 있는 그는 에오로가 방에서 나와 있자 미간을 조금 찌푸렸다.

"왜 나와 있지? 현홍은?"

잠시 동안 우혁의 진지한 얼굴을 올려다보던 에오로는 고개를 조금 숙이면서 문에 등을 기대어섰다.

"…괜찮을 거야, 이제는……."

"뭐?"

고개를 조금 갸웃거리며 되묻는 우혁에게 에오로는 현홍이 일어나 한 말들을 다시 말해 주었다. 그의 이야기를 모두 들은 우혁은 딱딱하게 굳은 얼굴이 되었지만 별다른 말은 하지 않았다. 에오로의 어깨를 조금 두드려 준 다음 우혁은 현홍의 방문을 열고 안으로 들어갔다. 그리고 살짝 고개를 들어 에오로를 보면서 말했다.

"쉬도록 해. 아침 식사도 하고."

그렇게 말을 마친 우혁은 현홍을 방으로 들어가 문을 닫았고, 에오로는 한참을 방문만 바라보며 한숨을 내쉬었다. 결국 거칠게 머리를 긁적이면서 그는 아래층으로 내려와야 했다. 계속 서 있어봤자 뭐가 나올 것도 아니고 말이다. 몇 시간 동안 앉아 있었더니 허리와 어깨가 뻐근했다. 팔을 둥글게 휘두르면서 몸을 푼 에오로는 식당으로 총총히 발걸음을 옮겼다. 현홍이 이제 최소한 자살은 하지 않을 것이라고… 에오로는 생각했다.

이제 겨우 아침 해가 뜬 시점이라고 하지만, 그래도 여름의 새벽보다는 시간이 더 흘러 있었기에 식당에는 분주하게 아침을 준비하는 사람들이 많았다. 자리를 잡고 앉은 에오로를 보면서 시녀는 공손하게 물었다.

"지금 아침 식사를 하시겠습니까? 매일 드시는 것으로……."

"예, 그렇게 해주세요."

에오로의 대답을 들은 시녀는 고개를 숙이면서 부엌 쪽으로 걸어갔다. 턱을 괴면서 에오로는 다시 한숨을 깊게 내뱉었다. 요즘 들어서 굉장히 한숨이 잦아졌음을 스스로도 느끼고 있었다. 끄응, 하고 신음 소리를 내뱉은 그는 머리를 양팔로 받치고 허리를 젖혔다. 일이 어떻게 진행되고 있는 걸까? 동료라고는 하지만 자신이 아는 부분은 아무것도 없었다. 진현과 자주 행동을 같이 했지만 그저 일을 조금 돕는 정도. 깊이는… 아무것도 모르는 것이다. 그것은 우혁도, 아영도 마찬가지인 것 같지만.

골치가 아파 이마를 짚으면서 고개를 숙일 때 그의 뒤로 검은색 옷을 단정하게 차려입은 하인 한 명이 다가왔다.

"저, 에오로님……."

두 손을 모으고 허리를 숙이는 그를 뒤돌아보며 에오로가 고개를 갸웃거렸다.

"예? 왜 그러시죠?"

하인은 잠시 머뭇거리다가 입을 열었다.

"저택을 찾아온 손님이 계십니다. 남자 분인데… 에오로님을 불러 달라고 했습니다. 어떻게 할까요?"

손님? 자신에게 찾아올 손님이 어디 있을까? 사실 일어나기도 귀찮았지만 궁금함에 못 이긴 그는 자리에서 일어나 하인과 함께 저택의 정문 쪽으로 향했다. 아직 반소매를 입고 있던 에오로는 가을바람이 싸늘하게 느껴져 양손으로 팔을 문질렀다. 하필이면 안으로 들이지 않고 밖에 세워둔 것은 뭐람. 그런 생각에 에오로는 작게 투덜거렸다.

"손님이라면 안으로 들이지 그러셨어요. 새벽이라 날씨도 좀 추운데."

하인은 에오로의 말에 조금 무안해하다가 조심스럽게 대답했다.

"정말인지도 모르는 사내를 함부로 집에 들일 수는 없으니까요. 신분도 알 수 없고 말입니다. 초라한 행색을 한 여행자이던데……."

여행자라… 더 더욱 자신이 아는 사람일 확률이 줄어들어서 에오로는 고개만 갸웃거릴 뿐이었다. 희미하게 저택의 정문이 에오로의 눈가에 비쳤다. 멀어도 너무 멀단 말야, 하고 작게 중얼거린 에오로는 가을의 바람에 휘날리는 먼지 속에서 어렵사리 사람의 그림자를 찾아낼 수 있었다. 정문의 경비병 몇몇의 중간으로 말과 함께 서 있는 사람. 그렇지만 하인의 말대로 초라하게 보이는 로브를 뒤집어쓰고 있었기에 얼굴을 확인하는 것은 힘들었다.

먼지가 눈 안에 들어가 걸음을 잠시 멈추고 눈가를 비빈 에오로는 눈을 가늘게 뜨면서 사내와 말을 쳐다보았다.

"…어?"

순간 그는 자신의 눈에 비친 것이 환영이 아닐까 하고 생각했다. 다시 한 번 눈가를 팔뚝으로 비빈 에오로는 다시 눈을 크게 뜨고 자신의 눈에 비친 것을 확인하기에 이르렀다. 사내의 모습은 분명히 보이지 않았다. 하지만 그 여행자의 손에 고삐가 붙잡힌 말은 어디선가 많이 본 녀석이었다. 회색 빛의 긴 갈기와 꼬리털, 그리고 밤하늘에 아름답게 수놓아진 별처럼 흰색의 반점. 그럴 리가……. 에오로는 자신도 모르게 발을 움직여 뛰고 있었다. 몇십 미터의 거리가 순식간에 좁혀졌다.

목 끝으로 올라오는 숨을 참으면서 에오로는 속도를 조금 더 높였다. 이마에 맺힌 땀방울은 가을의 서늘한 공기 속에 스며들었다. 맞다면… 정말로 그가 맞다면…….

"슈린!"

혀끝에 걸린 말을 에오로는 힘껏 외쳤다. 말의 고삐를 붙잡고 경비병과 대화를 나누던 사내는 고개를 조심스럽게 돌리면서 자신 쪽으로 달려오는 에오로를 보았다. 그리고 조용히 손을 들어 올려 눈가까지 푹 눌러쓴 로브의 옷자락을 걷었다. 칠흑의 검은 머리카락, 무뚝뚝해 보이는 얼굴에는 희미한 미소가 걸쳐져 있었다. 조금 더 어른스럽게 변해 버린 얼굴과 어깨까지 내려오는 머리카락은 제멋대로 잘려져 있었다.

입가의 미소를 지으면서 슈린은 에오로를 보며 조용히 미소 지었다.

"아, 에오로."

빠직.

에오로는 자신의 이마에 동맥이 뚝 끊겨짐을 느꼈다. 하루아침에 사라졌다가 '아, 에오로' 라고? 에오로는 주먹에 잔뜩 힘을 준 채 그대로 달려가 웃고 있는 슈린의 뺨에 자신의 주먹을 꽂아 넣었다.

퍼억―!

길게 이어지는 둔한 소리에 슈린의 말 치트로스는 화들짝 놀라 몇 발자국 뒤로 물어났고, 슈린과 얘기를 나누던 경비병들도 놀라서 눈을 동그랗게 떴다. 달려가던 반동에 의해서 원래 에오로의 주먹 세기보다 더 크게 얻어맞은 슈린은 그 훤칠한 몸을 휘청거렸다. 손으로 에오로에게 얻어맞은 뺨을 매만지면서 슈린은 쓴 미소를 지었다. 입술이 조금 터져서 피가 흘러나왔다. 주위 사람들이 이 상황에 놀라고 있을 때 에오로는 씩씩거리는 숨을 겨우 참으면서 소리를 질렀다.

"야, 이 빌어먹을 자식아! 뭐?! '아, 에오로' 라고? 훌쩍 떠났다가 이제야 멋대로 돌아와 놓고! 뻔뻔하게 웃냐, 웃어?!"

벌겋게 상기된 얼굴로 에오로가 소리쳤지만 슈린은 입가에 미소를 지우지 않았다. 뭔가, 예전의 그와는 달라진 것 같은 미소였기에 에오로는 화를 내면서도 움찔할 수밖에 없었다. 슈린은 조용히 입가의 핏자국을 손등으로 닦아내면서 에오로의 한쪽 어깨를 붙잡았다. 흠칫하면서 한 발자국 에오로가 뒤로 물러날 때 슈린은 고개를 숙이면서 나직하게 말했다.

"이봐, 술 마신 사람을 잘못 때리면 어떻게 되는 줄 알아?"

"뭐, 뭐라고?"

"…죽는 수도 있다고."

풀썩.

에오로는 자신의 앞에 힘없이 쓰러지는 슈린을 내려다보면서 자신의 머리카락을 쥐어뜯으며 절규했다.

"이, 이 빌어먹을 녀석아! 술 마셨으면 마셨다고 말을 했어야지! 야! 야, 정신 차려!"

경비병들조차도 화들짝 놀라서 얼른 슈린을 부축하기에 이르렀고, 에오로는 정말로 슈린이 죽었을까 봐 노심초사하면서 슈린의 멱살을 잡아 올렸다.

"음……."

"……."

"잠들었는데?"

경비병들 중 한 사내가 그렇게 말했고, 에오로는 주먹을 쥐고 부들부들 떨어야만 했다. 항상 진지하던 녀석이 갑자기 왜 이러냐고! 속으로 소리치면서 말이다. 어쨌거나 하인과 경비병의 도움을 받아서 에오로는 슈린의 늘어진 몸을 끌고 저택 안으로 들어올 수가 있었다. 하여간에 요즘은 짜증나고 우울한 일들만 있어서 그렇지 않아도 기분이 안 좋았는데… 갑자기 생각하지도 못했던—사실은 여러 일 때문에 잊혀져 있었다, 슈린은—인간이 들이닥치다니. 하인의 부축이 있었지만 슈린의 긴 몸을 그보다 훨씬 작은 에오로가 제대로 옆을 수 있을 리 만무했다.

슈린의 긴 다리가 바닥에 질질 끌렸고, 그 모습을 보던 하녀들은 소리 죽여 웃었다. 속으로 투덜거리면서 2층의 손님방을 치워달라고 말한 에오로는 계단을 따라 내려오는 사람을 보고 숨을 멈췄다. 이제 잠에서 깼는지 기지개를 길게 켜면서 내려오는 사람은 다름 아닌 아영이었던 것이다. 아영과 슈린이 사이가 좋지 않다는 것을 잘 알고 있는 에오로는 멋쩍게 웃으면서 아영을 쳐다보았다. 여자답지 않게 입을 쩍 벌려서 하품을 한 아영은 누군가를 업고 허리를 숙이고 있는 에오로를 볼 수가 있었다.

고개를 갸웃거린 아영이 조용히 미간을 찌푸리면서 말했다.

"무슨 일인데? 그 사람은 누구… 어?"

천천히 살펴본 다음, 슈린을 알아봤던 것인지 아영의 얼굴 표정이 조금 달라졌다. 에오로는 이제 쫓겨날까, 어쩔까 식은땀을 흘리고 있는데… 그의 생각과는 달리 아영은 머리를 긁적거리면서 담담하게 입을 열었다.

"뭐야, 슈린이잖아. 이제야 나타났어? 음, 꼴을 보아 하니 좀 고생한 것 같네. 2층의 손님방이 있지, 거기서 재우든지."

"얼라?"

당장에 나가라고 아무거나 집어 던질 줄 알았던 아영이 그렇게 말하자 에오로는 어리둥절해질 수밖에 없었다. 이러면 괜히 긴장한 자신만 바보가 되지 않는가? 아영은 팔로 머리를 받치며 계단을 총총히 내려가 식당으로 향했다. 활짝 열려진 식당으로 들어가기 전에 아영은 고개를 빼꼼 내밀면서 에오로를 손가락으로 가리켰다.

"아침 식사 시간에 늦으면 밥 못 먹는다. 식사 시간 후에 일어나면 자기가 직접 챙겨 먹으라고 해."

멍청한 시선으로 자신을 바라보는 에오로를 아는지 모르는지, 아영은 그 말만을 남기고 식당으로 들어가 버렸다. 뭔가 이상하다고 생각하면서… 에오로는 바뀐 것은 슈린만이 아닌 것 같다고 중얼거렸다.

하지만 헤어지기 바로 전까지 싸웠었는데? 에오로는 고개를 갸웃거리며 이상하게 생각했지만 더 이상 슈린을 업고 있을 수 없어서 서둘러 2층으로 향했다. 2층으로 올라가는 계단이 이리도 많나라는 생각이 들 정도로 힘겹게 슈린을 업고 올라온 에오로는 거의 녹초가 되어버렸다. 할 수 없이 하인이 슈린을 업고 손님방으로 데려갔다.

먼지에 찌든 로브를 벗기니 안은 예전과 다름없이 흰색의 코트를 입고 있었다. 아무리 여름은 다 지나갔다지만, 이렇게 껴입고 있다니… 에오로는 고개를 절레절레 저었다. 코트도 벗긴 후에 침대에 눕혀서 이불을 덮어준 에오로는 길게 숨을 내쉬면서 탁자 근처에 있는 의자를 끌어다가 앉았다. 요즘 들어 왜 자신은 침대 근처에 앉아 있기만 하는 것인지 속으로 한탄을 한 에오로는 방을 나서려는 하인을 불러 세웠다.

"아, 저기 미안한데요… 이 녀석 일어나면 술 좀 깨게 꿀물이랑 속을 풀 수 있는 수프 좀 끓여서 방에 가져다 주시겠어요?"

그의 말에 하인은 빙긋 웃으면서 고개를 숙였다.

"미안하시다니요, 당연히 해야 할 일인데. 잘 알겠습니다. 준비하는 대로 가지고 오겠습니다."

인사를 마친 하인은 방을 나갔고, 에오로는 한숨을 푹 내쉬었다. 곤히 자고 있는 슈린을 보면서 에오로의 얼굴 표정이 어두워졌다. 또 슬퍼할 사람이 늘었다는 생각 때문이었다. 진현이 죽었다는 것을 모를 슈린에게… 어떻게 말할 수 있을까? 머리가 아파서 이마를 짚고 고개 숙인 에오로는 이를 악물고 눈을 감았다. 절로 머리가 아파와서 저도 모르게 끄으응, 하고 신음 소리를 내뱉은 에오로의 머리를 누군가가 툭하고 쳤다.

반짝 눈을 뜨고 고개를 들어 올리니 그것도 잠이라고 잤는지 어느새 슈린이 침대에 앉아 있었다. 그는 머리가 아픈지 잠시 동안 이마를 짚고 고개를 젓다가 피식 웃으면서 에오로 쪽으로 고개를 돌렸다. 에오로는 슈린을 보면서 아무 말도 하지 않았다. 역시나 많이… 느낌이 바뀌어 있었다. 여름의 문턱에서 헤어졌던 슈린이 가을의 문턱에서 돌아왔다. 그런 그는 예전 무뚝뚝하고 나이답지 않았던 진지함은 사라지고 없었다. 기껏해야 몇 개월 되지도 않았는데 슈린은 마치 몇 년이라는 세월을 흘려보낸 사람처럼 보였다.

이제 완벽하게 소년의 티를 벗어낸 것처럼 보였고 분위기도 많이 가벼워져 있었다. 슈린은 제멋대로 잘랐지만 그래도 제법 길어진 검은 머리카락을 쓸어 넘기면서 입을 열었다.

"그래, 잘 지냈어?"

웃으면서 안부를 묻는 슈린을 보며 에오로는 다시 가슴 한 편이 아파왔다. 스승이던 다카의 일은 대륙 전체에 소문이 났으니까 알고 있을 것이다. 하지만… 진현의 일은? 입술을 깨물면서 고개를 숙이는 에오로를 보며 슈린은 조용히 미소를 지웠다. 조용히 손을 뻗어 에오로의 어깨를 두드리면서 슈린은 무거운 음성으로 말했다.

"…진현에 관한 일이라면 알고 있어."

"……!"

흠칫, 몸을 떨고 고개를 들어 올린 에오로는 두 눈을 크게 뜨고 슈린을 뚫어지게 응시했다. 어떻게, 대체 어떻게 알고 있단 말인가? 놀라움에 몸이 부들부들 떨리고 있는 것도 무시하고 에오로는 미간을 확 찌푸리면서 소리쳤다.

"어떻게, 어떻게 알고 있는데?! 응?! 진현이 죽은 지 일주일이 조금 넘었을 뿐이야! 그런데… 네가 왜?"

다시금 진현의 파리하게 핏기가 없는 시체가 눈앞에 떠올라서 에오로는 자리에서 벌떡 일어났다. 속으로 짧게 욕지거리를 내뱉은 에오로는 이마를 짚고 안절부절못한 채 사방을 돌아다녔다. 생각하기 싫은 모습이 생각이 났다. 화장터에 가서 진현의 시신을 불 속에 집어넣을 때의 모습이라든지… 그런 것. 하얗게 질린 얼굴로 손으로 입을 막는 에오로에게 슈린은 조용하게 입을 열었다.

"말하자면 길지만……."

슈린은 말을 멈추고 방문 쪽을 바라보았다. 에오로에게 부탁받고 꿀물과 따뜻한 수프 등을 챙겨온 하인이었다. 그는 잠시 동안 문 앞에 멈춰 서 있다가 조용히 걸음을 옮겨 침대의 근처에 있는 탁자에 쟁반을 내려놓았다. 시원하게 냉수에 탄 꿀물, 양송이가 들어간 야채 수프와 방금 구워낸 빵과 과일이 들어 있는 작은 바구니. 하인은 그것을 내려놓으면서 작게 고개를 숙였다.

"꿀물과 수프, 그리고 작게 요기하실 수 있는 것들을 준비했습니다. 그럼……."

하인은 방을 나가면서 조용히 문을 닫았고, 에오로는 머리를 긁적이면서 다시 의자에 앉았다. 마음이 가라앉는 기분이 들었다. 이상하게도 말이다. 마치 심호흡을 하듯 숨을 깊게 들이마셨다가 내뱉은 에오로가 차분하게 말했다.

"어떻게… 알 수 있었지? 누군가에게 얘기를 들은 거냐?"

침대에서 몸을 빼내어 탁자 쪽으로 걸어간 슈린은 쓴 미소를 지으면서 고개를 살짝 끄덕였다.

"누군가에게 들었지. 진현이 죽던 그날 밤에……."

"…그게 누군데?"

주먹을 꽉 쥔 채로 되묻는 에오로를 올려다보면서 슈린은 조용히 자신의 귓가로 내려오는 머리카락을 쓸어 넘겼다. 그의 왼쪽 귓불에는 작은 자수정으로 만들어진 귀고리가 걸려 있었다. 그것을 검지와 엄지로 살짝 만지작거리면서 슈린은 작게 속삭였다.

"이제 모습을 드러내셔도 됩니다."

"……?"

슈린이 하는 말을 이해하지 못한 에오로는 고개만 갸웃거렸다. 그러나 곧 뒤로 조금씩 물러날 수밖에 없었다. 작은 자수정 귀고리에서 푸른색의 안개가 피어올랐다. 드라이 아이스의 안개에 푸른 물감을 타놓은 것처럼 허공으로 퍼져 오르던 그 안개는 마치 살아 있는 것처럼 꿈틀거렸다. 그리고 그것은 형태를 갖추면서 더욱더 에오로를 놀라게 만들었다. 마치 뱀처럼 생긴 거대한 동물… 하지만 푸른색의 비늘이 아름답게 반짝였고, 머리에는 한 쌍의 뿔, 그리고 갈기처럼 휘날리는 것도 있었다. 날카로운 이빨의 틈새에 물려 있는 푸른 구슬도 인상적이었다.

방을 가득 메울 것처럼 꿈틀거리는 그것을 보면서 에오로는 멍한 정신을 다잡아야 했다. 그러고 보니 예전에 이런 비슷한 광경을 본 듯했다. 이 세상에 없는 동물처럼 신비함과 고고함을 뽐내던 거대한 짐승은 조용히 똬리를 말면서 작아졌고, 그것은 다시 이상한 형태로 바뀌었다. 예전에 보았던 그 여성처럼 거대한 짐승은 사람의 형상이 되어 바닥에 내려섰다.

보통의 옷감이 아닌 부드럽고, 고급스러워 보이는 옷감으로 만든 길고 치렁치렁한 옷. 짙은 바다를 연상하게 만드는 긴 머리카락을 조금 틀어 올려 장식해 놓았다. 푸른색과 흰색이 적절하게 혼합된 옷자락을 펄럭거리면서 사내는 조용히 감고 있던 눈을 떴다. 자신의 머리카락 색보다 조금 더 짙은… 검은색에 가까운 청남색 눈동자가 세심하게 보였다. 화려하다기보다는 단아함에 가까운 느낌이랄까.

그전에 보았던 붉은 머리카락의 여성처럼 이 세상에는 없을 것과 같은 아름다움을 간직한 사내였다. 손에 들고 있는 깃털 부채로 입가를 가리면서 그는 고개를 돌려 슈린을 쳐다보았다.

「주군의 냄새가 짙게 나는 곳이로군.」

알 수 없는 말을 중얼거린 남자는 사락거리는 옷자락을 가다듬으면서 에오로를 깃털 부채로 가리켰다.

「그대에게서도 주군의 냄새가 짙게 나는구려.」

"예?"

남자의 말에 에오로는 고개를 갸웃거렸다. 의자에서 일어난 슈린은 조용히 남자를 소개하듯이 손을 내밀면서 작은 목소리로 말했다.

"진현이 죽었다는 말은 이분께 들었다. 그러니까 이분은……."

멈추라는 뜻일까. 남자가 부채를 살며시 들었고 슈린은 입을 다물고 남자를 쳐다보았다. 슈린과 비교해도 될 만큼 훤칠한 키를 가진 사내는 침울한 얼굴로 고개를 들어서 천장을 올려다보았다. 마치 이곳에서 진현의 존재를 느끼기라도 하듯이 말이다. 한참을 눈을 감고 미간을 찌푸리고 있는 그를 보며 에오로 역시 침울한 기분을 느껴야 했다. 손을 들어서 자신의 가슴을 부여잡으면서 남자는 입술을 깨물었다.

「주군이시여…….」

비통한 어조로 내뱉은 그는 천천히 탁자를 한 손으로 짚으면서 비틀거렸다. 그런 그를 슈린이 부축하여 주었으나 남자의 눈가에서는 희미하게 눈물이 흘러내렸다. 흠칫 놀란 에오로는 인상을 쓰고 남자를 보았다. 왜 저 사람─사람인지 아닌지도 모르겠지만─저렇게 슬퍼하는 것일까? 그때 본 섹시한 누님처럼 진현과 잘 아는 사이일까? 이런 의문으로 가득 찬 에오로가 궁금함에 못 이겨 입을 열려고 할 찰나 푸른 옷의 남자가 먼저 입술을 달싹거렸다.

「나는 청룡靑龍… 나의 주군인 진현님을 보필하기 위해 존재하는 사신四神들 중 하나요. 그런데 이리도 허무하게 주군께서 세상을 뜨시다니. 아아, 그분을 뵐 면목이 없소.」

물기가 젖어 나오는 말을 하면서 자신을 청룡이라고 밝힌 그는 슈린의 어깨를 붙잡고 다시 소리 죽여 눈물을 흘렸다.

Part 24

사신四神의 출현

사신四神의 출현

사내답지 않게 한동안 눈물을 훌쩍이던—그것도 아주 고운 얼굴로—청
룡은 차를 마시더니 조금 안정이 되는 것 같았다. 이 저택에서 쓰는 차
들은 모두 상질의 것들이었기에 신의 위位에 오른 그로서도 제법 만족
이었던 모양이다. 자기로 만든 하얀 찻잔을 두 손으로 곱게 들고 차를
마신 청룡은 조용히 에오로를 보며 고개를 숙여 보였다.

「고맙소. 신이라는 자가 추태를 보였구려.」

"아… 하하. 아니, 뭘요."

쿠키를 주워 먹던 에오로는 흠칫하면서 고개를 저었다. 그때 보았던
여성보다 더 차분하고 느낌이 깔끔한 남자였다. 사실 신이라고 한다면
우선 성별은 없는 것이나 다름없다고는 하지만 말이다. 푸른색의 공단
에 흰색의 자수가 단아한 꽃을 피워냈고 꽃들의 틈으로는 우아하게 휘
어진 용이 자태를 뽐냈다. 어깨 위로 흘러 내려오는 푸른색의 머리카

락은 굉장히 부드러워 보였으며 흰 얼굴 또한 선이 고왔다. 딱 보면 남자인지 알 수 있는 외모였지만 분명 모호한 분위기는 흘러나왔다.

부드러운 곡선을 가진 턱을 손가락으로 살짝 매만지면서 청룡은 눈가를 찌푸렸다.

「이곳은 굉장히 주군의 느낌이 많이 나는 곳이오. 그래서 저도 모르게 그분이 생각나 버렸소. 아아, 과거와 옛 주군에 집착하지 말아야 한다는 것은 우리들 무신武神의 규율이나 다름없거늘. 나는 아직도 많이 멀었나 보오.」

무슨 말인지 잘 모르겠지만 대충 이해가 갈 듯도 한 에오로가 조심스럽게 몸을 움츠리면서 질문을 던졌다.

"아, 저… 그렇다면 청룡님께서는 진현의 수호신 같은 분이신가요?"

그의 질문에 청룡은 고운 선을 가진 입술을 조금 끌어 올리며 고개를 끄덕였다.

「그렇소, 조금은 의미가 다르오만……. 실상 주군을 보필하고 명을 따르는 신들은 모두 넷이오. 예전부터라도 한 인간이 신을 넷이나 거느린다는 것은 있을 수 없는 일이기는 하나 이것도 모두 하늘의 뜻이요, 우리들의 뜻이기도 하니 불만 같은 것은 없다오.」

잠시 얼굴을 곱게 구기면서 한숨을 내쉰 청룡은 찻잔을 들어 차를 한 모금 마신 후에 다시 말을 이었다.

「나는 동방의 수호신이자 생물들의 창조와 탄생을 지켜보는 역할을 맡고 있고, 그대가 만나보았다던 여성은 주작朱雀이라는 이름을 가진 신으로서 남방의 수호신이고 사신들 중에서 심판관의 역할을 하기 때문에 조금 파괴적인 부분이 있지. 나머지 둘은 백호白狐와 현무玄武라는 신인데 백호는 서방의 수호신으로 대지의 기운을 가진 신이오. 가장 인간과 가까운 신이기도 하고. 마지막으로 현무라는 신은 수기水氣를 가진 신으로서 생물들의 마지막을 지켜보는 자요. 그러면서도 부활과 재생을 돌보기도 하는 신이오. 더 궁금한 것이 있소?」

조금은 쓸쓸한 듯한 미소를 지으면서 말하는 청룡을 보며 에오로는 머리를 긁적였다. 그럼 그렇게 대단한 신들이 한 인간을 돌본다는 말인가? 왜? 진현이 대단한 인물이기는 해도 신의 보호를 받고 그 신들을 부릴 수 있을 정도의 인물이란 말인가?

"저, 그렇게 대단한 신들께서 왜 인간의 뒤를 봐주시는 건가요? 무슨 계약 같은 것인가요?"

궁금함에 못 이겨 물은 에오로는 청룡의 얼굴을 보면서 마른침을 삼켰다. 신이다. 확실히 신이라는 느낌이 드는 것은 어쩔 수 없었다. 강하고 동시에 자애로우면서 인간과는 절대로 동급이 될 수 없는 거대한 힘을 가진 이. 이 자리에 비록 이렇게 앉아 있다고는 하지만 청룡의 몸 주변으로 떠돌아다니는 거대한 푸른 기류들을 에오로는 잘 볼 수 있었다. 한없이 긴장하고 있는 그에게 청룡은 부드럽게 웃어주었다.

「계약이라고 할 수도 있겠구려. 후후. 그리고 너무 그렇게 긴장할 것 없소, 인간이여. 내 비록 신이라고는 하나 이곳 이계異界의 신은 아니니 말이오. 내가 가진 힘 역시 주군과 함께 이곳으로 오면서 상당 부분이 줄어든 상태요.」

"줄, 줄어든 것이라고요?"

이 정도가 말야? 입을 쩍 하니 벌린 에오로는 지금 자신이 그렇게 대단한 자와 함께 있다는 사실이 믿어지지 않았다. 말 그대로 자신들이 이곳에서 믿는 아비게일 여신이나 다른 신들과 함께 얘기를 나누는 것과 다름이 없지 않은가. 어쩐지 자신도 모르게 한없이 작아짐을 느낀 에오로가 고개를 숙이자 청룡은 무릎에 있던 오색의 깃털 부채를 들어 입가를 가리면서 곱게 웃었다.

「하하, 슈린과는 사뭇 다른 모습이구려. 그는 내가 신이라는 것을 알고도 별다른 반응을 보이지 않았거늘. 그러고 보니 그는 굉장히 주군을 닮아 있었지. 후훗… 이제 주군이라고 할 수도 없지만.」

"아, 왜요? 진현이… 죽어서… 음, 그래서인가요?"

조심스럽게 물었지만 그래도 이런 질문을 한다는 것 자체가 내키지 않았다. 에오로의 생각대로 청룡의 표정은 짙은 그림자가 드리운 듯 어둡게 변했다.

「본디 인간과의 계약은 계약을 한 당사자가 죽으면 말소되는 것이오. 그러나… 그러나 그분을 생각하면 도저히 그러지 못하겠구려. 아아, 수만 년이라는 세월 동안 신의 위位에 있던 나라고 해도 그런 분은 두 번 다시 뵙지 못할 것이오.」

우울한 어조로 답한 청룡은 고개를 들어 조용히 허공을 바라보았다.

또 울려나, 하고 작게 중얼거린 에오로는 지금 이 자리에 없는 슈린을 원망했다. 하긴 청룡의 부탁을 받아 진현이 남긴 물건들을 가지러 갔으니 원망도 깊게 할 수는 없는 것. 한숨을 내쉰 에오로의 귀에 나직한 목소리가 들렸다.

「하아, 주책이구려. 그리 오랜 세월을 살고도 정에 얽매여서 추태를 보이다니. 후훗, 선계의 다른 신들과 선인들이 본다면 웃을지도 모르는 일이오.」

뭔 소리인지, 하면서 눈만 끔뻑거리고 있던 에오로는 자신의 방문이 조용히 열리는 것을 보고 자리에서 일어났다. 무언가 배낭 하나를 들고 들어온 슈린이었다. 그는 조심스럽게 문을 닫으면서 청룡을 보고 고개를 숙였다.

"부탁하신 것을 가져왔습니다만 옷 몇 벌은 진현을 화장할 때 같이 태운 모양입니다."

부드러운 어조로 말하는 그였지만 목소리는 굉장히 낮게 깔려 있었다. 그 역시 진현이 죽었다는 사실만을 알았을 뿐 더 자세한 것은 알고 있지 않았으니까.

조금 우울해 보이는 표정과 더불어 자리에서 일어난 청룡은 자신의 푸른 머리카락을 쓸어 내리면서 고개를 돌렸다. 유려한 손의 움직임이 미세하게 떨리고 있다는 것을, 에오로는 볼 수 있었다. 슈린은 과자와 찻잔, 그 외의 것들이 올려진 탁자를 피해서 침대의 시트 위에 가지고 온 배낭을 내려놓았다.

청룡이 옷자락을 바닥에 끌면서 침대 쪽으로 다가갔고 그와 동시에 깃털 부채로 입가를 가리며 미간을 찌푸렸다. 슈린은 진현의 옷과 그 외의 그가 가지고 있던 물건들을 꺼내기 시작했다. 안경과 파이프, 은색의 라이터와 귀고리 몇 개, 은색의 시계, 그리고 넥타이와 넥타이에 꽂혀 있는 핀 같은 것도 보였다. 벌여놓고 보니 별다른 것은 없었다.

에오로는 조금 떨어진 곳에 서서 말없이 그것들을 쳐다볼 수밖에 없었다. 저것들을 보자니 다시 진현의 생전 모습이 생각이 나서 우울해져 버렸다. 슈린 역시 그런 기분이었는지 물건들을 잘 정돈해서 놓은 다음 한 발자국 뒤로 물러났다. 청룡은 한 발자국 앞으로 걸어가 조용히 침대 앞에 무릎을 꿇었다. 흰 침대 시트를 한 손으로 거머쥐고 청룡은 눈을 감고 오열했다.

「아아, 주군이시여……! 이 불민한 종을 용서하여 주십시오. 그대를 보필하지 못한 이 못난 자를 용서하여 주십시오. 한데 어찌하여 저희를 불러내 주지 않으신 겁니까! 하늘이 정한 명이 다하는 그 순간까지 신심을 다하여 받들겠다고 맹세하였지 않사옵니까. 그런데… 그런데 이리도 허무하게 명을 달리하시다니. 원통하고 원통하옵니다, 주군이시여……!」

아아, 하고 길게 여운이 남는 눈물 섞인 목소리로 청룡은 한참 동안 그렇게 무릎을 꿇고 눈물을 흘렸다. 우는 모습마저 아름답고 고아했지만 그 모습 때문에 보는 이들은 더욱 마음이 아파왔다. 대리석 바닥에 펼쳐져 있는 푸른 공단이 들썩였다.

몇십 분 정도 그렇게 눈물 흘렸을까. 보통 사람 같으면 눈물이 마르거나 눈이 벌겋게 충혈되어서 울지 못하는 시간마저 넘긴 청룡을 보며 에오로는 작게 한숨을 쉬었다.

슈린마저 골치가 아픈 듯이 이마를 짚고 고개를 저었다. 에오로는 조심스럽게 슈린의 팔을 잡아당기면서 소곤거리는 목소리로 물었다.

"원래 신들은 저럴까?"

"아니라고 봐. 청룡만 유별난 것 같은데. 설마 다른 신들도 진현이 죽었다고 밤부터 동이 틀 때까지 울었을까?"

"하아……."

계속 서 있는 것도 다리 아픈데. 두 사람이 그렇게 생각하든 말든 간에 청룡의 눈물 섞인 중얼거림은 그 후로 한 시간 정도 진행되었다.

겨우 진정을 한 것인지 청룡은 눈가로 소맷자락으로 슥 닦아내면서 자리에서 일어났다. 놀라운 것은 눈가가 벌겋게 되기는커녕 울기 전과 바뀐 것이 아무것도 없다는 것. 청룡 몰래 의자에 앉아 있던 에오로는 벌떡 일어났고 청룡은 조금 흐트러진 옷매무새를 가다듬었다.

후우, 하고 작게 숨을 내쉰 청룡이 조용히 두 사람을 향해 서면서 조용히 입술을 달싹였다.

「미안하오. 주군의 생전 모습이 눈앞에 아른거려서. 주군께서 태어나셨을 때부터 우리 사신은 그분과 일심동체의 생활을 해왔소. 그렇기에 그분의 죽음은 우리들의 죽음도 되는 것. 아아, 너무나도 가슴이 아파와서… 미안하구려.」

그의 침울한 목소리에 에오로는 두 손을 저으면서 말했다.

"아, 아니에요. 그 기분… 조금이라도 알 것 같으니까. 으음, 예… 조금이지만."

「…고맙소. 한 가지 부탁이 있는데, 잠시 동안 방을 좀 비워주시겠소? 꼭 할 일이 있어서 말이오. 내가 부를 때까지… 잠시 동안 이 방을 빌려주셨으면 하오.」

"예?"

슈린과 에오로는 서로의 얼굴을 쳐다보다가 마땅히 거절할 명분이 떠오르지 않는지 어쩔 수 없이 허락을 했다. 탁자 위에 있는 다기 포트의 차는 아직 식지 않은 딱 마시기 좋은 정도였고 쿠키나 그 외의 먹을 것도 잔뜩 있으니까 울다가 배고프면 먹을 수 있겠지, 하고 제멋대로의 생각을 하면서 두 명은 조용히 문을 닫고 방을 나섰다.

청룡은 방을 나간 두 사람의 자리를 잠시 동안 쳐다본 후 작게 한숨을 쉬면서 고개를 저었다.

그때마다 그의 고운 머리카락이 허공에 출렁거렸다. 조금 위로 틀어올려서 비녀 같은 것을 꽂아두었기 때문에 찰랑거리는 쇠 부딪치는 소리도 들렸다.

조용히 몸을 돌린 청룡은 침대 시트 위에 있는 물건들을 내려다보았다. 그리고 매끄러운 손을 뻗어 몇 가지 물건을 집어 올렸다. 그의 양

손바닥에 올려진 물건은 은색 빛의… 진현이 직접 주문 제작한 지포 라이터와 금과 백금으로 만들어진 최고급의 넥타이핀, 마찬가지로 고급스러워 보이는 시계였다.

세 개의 물건을 내려다보면서 청룡은 자신도 모르게 한숨을 내뱉었다. 정말로, 자신도 모르는 사이에 말이다. 그러나 그것도 잠시 조용히 두 손을 모으면서 정신을 가다듬었다. 그의 손에서는 푸른색의 기운이 번져 올랐고 곧 이어 손에 들린 세 가지의 물건들은 각각의 색을 뿜어내면서 허공에 피워 올려졌다. 마치 하얀 백지에 색색깔의 물감이 번져 나가는 것처럼 말이다.

불길과 같은 붉은 기운, 새하얗고 투명한 기운, 그것을 모두 자신의 안으로 끌어들일 것 같은 검은 기운. 그와 더불어 청룡의 몸 주변에 떠돌던 푸른 기운도 그 힘을 더해 더욱 기운 넘치게 뻗쳐 나갔다.

붉은 기운은 거대한 새의 모습으로 변했다. 황금색과 붉은색의 깃털을 가지고 잠시 날갯짓을 한 그것은 다시 모습을 변형시켰다.

안개처럼 새하얀 기운은 흰색의 털을 가진 짐승의 모습으로 변했다. 날카로운 이를 드러낸 그것은 커다랗게 한 번 포효한 후에 모습이 바뀌어갔다.

마지막으로 어둠처럼 검은 기운은 알 수 없는 모양의 두꺼운 껍질을 가진 생물과 그것에 몸을 휘감고 있는 뱀의 모습을 드러냈다. 슬며시 허물어지듯 그 모습은 사라졌고 청룡은 한 발자국 뒤로 물러났다.

결코 좁지 않은 방은 온통 거대한 힘으로 가득 찼고 조금이라도 그 힘을 강하게 했다가는 저택 전체가 무너져 버릴 것이다.

「다들 오랜만에 보는구려.」

청룡의 나직한 목소리가 떨어진 직후, 세 개의 기운은 모두 그 형태를 갖추고 인계에 모습을 드러냈다. 사방을 지키는 사신이 이렇듯 모두가 모인다는 것 자체가 전례가 없는 일. 그러나 지금 그들에게는 비상사태나 다름이 없기 때문에 규칙을 어긴다고 해도 어쩔 수가 없었다.

처음 차가운 대리석 바닥에 발을 디딘 것은 주작이었다. 언제나처럼 화려함의 극치를 이루는 모습. 황금색의 자수가 놓인 붉은 비단옷을 입고 있는 그녀는 청룡의 모습을 보더니 이내 흐윽 하고 눈물 섞인 신음 소리를 내뱉었다.

「청룡… 청룡…….」

두 손으로 얼굴을 감싸고 고개를 숙이는 그녀를 보면서 청룡 또한 가슴에 묻어둔 슬픔이 솟구치는 것을 느꼈다. 아무리 신의 자리에서 인간들과는 다른 생활과 다른 세월을 산다고는 하지만 인간과의 정을 끊지 못하는 것이 인간계의 신이다. 자신과 연이 닿은 인간 또한 소중히 여기는 것이 그들인데… 하물며 자신의 명예와 지금까지 쌓았던 복덕보다 더 소중한 주군이 죽었음에 그 슬픔이 오죽하겠는가.

두 번째로 모습이 바뀐 것은 작은 아이의 모습을 한 백호였다. 은발에 가까운 흰색의 머리카락과 커다란 황금색 눈동자, 옛 중국의 아해들이 입던 옷을 걸친 백호는 바닥에 발을 디딘 직후 곧장 청룡에게 달려가 그의 품에 안겼다. 사신들 중에서 가장 인간과 허물없이 지내는 백호로서는 슬픔을 달래기에 조금 무리가 있었다. 청룡의 옷자락을 두 손으로 꼬옥 붙잡고 백호는 소리 높여 울었다.

「청룡… 청룡, 어떡해! 어떡하냔 말야!!」

애처롭게 울리는 목소리. 누가 한 사람의 죽음으로 눈물을 흘리는 이들을 신이라고 하겠는가? 그건… 아마도 너무나도 많은 인간들과 인연을 맺고 살아가야 하는 그들의 운명인지도 모른다.

청룡은 자신의 뒤쪽에 마지막으로 나타난 사내를 보면서 쓴 미소를 지었다. 칠흑의 머리카락과 칠흑의 공단, 그 위로는 붉은색의 매화가 아름답게, 그리고 아주 요염하게 피어 있었다. 청룡과 비슷한 머리 스타일로 틀어 올려져 몇 개의 비녀가 꽂힌 머리카락을 현무는 곱게 매만졌다.

주작은 어느새 침대 시트 위에 있는 진현의 기운이 흘라나오는 물건을 붙잡고 오열하고 있었다. 주군의 목숨과 그 안위를 신명을 다해 지키겠다고 지금으로부터 이십 년도 더 전에 맹세했지 않은가. 만약에 이곳이 그들이 원래 있던 세계였다면 진현의 부름이 아니라도 그가 위험에 처했다면 현신할 수 있었을 것이다. 그러나 이곳은… 그곳이 아니었다. 진현이 부르지 않으면 모습조차 나타낼 수 없는 그런 이계.

지금은 그들을 속박하는 주인의 결계가 부서졌기에, 그가 죽었기에…….

청룡은 조용히 무릎을 구부려 앉아 파르르 떨고 있는 백호의 등을 쓸어 내려주었다.

「그렇게 울지 마오, 백호. 주군이 보신다면 뭐라고 하시겠소? 인연이라는 것은 덧없는 것. 그동안 수없이 주인이 바뀐 우리들이거늘… 눈물을 보인다면 다른 선인들과 신들에게 웃음거리가 될 것이오.」

마치 자기는 안 울었다는 듯 애써 입술을 깨물면서 청룡은 말을 이었다.

「…처음 그분을 보필하기로 우리들이 결정을 하였을 때부터 이런 일은 미리 염두에 두었어야 했소. 인간인 이상… 언젠가는 하늘에서 정해준 명을 달리하고 영혼의 세계로 여행을 가실 것을 말이오.」

「하지만… 하지만!」

흐윽, 하고 낮게 울음소리를 삼킨 백호는 다시 청룡의 옷자락을 붙잡고 소리쳤다.

「하지만······! 진현은 죽을 명이 아니었어! 아직은··· 그래, 아직은 아니었단 말야! 그가 죽는 것은 지금부터 20년은 더 후야! 그런데, 그런데 죽어버렸어! 어떻게··· 어떻게 용서할 수가 있어?! 난 못해! 절대로! 진현을 죽게 만든 놈들을 용서 못해!」

보통의 선인들은 자신과 연이 닿았다고 해도 인간의 운명을 잘 알고 있다. 언젠가는 죽을 것을 말이다. 인연이 닿는다면 다음 생에서··· 그 다음 생에서라도 만날 수 있는 것. 그것을 알고 있기에 슬픔을 달랠 수가 있는 것이다. 그러나 진현과 이들··· 사신들과의 인연은 보통의 선계의 신과 인간의 인연보다 더 깊고 진해서일까? 백호의 울음소리에 묻혀서 잘 들리지는 않았지만 주작 역시 입가를 손으로 막으면서 눈물을 흘리고 있었다.

사랑한다고, 신이면서도 인간에게 당당히 말할 정도의 심지를 가진 그녀였다. 신과 인간이 아닌··· 정을 나눈 존재들끼리의 사랑이라는 것. 그것뿐이었다. 다른 신들이 인간을 사랑한다고 말하는 그녀를 보면서 한기 어린 조소를 내뱉어도 그녀는 상관이 없었다. 마음을 다 바쳐서 그를 진정으로 아끼고 사랑했으니까.

현무는 그런 둘을 보면서 고개를 살짝 저었다. 비녀에 걸려진 긴 장식이 찰랑거리며 예쁜 소리를 냈다. 사신들은 거의 비슷한 시기에 함께 태어났다고 할 수 있지만 그것은 어디까지나 신들의 기준일 뿐. 적게는 백 년에서 많게는 수천 년 정도의 차이를 가지고 있었다. 사신들 중에서 가장 나이가 많다고 할 수 있는 현무는 팔짱을 끼고 삐딱한 시선으로 시트 위에 올려진 진현의 물건들을 보았다.

어차피 언젠가는 겪을 일. 이리된 것이 자신들의 잘못은 분명 아니었다. 진현이 그 당시 자신들을 불렀다면 충분히 목숨을 구할 수도 있었을 터. 그러나 그는 부르지 않았다. 마치 자신의 목숨에는 미련이 없는 것처럼 말이다.

「인간이란… 정에 약하니까.」

사신을 소환한다면 주군의 목숨을 구하기 위해 모든 것을 부숴 버릴 수도 있다는 것을 진현은 잘 알고 있었다. 그 예전, 그때에도 한 번은 그런 적이 있었으니까 말이다. 그 후에 진현은 되도록 인계에 사신을 소환하는 일을 하지 않았다. 실상 주인과의 계약을 맺은 무신들은 설령 주인이 죽을 위기에 처하게 된다 해도 그가 부르지 않는 한 현신하지 않는다.

「어서 죽길 바라니까…….」

그래야 주인과의 계약에 따른 무거운 족쇄에서 벗어나 그들의 땅으로 돌아갈 수 있으니까. 그러나 진현과 사신들의 계약은 계약의 범위를 넘어선 것이었다. 그보다 더 진한 애정과 연민, 그리고 피로 맺어진 것이다. 그런 주인이 죽길 바라는 이가 과연 어디 있겠는가. 살며시 손을 들어 이마를 짚은 현무는 말없이 고개를 숙였다. 사실 그가 이런 죽음을 맞으리라는 것, 어느 정도는 예상했다. 소중한 이를 위해서라면 눈마저도 뽑아줄 수 있는 이니까.

「살아 있길 바랐어…….」

작게 중얼거리는 주작에게로 고개를 돌린 현무는 작게 혀를 찼다. 사신들 중에서 가장 호기 넘치고 어찌 보면 자기 멋대로라고 할 수 있는 그녀였다. 그런데 지금은……. 주작은 새의 발톱처럼 길고 날카로운 손톱이 있는 한 손을 들어 얼굴을 덮었다.

「이기적이라고 해도 좋아. 난 그가… 살아 있기만을 바랬어. 그가 자라는 모습을 보는 게 즐거웠어. 영겁의 세월 동안 살아오면서 그처럼 나에게 즐거움을 주는 존재는 없었어. 작은 아이였을 때부터 지금까지… 그저 살아 있기만을 바랬다고…….」

「주작…….」

「그런데! 그런데 죽어버렸어! 인연이라는 것을 알아. 다른 신들도 그리 말하겠지! 하지만… 그게 언제가 될지는 아무도 모르잖아! 아무리 우리들이 시간을 거슬러 살고 있다고 하지만 그 오랜 세월을… 진현 없이, 그 없이 어떻게 살아가란 말이야…….」

다시금 흐윽, 하고 눈물을 흘리면서 주작은 고개를 숙였다. 아아, 신이라는 것이 인간보다 강한 것은 그들이 가진 힘뿐인 것 같다. 현무는 머리가 울리는 것을 느끼면서 이마를 짚고 눈을 감았다. 하아, 하고 작게 한숨을 내쉰 그는 한 발자국 앞으로 걸어가 탁자 근처에 있는 의자에 앉았다. 검은색 옷자락이 사락거리는 소리를 내면서 사방으로 퍼졌다. 곱게 소맷자락을 여민 현무는 다기 포트에 있는 차가 아직 적당한 온도라는 것을 알고는 부드럽게 들어서 찻잔에 따랐다.

다른 셋과는 달리 여유로운 태도였기에 그런 모습을 보곤 주작이 발끈하여 외쳤다.

「지금 차가 목구멍으로 넘어가?! 주인이 죽었단 말이다! 무신에게 있어서 주인이라는 존재는 지금껏 쌓아온 복록보다 더 중요한 존재야! 하급의 신도 아닌 최상위급의 정령 왕인 우리들이 주인을 지키지 못했다는 것은 치욕이다! 그리고 그전에……!」

「솔직한 심정인 거냐?」

「뭐야?!」

현무는 차를 한 모금 삼키더니 꽤 마음에 들었는지 살며시 눈을 감고 말을 이었다.

「미물로 태어나 신의 자리까지 올라온 것이 우리들이다. 영겁의 세월 동안 쌓은 복록과 덕이 없었다면 불가능했을 터. 그리고 그동안의 그 수행도 말이다. 너는 그것들을 다 버리고서라도 일순간의 주인을 선택하겠느냐 이 말이다.」

차가운 그의 말에 주작은 잠시 동안 어버버, 하면서 입을 다물지 못했다. 백호와 청룡조차도 순간 놀라서 눈을 크게 뜨고 현무 쪽으로 고개를 돌릴 정도였다. 눈물마저 그치고 멍청한 표정이 된 백호가 손을 부들부들 떨면서 작은 목소리로 중얼거렸다.

「현… 무?」

의외라는 듯한 목소리. 어쩌면 가장 진현의 일을 많이 수행한 것은 현무였는데… 어떻게 저런 말을? 백호의 하얀 얼굴이 더욱 창백하게 변했을 때 주작의 얼굴은 새빨갛게 달아올라 있었다. 화가 머리끝까지 차 오른 모양이었다. 그녀는 자신의 손에 들린 오리털 베개를 현무 쪽으로 있는 힘껏 집어 던지면서 소리쳤다.

「이 빌어먹을 자식! 네가… 감히 네가 그 따위 말을 해?! 너란 놈은 마음이라는 것이 얼어붙어 버렸냐?! 이 냉혈한아!」

그녀가 던진 베개를 슬쩍 고개를 돌려 피해낸 현무는 아무런 대답도 하지 않았다. 화가 있는 대로 나버린 주작은 주먹을 쥐고 부르르 떨다가 한 마리의 붉은 새로 화해 창밖으로 날아가 버렸다. 안절부절못하던 백호는 현무를 향해 조금 원망 섞인 시선을 던져 주고는 흰색의 고양이로 변해서 창문을 향해 뛰쳐나갔다.

청룡은 창가로 다가가 사라진 둘의 그림자를 바라보다가 곧 한숨을 내쉬었다. 살며시 고개를 돌려 유유히 차를 마시는 현무를 바라본 청룡이 곱게 얼굴을 구기면서 말했다.

「굳이 그렇게까지 말하실 필요는 없지 않소.」

청룡은 현무가 무슨 생각에서 저렇게 말하는 줄 알고 있었다. 다만 단순하면서도 다혈질인 주작과 백호만이 현무의 말을 곧이곧대로 들을 뿐. 사신들 중 가장 사려 깊은 청룡은 현무의 내심을 이미 알고 있었던 터. 청룡의 눈길을 받으면서 현무는 손에 들린 찻잔을 조용히 탁자 위에 올려두었다.

「이렇게라도 말하지 않으면…….」

현무는 고개를 들어 침대 위에 놓인 진현의 유품들을 바라보았다. 그리고 살며시 눈을 감았다.

「…우리를 자유롭게 해준 주군의 뜻에 위배가 되니까.」

그의 담담한 말을 들으면서 청룡은 사내답지 않게 애처로운 시선으로 현무를 바라보았다. 손을 들어 올려 이마를 짚으면서 청룡은 현무에게 걸어왔다.

「왜 일이 이리 되어버렸는지… 아마도 선계로 돌아가면 황제께 꽤 꾸지람을 들을 것이오. 주인의 안위도 제대로 보필하지 못했고 더욱이 하늘이 정하신 명대로 죽게 하지도 않았으니 말이오. 아아, 꾸지람을 듣는 것은 내가 걱정하는 바가 아니오만 고통스럽게 명을 달리하셨을 주군을 생각하면 가슴이 미어지는구려.」

그리 말하며 청룡은 다시 눈가에 살짝 고이는 눈물을 소맷자락으로 닦았다. 현무는 찻잔을 다시 들어 입가로 기울이면서 나직한 목소리로 중얼거렸다.

「이 세계는 우리 사신들이 상응하는 땅이 아니다. 만약 주군이 있었다면 우리 전부가 이렇게 한곳에 소환될 수 없을 것. 그러나 족쇄가 사라진 지금, 우리는 자유롭게 행동할 수 있다. 각자의 의지를 가지고 말이다.」

「그 말은…….」

청룡의 미간이 한껏 좁아졌다. 그의 고운 눈썹이 조금 치켜 올려졌으나 현무는 아무런 말 없이 조용히 두 손에 들린 찻잔을 무릎 위로 내리면서 날카로운 눈매를 조금 더 가늘게 떴다. 열려진 창문 가에서 바람이 불어 들어왔다. 현무는 조용히 눈을 감으면서 날카롭도록 차가운 어조로 말했다.

「…날뛰어도 된다는 말이지.」

저택의 정원 한구석에는 작은 나무의 가지에 앉아 있는 붉은 새가 있었다. 보통의 새와는 다르게 황금색과 붉은색으로 적절하게 조화된 굉장히 아름다운 새였다. 황금색 눈동자를 살짝 굴리면서 구르륵, 하고 작게 운 새는 날갯죽지를 부리로 헤집었다. 그 아래로 푸른 잔디에 누워서 앞발을 혀로 핥고 있는 흰 고양이가 있었다. 흰색의 바탕에 검은색 줄무늬가 있는 조금 독특한 색의 고양이는 앞발로 자신의 얼굴을 삭삭 닦아냈다.

「너무 그렇게 화내지 마. 현무도 다른 뜻이 있을 거야.」

고양이는 작은 입을 조물거리면서 말했다. 다른 사람들이 본다면 말하는 고양이라고 놀라 자빠질 일. 그러나 이곳은 정원 중에서도 구석이었고 무엇보다 키 작은 나무와 풀들로 가리워져 있어서 들킬 확률은 적었다.

깃털을 손질하던 붉은 새가 날개를 펼치면서 신경질적으로 파닥거렸다.

「흥! 그놈은 예전부터 미련이 없는 녀석이었어. 진현이 녀석에게 얼마나 잘해줬는데 그 따위 말이나 하고!」

구르륵, 하고 길게 운 새는 부리를 딱딱 부딪치면서 말했고, 고양이는 뒷발로 귓가를 긁으면서 입을 움직였다.

「앞으로 우리는 어쩌면 좋을까? 우리 넷의 힘을 합친다면 선계로 돌아갈 수는 있을 텐데.」

「난 돌아가지 않아!」

「주작?」

새는 날카로운 눈을 치켜뜨면서 짧게 외쳤고 고양이는 고개를 갸웃거렸다. 날개를 움직여 땅으로 내려온 새는 고양이의 머리 위에 가볍게 앉으면서 부리로 고양이의 귀를 깔짝거렸다. 꼬리를 살랑거리는 고양이에게 새는 단호한 음성으로 말했다.

「진현의 복수를 하기 전까지는 돌아가지 않아. 어차피 이곳은 선계와 이어진 곳이 아니야. 그러니까 황제 폐하의 귀에 들어갈 일도 없지. 물론 황제께서도 용서해 주실 거야. 주인의 목숨과 안위를 지키는 것이 무신의 가장 큰 책임이자 의무니까.」

「하, 하지만 진현은……!」

고양이의 커다란 눈동자가 흔들렸지만 새는 고개를 빳빳하게 치켜올리면서 부리를 딱딱 부딪쳤다.

「주인을 지키지 못한 건 우리 잘못이야. 그러니까 그에 따른 책임을 져야 해.」

그녀의 말에 흰 고양이는 잠시 입을 다물었다. 분명 자신도 복수를 해야 한다고… 용서하지 못한다고 말을 했지만 그게 어디 말로만 될 일인가? 실상 이곳에서 모습을 드러내는 일조차도 용서받기 힘들 텐데 말이다.

자신들은 신이다. 인간과는 달리 하늘을 조종하고 자연을 움직이며 분노로 대지를 떨게 할 수 있는 존재들. 위대하다면 위대할 수도 있는 존재들이 그 거대한 힘을 드러내는 것은 세상의 균형을 무너뜨리는 것은 아닐는지.

고양이는 한숨을 푹 내쉬면서 다시 앞발을 들어 눈가를 비볐다. 한낱 축생으로 태어나 인고의 세월 동안 도를 닦고 선을 쌓은 존재가 바로 자신들이다. 그런 세월 동안 얼마나 고생을 했던가. 백호 자신 역시 그러했다. 죽은 생물에 손을 대지 않고 육식을 금했으며 살생도 하지 않았다. 그게 어디 미물로서 쉬운 일이었단 말인가. 신의 위에 오른 뒤로도 늘 선을 쌓으면서 인간들을 보살펴야 하는 것이 축생의 신들이 하는 일이었다.

하루라도 빨리 깨달음을 얻어 선계에만 머물 수 있기만을 바래왔건만…… 백호가 비록 나이 어린 소년의 모습으로 변할 때가 있다지만 그것은 어디까지나 인간의 형태로 변할 때뿐이다. 실상 그는 청룡보다 더 나이가 많았으니 말이다. 사방 신이 만들어지기 이전 가장 먼저 신이 된 것은 현무였다. 그 다음이 주작, 그리고 백호, 마지막이 청룡이었다. 청룡은 수백 명에 달하는 형제가 있었기 때문에 승천하는 것도 늦었다.

살며시 앞발을 포개어 누워 머리를 발 위에 얹으면서 고양이는 입 주위를 혀로 핥았다.

「비록 우리가 이곳의 신은 아니라고 하지만 축생들에게 힘이 통하지 않는 것은 아냐. 그들에게 물어보면 알 수 있지 않을까?」

그의 말에 새는 고개를 끄덕거리며 부리를 열었다.

「너는 털이 있는 모든 동물을, 나는 깃털을 가진 모든 생물을 지배하는 신이야. 세상의 어디라도 그들이 없는 곳은 없지. 그럼 나는 정보를 찾으러 가봐야겠어.」

날개를 활짝 펼친 새의 몸에서 붉은 기운이 스며 나왔다. 그리고 잠시 후, 주먹만한 크기의 작은 새였던 주작은 독수리처럼 거대한 몸에 더욱 화려한 깃털을 가진 새로 변했고 허공을 향해 날갯짓을 했다. 파란 하늘 위로 날아가는 주작을 보면서 고양이는 눈을 가늘게 뜨곤 앞발을 혀로 핥았다.

「그럼 나도 어디 활동을 시작해 볼까.」

말을 마친 백호는 꼬리를 살랑거리다가 곧 활기 차게 어디론가 뛰어 갔다. 고양이는 원래부터가 빠른 속도이지만 그의 몸놀림은 눈으로도 알아보기 힘들 정도였다.

흰색의 고양이가 후닥닥 사라진 직후, 하인 한 명이 풀숲을 헤치면서 걸어나왔다. 그는 머리를 긁적이면서 고개를 갸웃거렸다.

"어라, 이상하네. 분명히 사람 목소리가 들렸는데……?"

허무한 그의 목소리를 뒤로하고 주작과 백호는 각자의 행동을 시작했다. 물론 행동파 둘을 제외한 나머지 둘은 지능파였기 때문에 조용히 다도를 즐기면서 머리를 짜내고 있었다. 같은 사신이라도 이렇게 다른 것 역시 개성인가 보다.

청룡에 의해 방을 나오게 된 슈린과 에오로는 손님용 응접실에서 얘기를 나누고 있었다. 커다란 방에 장식장들을 제외하면 있는 것이라고는 소파와 테이블뿐.

슈린은 조용히 찻잔을 들어 고급 홍차를 한 모금 마셨다. 그리고 나직한 목소리로 말했다.

"스승님……."

흠칫.

걸신이라도 들린 듯 먹을 것을 주워 먹던 에오로의 손이 순간적으로 멈춰졌다. 그에게 있어서는 금기의 말이나 다름없는 단어였다, '스승님'이라는 말은. 에오로는 입가에 묻은 생크림을 손등으로 슥 닦아내곤 눈을 가늘게 떴다. 그래도 자신은 스승인 다카를 마지막까지 볼 수 있었다. 그에게서 유언 비슷한 것도 들을 수 있었고……. 하지만 슈린은 어땠을까. 이를 악물면서 조금 고개를 숙이는 그에게 슈린은 희미하게 웃으면서 입을 열었다.

"…그렇게 죄책감에 깃든 얼굴 하지 마. 나도 스승님을 만나뵈었으니까."

"뭐?"

눈을 동그랗게 뜨고 고개를 드는 에오로를 보면서 슈린은 두 손을 모아 무릎 위에 올리면서 조용한 어조로 말을 이어 나갔다.

"그날, 스승님이 돌아가시던 날… 어느 산속에서 야영을 하던 나는 커다란 빛의 기둥을 보게 되었지. 나는 그것을 보며… 그래, 스승님의 죽음을 이해할 수가 있었어. 아버지처럼 날 키워주신 분이었으니까. 막연하게 빛의 기둥을 바라보고 있는 나에게 스승님께서 찾아오셨어."

그때의 기억이 나서일까. 슈린의 얼굴이 어두워졌다. 그는 굳게 쥔 손에 힘을 주면서 눈을 감았다.

"희미한 모습으로 나타나셔서 얘길 하고 가셨어. 하지만 정말로 만족하신 표정이었지. 그래서 슬프지 않아. 그분은 자신이 원하던 생을 살고 가셨다고 생각하니까."

그러나 그렇게 말하는 그의 표정은 결코 밝지만은 않았다. 에오로는 슈린을 잠시 동안 쳐다보다가 피식 웃으면서 머리를 긁적였다. 왜 나는 항상 나만 슬플 거라고 생각했을까 하는 생각과 함께 말이다. 언제나 슬프면 내가 제일 슬프고, 아프면 내가 제일 아프다고 생각했다. 이기적이게도. 그러나 자신보다 더 아픈 사람도 있고 슬픈 사람도 있는 법. 다시 과자를 입에 물면서 에오로가 말했다.

"알아. 헤헤, 나도 이제는 슬프지 않아. 스승님이 한 말도 있고 말야."

"그래."

슈린은 밝게 웃으면서 고개를 끄덕였다.

역시나 예전의 그보다는 많이 밝아져 있었다. 조금 이상하기는 했지만 나이에 맞지 않게 어둡고 진지하던 것보다는 나으니까. 그렇게 생각한 에오로가 다섯 개째의 생크림 조각 케이크를 작살내고 있을 때 응접실의 문이 열리면서 아영과 우혁이 들어왔다. 아영은 기지개를 켜면서 들어오다가 둘이 있는 것을 보며 입술을 삐죽거렸다.

"어라라, 여기 있었네."

아영을 힐끔 쳐다본 슈린은 아무런 말도 하지 않았다. 저번처럼 싸우면 어쩌나 하고 걱정하던 에오로의 예상과는 전혀 달리 말이다. 슈린은 조용히 소파에서 일어나 처음 보는 우혁을 향해 고개를 살짝 까닥였다. 단단하게 굳은 얼굴을 하던 우혁은 그런 그를 보면서 입을 꾹 다물었다. 원래 무뚝뚝하기는 하지만 인사까지 안 받아줄 사람은 아닌데? 이런 생각에 에오로가 자리에서 일어나면서 슈린 쪽으로 손을 내밀었다.

"아, 얘는 내 친구예요. 같은 스승님 밑에서 배운 동기이기도 하고. 하여간에 슈린이라고 하는데… 에, 우혁이 형?"

소개를 해주는데도 우혁이 반응이 없자 에오로는 조금 무안한 얼굴이 되었다. 손을 거둬서 바지에 슥슥 닦으면서 에오로는 우혁의 얼굴을 힐끔 쳐다보았다. 왜 저러는 것일까? 그렇지 않아도 요즘 일들이 많은데 처음 보는 사람을 저택에 들여서일까? 안절부절못하는 에오로의 귀에 중저음의 낮은 목소리가 들렸다. 우혁의 목소리였다.

"시기 적절하게 도착했군."

조금은 화가 난 듯한 목소리, 게다가 뜻을 알 수 없는 말에 에오로는 어리둥절할 수밖에 없었다.

아영은 조용히 한숨을 내쉬면서 고개를 조금 숙여 보였다.

"설마 네가……."

무슨 뜻일까? 그러나 우혁과 아영의 말을 슈린은 알아듣는 듯한 표정이었다. 그는 쓰게 웃으며 주먹을 쥐면서 낮게 대답했다.

"…역시 알고 계셨군요."

"당연하지, 속성의 힘을 가지고 있으니까."

미간을 찌푸리면서 어딘지 모르게 서글픈 표정의 아영이 말했다.

도저히 궁금해서 참지 못하게 된 에오로가 입을 열려고 할 때 우혁이 손에 들고 있던 자신의 애도, 파사의 손잡이를 거머쥐면서 으르렁거리는 늑대처럼 인상을 썼다. 당장이라도 칼을 뽑을 것처럼 보였기에 에오로는 이마에 식은땀이 맺히는 것을 느꼈다. 잠시 동안 방 안에는 우혁의 살기와 함께 침묵만이 흘렀다. 지루하다 싶은 시간이 흐른 후 우혁이 무겁게 입을 열었다.

"새로운 신족의 「선택받은 인간」이… 너인가?"

"……!"

에오로의 얼굴은 사색이 되었지만 슈린은 담담한 표정이었다. 그는 조용히 자신의 오른 손바닥을 내려다보았다. 그곳에는 예전 진현의 손바닥에 있던 문양과 같은 문양이 새겨져 있었다. 그것을 보며 슈린은 딱딱 끊기는 어조로 말했다.

"제가 새로이 선택받은 인간입니다."

Part 25

신족의 계획

신족의 계획 1

　문에 등을 기대면서 에오로는 한숨을 내쉬었다.

　그래, 어차피 자신은 '그 일'에는 관련된 인물이 아니니까. 하지만
궁금해서 쉽게 자리를 뜨지 못하고 방 안에서 흘러나오는 목소리에 귀
를 기울였다. …들리는 것은 거의 없었지만.

　그가 그렇게 한 단어라도 더 들으려고 귀를 문에 바싹 대고 있을 때
방 안의 분위기는 그리 좋지 않았다. 세 명 모두 소파에 앉아 있기는
하지만 당장이라도 싸움이 일어날 것 같은 일촉즉발의 상황이랄까.

　기분이 좋지 않기는 아영 역시 마찬가지였지만 그래도 우혁이 혹시
나 칼을 뽑으면 말릴 준비는 하고 있었다. 표정없이 앉아 따뜻한 찻잔
을 쥐고 있는 슈린을 보면서 아영은 저도 모르게 입술을 샐쭉거렸다.
사실, 그때 슈린이 따로 떨어져 나간 일이 내심 마음에 걸렸기 때문이
다. 자신의 잘못은 될 수 있으면 인정하지 않으려는 아영 역시 그때의

일은 확실히 자신의 잘못 같았으니까. 후우, 하고 한숨을 내쉰 아영이 눈을 돌려 자신의 옆에 앉아 있는 우혁을 보았다.

무슨 생각을 하고 있는 것인지… 평소보다 더욱 차가운 표정으로 앉아 있는 그가 불안하게 보였다. 하지만 솔직히 말해서 슈린에게 무슨 죄가 있겠는가. 그를 선택한 신족이 잘못했다면 잘못한 것이지. 솔직히 잃어버린 세계의 사람이 아닌 자를 선택한 이유를 모르겠지만.

"…형이 죽은 것은 신족에게 들어서 안 것인가?"

무거운 침묵을 깬 것은 우혁의 낮은 목소리였다. 흠칫한 아영이 미심쩍은 눈으로 자신의 맞은편에 앉아 있는 슈린을 보았다. 슈린은 잠시 동안 고개를 숙이고 있다가 조심스럽게 들어 올리면서 입을 열었다.

"신족에게서 들은 것은 아닙니다. 하지만 누구에게서 들었는지는 말씀드릴 수 없군요."

"……."

우혁의 눈동자가 가늘어지는 것을 보면서 아영이 황급하게 슈린에게 물었다.

"누, 누구한테 들었는지 정도는 알려줄 수 있잖아?"

"약속 때문입니다, 다른 사람에게는 말하지 않겠다는."

단호하다면 단호한 그의 말에 아영은 입술을 깨물었다. 새로운 인물이 오면 엉덩이를 걷어차서 쫓아내겠다고 다짐한 그녀였지만, 한 번은 잘못했던 전적이 있는 사람에게는 이러지도 저러지도 못했다. 우혁은 자신의 옆에 놓인 파사를 굳게 거머쥐면서 눈을 감았다.

"사실 난 네 존재가 싫다."

그답지 않게 돌려 말하는 것도 없이 직설적으로 '싫다' 라는 말을 하는 우혁을 보며 아영은 안색이 달라졌다. 어쨌거나 이왕 일이 이렇게 되었으니까 잘 지내봐야 하지 않겠어라는 말도 하지 못할 정도로 우혁의 생각은 단호했다. 우혁은 조용히 숨을 고른 후 파사를 놓으면서 다시 입을 열었다.

"정확히 말하자면, 네가 싫은 것은 아냐. 진현이 형의 빈자리 자체를 용납할 수가 없단 말이다. 그리고 그 자리에 다른 사람이 들어오는 것도."

"…당신은 세계의 존망보다 한 사람의 존재가 더 소중한 모양이군요."

정곡을 찌르는 슈린의 말에 우혁은 잠시 동안 대답하지 않았다. 그리고 살며시 고개를 끄덕였다. 그게 사실이었으니까. 가만히 우혁을 응시하던 슈린은 피식 하고 미소 지으면서 조용하게 말했다.

"세계가 사라지면 당신의 그 소중한 사람들도 모두 사라지는데? 지금 당신의 말은 모순입니다. 소중한 사람 한 명 때문에 다른 소중한 사람들을 모두 포기하겠다는 말이니까요. 아니면 진현의 존재는 다른 소중한 사람 모두를 희생시킬 정도로 당신에게 중요한 존재였다는 말입니까?"

아영마저도 움찔해 버렸다. 슈린의 말은 틀린 게 없었다. 세계가 사라지면 소중하게 여겼던 사람 모두가 사라지는 것이다. 하지만 이대로 진현의 빈자리를 인정하고 세계를 구하기 위해 힘쓴다면 상황은 달라지겠지. 진현도 분명 소중한 사람이다. 그러나 그는 이미 죽었고 살아남은 사람들은 살아야 한다. 두 손을 모아 꼭 쥔 아영이 걱정스러운 눈으로 우혁을 보았다.

스스로도 인정하는 것일까. 우혁은 입을 굳게 다물고 말을 하지 않았다. 슈린은 자신의 오른 손바닥을 내려다보며 계속 말을 이었다.

"저 역시 왜 신족이 저를 선택했는지 모릅니다. 하지만 그들에게서 이 세계와 당신들이 사는 『잃어버린 세계』의 존망을 위협하는 이들에 대한 이야기도 모두 들었습니다. 그리고 저는 제 자신의 의지로 진현의 빈자리를 채우기로 맹세했습니다."

들고 있던 찻잔을 테이블 위에 올려놓으며 슈린은 조용히 자리에서 일어났다. 그리고 걸음을 옮겨 커다랗게 트인 창가 쪽으로 걸어갔다. 파란 하늘과 여유롭게 흘러가는 흰 구름들. 완연한 가을이라는 것을 말하듯이 하늘은 청명하고 드높았다. 창틀을 두 손으로 짚으며 슈린은 나직한 어조로 말했다.

"저는 그게 진현을 위한 일이라고 생각합니다."

"……."

아영은 고개를 떨구었다. 그리고 입술을 깨물면서 중얼거렸다.

"진현을… 위한 일……."

그가 죽음을 택하면서까지 진정으로 바랐던 것은 무엇일까? 그렇게 귀찮은 일을 싫어하고, 돈 아니면 움직이기도 싫어하는 그가 신족의 선택을 받아 이곳까지 온 이유는 무엇이었을까? 묻지 않아도 이미 정답은 나와 있었다. 진현은 소중한 사람들을 위해서……. 분명히 현홍이 이곳에 왔기 때문도 있다. 그렇지만 그의 소중한 사람이 살고 있는 세계를 구하기 위해서 온 것이 아니었을까. 그런 생각에 아영은 한 손을 들어 얼굴을 덮었다.

"알았다."

고개를 들어 목소리가 들린 쪽을 보자 우혁이 소파에서 일어나고 있었다. 눈을 동그랗게 뜨고 자신을 올려다보는 아영을 힐끔 쳐다본 후에 우혁은 자신의 검을 붙잡고 등을 돌려 문 쪽으로 걸어갔다.

"네 말대로 세계를 구하는 것 또한 그를 위한 것이겠지. 어쨌거나 소중한 사람들이 살아가는 곳이니까. 하지만 그렇다고 복수를 포기한 것은 아니다."

슈린은 천천히 고개를 돌려 우혁을 보았다. 두 사람은 잠시 동안 서로를 바라보았고, 슈린은 희미하게 웃으면서 말했다.

"저 역시 마찬가지입니다."

"진현을 죽게 만든 가장 큰 원인이었던 데저티드 드래곤 족은 이제 곧 세계에서 사멸될 거다."

그의 말 뒤에는 분명 '내 손으로' 라는 말이 붙어야 했다. 그러나 정작 그 말은 입속으로 삼킨 우혁은 무뚝뚝한 표정으로 방을 나섰다. 아영도 자리에서 일어나 우혁과 슈린을 번갈아 보다가 주먹을 꽉 쥐며 슈린에게 나직한 목소리로 외쳤다.

"나, 나 저번에는 미안했어! 그리고 결정하게 해줘서 고마워……."

마지막 말은 모기 소리만큼 작았지만 아영의 말을 똑똑히 들은 슈린은 어리둥절한 표정을 지었다. 붉어진 얼굴로 아영은 후닥닥 방을 나갔고 슈린은 이마를 손으로 짚으며 작게 웃었다.

"하하, 솔직해지셨군요."

"너도 이상하게 변했어."

반쯤 열려진 문에 팔짱을 끼고 기대서 에오로는 황당하다는 말투로 그렇게 말했다. 예전에 진지하고 무겁고 잘 웃지 않았던 슈린은 어디로 갔단 말인가? 언제부터 저렇게 변했는지 원. 한숨을 푹 내쉰 에오로는 머리를 긁적이면서 방으로 들어왔다.

"너 말이야, 왜 그렇게 성격이 바뀐 거냐? 혼자 여행하기 전이랑 완전 딴판이잖아."

그의 말에 슈린은 어깨를 조금 으쓱해 보이곤 고개를 들어 올려 창밖의 하늘로 시선을 돌렸다.

"여행은 사람을 변화시킨다고들 하지."

"흐음, 그래? 혼자 하는 여행은 말야?"

"그렇게 볼 수도 있고. 어쨌거나 그래."

모르겠다는 듯 고개를 갸웃한 에오로였지만 더 이상 물어볼 말은 없었다. 소곤소곤 작게 들리는 목소리였지만 대충은 알아들을 수 있었고, 사실을 안 직후 조금 놀라웠다. 슈린이 진현과 비슷한 힘을 가지게 된 걸까? 문득 그것 또한 궁금해져서 에오로는 조심스럽게 물었다.

"저기, 그럼 넌 진현이 쓰던 그런 힘을 가지게 된 거야?"

극히 조심스러운 질문이었기에 에오로는 머뭇거렸다. 그러나 의외로 슈린은 무덤덤하게 대답할 뿐이었다.

"정확히 말하자면 신족이 가진 '빛'의 힘뿐이야. 진현은 원래… 강했지만. 나는 그저 보통 사람이면서 힘을 받은 것이니까 진현만큼 강해지지는 못하겠지. 그래도 막강한 힘임에는 분명하지만."

그래, 하고 에오로는 고개를 끄덕였고 곧 이어 배를 문지르면서 슈린에게 말했다.

"나 배고파. 식당에 내려갈 건데… 너도 갈래?"

30분 전에 쇼트 케이크를 다섯 개나 먹은 주제에 또 배가 고프다고? 멋쩍은 미소를 흘리며 슈린은 손을 저었다. 에오로는 '배가 고프면 내려와'라는 말을 남기고 응접실을 나섰다.

작게 문이 닫히는 소리를 들으며 슈린은 자신도 모르게 한숨이 나오는 것을 느꼈다. 창틀에 등을 기대고 선 채로 슈린은 말없이 방 안에 흐르는 침묵을 즐겼다. 그 소리가 들리기 전까지는.

푸드득—

날갯짓 소리가 슈린의 귀를 자극했고 그 소리에 슈린은 기분이 나빠지는 것 같았다. 살짝 이를 악물며 슈린은 고개를 들어 자신의 정면을 바라보았다. 창가에서 흘러 들어온 빛이 그대로 사람의 형상처럼⋯ 아니, 날개가 달린 천사의 형상으로 변하는 것을 보며 그는 자신도 모르게 주먹을 쥐었다. 살짝 바람에 흔들리는 검은 머리카락을 쓸어 넘긴 슈린이 간신히 입을 열었다.

"천사면서 이렇게 모습을 드러내도 되는 겁니까?"

"후훗, 대사大事가 걸려 있으니 어쩔 수 없는 일이지 않사옵니까?"

은 쟁반에 옥 구슬 굴러가는 목소리랄까. 하여간에 고운 음성이 공기를 흔들었지만 그 목소리를 듣는 슈린의 기분은 그리 좋지 않았다. 푸른빛이 도는 은발이 어깨 위에 소담히 내려앉아 있는 미형의 인물. 등 뒤로 빛에 반짝이는 것은 분명히 날개였다. 금실로 자수가 놓인 흰 옷을 입은 그는 언제나 그렇듯이 조용히 소맷자락을 들어 입가를 가리면서 곱게 미소 지었다.

"그건 그렇고⋯ 다른 종족이 뽑은 「선택받은 인간」 분들은 모두 만나보셨는지요? 한 분을 제외하곤 다른 분들은 다 예전에 아시던 사이가 아니옵니까. 감격적인 해후로군요."

살며시 한 발자국 앞으로 걸어나온 샤테이엘은 자신에게로 내리비치는 햇살에 기분이 좋다는 듯이 머리카락을 쓸어 넘겼다. 그의 투명하다 싶은 새하얀 날개가 허공에서 잠시 파르르 떨리자 빛의 가루들이 수없이 떨어져 나왔고, 그것은 눈을 부시게 만들 정도로 아름다운 것이었다.

"오늘의 햇살은 정말로 아름답군요. 그래, 앞으로의 일에 대한 결정은 보셨는지요? 어서 답변을 주셔야 저 역시 상부에 보고를 할 수 있답니다. 재촉하는 것은 예의에 어긋나는 일이옵니다만… 어떻습니까?"

슈린은 잠시 동안 자신의 앞에 서 있는 샤테이엘을 바라보았다. 진현이 죽은 지 얼마 되지 않아서 어두운 밤하늘을 부수고 나타난 침묵의 천사. 그는 자신에게 신족의 선택받은 인물이 되지 않겠냐고 물어왔다. 그리고 그가 설명해 준 것들은 슈린에게 있어서는 놀라운 일들이었고, 샤테이엘은 세계를 위해서 부디 되어달라고 부탁을 해왔다. 어떻게 거절할 수가 있을까. 사실 그것보다는 더 알고 싶은 것이 많았기에 될 수밖에 없었다.

진현의 죽음과 그가 행했던 일들을 알고 조사하기 위해서는 힘이 필요했다. 세계를 구한다는 것은 처음부터 목적이 아니었던 것이다. 서로가 다른 목적으로, 그것을 숨기고 슈린과 신족은 손을 잡은 것이다. 물론 서로서로 절반쯤은 알고 있는 비밀이겠지만. 슈린은 팔짱을 끼고 시선을 하늘 쪽으로 돌리면서 말했다.

"우선 그쪽이 말한 조건은 지켜줄 수 있습니다. 당신들의 「목적」을 달성하기 위해서 도움은 드리겠습니다."

"아아, 이렇게 기쁠 데가. 감사합니다, 슈린님. 물론 저희 측에서도 슈린님의 조건은 당연히 들어드립니다. 걱정 마십시오. 후후훗."

손바닥을 소리없이 마주친 샤테이엘은 빙긋이 웃었다. 그러나 슈린은 무표정한 얼굴로 하늘만을 쳐다볼 뿐이었다. 그런 그를 보는 샤테이엘의 눈동자에 이채가 스쳐 지나갔지만 슈린은 그것을 보지 못했다.

후훗, 하고 작게 웃은 샤테이엘은 한 손을 허공으로 내밀었다. 잠시 후 그의 손에는 고급스럽게 조각이 된 작은 상자 하나가 들려져 있었다. 손 위에 올릴 수 있는 크기이기는 했지만 결코 작은 상자는 아니었다. 신주단지를 모시듯이 두 손으로 상자를 든 샤테이엘은 그것을 조용히 슈린에게 내밀었다.

슈린은 시선만을 돌려 샤테이엘의 손에 들린 상자를 보았다. 그는 잠시 동안 생각했다. 과연 이것이 진정으로 자신이 바라는 일일까 하고 몇 번이고 되묻고 있는 중이었다. 그러나 언제나 들려오는 대답은 똑같았다. 조금의 희생으로 세계를, 소중한 사람들을 구할 수 있다면 하고 말이다. 마른침을 삼킨 후 슈린은 손을 뻗어 상자를 받아 들었다. 샤테이엘은 곱게 웃으면서 고개를 숙여 보였다.

"부디 세계를 위해서 힘써주십시오. 그 상자에 '세계를 구할 수 있는 것들'을 모아주시길."

나직하게 말한 샤테이엘은 서서히 빛으로 화해서 창가를 통해 하늘로 사라져 버렸다.

그가 사라진 후에서야 슈린은 상자를 소파 한구석으로 집어 던질 수 있었다. 어차피 저들의 목적은 안중에도 없었다. 그것이 자신이 바라는 일로 가는 길이 아니었다면 처음부터 손을 잡지도 않았을 터. 후우, 하고 작게 한숨을 내쉰 슈린은 이마를 손으로 짚으면서 소파 쪽으로 걸어갔다. 느릿하게 발걸음을 옮긴 그는 소파에 털썩 소리를 내면서 주저앉았다.

어쩐지 힘이 쭉 빠지는 기분이 들어서였다. 하지만 정말로 잘하는 짓일까? 수백 번을 곱씹어 생각했다. 두 손을 모으고 상체를 앞으로 숙인 슈린은 눈을 가늘게 뜨고 자신의 옆에 아무렇게나 던져진 상자를 보았다. 백금으로 되어 조금 묵직한 느낌을 주던 상자. 슈린은 천천히 손을 뻗어서 그것을 집어 올렸다. 상자를 무릎에 놓고 그는 조용히 뚜껑을 열어보았다. 부드럽게 열린 상자의 안에는 별다른 것은 없었다.

고급스러워 보이는 푸른색 벨벳 천이 깔려져 있었고, 마치 무언가를 넣을 수 있게 홈들이 파져 있다는 것 말고는 말이다. 동그란 무언가를 넣을 수 있게 만들어진 홈은 모두 열 개. 이것은 역시나 '그것' 을 넣을 수 있게 만들어진 것이 분명했다. 질끈 입술을 깨문 슈린은 재빨리 상자의 뚜껑을 닫아버렸다.

"하아, 하아."

거친 숨이 턱까지 차 올랐다. 보지 말아야 할 것을 보았다는 느낌이 들어서… 그래서 두 손으로 상자를 힘껏 붙잡으면서 슈린은 작게 중얼거렸다.

"정말로 할 수 있어? 응, 슈린?"

자신에게 되묻는 질문. 그러나 대답은 들려오지 않았다.

간식으로 배를 불린 에오로는 빵빵하게 불러온 배를 두드리면서 만족한 미소를 지었다. 그러다가 문득 침대에 누워 있을 현홍과 우혁, 다음으로 간호하고 있을 니드가 생각났다. 두 사람은 얼마나 입이 심심할까? 자신이 생각해도 대견한 생각이라고 자화자찬하면서 하녀에게 부탁해 간식들을 챙긴 에오로는 총총걸음을 하며 2층으로 향했다. 쟁반에 한가득 과일이며 케이크며 준비해 간 에오로는 현홍의 방문 앞에 서서 작게 노크를 했다.

"들어오세요."

니드의 목소리가 들린 후 에오로는 환하게 웃으면서 방문을 열고 안으로 들어섰다. 식당이나 다른 저택의 방보다 조금 어두워서 순간적으로는 익숙해지지 않은 에오로는 눈가를 손등으로 비볐다. 눈을 떠보니 현홍의 침대 맡에 의자를 끌어다 앉아 있는 니드가 보였다. 긴 머리카락을 하나로 묶어 내리고 무릎에 책을 얹어놓고 있었다. 확실히 간호할 때는 책을 읽는 것이 제일 시간이 잘 가더라. 그렇게 중얼거린 에오로는 배시시 웃으면서 쟁반을 들고 니드에게로 총총히 다가갔다.

"간식 들고 왔어요. 아직 점심 식사 시간은 멀었으니까요. 음, 입이 심심할 것 같아서."

"아, 고마워, 에오로."

생긋 웃은 니드는 앉아서 책을 읽고 있었기에 어깨가 뻐근한지 주먹으로 두드리면서 말했다. 에오로는 탁자 위에 쟁반을 내려놓으면서 잠을 자고 있는 현홍을 보았다. 복숭아 하나를 집어 올려 한입 베어 먹는 니드에게 에오로는 조용조용히 물었다.

"계속 자는 거예요?"

에오로는 니드의 옆에 의자를 끌어와 앉았다. 피식 하고 웃으면서 니드는 고개를 끄덕였다.

"안 자는 것보다는 낫지. 악몽 같은 것도 안 꾸는 것 같고. 편하게 자는 것처럼 보이지 않아?"

그의 말에 에오로는 빙긋 웃으면서 곤히 자고 있는 현홍의 앞 머리카락을 쓸어 내려주었다. 비록 팔뚝에는 길게 호스가 이어져 있어서 계속 영양제를 맞고 있는 모습이고 얼굴도 초췌해 보이기는 했지만 자는 얼굴은 어느 때보다 편해 보였다. 정말로 꿈도 꾸지 않고 깊게 수면만을 취하는 것처럼. 에오로는 쌕쌕 하고 숨을 몰아쉬면서 자는 현홍의 볼을 귀엽다는 듯이 살짝 꼬집어주었다.

"이제 좀 편안해졌으면 좋겠는데……."

조금은 무거운 듯 들리는 목소리였다. 너무 많은 일이 있었다. 너무 힘든 일들이……. 그렇지만 아직 일은 끝나지 않았다. 현홍에게 걸려진 저주를 풀려면 데저티드 드래곤 족의 수장인 칼 레드를 찾아야 한다.

사실 에오로는 현홍의 저주를 푸는 것도 물론 중요하지만 칼 레드의 손에 돌아가신 스승 다카 다이너스티 때문이기도 했다. 물어보고 싶다고 할까, 왜 죽였는지. 그가 대답을 해줄지 안 해줄지는 모르지만 우선은 만났으면 좋겠다고, 그렇게 생각하는 에오로였다.

그런 그의 마음을 아는 것인지 니드 역시 입가에서 미소를 지우며 진지한 얼굴로 에오로의 어깨를 두드려 주었다.

"현홍의 저주만 풀어준다면 편히 쉴 수 있을 거야."

그래, 남은 것은 이제 그것 하나. 그 후에는 편히 쉴 수 있겠지. 두 손을 모아 쥔 니드는 조용히 고개를 돌려 현홍을 보았다. 조용히 손을 뻗어 현홍의 손을 덮어주면서 니드는 작게 중얼거렸다.

"그렇게 되면 현홍도 편히 쉴 수 있겠지. 그리고 우리도 말야."

움찔.

현홍은 손가락이 미세하게 꿈틀거렸고 니드는 조용히 의자에서 일어나 허리를 구부렸다.

"현홍아?"

니드의 목소리에 마치 대답이라도 하듯이 현홍의 긴 속눈썹이 파르르 떨렸고 곧 살며시 눈을 떴다. 막 잠에서 깨어난 그는 멍한 눈으로 허공을 바라보았다. 마치 이곳이 어디냐고 묻는 듯한 눈빛이었다. 그런 그의 이마를 주먹으로 콩 하고 쥐어박은 것은 에오로였다. 그는 양 손을 허리에 댄 채 설교라도 하는 선생님처럼 외쳤다.

"이 바보야! 어서 일어나지 못해? 언제까지고 잠만 잘 거냐, 잠탱이!"

"…에오로?"

"응?"

고개만을 돌린 채로 현홍은 입술을 달싹였고 에오로는 '대체 왜 이 래?'라고 중얼거리면서 니드를 바라보았다. 니드는 조용히 허리를 숙 여 현홍의 손을 꼭 잡아주며 작게 말했다.

"자, 이제 깨어나야지. 기운 차리고 일어나서 맛있는 것도 먹고 그래 야지."

"니드?"

"그래, 니드 맞아."

니드는 자신의 손을 힘주어 잡는 현홍의 손을 느낄 수 있었다. 정말 인지 확인하고픈 마음일까. 현홍은 조용히 한 손을 들어 올려서 자신 을 향해 상체를 구부리고 있는 니드의 뺨을 살짝 매만졌다. 니드는 희 미하게 웃으면서 고개를 끄덕였다. 그제야 현홍의 눈가에서는 한 방울 눈물이 흘러내렸다. 어라, 또 우는 거야 하고 핀잔을 주려던 에오로에 게 니드는 고개를 저어 보였다. 조금 멋쩍어져서 머리를 긁적인 에오 로는 눈물을 조금씩 흘리고 있는 현홍을 내려다보았다.

다정하게 웃으면서 니드는 손으로 현홍의 눈가를 훔쳐 주었고 현홍 은 입술을 깨물더니 미소 지었다.

"응… 응, 니드가 맞아. 나 깨어난 거구나."

그렇게 중얼거리는 현홍을 보며 니드와 에오로는 자신도 모르게 가 슴이 아파옴을 느꼈다. 몇 번 알 수 없는 말을 중얼거리던 현홍은 조용 히 자리에서 몸을 일으켰다. 니드가 황급하게 그를 부축하면서 걱정스 러운 목소리로 말했다.

"안 돼. 더 누워 있어야 해. 넌 지금 극도로 쇠약해져 있다고."

"아니, 괜찮아."

조용히 니드에게 웃어주면서 현홍은 고개를 저었다. 예전처럼 그런 미소였다. 부드럽고 자애로우면서 보고 있으면 절로 미소가 우러나오는 그런 미소 말이다. 에오로는 자신도 모르게 안도의 한숨이 나오는 것 같았다. 조금이라도 예전과 같아진다면 얼마나 좋겠는가. 니드의 팔을 살며시 붙잡으면서 현홍은 에오로 쪽으로 고개를 돌렸다.

"에오로, 슈린이 왔지?"

"어? 그, 그걸 어떻게 알고 있는 거야?"

"후, 부탁인데 슈린을 불러다 줄래? 그리고 아영과 우혁이도."

갑작스러운 그의 말에 니드와 에오로는 어리둥절한 표정이었지만 곧 고개를 끄덕이면서 방을 나섰다. 잠시 동안 현홍은 방에 혼자 있게 되었다. 참을 수 없는 정적과 어둑한 방의 분위기는 다시금 현홍을 슬픔으로 밀어 넣기에 충분한 것이었다. 창문으로 들어오는 햇살을 보면서 현홍은 나지막하게 한숨을 내뱉었다. 살며시 고개를 돌려 현홍은 에오로가 가져온 쟁반을 보았다. 과일을 깎아 먹을 수 있도록 준비되어진 과도가 그의 눈길을 끌었다.

자신도 모르게 손가락이 꿈틀거리는 것을 느낄 수 있었다. 하지만, 하지만 지금은 참도록 하자. 현홍은 속으로 그렇게 중얼거리면서 자신의 심장 부근을 손으로 지그시 눌렀다. 앉아 있는 것만으로도 이렇게 숨이 차 오르다니. 현홍은 숨을 고르면서 자신에게 하는 핀잔의 말을 중얼거렸다.

"멍청하게… 있는 거라고는 체력밖에 없으면서 그것마저 깎아먹다니. 진현이가 알면 웃을 거야……."

그렇게 말하면서 현홍은 자신도 모르게 하하, 하고 작게 웃었다.

툭.

작은 물방울이 떨어져 침대의 시트에 얼룩졌다. 이렇게, 이렇게 말해도 하나도 즐겁지 않아. 입가의 미소는 그대로였다. 그러나 현홍은 손을 들어 눈가를 덮었고 손가락의 틈새로 희미하게 반짝이는 것은 분명 눈물이었다. 방의 문이 조심스럽게 열리면서 세 명의 사람이 현홍의 방으로 들어왔다. 억지로 눈물을 닦을 생각은 하지 않았다. 눈물이 고인 눈을 그대로 들어 세 명을 올려다보았다.

현홍이 부른다는 소리를 듣고 방으로 황급하게 달려온 슈린과 아영, 그리고 우혁은 그런 그의 얼굴에 흠칫 놀라고 말았다. 특히 슈린은 더욱 그랬다. 그는 완전히 변해 버린 현홍의 모습에 미간을 찌푸리고 주먹을 굳게 쥐었다.

"현홍."

조금은 변한 듯, 많이 어른스럽게 보이는 슈린을 올려다보면서 현홍은 빙긋 웃었다. 물론 그럼에도 촉촉하게 눈물이 젖어든 눈동자는 쉽사리 변하지 않았지만 말이다. 슈린은 초췌해진 얼굴과 붕대를 감고 있는 목, 그리고 하얗다 못해 창백한 현홍의 얼굴에 저도 모르게 질리는 기분이 들었다. 진현의 죽음이 이렇게 사람을 변하게 만들었단 말인가. 그토록 활기 차고 아름답게 반짝이는 꽃과 같은 이가 지금은 완전히 메말라 버린 조화처럼 보였다. 슈린은 조용히 의자에 앉으면서 무겁게 입을 열었다.

"오랜만입니다……."

"으응, 오랜만이네. 모습은 변했지만 말투는 여전하네. 그래, 건강해?"

쇠약한 목소리. 그렇지만 그 깊이에는 그래도 예전처럼 부드러움이 감돌아 있었기에 슈린은 조금 안심할 수 있었다. 그는 한숨을 쉬면서 고개를 끄덕였다.

"저는 건강합니다. 현홍… 괜찮습니까?"

무엇에 대해 묻는지는 말하지 않아도 잘 알 것이다. 슈린의 생각대로 현홍은 아아, 하고 작게 동의하는 듯하다가 자신의 눈가를 손등으로 비비면서 대답했다.

"괜찮은가? 모르겠어… 나 스스로도 괜찮은지 모르겠거든."

순간 눈물이라도 흐를 것 같았던지 현홍은 입술을 세게 깨물었다. 그리고 조용히 숨을 골랐다. 그는 아직 서 있는 아영과 우혁을 보면서 말했다.

"두 사람도 앉아. 나 할 얘기가 있으니까."

이윽고 아영과 우혁마저 의자에 앉고 난 후에 현홍은 조용히 세 명을 둘러보면서 미소 지었다. 비록 한 명이 바뀌긴 했지만 각 종족에게 선택되어진 이들이 모였으니까. 현홍은 숨이 차는지 연신 콜록거리는 기침을 내뱉었고 그 모습은 다른 이들의 마음을 안타깝게 하기에 충분했다. 네 사람이 모이는 것이 중요한 일 때문이라는 것을 아는지 니드와 에오로는 밖에서 얘기가 끝나기를 기다리는 중이었다. 숨을 고른 현홍이 간신히 입을 열었다.

"후우, 앞으로 어떻게 할 것인가 생각해 본 사람 있어?"

"……."

아영은 멍청한 표정으로 입을 다물었고 슈린 역시 가만히 있었다. 의자 등받이에 등을 기댄 우혁은 팔짱을 끼면서 무뚝뚝한 목소리로 답했다.

"우선 형의 그 저주부터 풀고 봐야 하는 것 아냐? 이제 90일 남았어."

그의 무거운 말에 아영은 흠칫했고 슈린 역시 미간을 찌푸리면서 좋지 않은 표정을 지었다. 90일. 따져 보면 3개월 남짓한 기간이 남아 있는 것이다. 그러나 그것은 정말로 순식간에 지나간다는 것을 여기 있는 이들 모두는 잘 알고 있었다. 두 손을 꼭 쥐었다 편 아영은 쓰게 웃으면서 손으로 뻗어 현홍의 손을 힘있게 잡았다.

"우혁이 오빠의 말이 맞아. 우선은… 우선은 그것부터 생각하자. 응?"

지금은 돌아가는 일보다, 다른 무엇보다 그게 가장 중요하니까. 곧장 울 것 같은 얼굴이 된 아영의 뺨을 현홍을 부드럽게 쓰다듬어 주었다.

"그래, 그럼 그것만 생각하자."

그의 대답에 아영은 환하게 웃으면서 고개를 끄덕였다. 우혁도 속으로 안도의 한숨을 내뱉었다. 그때 슈린이 조용히 입을 열었다.

"돌아갈 생각은 있으십니까?"

혼자 여행을 떠나기 전의 그처럼 진지한 표정이었다. 두 손을 모아쥐고 상체를 앞으로 약간 숙이면서 슈린은 숨을 몰아쉬었다. 아영은 힐끔 슈린을 바라보았지만 우혁은 그 날카로운 시선을 여전히 현홍에게만 고정시켜 두고 있었다. 바늘이 꽂힌 팔뚝을 살짝 손가락으로 매만지면서 현홍은 힘없이 입을 열었다.

"글쎄, 어떻게 할까? 사실 돌아가야 하겠지만, 그곳에 가면 이곳에 있는 것보다 더 그 녀석이 생각날 것 같아."

입술을 질끈 깨문 아영은 고개를 숙이면서 눈을 감았다. 그럴 것이다. 그곳에 간다면… 진현의 자취가 묻어난 그곳으로 간다면 현홍은 정말이지 견딜 수 없을 것 같았다. 자신도 마찬가지지만 말이다. 하지만 현홍은 빙긋 웃으면서 고개를 약간 숙이고 다시 말을 이었다.

"하지만 돌아가야 해. 그리고 그때까지는 살아야 하고 말야."

현홍의 말에 세 명은 조금 의아함을 느꼈다. 하지만 그들은 현홍의 말속에 담긴 깊은 의미까지는 파악하지 못했다.

그때까지는? 그렇다면 그 후에는? 스스로 되물은 현홍이었지만 대답은 이미 정해져 있지 않은가. 어차피, 어차피 견딜 수 있는 것도 한계가 있으니까. 그 후에는 태엽이 끊긴 인형처럼… 줄이 끊어진 꼭두각시 인형처럼 쓰러져 버릴 것이 분명했다. 마음의 한구석에는 지금도 얼음이 응어리진 듯 차가운 무언가가 심장을 찔렀지만.

욱씬―

현홍은 순간 헉, 하고 숨을 들이마시면서 앞으로 상체를 기울였다.

"현홍?!"

"형!"

심장이… 심장이 바늘로 찌르는 것처럼 아파왔다. 동시에 밧줄로 심장을 동여매는 것과 같은 아픔에 현홍은 이를 악물며 숨을 거칠게 내뱉었다.

콜록거리는 기침과 함께 사람들의 목소리가 들리자 방문을 열고 니드와 에오로가 뛰어들어 왔다. 침대 위에 엎어져서 심장 부근의 옷자락을 부여 쥔 현홍을 보자 에오로가 하얗게 질린 얼굴로 외쳤다.

"뭐, 뭐야?! 왜 그래요?"

그러나 이유를 아는 사람은 없었기 때문에 우혁은 서둘러 니드에게 말했다.

"이유를 모르겠습니다. 의사를 불러와 주십시오!"

"예!"

걱정스러운 얼굴로 현홍을 보던 니드는 황급하게 방을 나갔고, 우혁은 현홍의 몸을 일으키려 애썼다. 그러나 현홍은 마치 목을 죄이고 있는 사람처럼 고통스럽게 숨을 내쉬었다 삼킬 뿐이었다.

혹시 저주의 여파인가? 우혁은 그렇게 생각하면서 현홍의 이마를 손으로 짚어보았다. 열은 전혀 없다. 그러나 현홍의 몸은 추위에 떠는 사람처럼 부들부들 떨렸고 옷자락을 쥐고 있는 손에는 더욱 힘이 들어갔다. 아영은 안절부절못하면서 현홍의 팔을 붙들었고 슈린은 이를 악물고 의사가 오기만을 기다렸다. 에오로는 현홍의 옆에서 연신 '제길, 제길' 하고 욕지거리를 내뱉었다.

얼마 후에 방문이 벌컥 열리면서 흰 가운을 걸친 사내 한 명이 니드와 함께 방으로 들어왔다. 아영은 의사가 왔나 싶어 환한 얼굴이 되어 뒤를 돌아보았다가 그대로 얼어버렸다. 그것은 슈린 역시 마찬가지였다. 두 사람이 다 딱딱하게 굳은 얼굴로 자신을 노려보는 것을 보면서 입에 담배를 문 메피스토펠레스는 움찔할 수밖에 없었다.

원수는 외나무다리에서 만난다던가? 그런 인간 속담이 머리 속을 스쳐 가는 것을 느끼면서 메피스토펠레스는 어색한 웃음을 흘렸다.

"어, 어이, 오랜만이로구만."

그러나 그의 미소에도 불구하고 슈린은 어느새 자신의 양손에 빛으로 반짝이는 화려한 창을 거머쥐고 있었다. 상당히 빨리 신족이 준 빛의 힘을 터득한 슈린을 보면서 메피스토펠레스는 머리를 긁적거렸다. 그것도 모자랐는지 아영은 양손을 모으면서 곧장 정령들을 부를 태세였다. 아하하, 하고 어색한 웃음소리를 낸 메피스토펠레스가 뭐라고 변명하기도 전에 불호령 같은 우혁의 목소리가 방을 울렸다.

"싸우려거든 현홍이 형을 고친 다음에 해! 메피스토, 어서 현홍이 형을!"

메피스토펠레스와 더불어서 방에 있던 모든 사람들이 주인에게 혼이 난 강아지처럼 꼬리를 말아야 했다. 지금 대꾸했다가는 우혁의 애도 파사의 검날에 목이 날아갈 수도 있을 것 같아서였다. 의사가 방으로 올라왔기에 따라서 들어오려던 하인과 하녀 몇 명은 살기에 짓눌려서 방문 앞에 멈춰 설 정도였다. 입을 뻐끔거리던 메피스토펠레스는 서둘러서 현홍이 누워 있는 침대까지 다가왔다.

슈린과 아영은 이를 악물면서 옆으로 물러나야 했지만 그들의 살기는 거둬지지 않았다. 예전 물의 도시 루인에서의 그 일을 어떻게 잊을 수 있을까! 특히 아영은 더욱 그러했다. 메피스토펠레스와의 싸움에서 완전하게 깨진 이후에 정령들과의 친화력을 늘리려 얼마나 고생을 했는데.

현홍의 상태를 살피는 메피스토펠레스는 이대로 등에 칼이 꽂히지나 않을까 걱정해야 했다(그 정도로 죽지는 않겠지만).

현홍의 상태를 살피던 메피스토펠레스는 밖으로는 전혀 외상이 없는 그를 보고 고개를 갸웃거렸다. 그리고는 미심쩍은 표정으로 현홍의 상의의 단추를 몇 개 풀어헤쳤다. 왼쪽 가슴 부근… 그러니까 심장이 있는 그곳에 붉은색과 검은색으로 이루어진 문양이 있었다, 분명히. 하지만 그것이 어느새 이상하게 빛을 내뿜고 있는 것이 아닌가. 심장이 고동치듯이 그 문양은 음울해 보이는 검은빛을 띠었다가 사라졌다가를 반복했다. 그것을 본 아영이 놀란 목소리로 말했다.

"뭐, 뭐지? 이건 뭐야! 아직 90일이나 남았는데!"

우혁이 메피스토펠레스의 팔을 붙잡았다.

"지금 발동되는 것은 아니지?"

그답지 않게 걱정에 겨운 목소리. 그것을 들으면서 메피스토펠레스는 고개를 저었다. 그리고 두 손을 겹쳐서 현홍의 심장 부근에 가져갔다. 심장 소생술을 할 때의 자세로 메피스토펠레스는 눈을 감고 작게 손을 내리눌렀다.

"흡!"

그와 함께 그의 손에서는 검은 기운이 현홍의 몸속으로 스며져 들어갔다. 자신의 힘을 현홍의 몸에 실어준 것이다. 헉, 하고 숨을 몰아쉰 현홍은 아주 천천히 정상으로 돌아왔다. 이마에 맺힌 식은땀과 하얗게 질린 안색도 점점 원래대로 돌아오는 것을 보며 우혁은 한숨을 내쉬었다.

메피스토펠레스가 두 손을 떼어내자 가슴에 새겨진 문양은 원래대로 붉은색과 검은색으로 만들어진 문양으로 돌아가 있었다.

니드는 조용히 가슴을 내리누르면서 안도의 한숨을 쉬었고, 그것은 아영도 마찬가지였다. 침대 기둥에 등을 기댄 에오로는 자신의 얼굴을 두 손으로 덮었다. 빛의 창을 소멸시킨 슈린은 눈을 감고 마른침을 삼켰다. 메피스토펠레스는 현홍에게 이어져 있는 링거액이 거의 없다는 것을 알고 자신의 가방을 뒤적여 새 링거액을 꺼내었다. 새 링거액으로 교체하고 있는 그에게 우혁이 물었다.

"현홍이 형이 왜 괴로워한 거냐?"

니드는 처음 메피스토펠레스를 봤을 때와는 다르게 어딘지 모르게 편하게 말을 건네는 우혁을 보며 고개를 갸웃거렸다. 아는 사이인가? 그런 의문을 아는지 모르는지 메피스토펠레스는 링거액을 다 간 후에 주머니를 뒤적여 담배 하나를 꺼내었다. 정말 의사가 맞긴 맞는지 말할 때와 밥 먹을 때 말고는 담배를 입에서 놓지 않는 그였다. 전과는 달라진 라이터를 꺼내어 담배에 불을 붙인 메피스토펠레스가 길게 연기를 뿜어냈다.

"후우, 마룡족이 쓰는 저 주문은 「고독苦毒의 주술」이라고 불리지. 99일이라는 기간이 지나면 심장에 새겨진 문양에서 소환된 작은 마룡이 심장을 터뜨려 버리는 것이다. 하지만 그전에 저주의 대상자는 때때로 가슴을 쥐어뜯을 것 같은 고통에 시달리게 된다. 그리고 그것은 기간이 흐르면 흐를수록 그 강도와 빈도가 잦아진다."

멍청한 표정으로 메피스토펠레스의 설명을 들은 아영은 두 주먹을 불끈 쥐면서 외쳤다.

"당신! 당신이 다른 수를 쓰는 게 아니고?! 악마 주제에 의사 행세를 하면서 왜 이곳에 온 거야! 무슨 속셈이냐고!"

악마라고? 니드는 갑작스러운 사실에 혀를 깨물고는 한 발자국 뒤로 물러났다. 에오로는 번쩍 고개를 들다가 기둥에 머리를 부딪치고 끄응, 하고 작게 신음 소리를 내뱉었다. 다행히도 하녀와 하인들을 물린 뒤였고 방문도 닫아놓은 상태. 표독스러운 아영의 외침에 슈린 역시 동조의 눈빛을 보냈다. 두 사람은 모두 물의 도시 루인에서 메피스토펠레스가 무슨 짓을 했는지 알고 있으니까.

다시금 방 안에는 알 수 없는 기류가 흐르기 시작했다. 곧장 싸우기라도 할 듯 아영은 주먹을 쥐면서 한 발자국 앞으로 걸어갔다. 그리고 손을 들어 메피스토펠레스를 가리키면서 소리쳤다.

"지금이라면 당신과 싸워도 결코 지지 않아! 아니, 오히려 그때의 원수를 몇 배로 갚아주겠어!"

그렇게 외친 그녀의 주위로 커다란 돌풍이 몰아닥쳤고, 시작이라고 생각했는지 슈린 역시 다시 손 위에 빛의 창을 나타나게 했다. 아무리 마계의 고위급 악마라고 해도 정령 왕을 부를 수 있을 수준까지 올라온 아영과 진현과는 달리 얼마든지 빛의 힘을 쓸 슈린을 함께 상대하는 것은 무리가 있었다. 일촉즉발의 상황, 그러나 그것을 말린 것은 의외의 인물이었다.

"…그만… 싸움은 그만둬……."

멈칫한 아영은 고개를 돌려 쇠약한 목소리가 들린 쪽을 보았다. 침대에서 반쯤 몸을 일으킨 현홍이 안타까운 얼굴로 숨을 몰아쉬고 있었다. 이마에 맺힌 땀방울을 보아서는 아직도 상태가 그리 좋지는 않은 것 같았다. 아니면 저주의 힘은 가라앉았는데 그것에 의한 체력 소모 때문에 힘들어하는 것일까? 어쨌거나 아영은 황급하게 메피스토펠레스를 밀치고 침대 곁으로 다가갔다.

무릎을 구부려 앉으면서 그녀는 현홍의 손을 두 손으로 꼭 붙잡았다.

"괜찮아? 응? 괜찮은 거야, 현홍아?"

진현을 잃었는데 현홍마저 잃기는 싫다. 그런 생각을 가지고 있는 아영이었기에 현홍의 아픔을 보면서 정말로 눈물이 날 정도였다. 언제나 활기 차고 밝았던 아영 역시 얼마 전부터는 부쩍 진지해졌으니까.

아영에 의해 밀쳐진 메피스토펠레스는 잠시 주춤거리다가 쓴웃음을 지으며 뒤로 조금 물러났다. 슈린은 여전히 그를 경계하는 모습이었다. 니드 역시 슬금거리면서 슈린의 뒤에 숨고 있었다. 악마라는 말을 들었을 때부터 에오로의 손은 벨트에 차여진 검의 손잡이에 가 있었다.

우혁은 조용히 고개를 저으면서 현홍의 어깨를 살짝 두드려 주었다. 그리고 고개를 돌려 메피스토펠레스를 보며 나직하게 말했다.

"이젠 정체를 들켰으니까 네가 이곳에 온 진짜 목적도 밝히는 것이

어때?"

그의 말에 아영은 눈을 가늘게 뜨면서 다시 메피스토펠레스를 노려보았다. 물론 그것은 슈린 역시 마찬가지였다. 니드와 에오로는 대체 무슨 일인지 모르겠다는 표정이었다. 입에 문 담배를 손가락으로 받아들면서 메피스토펠레스는 빙긋 웃었다.

"여전히 눈치가 빠르군. 후훗, 그래… 얘기를 시작해 볼까, 선택받으신 분들?"

조금은 비꼬는 기색이었지만 악마인 그가 할 얘기란 것이 무엇일까? 방에 모인 이들은 모두 궁금함을 감추지 못했다. 아니, 한 명만이 궁금함과는 다른 표정을 짓고 있었다. 현홍은 여전히 심장이 빠르게 뛰는 것을 느끼면서 숨을 골랐다. 그렇게 하지 않으면 당장이라도 숨이 찰 것 같아서였다. 옷자락을 부여잡은 현홍은 무언가, 무언가 안 좋은 느낌이 들었다.

이상하게 좋지 않은 예감이…….

신족의 계획 2

이번에는 니드와 에오로도 함께 있게 되었다. 현홍의 방 중앙쯤에는 테이블과 서너 명이 앉을 수 있는 소파도 있었다. 기어코 침대에서 일어나겠다는 현홍을 부축하여 소파에 앉힌 다음 메피스토펠레스는 개인 의자를 가져와 그곳에 앉았다. 마치 회담이라도 나누는 듯한 분위기였다. 하녀들이 가져다 준 간식과 차를 테이블 위에 놓으면서 에오로는 등 뒤에 식은땀이 맺히는 것을 느꼈다.

아영과 슈린은 메피스토펠레스에게 안 좋은 감정이 있는지 살벌한 시선을 빛내고 있었다. 그리고 우혁은 현홍의 옆에 마치 보디가드라도 되는 것처럼 팔짱을 끼고 서서 날카로운 눈매로 메피스토펠레스를 바라보는 중이었다.

뭐랄까, 금세라도 터질 폭탄을 끌어안고 있는 분위기랄까? 에오로가 그렇게 느끼는데 조금 소심한 니드는 어떻겠는가. 그는 의자에 앉아 있었지만 마치 바늘방석 같다는 표정이 되어 울상을 지었다.

각자의 앞에 찻잔을 돌린 에오로는—왠지 자신이 해야 할 것 같은 분위기였다. 나이가 제일 어리다는 것을 제외하고서라도—차를 조심스럽게 따랐다. 고맙다는 듯 그에게 빙긋 웃어준 메피스토펠레스는 찻잔을 들어올리면서 입을 열었다.

"자, 이제 얘기를 시작해 볼까. 음, 어디서부터 시작하면 좋을까?"

능글맞은 그의 태도에 아영은 다시 발끈하여 주먹을 쥐었다.

"말 돌리지 말고 어서 본론부터 얘기하시지? 아니, 그전에 왜 네가 이 저택에 와서 현홍의 의사 노릇을 하는 거야, 응?!"

아무래도 물의 도시 루인에서 메피스토펠레스에게 얻어맞은 것이 못내 한으로 남았던 듯하다. 물론 그녀의 가훈이 '은혜는 두 배로, 원수는 백 배로 갚아주자'라는 것도 한몫했지만. 흥분을 가라앉히려 숨을 씩씩 쉬고 있는 아영에게 메피스토펠레스는 피식 웃으면서 대답해 주었다.

"솔직히 말해서 말야, 이 세계의 의사였다면 현홍이 목을 그었을 때 수술이 제대로 되었을 것이라고 생각해? 수혈이라는 것도 모르고 링거액도 몰라. 그때 내가 치료 마법을 같이 병행하지 않았다면 큰일 났을 걸."

"윽……! 내, 내가 치료했으면……."

"그거야 네가 그 자리에 있었을 때라는 가정 하에서지. 아무리 대단한 힘을 가지고 있다고 해도 필요할 때 쓰지 못하거나 그 자리에 없다면 아무 짝에 쓸모없다는 것을 모르나?"

메피스토펠레스의 논리적인 말에 아영은 이를 빠득빠득 갈면서 속으로 분을 삭여야 했다. 솔직히 맞는 말이니까 할 말이 없는 것은 당연하지. 참을 인이 어쩌고 중얼거리는 아영을 내버려 둔 채로 메피스토펠레스는 다시 말을 이었다.

"어쨌거나 나는 현홍을 선택한 마족의 고위 귀족이신 벨리알님의 보좌로 온 것이다. 그렇게 생각하면 내가 왜 의사로서 현홍을 치료했는지 알겠지?"

"신족은 진현이 죽도록 내버려 두었는데."

우혁이 가시 돋친 말에 방에 있는 모두는 입을 다물고 말았다. 특히 현홍은 힘도 잘 들어가지 않는 주먹을 쥐면서 고개를 살짝 숙였다. 하아, 하고 숨을 내쉰 현홍은 자신도 모르게 눈가에 눈물이 맺혔지만 애써 입술을 깨물면서 눈물을 삼켰다.

아영은 우혁을 향해 미간을 찌푸려 보였다. 그러나 우혁은 단단한 석상처럼 그 자세 그대로 메피스토펠레스를 내려다보았다. 힐끔 우혁을 올려다본 메피스토펠레스는 어깨를 으쓱거리며 대답했다.

"우리는 무책임한 신족과는 달라. 최소한 우리가 선택한 인간 정도는 보호할 수 있다고. 필요하다면 도움도 주고."

"악마 주제에."

작게 중얼거리는 아영을 보면서 메피스토펠레스는 한쪽 팔을 의자 등받이에 걸치며 웃었다.

"그렇다면 신족은 천사 주제에 한 일이 있는 거냐? 이것 봐, 편견이라는 것은 무서운 거라고."

"현홍이를 고쳐 주기 위해서 온 거야? 달랑 그 이유 하나 때문에?"

"후훗, 그것만은 아니지."

홍차와 같이 먹을 수 있도록 달게 나온 벌꿀이 발린 쿠키를 먹으면서 메피스토펠레스는 탄성을 질렀다.

"오, 이 과자 맛있는걸. 역시 먹을 것은 인간계가 최고야. 나중에 갈 때 좀 싸주지 않겠어?"

뚜둑.

아영이 두 주먹을 감싸 쥐면서 조금 힘을 주자 뼈가 어긋나는 소리가 기묘하게 울렸다. 살기가 퍼지는 것을 느낀 메피스토펠레스는 어색한 웃음을 흘리며 서둘러 화제를 바꿨다.

"하, 하하… 하여간에 내가 온 가장 큰 이유는 정보를 알려주기 위한 거지. 솔직히 말해서 신족도, 드래곤 족도, 정령 족도 나중에 알려주러 올 테지만 원래 처음이 제일 기분 좋은 거잖아? 어때, 알고 싶어?"

장난치나, 지금. 아영은 그렇게 소리치면서 메피스토펠레스의 멱살을 쥐고 싶었지만 다시 참을 인을 새기면서 자신의 인내를 시험했다. 대체 무슨 소리를 하는 것인지 알 수 없었지만 정보라는 말은 솔깃한 것임이 분명했다. 그동안 가만히 입을 다물고 얘기만을 듣던―별 얘기 없었지만―슈린이 입을 열었다.

"무슨 정보입니까? 중요한 정보인 듯하군요. 당신이 모습을 드러낼 정도라면 『잃어버린 세계』에 관한 것입니까, 아니면 다른 일인가요?"

정중하게 묻는 그를 보며 메피스토펠레스는 다시 찻잔을 들어 올려 남아 있는 것을 입 안에 털어 넣었다. 그리고 후식이라도 즐기는 사람처럼 담배를 꺼내 입에 물며 말했다.

"글쎄… 중요한 것이라면 중요한 거야. 우선 이것을 받아."

주머니를 뒤적거려 몇 번 접힌 종이 쪽지를 꺼낸 그는 우혁에게 그것을 내밀었다. 얼떨결에 받아 든 우혁은 미심쩍은 눈으로 메피스토펠레스를 쳐다보았고, 메피스토펠레스는 턱짓으로 펴보라는 시늉을 했다.

조심스럽게 종이를 펴본 우혁은 종이에 적힌 글을 보면서 눈을 가늘게 떴다. 그의 표정이 변하는 것을 보며 아영이 고개를 갸웃거렸다. 무슨 내용이길래 저런 표정을 짓는 거지? 그렇지 않아도 표정 변화가 거의 없는 사람인데. 궁금해서 아영은 손을 뻗어 우혁의 옷자락을 살짝 당겼다.

"뭐야, 무슨 내용인데? 뭐가 적혀 있는데 그래?"

그러나 우혁은 무슨 생각을 하는지 조용히 종이를 손에 넣어 구겼다. 그것과 동시에 아영은 악, 하고 짧게 비명을 토했고 슈린 역시 놀란 얼굴로 우혁을 보았다. 에오로와 니드는 뭔가 화가 나는 내용인가 싶어서 입을 꾹 다물고 몸을 움츠렸다. 두 손으로 종이를 구겨 버린 우혁은 아예 종이를 찢기 시작했고 아영은 양손으로 뺨을 감싸면서 소리쳤다.

"뭐, 뭐야?! 뭐 하는 짓이야!"

힘이 부친지 반쯤은 소파에 기대고 숨을 쉬던 현홍은 그런 우혁의 모습을 보며 천천히 눈을 감았다. 퍼즐 맞추기도 못할 만큼 갈기갈기 찢겨진 종잇조각들이 바닥에 우수수 떨어졌다. 담배에 불을 붙이며 메피스토펠레스는 낮게 키득거렸다.

"쿡쿡, 자신만 알고 있겠다는 거로군? 하지만 비밀이라는 것은 털어 놔야 자기가 편한 게 아닐까?"

"이런 정보라면 필요없다. 있으나마나 한 정보이니까."

그렇게 말한 우혁은 조용히 몸을 돌려 문 쪽으로 걸어갔다. 갑자기 우혁이 방을 나설 기미를 보이자 아영은 자리에서 벌떡 일어났고 슈린 역시 조금은 머뭇거리면서 몸을 일으켰다. 메피스토펠레스는 다리를 꼬고 앉아 발끝을 까닥거렸다. 이 순간이 재미있다는 듯 말이다. 손을 들어 입가를 가리고 콜록콜록 기침을 내뱉은 현홍이 숨을 내쉬듯 약하게 말했다.

"후우, 메피스토펠레스, 미안하지만 나는 저런 일을 할 수 없어. 그건 다른 이들 역시 마찬가지일 거야. 쿨럭쿨럭! 최후에 이르러서도 할 수 없을 거야."

아영은 무슨 소리를 하느냐는 표정으로 현홍을 보았다. 그리고 방문을 열려던 우혁도 손을 멈추고 힘들게 말하는 현홍 쪽으로 고개를 돌렸다. 메피스토펠레스는 담배를 손가락에 끼워 들며 미소를 지웠다.

"넌 어떻게 알고 있지?"

"후훗, 날 뽑을 때 내게 준 능력을 잊고 있는 거야? 헉! 쿨럭… 하아, 하아."

지금이라도 숨이 끊어질 것 같은 그의 모습에 니드는 천천히 그를 부축해 일으켰다. 다리에 힘이 들어가지 않는 듯 잠시간 휘청거린 현홍은 천천히 미소를 지으면서 메피스토펠레스를 바라보았다. 물기가 가득한 눈동자로 부드럽게 응시하는 그의 얼굴은 마치 자애로운 여신처럼 보였다(남자지만). 약하지만, 그렇기에 부드럽게 들리는 목소리로 현홍은 다시 입을 열었다.

"이기적이라고 해도 최대한 노력해 보고 싶어. 만약에 그때도 안 된다면… 날 원망해 줘."

"……."

저택을 나와 잘 정돈이 된 풀숲 사이를 걸어가면서 메피스토펠레스는 자신도 모르게 뒤를 돌아보았다. 흰색으로 예쁘게 칠해진 건물을 올려다본 메피스토펠레스는 자신의 손에 들린 나무 바구니를 살짝 들어 올리며 중얼거렸다.

"인간들이란……."

왜 저리도 무모하단 말인가. 확실한 길을 두고 꼭 돌아서 가려고 한다. 더욱이 세계를 위한 일인데도 말이다. 대체 세계보다 중요한 것이 무엇이기에. 이해할 수가 없어라고 작게 중얼거리기는 했지만 그래도 싸준 과자는 꼭꼭 챙겨온 것을 보니 메피스토펠레스도 상당히 괴짜임이 분명했다. 바구니를 한 손에 들고 걸어가는 훤칠한 키와 매끈한 외모의 사내라니… 주위 사람들의 시선을 받는 것은 당연한 것이 아니겠는가. 하녀들이 키득거리며 웃는 것도 무시한 채로 메피스토펠레스는 어딘가로 계속 걸음을 재촉했다.

저택의 뒤쪽, 사람들의 발길이 가장 뜸한 곳으로 걸어간 그는 주위를 두리번거렸다. 혹시나 사람들의 눈에 띄면 골치가 아파지니까. 특히 자신을 싫어하는 아영이나 슈린에게 들킨다면 잔소리를 들어도 이만저만 듣는 것이 아닐 것이다. 살며시 손을 뻗어 나직하게 지어 올려진 담을 짚었다. 그러자 서서히 검은 구멍이 생겨나기 시작했다. 메피스토펠레스는 이 저택에서 쉽게 마계로 건너갈 수 있도록 이곳에 출입구를 만들어놓은 것이었다.

검은 물감이 퍼지듯이 커다랗게 만들어진 검은 구멍을 보면서 메피스토펠레스는 머리를 긁적였다.

"인간계에 이렇게 출입구를 만들어놓는 것은 규율에 어긋나지만, 매번 갈 때마다 마력을 소모시켜 문을 여는 것은 손해라는 생각이 든다니까."

말 그대로 귀찮은 것은 싫다라는 뜻 같은데. 어깨를 으쓱거린 메피스토펠레스는 조용히 구멍 안으로 발을 들여놓았다. 그러나 그는 알지 못했다, 그런 자신의 모습을 나무 틈 속에서 보고 있는 황금색 눈동자가 있다는 것을.

문은 그대로 마계의 또 다른 문으로 연결된다. 그러니 시간을 잡아 먹는 것도 없이 마계에 도착할 수 있는 것이다. 끝없이 펼쳐진 만마전 앞 정원에 서서 메피스토펠레스는 주위를 둘러보았다. 얼마 전에도 왔었지만 그는 사실 이런 정원이라든지 화려한 궁전이 마음에 들지 않았다. 신계에서 살아갈 때를 생각나게 만드는 그런 풍경이었기 때문이다. 그때를 그리워하듯이 지옥으로 떨어진 악마들은 만마전과 함께 이런 곳을 만들었다. 신의 궁전보다 더욱 화려하게, 더욱 아름답게 지으려고 노력한 흔적이 사방에 묻어났다.

피식 웃음을 삼킨 그는 조용히 걸음을 옮겼다. 만마전의 중앙 문 쪽으로 걸어가던 메피스토펠레스는 문득 소란스러운 소음이 들려오자 고개를 갸웃거렸다. 항상 조용하다 못해 거의 침묵만이 흐르는 이곳이 이렇게 소란스럽다니. 그는 그렇게 중얼거리며 소음이 들린 쪽으로 걸어갔다. 만마전의 입구에 중급의 악마로 보이는 집단이 있었다. 백에 가까운 수를 보면서 메피스토펠레스는 의아함마저 느꼈다. 중급 악마들이 저 정도 모인다면 하나의 국가 정도는 몇 분도 안 되어 초토화가 될 것이 분명했다.

그런데 왜 저렇게 모여 있는 것일까. 메피스토펠레스는 바구니를 옆에 끼고 주머니를 뒤적거려 담배를 꺼내 입에 물었다. 사 열 횡대로 서서 지시를 기다리는 군대처럼 딱딱하게 서 있던 악마들은 우석거리는 풀 스치는 소리를 듣고 고개를 돌렸다.

"어이, 제군들. 여기서 왜 모여 있는 거지?"

마치 길 가다 만난 부하에게 인사를 건네는 사람처럼 손을 살짝 들어 올리면서 말하는 그를 보며 중급 악마들은 안색이 바뀌었다. 중급 악마라고는 하지만 다들 서열은 몇백 위 이하의 악마들이었다. 고위급 으로 불리는 악마들 또한 서열은 150위까지니까 그 아래의 악마들인 것이다. 그런 그들에게 최고위급 악마라고 할 수 있는 서열 10위 안에 드는 악마 메피스토펠레스는 경외의 대상임이 분명한 것. 새파랗게 질린 얼굴을 한 채 악마들은 정자세로 거수경례를 붙였다.

입에 문 담배를 입술로 빙빙 돌리면서 메피스토펠레스는 손을 저어 보였다. 그에게는 예의보다는 방금 전 물었던 질문의 대답이 더 중요 했다. 그런 그의 뜻을 아는지 맨 앞에 서 있던 악마가 마른침을 삼키면 서 입을 열었다.

"저, 전방의 후원 부대입니다, 메피스토펠레스님!"

"전방? 자네들 같은 고급 인력을 쓸 정도로 전방이 위험하단 말인 가?"

고급 인력. 지금 이 순간 악마들은 '아아, 지금까지 살아 있길 잘했 어' 등등의 생각을 하고 있었다. 메피스토펠레스와 같은 최고위급 악 마에게 고급 인력이라는 소리까지 들었으니 명예로울 수밖에. 메피스 토펠레스가 마음만 먹는다면 이 자리에 있는 중급 악마들은 뼈도 못 추리고 재로 변할 것이다. 뭔가를 생각하는 듯 머리를 긁적이는 메피 스토펠레스의 뒤로 검은 그림자가 나타났다.

"메피스토? 요즘 들어 자주 만마전에 모습을 드러내는군."

서열상으로 메피스토펠레스와 동급이자 그의 친우인 베르였다. 그 는 본디 마황자 카리안의 직속 수하이지만 그전에 마신이 내려준 직분 이 있었다. 바로 악마 군단 제7군단장이라는 직분 말이다. 고개를 돌려 베르를 보면서 메피스토펠레스가 물었다.

"자네도 전방에 나가나? 아, 이 친구들은 자네 수하인가 보군. 그런데 왜?"

베르는 자신의 허리춤에 차인 검집을 만지작거렸다. 조금 말하기가 껄끄럽다는 표정을 지었지만 그는 곧 한숨을 내쉬며 입을 열 수밖에 없었다.

"황태자 전하께서 돌아온 이후 그의 반대파 세력까지 동시에 들고일어났으니까. 그러니까 키스카님을 반대하는 세력과 더불어 마신의 적대파 세력까지 전방에 나타나서 지금 그곳은 그 어느 때보다 힘들어."

그의 말에 메피스토펠레스는 얼굴에 미소를 지웠다. 역시 그런 문제 또한 무시할 수는 없는 것이었겠지. 하지만 마신은 그런 것 따위는 신경도 쓰지 않을 테고 수수방관하는 그로 인해 전쟁에서 죽어나는 것은 악마들뿐이었다. 쓴 미소를 지으면서 메피스토펠레스는 머리를 긁적이며 말했다.

"아직 먼 얘기인데 되게 난리를 치나 보군, 그 친구들은. 그럼 내가 가서 좀 도와줄까? 난 키스카님의 세력이니까 말야."

그의 말에 주변 악마들의 얼굴이 조금씩 밝아졌다. 메피스토펠레스 정도의 실력자가 전쟁을 돕는다면 훨씬 쉬울 테니까. 그러나 베르는 피식 웃으면서 고개를 저었다.

"넌 주화파의 대표자 격이면서 그런 말을 하냐? 어쨌거나 아직 우리가 밀리는 기색은 없으니까 됐어. 나중에 회의가 열릴 수도 있으니 그때는 좀 참석해 줘."

그 말을 끝으로 악마 군단 제7군단장 베르는 수하들을 데리고 변방의 전쟁터로 떠났다. 그가 전쟁에 몸을 담는 것은 그리 흔한 일이 아니었다. 하지만 신계와는 달리 마계에서는 워낙에 호전적인 놈들만 모여 있다 보니 하루가 멀다 하고 싸움이 일어난다. 악마 군단은 그럴 때 꼭 필요한 존재였다. 군단장들이 투입되는 경우는 드물지만, 군단장 바로 아래의 몇몇 실력자들은 서열 100위 안에 드는 고위 악마들이었다. 나라 하나 정도 날리는 것은 일도 아닌 그들이 전쟁에서 실력을 발휘하면 어떻게 되겠는가.

규모가 훨씬 커지는 것이다. 이곳은 평화롭고 아름답지만 전쟁이 일어나는 저 멀리 변방은 정말로 지옥이라고 불려도 무방할 정도로 끔찍한 광경들이 펼쳐진다. 그러나 마신은 그런 전쟁을 무마할 생각이 없었다.

신계와의 전쟁이 거의 없어진 이후 마계의 악마들은 스트레스와 허무감에 빠져 살았다. 인간계에 올라가는 것도 만마전 내각의 허락을 받아야 갈 수 있고, 무엇보다 인간계에서는 '적당하게' 놀아야만 한다. 아니면 또 신계의 잔소리를 들을 테니까.

아아, 재미없는 세계야 하고 중얼거린 메피스토펠레스는 바구니를 달랑거리면서 중앙 문으로 통하는 계단을 올라갔다. 재미없는 세계. 그렇기에 마신은 악마들의 스트레스 해소를 위해서 전쟁을 내버려 두는 것이다. 악마들에게 있어서 피와 살과 뼈가 튀기는 전쟁만큼 재미있는 것도 없으니까. 그다지 호전적이지 않은 악마들이야 인간계에 올라가서 종종 인간들을 유혹하면서 노는 것이고. 하나의 나라라고 봐도 너무 개인적인 곳이다, 마계는.

보초들이 열어준 문을 통해서 만마전의 안으로 들어선 그는 우선 또다른 자신의 친구에게로 향했다. 만마전의 구석진 곳, 악마들의 발길이 드문드문 이어지는 곳이다. 그리 크지 않은 흰색의 문에는 마계에서 쓰는 공용어로 '림몬' 이라고 작게 적혀 있었다.

메피스토펠레스는 피식 웃으면서 유쾌하게 노크를 했다. 작은 나무 소리를 뒤로하고 남자의 목소리가 들려왔다.

"들어오시오."

차가운 문고리를 열고 안으로 들어간 메피스토펠레스가 가장 먼저 본 것은 악마가 사는 곳답지 않게 깨끗하게 정돈된 흰색의 방이었다. 반쯤 투명한 하얀 커튼과 원목의 탁자 위에 올려진 꽃병, 그리고 원목 테이블, 책상 등등. 마치 인간의 방을 보는 느낌마저 주었다. 흰색의 벽지가 곱게 발라진 벽에는 종종 그림들이 걸려져 있었다. 그 속에서 한 사내가 수십 장에 이르는 종이를 들고 이리저리 움직였다.

어깨 즈음에 걸치는 연한 갈색의 머리카락을 끈으로 대충 묶고 있는 남자.

콧등에 걸린 테 없는 안경 하며, 허술하게 보이는 느낌이라고 할까. 하지만 그는 이 마계에서 최고로 손꼽히는 의사였다. 메피스토펠레스는 손을 들어 올리면서 생긋 웃었다.

"어이, 오랜만이야. 림몬."

"펠? 너였군."

메피스토펠레스라는 긴 이름을 '펠'이라고 부를 정도로 그와 친한 인물. 작게 한숨을 쉰 림몬은 들고 있던 종이들을 책상 위에 올려놓았다. 책장에 꽂힌 수백 권의 책과 책상 위에 있는 현미경, 벽면 하나를 차지하는 기계들. 누가 의사 아니랄까 봐 항상 책과 기계에게만 둘러싸여 사는 고지식한 악마였다. 그래서인지 실력은 최고였지만 마계에 사는 악마들에게는 평판이 그다지 좋지 않았다. 실력은 인정해 주지만 악마로서는 인정 못한다는 녀석들이 많다고 할까.

하지만 본인은 전혀 신경 쓰지 않았다. 항상 자신의 방이자 실험실인 만마전의 구석에서 나올 생각을 하지 않는 것이다. 그가 담배를 싫어한다는 것을 잘 알고 있는 메피스토펠레스는 입에 문 담배를 소거시키고는 의자 하나에 걸터앉았다.

"여전히 고지식하게 책만 파고 사는군 그래. 재미있는 일은 할 생각도 안 하고 말야."

안경을 벗어 부드러운 천으로 닦으면서 림몬은 심드렁한 표정으로 말했다.

"미안하지만 내게는 환자를 대하고 의학 서적을 보는 게 제일 큰 즐거움이야."

"쯧쯧, 그러니까 네가 재미없는 녀석이라는 소리를 듣는 거야."

작게 웃으면서 메피스토펠레스는 손에 든 바구니를 림몬에게 던져주었다. 얼떨결에 그것을 받아 들고 미간을 찌푸리는 림몬을 보면서 메피스토펠레스는 키득거리면서 다시 웃었다.

"인간계에서 들고 온 맛있는 과자야. 인간들의 음식 좋아하잖아? 오랜만에 온 선물."

마치 아이처럼 즐거워하는 그를 보며 림몬은 한숨을 내쉬었다. 잠시 후 림몬은 자기 접시에 메피스토펠레스가 가지고 온 과자를 담아 테이블 위에 올려놓았다. 더불어 자기가 직접 재배하고 거둔 찻잎으로 만든 차까지 마련하고 있는 림몬의 모습에 메피스토펠레스는 혀를 찼다.

"베르는 가장 악마답지 않은 악마로 벨리알님을 뽑았었지. 쯧쯧, 하지만 나는 이 마계에서 가장 악마답지 않은 자로 자네를 뽑고 싶군 그래."

"무슨 소리야?"

"아니야, 됐어."

메피스토펠레스가 의사 행세를 할 수 있는 것도 다 림몬에게 배운 것 덕분이었다. 처음 이 마계가 생겼을 때부터 오랜 세월 동안 친구로 지낸 사이였다. 원래부터 사교적인 메피스토펠레스에게는 친구가 많았다. 자신보다 높은 자도, 자신보다 낮은 자와도 허물없이 지냈다.

그러나 림몬은 그렇지 못했다. 친구라고 말할 수 있는 존재는 오로지 메피스토펠레스밖에 없는 자였다. 무엇보다, 서열조차도 없는 악마였기에 다른 악마들의 무시는 상당했다(자기들도 필요할 때는 찾아오는 주제에). 할 줄 아는 것이라고는 의학 분야의 일뿐.

림몬은 살며시 메피스토펠레스 앞의 소파에 앉으면서 찻잔을 들어 올렸다. 두 손으로 찻잔을 잡으면서 작게 숨을 내쉬는 그를 보며 메피스토펠레스의 표정이 조금 바뀌었다.

"요즘에는 괴롭히는 녀석들, 없지?"

따뜻한 차를 한 모금 마신 림몬은 대답하지 않았다. 유약해 보이는 자—물론 악마들에게는 외모는 중요하지 않다—였고, 2품에도 들지 못하는 그였다. 자존심 강하고 남을 내리누르기 좋아하는 악마들이 이런 그를 가만히 내버려 둘 리 없지 않은가. 그러나 림몬은 가만히 미소를 지으면서 말했다.

"괴롭힐 가치도 없는 자를 괴롭히는 악마는 없어."

메피스토펠레스는 잠시 동안 그를 바라보다가 실소를 내뱉으면서 자신이 입고 있는 흰 가운을 벗었다. 종종 악마들 중에서는 메피스토펠레스에게 건강 진단을 받으러 오는 경우도 있었다. 그러나 그럴 때마다 그는 '마계의 의사는 림몬 하나뿐이다. 그에게 가라'라는 말로 상대를 하지 않았다. 메피스토펠레스가 의사 행세를 하는 것은 오로지 인간계에서뿐이다.

나무 의자에서 내려와 조용히 림몬의 옆에 털썩 소리를 내며 앉은 메피스토펠레스는 림몬의 어깨에 팔을 걸치면서 웃었다.

"그건 그렇고, 키스카님의 몸 상태는 어때? 하긴, 몸이 좋지 않으셔도 네가 치료한다면 뭐든 다 낫겠지만 말야. 하하."

마치 애완 동물을 만지듯이 자신의 머리카락을 헤집는 메피스토펠레스의 손길에도 림몬은 여전히 차만을 홀짝거렸다.

"마신께서도 손을 쓰셨으니 나쁜 곳은 없으셔. 그러나 몸 자체는 신족의 몸이었기 때문에 이곳 마계의 독기는 좋지 않아. 얼마간은 절대 요양을 해야 해. 밖에도 나가시면 안 되고. 그 점은 정말로 유념해야 해. 지금은 마신께서 키스카 전하의 방 주위에 결계를 쳐놓으셨기에 버티실 수 있어."

"흐음, 그래? 어느 정도의 기간이 걸릴까? 마계에 익숙해지는 데 말야."

"정확하게 말할 수는 없지만, 원래 강력한 육체이기 때문에 적응하는 시간도 얼마 걸리지 않을 거야. 인간계 시간으로 일주일 정도?"

고개를 끄덕인 메피스토펠레스는 귀엽다는 듯이 림몬의 머리를 끌어안으면서 말했다.

"후훗, 역시나 마계 최고의 의사라니까. 고맙다, 림몬."

숨이 막힌지 조금 헛기침을 내뱉은 림몬은 메피스토펠레스의 품에서 억지로 빠져나오면서 투덜거렸다.

"네 녀석 때문이 아냐. 어쨌거나 나도 키스카 전하의 옹호 파니까."

메피스토펠레스처럼 친구는 아니었지만, 키스카는 림몬의 능력을 높이 사고 그를 자신의 주치의로까지 임명한 자였다. 그러니 조금은 폐쇄적인 림몬이 키스카를 따르는 것은 어쩌면 당연한 일이었다. 소파에서 일어나 의자에 걸쳐 두었던 흰 가운을 팔에 들고 메피스토펠레스는 림몬의 머리카락을 쓸어 내려주었다.

"좋아, 나중에 다시 놀러 올게. 지금은 키스카 전하를 만나뵈러 가야겠다."

림몬은 끈이 풀어져 버린 머리카락을 다시 하나로 묶으면서 메피스토펠레스를 올려다보았다.

"전하를 만날 때에는 되도록 힘을 줄여. 마계에 사는 악마들에게도 독기는 묻어 있으니까 말야."

"알았어, 알았어. 나중에 올 테니까 맛있는 것 준비해 놓고 기다려라."

내가 왜라고 중얼거리는 림몬의 말은 들을 척도 하지 않고 메피스토펠레스는 림몬의 방을 빠져나왔다.

제1황태자인 키스카의 방은 만마전의 중심에서 조금 벗어난 곳에 위치해 있었다. 화려하게 장식되어진 복도와 세계의 명화라고 불리는 그림들이 걸린 널따란 복도를 지나 메피스토펠레스는 키스카의 방에 도착했다. 그리고는 피식 웃으면서 머리를 긁적였다. 정말로 자식 사랑이 지나치다니까라고 중얼거리면서 말이다.

키스카의 방문 앞에는 마신의 방으로 갈 때처럼 보초들이 서 있었다. 하지만 메피스토펠레스가 보고 웃은 것은 그들 때문이 아니었다. 그들의 옆으로 팔뚝만한 쇠줄에 묶여서 살기를 뿜어내는 두 마리의 괴물 때문이었다. 명부의 주인 하데스의 애견인 케르베로스가 있었던 것이다.

세 개의 머리에 달린 여섯 눈동자에서는 붉은 안광이 흘러나왔고 꼬리는 수십 마리의 뱀들이 달려 있었다. 하데스에게서 빌려온 것인가,

그런 생각을 하면서 메피스토펠레스는 조심스럽게 문 앞으로 걸어갔다. 보초들 중에서 한 악마가 조용히 앞으로 나섰다.

"어서 오십시오, 메피스토펠레스님."

"아하하, 그래. 그런데 저 녀석들은 왜 여기 있는 거지?"

자기를 가리키는 것을 봤는지 두 마리의 케르베로스가 험악하게 으르렁거렸다. 명부의 입구를 지키는 괴수답게 웬만한 고급 이하의 악마는 뼈도 못 추리는 힘을 가진 것이 바로 케르베로스였다. 미안하다는 듯 손을 내젓는 메피스토펠레스에게 보초인 악마는 공손히 고개를 숙이면서 대답했다.

"마신께서 아직 힘이 완전히 회복되지 않으신 황태자 전하를 보호하시려 하데스님께 부탁하여 데려온 것들입니다."

고개를 끄덕인 메피스토펠레스는 보초의 안내로 문 안으로 들어갈 수 있었다. 그리고 안으로 들어서기 직전 자신의 힘을 최대한 줄였다.

흰 문을 지나자 림몬의 방을 연상케 할 정도로 하얀 방이 펼쳐졌다. 마계에서 이런 색을 쓰는 악마는 딱 셋밖에 없었다. 원조가 키스카, 림몬, 그리고 카리안이었다. 독특하다고 할까. 어쨌든 간에 대단히 넓은 방이었다. 중앙에 있는 원형의 거대한 침대 위에서 무언가가 꿈틀거렸다. 그 모습을 보면서 메피스토펠레스는 살며시 한쪽 무릎을 꿇고 예의를 갖추었다.

"평안하십니까, 전하."

그의 목소리를 듣자 그림자는 조용히 침대 주변에 쳐진 흰 커튼을 걷어내면서 바닥에 발을 디디고 섰다. 부드럽게 찰랑거리는 검은 머리카락과 제비꽃과 같은 보라색 눈동자, 흰 셔츠와 바지… 투명하다 싶을 정도로 아름다운 눈꽃과 같은 모습. 메피스토펠레스는 저도 모르게 한숨이 나올 정도였다. 차가운 대리석 바닥을 맨발로 걸어나온 그는 조용히 메피스토펠레스의 앞까지 천천히 걸어왔다.

"왜 만마전에 붙어 있지 않은 거지, 응?"

낮으면서도 부드러운 목소리에 메피스토펠레스는 고개를 들어 올리면서 대답했다.

"후훗, 취미 생활을 조금 하느라고요, 전하."

자신을 내려다보는 보라색 눈동자에 홀리는 것 같았다. 마계에서 외모는 거의 상관이 없다고 하지만, 아름다운 것을 싫어하는 생물이 과연 어디 있을까? 그가 가진 거대하고도 아름다운 빛과 어둠의 힘이 만들어낸 존재가 바로 키스카다. 신족이 가진 빛의 힘과 마족의 수장인 마신이 영혼에 깃들게 해준 어둠의 힘. 두 개의 힘이 합쳐서 아름답고도 고귀한 그를 탄생시킨 것이다.

조용히 몸을 일으킨 메피스토펠레스는 키스카의 두 뺨을 손으로 감쌌다. 그리고 천천히 키스카의 이마에 입을 맞추어주었다.

마계에서 입을 맞추는 것은 가장 영예로운 인사 방법이기도 했다. 자신의 주군이나 자신이 존경하는 악마에게 그보다 아래의 악마는 이마에 키스를 하는 것이다. 그리고 상급의 악마는 자신의 수하의 입술에 살짝 키스를 해준다. 이것은 보통 표창을 하거나 명예를 내릴 때 쓰지만. 키스카에게서 떨어져 나온 메피스토펠레스는 방 안을 둘러보면서 말했다.

"답답하시지요? 하지만 조금만 참으십시오, 조만간 나가실 수 있을 겁니다."

하얗고 고운 손을 들어 자신의 입술을 만지작거리며 키스카는 입술을 달싹거렸다.

"글쎄, 내가 오랜 시간이 지난 후에서야 깨어났으니 당연하겠지. 하지만 이해가 안 되는 것도 있어. 어느 부분에선가 기억이 안개처럼 뿌옇게 보여. 어디까지 기억하고 있는지, 어디까지가 기억의 시작인지 알 수가 없어."

"너무 오랜 시간 동안 동결되어 계셨습니다, 전하. 아무리 강인한 악마의 육체라고 해도 키스카 전하의 몸은 신족과의 전쟁 중에 큰 상처를 입으셨지요. 상처와 함께 동결되셨으니 기억이 희미하신 것도 당연하지 않습니까, 전하."

메피스토펠레스의 유려한 말에 키스카는 멍한 얼굴로 고개를 끄덕였다. 그러나 말을 하면서도 메피스토펠레스는 등 뒤로 식은땀이 흐르는 것을 느꼈다. 거짓말이라는 것이 들통나지 않기만을 바라고 있으니까. 현재 키스카의 기억은 첫 번째 생인 마족의 기억에 한한다. 신족으로서의 기억도 물론 없다. 마신이 그렇게 조작을 해버렸으니까 말이다. 마족의 생에서는 별다른 일이 없었지만 두 번째 생인 신족의 생에서는 참 많은 일이 있지 않았나?

신족이면서도 마족의 고위 악마인 아스타로테와 사랑에 빠졌고 아스타로테와 자신은 마신의 손에 죽임을 당했다. 그 후에 계속된 인간들의 생도 마찬가지다. 이번 생만 해도 그러니까……. 하아, 하고 작게 한숨을 내쉰 메피스토펠레스는 머리가 아파옴을 느끼면서 이마를 짚었다. 비밀은 영원하지 않을 텐데 언제까지 이런 거짓말이 통할지. 당장에 키스카의 몸이 회복된다면 그는 마계 전역을 돌아다닐 것이고 그렇게 되면 악마들은 무슨 말을 할지.

끄응, 하고 신음 소리를 내뱉는 메피스토펠레스를 보며 키스카는 고개를 갸웃거렸다. 키스카는 고급스러워 보이는 흰 벨벳 천으로 싸인 소파에 앉으면서 말했다.

"그런데 말야… 카리안은? 그리고 주월은 어디 갔지? 연락이 되질 않아."

덜컹.

아마도 심장이 뚝 떨어져서 데굴데굴 굴러다니는 소리가 난 게 분명했다. 메피스토펠레스는 이걸 어떻게 말할까 고민하다가 특유의 의연함으로 재빠르게 대답했다.

"카리안님께서는 조만간 키스카 전하를 만나뵈러 오실 겁니다. 그리고 주월님은 요즘 인간계에서 지내고 계신다 들었습니다. 오랜 세월이 지났으니 새로운 차원계도 생겼답니다."

그렇게 말하며 메피스토펠레스는 하하, 작게 웃었다. 그래, 하면서 고개를 끄덕인 키스카는 자리에서 일어나 자신의 방에 나 있는 창가로 걸어갔다. 그러나 창문은 열리지 않았다. 그의 방에서는 만마전의 정원이 그대로 내려다보이도록 설계되어 있었다. 어렴풋한 빛 속에서 비치는 마계의 정원은 음침하면서도 그에 상응되는 아름다움이 존재했다. 손을 들어 창문을 짚으면서 키스카는 작게 중얼거렸다.

"너무 오랜 시간이 지난 것 같군. 대체 내가 없는 동안 무슨 일들이 있던 것인지……."

인간계의 시간으로 따지면 몇천 년이 넘는 세월이다. 거기다가 기억을 짜 맞추어 조정하다 보니 혼란스러운 것도 어쩌면 당연했다. 이상하게 신경성 위궤양이 생길 것 같다고 메피스토펠레스는 속으로 생각했다. 역시 악마나 인간이나 죄짓고는 못 사는 법이다(핀트가 어긋났다).

새장에 갇힌 새와 같은 눈으로 키스카는 창밖을 바라보았다. 이상한 기분이 들어서였다. 심장이 제멋대로 뛰는… 그런 느낌.

뭐가 잘못된 것일까? 녹슨 수레바퀴가 굴러가듯이 삐걱거리는 소리가 귓가에 맴돌았다. 이상한 기분이 들어 키스카는 조용히 이마를 짚고 등을 돌렸다. 거의 백지와 같은 머리 속이 어지럽게 느껴졌다. 고개를 살짝 젓는 키스카에게 메피스토펠레스가 걱정스러운 음성으로 물었다.

"전하, 어디 편찮으신 겁니까?"

"아, 아니, 아무것도 아냐."

괜찮다고 말하기는 하지만 키스카는 계속해서 심장이 빠르게 뛰는 것을 느꼈다. 대체 왜 이러는 것일까. 알 수 없는 의문에 키스카는 한숨을 쉬면서 고개를 숙였다. 그때 방문이 열리면서 또 다른 존재가 방으로 들어왔다. 메피스토펠레스는 고개를 돌렸다가 흠칫 놀라면서 조용히 고개를 숙였다.

"오랜만에 뵙습니다, 카리안 전하."

키스카는 고개를 들어 올리며 자신의 방으로 들어온 이를 보았다. 새하얗고 새하얀 존재. 백색에 가까운 은발과 새하얀 코트. 온통 흰색이었다. 키스카의 배다른 동생이자 제2황위 계승자인 카리안 드 라헬 헬레스폰트였다. 그러나 그의 표정은 그리 밝지 않았다. 그는 메피스토펠레스는 본척만척하면서 키스카의 쪽으로 걸어갔다.

카리안의 행동을 보면서 메피스토펠레스는 인상을 썼지만, 그가 어리석은 짓은 하지 않을 것이라고 판단했다. 인간이었던 때의 기억이 없는 키스카에게는 오랫동안 동생을 만난 것이나 다름없었다.

메피스토펠레스는 조심스럽게 뒤로 물러나 방을 나섰고 방에는 키스카와 카리안만이 남게 되었다.

"오랜만이구나, 카리안."

키스카와 카리안이 사이가 안 좋아진 계기는 무슨 이유에선지 몰라도 키스카가 카리안의 어머니이자 마신의 정실 부인을 죽인 시점이었다. 그전에는 형제끼리의 우애도 제법 괜찮았고 카리안으로서는 비록 정실 부인의 자식은 아니었지만 자신보다 일찍 태어나 다음 마신의 자리를 확정받은 키스카를 친형처럼 대했으니까. 그러나 아직까지도 미궁이라고 할 수 있는 키스카의 독자적인 행동 이후에 둘의 사이는 극도로 틀어졌다. 그와 함께 서로의 세력은 전쟁이 발발해도 문제가 되지 않을 정도로 부딪쳤고 말이다.

다행인지 불행인지 그런 악조건 속에서 키스카의 행방은 사라졌다. 황위마저 내버리고 그는 종적을 감췄고 그의 세력은 마치 물속에 가라앉듯이 조용해졌다. 받들 이가 사라졌는데 싸움을 할 필요는 없으니까. 그 후 전혀 파악이 되지 않던 그의 존재는 몇백 년 후에서야 나타났다. 그것도 신족 측의 한 인물로서 말이다. 신의 왼쪽에 서서 보좌를 하는 존재로.

그 사실이 밝혀진 후에야 알게 되었다, 그는 스스로 목숨을 끊고 신과의 계약에 따라 전생의 기억을 가진 채 무한히 환생하는 존재로 살게 되었다는 것을.

카리안은 자신의 앞에 서 있는 인물을 말없이 바라보았다. 마신에게 불려가 키스카에 대한 이야기는 모두 듣고 오는 길이었다. 모든 기억을 지웠지만 첫 번째 생인 마족으로서의 기억은 있다는 사실은 카리안에게 있어서 하나의 기회였다.

꼭 묻고 싶은 것이 있으니까. 흰색의 벨벳 장갑을 낀 손에 힘을 주었다. 굳게 쥔 주먹이 조금 떨렸다. 카리안은 조용히 입을 열었다.

신족의 계획 3

침대에서 일어난 현홍은 조용히 침대 시트를 정리하고 있었다. 오늘
이 며칠이더라라고 중얼거리면서 그는 고개를 돌려 벽 한쪽에 붙여져
있는 달력을 보았다. 자신이 살던 세계의 달력과는 조금 달랐지만, 어
쨌거나 날짜만 알면 되니까.

9월 4일에 동그라미가 쳐져 있었다. 살짝 손을 들어서 심장 부근을
누르며 현홍은 한숨을 지었다. 오늘로 87일이 남았나? 후훗, 삼 개월도
채 남지 않은 생명이라. 실소를 내뱉으면서 현홍은 자신의 침대 주변
을 깨끗하게 청소했다.

메피스토펠레스가 준 영양제와 제대로 된 식사 덕분에 건강은 금세
평균 수준으로 올라왔다. 원래가 있는 것은 체력이니까. 목에 감긴 붕
대는 여전했지만. 아영은 물의 정령으로 흉터도 없이 낫게 해준다고
말했지만 현홍은 거절했다. 그냥 그러고 싶어서. 목에 있는 이 상처는

자신에게 주는 벌… 아무것도 해놓지 않은 상태에서 죽으려고 했던 행동에 대한 벌이다.

시트를 곱게 접어서 청소를 마무리한 현홍은 허리를 펴서 이마에 맺힌 땀방울을 닦았다.

"하아, 아직 몸이 다 낫지 않았나 봐. 이 정도에 피곤하다니."

전의 세계에서는 항상 하던 일인데. 가게를 청소하는 것도, 집 안을 청소하는 것도 모두 자신의 몫이었다. 진현과 함께 살기는 했지만 진현이는 언제나 회사 일로 바빴고 집에 들어와도 청소는 거의 하지 않았으니까.

그렇게 생각한 현홍은 총총걸음으로 창가로 걸어갔다. 기분 좋은 아침이라고 생각하면서 창문을 열자 시원한 가을바람이 방 안의 공기를 환기시켜 주었다. 흐음, 하고 길게 숨을 들이마신 현홍은 살며시 입가에 미소를 띠면서 자신의 목을 매만졌다.

"좋은 아침이야, 진현아."

눈을 감고 한동안 가을의 습기 어린 공기를 한껏 만끽했다. 그러고 있으니까 이상하게 마음이 편해졌다. 이제 조금 있으면 푸르렀던 나무들은 붉은색과 노란색으로 탈바꿈할 것이다.

덜컹.

작은 소리와 함께 문이 열렸고 한 사람이 안으로 들어왔다.

"어, 일어난 거야? 난 아직 자는 줄 알고 노크 안 했는데……."

방으로 들어온 이는 다름 아닌 아영이었다. 긴 머리카락을 하나로 땋아 내린 그녀는 검은색 옷을 입고 있었다. 원래 검은색 종류의 옷은 잘 입지 않는 그녀였기에 현홍은 고개를 갸웃거렸다.

"그런데 무슨 일이야, 검은 옷을 다 입고?"

현홍의 질문에 아영은 입술을 조금 삐죽거리고 머리를 긁적였다. 작게 한숨을 내쉰 아영은 조금 무거운 어조로 대답했다.

"…이 나라 국왕이 죽었어."

"뭐?"

갑자기 무슨 말인가? 비록 국왕을 만나본 적은 없지만 나라의 왕이 죽었다는 말을 들으니 조금 어리둥절했다. 팔짱을 끼고 삐딱하게 선 아영이 계속해서 말을 이었다.

"전부터 병약했다고 하지만 갑자기 죽은 거래. 어젯밤에 말야. 그래서 검은색 옷 아니면 흰색 옷을 입어야 한다고 해서 입은 거야. 흐음, 나라의 왕이 죽어서 그런지 몰라도 수도 전체가 어수선해."

현홍은 엄지손톱을 조금 물어뜯으면서 고개를 끄덕였다. 한 '왕국'의 국왕이 죽었단 말인가? 뭔가 생각하는 표정으로 선 현홍의 어깨를 아영은 빙긋 웃으면서 두드려 주었다.

"만나본 적은 없지만 사람들 반응을 봐서는 좋은 왕이었나 봐. 다들 슬퍼하던걸. 그래도 우리와는 별로 상관없잖아. 너무 그렇게 진지한 얼굴 하지 마. 그것보다 왜 이렇게 일찍 일어난 거야? 건강도 좋지 않으면서."

그녀의 말에 현홍은 그제야 조금 인상을 풀었다. 하지만 아무리 만나본 적도 없고 자신들과 인연도 닿지 않은 인물이라고 하지만 누군가가 죽었다는 말은 그다지 듣고 싶지 않은 말이었다. 당연하게.

"그냥, 아무리 몸이 안 좋다고 해도 계속 누워 있으면 더 몸이 상하기 마련이야. 오늘부터는 산책도 하고 그러려고."

"그래? 그럼 수도에나 나가볼래? 아, 그다지 좋은 분위기는 아니겠다. 우리 정문에도 흰색 조기 달았는데."

다카가 죽었을 때처럼 슬픔이 온 나라를 뒤덮고 있을 테지. 현홍은 잠시 동안 생각을 하는 듯하다가 곧 살며시 미소 지으면서 말했다.

"아니, 수도에 가보자."

수도의 입구에는 언제나처럼 일렬로 서서 들어오는 사람들을 감시하고 보살피는 경비대가 있었다. 커다랗게 쌓아 올려진 성문에는 흰 조기들이 수도 없이 걸려 있었다. 종종 나팔 소리와 종소리 같은 것도 들려왔다. 평상시보다 근엄하면서도 어딘지 모르게 슬프게 보이는 경비대에게 인사를 한 후, 아영과 현홍은 수도의 안으로 들어갔다. 사람들은 모두 검은색 아니면 흰색의 옷을 입고 있었다. 그리고 되도록 말소리를 죽이고 슬픔에 젖은 듯한 모습을 취했다.

항상 활기 차던 이 수도에 두 번째로 거대한 슬픔이 깃든 것이다. 그러나 나라에 있어서 국왕이 죽는 것은 몇 번씩이나 겪어온 일. 그래서인지 사람들의 슬픔은 어딘지 모르게 가식되어져 보였다. 정말로 슬픈 사람들도 있겠지만 다들 슬퍼하니까 자신도 슬픈 '척' 하는 사람들도 분명 있었다. 자신에게 잘 어울리지 않는다고 입지 않았던 검은색 옷을 입은 아영은 작은 목소리로 투덜거렸다.

"뭐, 진짜도 있고 가짜도 있는 게 세상 순리 아니겠어? 그런데 좋은 왕이기는 했나 봐, 죽었다고 좋아라 하는 사람들은 없는 걸 봐서."

"음… 다음 왕이 될 사람의 측근들은 좋아하지 않을까?"

농담처럼 내뱉은 현홍은 피식 웃으면서 자신들이 처음 이곳에 와서 들렀던 〈천사의 날개〉라는 여관으로 향했다. 근 한 달 동안 뜸했으니까. 사람들의 발걸음이 줄어든 대로를 지나서 두 사람은 여관의 문을 열고 안으로 들어섰다. 국상이라서 여행자도 많이 줄었는지 여관은 아침 식사 시간임에도 불구하고 홀에 식사하는 사람이 별로 없었다. 그래서 여관의 주인장 폴린이 카운터에서 냉큼 나와 두 사람을 반겼다.

"어서 오십… 아, 두 분이시군요! 오랜만입니다!"

사람 좋은 미소를 흘리면서 폴린은 아영과 현홍을 번갈아 쳐다보았다.

"아이고, 오랜만에 뵙습니다. 저희 집을 자주 찾아주시던 진현 씨께서도 요즘 통 발길을 끊으셔서 저는 다른 도시로 떠나신 줄 알았습니다."

아영은 흠칫하면서 자신도 모르게 옆에 서 있는 현홍을 돌아봤다. 정말로 반사적이게 말이다. 그러나 현홍은 무덤덤한 얼굴로 고개를 살짝 숙이면서 말했다.

"그래요, 생각해 주신 것 감사합니다. 그리고 진현이는……."

잠시 후 폴린은 창백한 얼굴로 부엌으로 향했고 아영과 현홍은 홀의 창가에 있는 테이블에 자리를 잡았다. 식사를 하고 오지 않았기 때문에 간단한 식사를 주문했고 아영은 그것을 기다리면서 마른침을 삼켰다. 그렇게 담담하게 말할 줄은 몰랐다. 마치 가지고 놀던 인형이 사라졌다고 말하는 아이처럼 느껴졌다. 마음이 차가워진 것일까, 아니면 억지로 잊으려고 차갑게 말하는 것일까. 어떤 이유이든지 듣는 사람으로서 기분이 좋을 리 만무했다.

멍한 얼굴로 창문을 바라보는 현홍을 힐끔 쳐다본 아영은 턱을 괴고서 작게 한숨을 쉬었다. 사실은 목숨을 몇 번이나 끊으려고 할 정도로 슬프고 아프면서 아프지 않다고 말하는 듯하다. 억지로 눈물을 삼키면서 '나는 아프지 않아' 라고 말하는 어린아이처럼. 잠시 후 폴린이 음식과 더불어 무언가를 가지고 왔다. 쟁반에 올려진 그것을 내려다보면서 아영이 물었다.

"어라, 이게 뭐예요?"

그것은 봉투 하나였는데 그 안에는 종이가 들어 있었다. 폴린은 쓰게 웃으면서 조용히 말했다.

"이 수도의 북쪽 끝으로 가시면 굉장히 점을 잘 보는 점쟁이가 살고 있지요. 그 사람은 워낙에 괴팍하고 성격이 안 좋아서 다가가는 사람은 거의 없지만, 그의 점은 하늘을 보고 땅을 읽는다고 할 정도로 잘 맞습니다."

"그런데 이건?"

현홍이 봉투를 집어 올리면서 폴린을 올려다보았다. 전형적이기까지 한 중년의 사내인 폴린은 주름살이 가득한 얼굴에 미소를 지어 보이면서 대답했다.

"그 사람은 누군가가 추천해서 온 것이 아니라면 점 보러 오는 사람조차 핍박하지요. 저는 그 사람과 몇 년을 알고 지내서 이 소개장을 들고 가신다면 받아줄 겁니다. 가보세요, 마음이 편해지실 테니."

그렇게 말을 마친 폴린은 고개를 꾸벅 숙여 인사하곤 다시 부엌으로 향했다. 현홍은 폴린의 등을 보면서 생각했다. 마음이 편해진다고? 그렇다면 편해질 마음조차 얼어붙은 사람은 어떻게 될까? 그런 의문을 품으면서 말이다.

간단하게 아침 식사를 마친 두 사람은 폴린의 성의도 있고 해서 북쪽 끝 성벽 근처에 산다는 그 점쟁이를 찾아가 보도록 했다. 어차피 하릴없어 나온 두 사람이었으니까 오히려 이런 것은 고마운 일이었다. 중심가에 위치한 여관에서 그곳까지는 제법 거리가 멀었다. 아직 완전히 낫지 않은 현홍은 종종 가다가 건물의 벽에 등을 붙이고 숨을 몰아쉬었다.

걱정스러운 얼굴로 아영이 주위를 둘러보았다. 사람들은 적었고 식당이나 가게 등도 쉬는 곳이 많았다. 혹시나 이곳에서 쓰러져 버린다면? 하긴 정령이 있으니까 그리 걱정되는 것은 없어도 괜스레 옆에 다른 사람이 없으면 마음의 부담이 늘어나는 것은 사실이었다. 이럴 줄 알았으면 솔루드라도 데리고 올걸이라고 투덜거리는 아영에게 현홍은 괜찮다는 듯 미소 지었다.

"후우, 괜찮아. 아직 체력이 없어서 그런가 봐."

힘없는 그의 목소리를 들은 아영은 할 수 없이 근처의 음료 가게로 들어가 시원한 물을 가지고 나왔다. 천천히 숨을 고르면서 몰아 받아 마신 현홍이 고개를 들었다. 청아한 파란 하늘, 시리도록 아름다운 그것을 보면서 현홍은 나직하게 말했다.

"정말로 왜 이렇게 약해져 버렸을까. 우습게 말야."

"현홍아……."

"후훗, 아니… 미안해. 농담이야."

이제 괜찮아졌는지 현홍은 옷에 묻은 먼지를 툭툭 털어내면서 걸음을 옮겼다. 확실히 이상해졌다. 진현이 죽은 후로 현홍은 이상하게 변했다. 그게 정확히는 모르겠지만 뭔지 모르게 오싹해졌다. 아영은 가을바람 때문이라고, 괜한 생각을 한다고 자신을 자책하면서 조용히 현홍의 뒤를 따랐다. 대로는 사방으로 트여져 있었기 때문에 쭉 따라서 올라가면 된다고 했다. 그래서 길을 찾는 것은 어렵지 않았다. 대로의 끝 자락에 그다지 크지 않은 집이 있었다. 일반 나무로 지어 올려진 건물이었기 때문에 가정 집으로 생각해도 무방할 정도.

현홍은 잠시 고개를 갸웃거리다가 봉투를 가지고 있는 아영에게 물었다.

"여기가 맞아?"

"응? 으응, 폴린은 이곳이라고 말해 줬어. 대로를 쭉 올라가서 정면에 보이는 집."

하지만 점 집이라던가 뭐, 그런 간판 같은 것도 없는데? 두 사람이 집 앞에서 머뭇거리고 있을 때 두 사람의 등 뒤로 한 사내가 나타났다. 빛을 내뿜을 정도로 아름다운 금발에 어두운 자색 눈동자를 가진 남자였다. 그는 길고 치렁치렁한 옷을 입고 있었는데 대뜸 아영과 현홍에게 소리를 질렀다.

"너희들 뭐야? 남의 집 앞에서 뭐 하는 짓거리야?!"

아영은 순간 욱해서 뒤를 돌아보았다가 생각보다 잘생긴 남자의 모습에 순간적으로 한 발자국 뒤로 물러났다. 역시나 미남에게는 약한 여성이었다. 사내는 입에 담배 파이프를 물고 있었는데, 그것을 땅 바닥에 뱉어버리면서 끝이 조금 처진 눈을 사납게 치켜떴다.

"볼일없으면 꺼져. 남의 집 앞에서 얼쩡거리지 말고."

입이 험한 남자라고 생각하면서 아영은 입을 다물었고 현홍은 잠시 동안 그를 쳐다보다가 조심스럽게 말했다.

"당신이 그 점쟁이?"

"누가 점쟁이야. 점성술사다, 이 몸은."

역시나 성격 나쁘다는 게 맞는 말인가 보군. 아영은 작은 목소리로 중얼거렸다. 현홍은 아영에게서 봉투를 받아 그 남자에게 건넸다.

"〈천사의 날개〉라는 여관의 폴린 씨에게 추천을 받고 왔어요. 쫓아내실 건가요?"

봉투를 받아 든 남자는 안에 든 종이를 보더니 그것을 구겨서 바닥에 던져 버렸다. 그리고 아영과 현홍의 사이를 험하게 밀치고 자신의 집 문을 열었다. 추천 같은 것도 소용이 없는 것일까. 여기까지 걸어온 게 아깝다고 생각하며 발걸음을 돌리는 아영과 현홍의 귀에 차가운 목소리가 들렸다.

"멍청이들, 가란 말 안 했어. 들어와."

사실 집은 별다른 것이 없었다. 조금 어둑한 분위기와 가구라고는 나무로 만들어진 테이블밖에 없다는 것이 문제라면 문제일까. 창문도 검은 커튼으로 쳐놓고 있어서 아침인데도 빛은 한 줌 들어오지 못했다. 테이블에는 짙은 보라색의 벨벳 천이 깔려 있었고 중앙에는 커다란 수정구가 붉은 쿠션 위에 올려져 있었다. 두 개의 의자를 끌어다 준 남자는 그곳에 앉으라는 듯 턱짓을 했다. 그리고 맞은편으로 가서 턱 하니 주저앉은 남자는 새로운 담배 파이프를 물었다. 예쁘장하게 생긴 얼굴에 하는 짓이나 말투는 더럽기 짝이 없었다.

사실 저런 성격이라면 아영이 뭐라고 해도 벌써 했을 터. 그러나 예쁘고 잘생긴 사람은 뭘 하든 용서가 된다는 것이 그녀의 주의였다(한심하기 그지없지만).

현홍은 가만히 남자의 금발 머리카락을 쳐다보았다. 순간적으로 진현이 생각나서일까. 그런 생각을 한 형홍은 스스로에게 실소를 지어주면서 고개를 저었다. 어느 부분에서든 꼭 진현을 연관시켜 생각하는 자신이 우스워서. 남자는 자신의 이름은 라스라고 말했다.

담배나 피워 물고 있는 사람이 무슨 놈의 점을 친다는 말인지? 아영은 앉아 있는 스스로가 한심하게 느껴졌다. 커다란 수정구는 마치 거울처럼 사람들의 모습을 비춰주었다. 이 정도로 순도가 높고 어린아이 머리만한 수정구는 구하기도 힘들 것이 분명했다. 어두운 방에는 촛불이 타 들어가는 소리만이 가느다랗게 들렸다. 창백해서 핏줄까지 자세하게 보이는 손을 조용히 수정구 위에 올리며 라스는 입을 열었다.

"죽음이 보이는군."

흠칫.

아영과 현홍은 순간적으로 얼어붙어 버렸다. 무릎 위에 올린 주먹에 힘을 넣으면서 아영은 미간을 찌푸렸다. 마치 귀여운 애완 동물을 만지듯이 수정구를 살며시 쓰다듬는 라스의 손은 유려했다. 그림을 그리는 화가의 손처럼. 이를 악물면서 아영은 간신히 말할 수 있었다.

"무, 무슨 의미죠?"

테이블 위에는 두 개의 촛불만이 있었기 때문에 공기에 의해 흔들리는 촛불의 그림자에 라스의 그림자도 흉흉하게 움직였다. 담배 연기를 깊숙하게 들이마셨다가 내뱉은 라스는 파이프를 한 손에 받아 들면서 나직하게 말했다.

"말 그대로. 너희들의 뒤에는 항상 죽음의 신이 붙어 있어. 지금까지도 죽음을 많이 보아왔고 앞으로도 지금보다 더 많은 죽음을 만나게 될 거야."

"우리 주변 사람들이 죽는다는 말이에요?"

가느다랗게 떨리는 음성으로 현홍이 말했다. 아영은 안타까운 눈으로 현홍을 쳐다보았다. 그의 두 손은 보기에도 애처로울 정도로 파르르 떨리고 있었다. 현홍은 입술을 깨물면서 대답이 없는 라스를 재촉했다.

"말해 주세요……."

더 이상은 그런 아픔 같은 것은 겪고 싶지 않아. 당장이라도 눈물을 흘릴 것처럼 커다랗게 흔들리는 현홍의 검은 눈동자를 보면서 라스는 조용히 눈을 감았다. 잠시 후 눈을 뜬 라스는 자수정이 박힌 것 같은 눈가를 손가락으로 쓰다듬으면서 살짝 입술을 달싹였다.

"밤하늘을 아름답게 비추는 별들은 언뜻 아무렇게나 뿌려진 보석처럼 보이지만, 그중에서도 길은 있지. 혼동 속에 있는 조화라고 할까. 너희들의 운명도 마찬가지야. 수많은 일들 속에 뒤섞여 스쳐 지나가기 쉬운 일을 그냥 넘기지 마."

무슨 말인지 모르겠다는 듯 아영은 테이블 위에 두 손을 올리면서 살짝 주먹을 쥐었다.

"대체 무슨 말인지 정확하게 설명 좀 해줘요!"

"후우, 점성술사가 정확하게 설명하는 것 봤냐? 추상적일 수밖에 없는 이유는 점을 치는 점쟁이나 병의 길을 읽는 점성술사나 마찬가지로 한 가지 사실을 여러 가지 형태로 읽기 때문이야."

입에 문 파이프를 테이블 위에 올린 라스는 천천히 두 손으로 수정 구를 매만졌다. 타로 카드를 섞는 것처럼 이리저리 손을 교차하여 수 정구를 만지던 라스는 살며시 눈을 감았다. 한참 동안 라스는 아무런 말도 없었다. 수정구 위에 손을 얹은 채로 동상이 된 것처럼 말이다. 그동안 아영과 현홍은 긴장을 하면서 어깨를 움츠렸다. 라스의 말을 들어서일까? 현홍은 오싹한 한기가 자신의 등을 엄습하는 것을 느꼈다.

얼음이 옷 속으로 들어간 것처럼 차가운 기운이 몸을 훑는 것 같았다. 그와 동시에 머리가 쑤시는 듯이 아파오기 시작했다. 뭔가, 뭔가 일어날 것 같다는 예감. 아니, 예감 따위는 아니다. 자신에게는 예감이 아닌 다른 능력이 있지 않은가. 작은 신음 소리를 흘리면서 현홍은 이 마를 짚고 고개를 숙였다. 그러자 아영이 서둘러서 현홍의 어깨를 붙잡았다.

"왜 그래? 또 심장이 아픈 거야, 응?"

"아, 아니… 그냥 머리가 좀 아파서……."

한숨을 몰아쉰 현홍은 눈을 감았다. 스쳐 지나가는 영상이 보였다. 보지 않으려 눈을 뜬 현홍은 라스가 조용히 수정구 위에서 손을 거두며 작게 숨을 쉬는 것을 볼 수 있었다. 라스는 천천히 눈을 뜨고 자신의 앞에 있는 현홍의 얼굴을 마주 쳐다보았다.

'…왜?'

차가웠던 얼굴, 험악하게 말을 내뱉던 입을 꾹 다물고 앉아 있던 라스는 곧 피식 하고 웃음을 내뱉었다. 이마를 한 손으로 짚은 라스는 자신의 파이프를 집어 올려 입에 물었다. 아영이 고개를 갸웃거리면서 현홍과 라스를 번갈아 바라보았다. 현홍은 바늘이 찌르는 것같이 머리가 아파오자 입술을 깨물었다. 이렇게 머리가 아파오고 길게 귀울음이 들리는 것은 분명 자신이 원하지도 않은 능력이 발휘될 때.

라스는 입에서 길게 회색 연기를 뿜어냈다. 지독히도 느리고 동시에 지독히도 빠르게 허공 속에서 사라져 간 회색 연기.

라스는 파이프를 손에 들고 입을 열었다.

"남은 별은 아홉 개. 그러나 시간이 지나감에 따라 하나씩 하나씩 사라져 갈 거다. 별이 뜨고 지는 것은 어쩔 수 없는 것. 슬픔과 절망은 깊어만 가지만 흘러내리기 시작한 모래시계는 멈추지 않는다. 잘 들어. 껍데기는 어떻게 되어도 중요한 게 아냐. 정말로 중요한 것은 마음이지."

현홍을 간신히 부축하면서 아영이 고개를 갸웃거렸다.

"껍데기? 마음? 그게 뭔데요?"

희미하게 미소 지은 라스는 자신의 금발 머리카락을 살며시 쓸어 넘겼다. 그리고 조금은 슬픈 눈으로 자신의 수정구를 바라보았다.

"인간의 운명이란 것은 어디로 튈지 모르는 공과 같은 것이지. 하지만 그건 결코 네 잘못이 아냐."

"……?"

알 수 없는 말만 중얼거리는 라스에게 아영이 다시 물으려는 순간 현홍이 고개를 들어 올렸다. 하얗게 질린 얼굴로 현홍은 자리에서 비틀거리면서 일어났다. 아영이 서둘러 그를 부축했지만 정작 현홍은 그녀의 손을 뿌리치면서 눈물이 맺힌 눈으로 라스를 보았다.

"…잘못이… 아니라고? 내, 내 잘못이… 아니란 말야?"

"……."

라스는 대답없이 현홍을 보았다. 그는 자리에서 일어나며 테이블을 두 손으로 짚은 채 간신히 서 있는 현홍의 곁으로 다가갔다. 화려하게 흘러내리는 금발을 올려다보면서 현홍은 눈가가 흐릿해지는 것을 느꼈다. 그리고 차가운 얼굴 대신에 알 수 없는 부드러움이 흐르는 표정으로 라스가 현홍의 팔을 붙잡았다. 그의 얼굴이 왜 그렇게 진현처럼 보일까? 환각인가? 현홍은 방금 전에 자신이 보았던 검은 영상과 귓가에 떠돌던 목소리가 다시금 눈앞에 퍼지는 것을 알 수 있었다. 그와 동시에 현홍은 더 이상 버틸 힘이 없었다.

아영은 조금 옆으로 떨어져 서 있었다. 이상하게, 기분에 지금 두 사람을 방해해서는 안 된다는 느낌을 받았기 때문이다. 물어보고 싶은 말들은 많았지만 여기서 방해를 하면 정말이지 두고두고 죄를 짓는 일이라고… 그렇게 생각했다. 신비하게 보이는 자색의 눈동자가 아름답게 반짝였다. 천천히 고개를 숙인 라스는 현홍의 얼굴 근처까지 다가

가서 나직한 어조로 말했다. 그의 목소리는 마치 밤하늘에 흐르는 은하수처럼 잔잔하게까지 들려왔다.

"한 치 앞도 볼 수 없게 만드는 어둠. 하지만 그 본모습은 만물을 포근하게 감싸는 자애로움의 상징이지. 만나서 반가웠다. 이렇게 만난 것도 분명히 한 가닥의 인연이었겠지. 그렇지만 절대로 네 잘못이라고 생각하지 말아. 이것도 다 내 운명이고 내가 바라던 현실이니까. 그리고 분명히 말했지? 껍데기는 중요하지 않아."

"그, 그런……."

현홍은 손을 들어 라스를 붙잡으려고 했다. 그러나 현홍에게 남아 있던 힘도 이제는 밑바닥이었고 결국 그는 무릎이 꺾이는 것을 느끼며 바닥에 쓰러지고 말았다. 영화의 스크린이 검게 변하는 것처럼 점점 어두워지는 눈앞에 비친 라스의 모습은 대단히 아름답게 보였다.

현홍이 갑자기 쓰러지자 화들짝 놀란 아영이 서둘러 현홍의 몸을 부축했다. 라스는 자신의 겉옷을 벗어서 현홍의 몸을 감싸주며 입가에 비웃음과 같은 미소를 띠었다.

그 미소를 본 아영이 순간 발끈하여 인상을 찌푸렸다.

"뭐, 뭐가 우스워요! 사람이 쓰러졌는데!"

"후훗, 바보 같을 정도로 무모해서 말야. 이 녀석은 자기 몸이 상하는 것은 머리 속에 없어. 오로지 주위 사람들만 생각할 뿐이지."

만난 지 10분이 조금 넘었을 뿐이다. 그런데 현홍의 성격을 그대로 파악하는 라스를 아영은 놀란 눈으로 쳐다보았다. 식은땀이 맺힌 현홍의 이마를 옷자락으로 살짝 닦아내어 주며 라스는 이제 눈을 돌려 아영을 보았다. 아영은 자신도 모르게 흠칫 놀라면서 어깨를 꿈틀거렸다. 점성술사라서 그런가… 아니면 눈동자 색이 자색이어서일까. 라스의 짙은 자색 눈동자가 자신을 응시하자 아영은 자신도 모르게 뭔가를 들킨 사람처럼 반응하고 만 것이었다.

얼굴이 화끈거려서 황급히 고개를 돌린 아영의 귀로 차분한 목소리가 들렸다.

"어디로든 흘러가는 물과 같이 자유로운 자, 예전의 기억과 인연으로 고통받고 있지."

"……!'

창백한 얼굴로 고개를 돌린 아영은 라스를 보면서 겨우 입을 열었다.

"어, 어떻게……."

"말했잖아, 나는 별의 길을 읽는다고. 그와 함께 모든 것의 '기반'인 인연을 읽기도 하지."

잠시 동안 말을 멈춘 라스는 낮게 한숨을 쉬면서 눈을 감았다. 그리고 미소 지었다.

"인연이라는 것은 참 우습지. 원래라면 만날 수도 없었던 이들이 인연에 끌려 서로 만나는 것을 보면 말야. 인연에 의해 만났으니까 내가 할 수 있는 최대의 조언을 해주지. 옛 기억에 휘둘리지 마라. 너에게 있어서 가장 소중한 것을 믿고 따르면 그걸로 된 거야. 그리고 무슨 일이 있어도 함부로 행동하면 안 돼. 그 일이 네 생애 가장 슬픈 일이라고 해도."

"무, 무슨 말……?"

"자, 이제 가라. 언제까지 이 녀석을 내 집에 눕혀놓을 거냐? 마차를 부를 테니까."

모든 말이 끝났다는 듯 라스는 한 치의 미련도 두지 않고 자리에서 벌떡 일어났다. 아영은 조금 더 묻고 싶어서 라스의 옷을 붙잡으려고 했다. 그러나 그럴 틈도 주지 않고 라스는 횅하니 자신의 집을 나섰다. 그의 말이 마치 마음에 드는 노랫가사처럼 귓가에 맴도는 것이 아영의 마음에 크게 걸렸다.

잠시 후 라스의 집 앞에는 마차 한 대가 와 있었고 마부의 도움을 받아 마차 안에 현홍을 눕힌 아영은 고개를 돌렸다. 팔짱을 끼고 삐딱하게 자신의 집 벽에 기대어 담배를 피우고 있는 사람. 무심한 듯이 자신들을 쳐다보는 눈동자가 왜 자신에게는 다른 의미로 보이는 걸까?

마차에 올라탄 아영은 창문을 통해 한참 동안이나 멀어져 가는 라스의 모습을 보았다. 좋지 않은 느낌, 그러나 뭐라고 딱히 꼬집어 말할 수 없는 그런 느낌이었다. 마차 안에 마련된 의자에 기대어 잠을 자고 있는 현홍의 얼굴을 보면서 아영은 주먹을 꾹 쥐었다.

먼지를 일으키면서 사라져 가는 마차를 라스는 아영과 마찬가지로 오랫동안 그 자리에 서서 바라보았다. 파이프 담배 안에 든 담배 잎이 모두 타서 없어질 때까지.

궁상맞게 뭐 하는 짓이람, 하고 투덜거린 라스는 자신의 머리를 긁적이면서 문을 열고 집으로 들어갔다. 작게 문이 닫히는 소리가 나면서 라스의 눈앞에는 어둑한 방만이 덩그러니 보였다. 태어나면서 인연을 보고 별을 읽을 수 있는 눈을 가질 수 있었다. 그러나 그 능력이 결코 그의 인생을 행복하게 만들어주거나 즐겁게 만들어준 적은 없었다. 부모에게 버림받고 혼자서 살아야만 했던 운명까지도 그는 보아야만 했으니까.

모든 사람이 언제 죽을지, 무슨 일을 당할지 알고 있는 자신으로서 누군가와 친해진다는 것도 쉬운 일은 아니었다. 소중한 사람이 생기면 그 사람이 죽을 날, 떠나갈 날을 알아버릴 테니까. 그렇게 되면 과연 웃어줄 수 있겠는가? 당장 내일 죽는다는 것을 아는데 웃어줄 수 있겠느냐는 말이다. 입가에 미소를 띤 그는 이마를 짚고 낮게 웃었다.

"좋은 일 하나 없는 운명이었지만⋯⋯."

천천히 테이블로 걸어간 라스는 자신의 분신이나 다름없었던 수정구를 손으로 쓰다듬었다. 부모가 자신에게 준 단 하나의 물건. 그것을 천천히 만지면서 라스는 입가의 미소를 지우며 고개를 들었다.

"마지막 날, 이렇게 즐거운 기분을 만들어주니 다행이지. ⋯안 그래?"

그는 그렇게 말하며 고개를 돌렸다. 2층으로 이어진 계단에 누군가가 앉아 있었다. 하지만 계단 쪽에는 촛불이 하나도 없었기 때문에 얼굴은 볼 수가 없었다. 볼 수 있었던 것은 단 한 가지, 눈처럼 새하얀 옷이었다.

계단에 앉아 있던 인물은 소리없이 몸을 일으키면서 라스에게로 다가왔다. 라스는 자신도 모르게 주먹에 힘이 들어갔지만 이 이상 자신이 할 수 있는 일은 없다는 것을 잘 알고 있었다. 작게 한숨을 쉰 라스는 쓴 미소를 지은 후에 손의 힘을 풀었다. 그리고 테이블에 걸터앉으면서 말했다

"기묘하게도 말야, 너와도 인연이 닿았나 보군. 처음 보는 얼굴이지만⋯ 그래, 이름이나 가르쳐 줄 수 있을까?"

어둠 속의 남자는 잠시 동안 말이 없었다. 그리고 소곤거리듯 말했다. 겨우 그 목소리를 들은 라스는 자신의 금발 머리카락을 매만지면서 고개를 들어 천장을 보았다.

"정말로 우습게도, 그래⋯ 인연이라는 것은 참 기묘한 것 같아. 오

늘 참 별난 인간들을 다 보는군."

흰옷의 사내는 조용히 한 걸음씩 라스에게로 다가왔다. 그런 모습을 라스는 아무런 말도 하지 않고 쳐다볼 수밖에 없었다. 심장이 제멋대로 뛰는 것을 보면 분명히 조금은 긴장하고 있나 보다. 자신도 인간다운 면이 있구나… 그렇게 중얼거린 라스는 어느새 자신의 바로 코앞까지 다가온 남자를 올려다보았다. 그리고 자색의 눈동자에 이채를 띠었다. 라스는 이마를 손으로 짚고 키득거리며 웃었다.

냉정하거나 무표정할 줄 알았던 얼굴인데……. 자신이 완전히 잘못 짚었다는 것을 안 라스는 조용히 손을 옮겨 수정구를 짚었다. 그 직후 투명하디투명한 수정구의 안에 묘한 빛이 흘렀다. 그것을 본 라스의 표정이 차갑게 굳어졌다.

"…그렇단 말야?"

알 수 없는 말을 중얼거리며 라스는 고개를 돌려 자신의 앞에 서 있는 남자를 다시 쳐다보았다. 흰색의 옷, 하나의 티끌도 묻지 않은 새하얀. 수정구에서 손을 뗀 라스는 천천히 테이블에 기대어섰다. 살짝 고개를 숙이면서 라스는 나직하게 말했다.

"원하지 않았던 운명을 받아들여야 했어, 넌. 하지만 그것에 손을 댄 것은 너 자신의 의지였지. 그래도……."

라스는 잠시 동안 말을 멈췄다. 그리고 조용히 자신에게 다가오는 손을 바라보았다. 흰색의 장갑이 끼어진 손, 그 손은 아주 희미하게 떨리고 있었다.

"그래도… 아파하고 있군."

허공에서 손은 순간적으로 멈춰졌다. 손을 멈춘 남자는 잠시 후 떨리는 목소리로 말했다.

분명히 밖에서 말했다면 들리지도 않을 정도로 작은 목소리였다. 그러나 이곳에는 침묵만이 흐르고 있었기에 아무런 장애 없이 그 말을 들을 수 있었다. 라스는 피식 웃더니 자신의 금발 머리카락을 쓸어 넘겼다. 허공의 손은 다시금 라스에게로 다가왔다. 이윽고 그 손이 자신의 심장 부근에 멈춰지는 것을 보면서 라스는 눈을 감았다. 좋은 일 하나 없었지만 그래도 이렇게 끝을 맺을 수 있겠군. 머뭇거리는 기색이 역력했지만 결정을 내리듯 주먹을 꽉 쥔 흰 장갑의 손은 마치 문을 밀듯이 라스의 가슴을 만졌다.

놀랍게도 손은 물속을 통과하듯이 라스의 가슴으로 들어갔다. 손 자체가 허구인 듯 말이다. 조금의 시간이 지난 후 라스의 몸속에서 빠져나온 손에는 작은 빛의 구슬이 들려 있었다. 투명하면서도 분홍색의 빛으로 반짝이는 그것은 참으로 아름다웠다. 천천히 눈을 뜬 라스는 감기는 눈을 애써 뜨려고 노력하면서 남자의 손에 들린 그것을 바라보았다. 서서히 몸이 아래로 처져 가는 것을 느끼면서 라스는 조용히 말했다.

"내 것이라고 믿어지지 않을 만큼 아름답군. 신기해… 안 그런가? 자신의 손으로… 운명을 개척하려는… 자……."

쿵!

미끄러지듯 아래로 떨어져 내린 라스는 바닥에 쓰러졌고, 흰옷을 입은 남자는 그 모습을 한참이나 내려다보았다. 테이블 위에 있던 수정구가 라스가 바닥에 쓰러질 때 같이 움직인 테이블 보와 함께 휘청거렸다. 남자는 그것을 잡으려고 했지만 간발의 차이로 수정구는 나무 테이블의 아래로 떨어졌다. 차가운 바닥에 누워 있는 라스의 발치에 떨어진 수정구는 커다란 소리와 함께 산산조각나 버렸다. 촛불에 비춰져 사방에서 아름답게 반짝이는 수정 구슬의 조각들 중에서 하나를 집어 든 남자는 낮은 목소리로 중얼거렸다.

"나는 내 손으로 운명을 만들기 위해서… 이런 일을 하고 있는 거야. 하지만… 정말로…….”

그가 말을 끝내기도 전에 수정 구슬이 깨지는 소리가 밖에까지 새어 나갔는지 웅성거리는 소리가 들려왔다. 옷자락을 살짝 휘날리면서 정체를 알 수 없는 흰옷의 남자는 검은 어둠 속으로 사라졌다. 적막만이 흐르는 방 안에 남은 것은 잠이 든 듯이 누워 있는 라스와 그와 함께 운명을 같이한 그의 소중한 수정구뿐이었다. 완전히 타 들어간 촛불의 불빛이 서서히 사라졌다. 그리고 잠시 후 음악이 끝나듯 순식간에 방 안은 완벽한 어둠 속에 빨려 들어갔다.

신족의 계획 4

"우와, 그러니까 그 점쟁이가 그렇게 잘 맞춘단 말이지? 신기하네~!"

아영은 조용히 자신의 폰을 움직이면서 고개를 끄덕였다. 그러나 그녀의 표정은 그리 밝지 못했다. 어두운 그녀의 표정을 보면서 에오로가 고개를 갸웃거렸다. 저녁 식사 후에 운동거리 삼아서 체스를 두고 있는 두 사람이었다. 다른 사람들과 함께 놀고 싶었지만 집 안 분위기도 안 좋은데 그런 말을 꺼냈다가는 엄청 혼이 날 것 같았다. 지금도 몰래 아영의 방에 숨어서 체스를 두고 있는 참이었다. 모두가 진현의 일로 많은 충격을 받은 동시에 현홍의 저주 때문에 바쁜 하루하루를 보냈다.

그래도 아무런 정보도 얻을 수 없었다. 원목으로 만든 체스 판을 내려다보면서 에오로가 자신의 턱을 매만졌다.

"그럼 나중에 나도 그 사람한테 가서 점이나 볼까."

달칵.

아영이 움직이던 폰이 다른 말과 부딪쳐 체스 판 위에 뒹굴었다. 졸지에 다 이긴 판을 날리게 된 에오로가 인상을 쓰면서 아영을 노려보았다. 하지만 뭐라고 소리치기 전에 아영의 표정이 너무 무겁다고 생각한 에오로가 걱정스레 말을 내뱉었다.

"왜 그래? 어디 몸이라도 안 좋은 거냐?"

고개를 숙이고 자신의 손톱을 깨물던 아영이 고개를 들어 올리면서 말했다.

"그 점, 못 볼 거야."

"응? 왜… 아, 그 사람 성격이 괴팍해서? 아하하, 뭘 그런 것 가지고……."

"그, 그게 아냐!"

"아영아?"

새파랗게 질린 얼굴로 아영은 주먹을 불끈 쥐었다. 어느새 그녀의 눈에는 조용히 눈물이 고였고 에오로는 더욱 알 수 없다는 표정이 되었다. 잠시 동안 손으로 입을 막은 아영은 고개를 저으면서 날카롭게 외쳤다.

"그, 그 사람… 죽었단 말야!"

"뭐?!"

당황한 에오로는 자신도 모르게 자리에서 벌떡 일어설 정도였다. 하지만 가만히 생각을 해보니 만난 적도 없고 이야기만 들었던 사람이 죽었는데 자신과 무슨 상관이란 말인가. 주위 사람이 죽지만을 않길 바라는 것만으로도 머리가 아픈데. 머리를 긁적이면서 다시 소파에 앉은 에오로는 입술을 깨물면서 주먹을 쥐고 아래만 쳐다보는 아영의 어깨를 살짝 토닥여 주었다.

"아야, 뭘 그런 것 가지고. 사람 일이라는 것은 원래 아무도 모르는 거라고. 어제만 해도 살아 있던 사람이 오늘은 죽을 수도 있고……. 너도 잘 알잖아?"

분명히 잘 알겠지. 진현 역시 그가 죽을 것이라고 생각한 사람은 아무도 없으니까 말이다. 그렇기에 그의 빈자리가 더 크게 나타나는 것이다. 자신도 모르게 '저, 진현…'이라는 말이 절로 튀어나올 정도로.

자신도 모르게 우울해진 에오로는 흠칫 놀라면서 고개를 저었다. 이래서는 안 돼라고 스스로에게 말하면서 말이다. 이 집에는 그 일만 나와도 절로 눈물 흘리는 사람들이 많다. 그러니까, 그러니까 자신만이라도 그렇게 우울해지면 안 된다고 생각하는 에오로였다. 에오로의 위로를 들은 아영은 한숨을 내쉬면서 앞에 놓인 찻잔을 들어 올렸다.

"후우, 그래… 너무 깊게 생각하면 안 되겠지만 그래도 그 사람이 한 말은 마음에 걸려."

흐트러진 체스 판을 정리하면서 에오로가 물었다.

"뭔데?"

"죽음이 우리 곁에 머물고 있다는 말. 별이 사라진다는 말도……. 모르겠어. 하지만 안 좋은 기분이 드는 것은 사실이야."

가만히 그녀의 말을 듣던 에오로가 무릎을 손바닥으로 때리면서 큰 소리로 웃었다. 진지했던 분위기가 갑자기 그의 웃음소리에 깨지자 아영은 조금 불편한 얼굴을 했다. 남은 불안하고 겁나는데 저 웃음은 뭐란 말인가? 그녀가 주먹을 불끈 쥐면서 한 대 쥐어박을 태세를 하자 그제야 에오로는 웃음을 멈추었다. 눈가에 고인 눈물을 손가락으로 슥슥 닦아낸 에오로가 아영을 똑바로 쳐다보면서 말했다.

"쿡… 그야 당연하잖아."

"응?"

아영은 의문 섞인 시선으로 에오로를 보았지만 에오로는 소파에 편히 등을 기댄 채로 무덤덤하게 말을 이었다.

"인간으로 태어나서, 아니, 모든 생명이 있는 것은 항상 죽음을 옆에 두고 있는 거나 마찬가지야. 돌부리에 걸려 넘어져서 죽을 수도 있고 괜히 공사장 근처를 지나가다가 돌에 맞아 죽을 수도 있어. 태어난 이상 죽는 것은 당연하지. 눈물이 나오고 슬픈 것도 당연하지만, 그래도 시간이라는 것이 있으니까 인간은 견딜 수 있는 거야."

잠시 말을 멈춘 에오로는 과자 하나를 들어서 입 안에 털어 넣었다.

"음음, 그런 말을 듣고 우울해하지 마. 너도나도 지금은 이렇게 멀쩡하지만 언제고 죽을 수 있다는 사실은 그 사람이 말을 하지 않아도 알고 있는 사실이잖아? 뭐가 그렇게 불안한 거야?"

그의 말도 분명히 맞는 말임이 분명하다. 그러나 아영 자신이 느끼고 있는 불안감은 그런 것과는 조금 달랐다. 폭풍 전야의 고요함 같다고 할까? 괜한 생각이야… 안 좋은 생각을 하면 안 좋은 일들만 일어나게 될 거야. 아영은 그렇게 생각하면서 조용히 자리에서 일어났다. 시계를 보니 벌써 9시가 다 되어가고 있었다. 현홍은 그 집에서 쓰러진 후 저택에 도착할 때까지 미동도 하지 않았다. 그리고 나서 정오가 지난 후 겨우 눈을 떴다가 피곤하다며 다시 잠이 들었다.

아직까지 자고 있나 가보고 싶었지만 오늘은 자신도 피곤했기 때문에 일찍 자기로 마음먹은 아영은 에오로에게 말했다.

"후우, 오늘은 일찍 잘래. 머리가 조금 아파."

"어? 그래, 그럼 의사한테 부탁해서 약을 가져다 줄까?"

의사? 악마라고 하는 게 더 정확할 텐데. 체스 판을 다 정리한 에오로가 자리에서 일어나자 아영은 손으로 이마를 짚으면서 고개를 숙였다.

"그런 악마가 만든 약 같은 것은 먹고 싶지 않아. 자고 일어나면 괜찮겠지 뭐."

알았다고 대답하며 고개를 끄덕인 에오로는 체스 판과 말들을 챙겨 들고 아영의 방을 나섰다.

그가 방을 나선 후 아영은 조용히 잠옷으로 갈아입기 위해 장롱의 문을 열었다. 흰색의 상하의가 따로 만들어진 잠옷을 꺼낸 아영은 셔츠를 벗어서 옷걸이에 걸었다. 브래지어를 착용하고 잠을 자면 불편하기 때문에 손을 뒤로 돌려 브래지어의 후크를 끄르려고 했다. 하지만 그 상태에서 아영의 손은 멈추어졌다. 갑자기 방의 중앙으로 화르륵 소리가 났기 때문이다. 멍청한 눈으로 고개를 돌리자 사람만큼 커다란 불덩어리는 잠시 후 화려하게 생긴 남자의 모습으로 변했다.

화려한 복장과 불처럼 타오르는 붉은 머리카락. 남자는 주위를 둘러보다가 아영을 발견하고는 눈을 깜박였다. 너무나도 황당한 나머지 브래지어 후크에 손을 가져간 그대로 얼어붙어 있는 아영을 보고는 불의 정령 왕 샐리온은 팔짱을 끼며 턱을 치켜 올렸다.

「뭐야, 옷 갈아입는 중이었냐? 어서 갈아입어. 할 얘기 있어서 이 몸이 여기까지 행차했단 말이다.」

"……"

가슴속 깊은 곳에서부터 부글부글 끓어오르는 것은 과연 무엇?

몇 분의 시간이 흘렀을까? 샐리온은 아영의 돌려차기에 얻어맞은 자신의 가슴을 손으로 문지르고 있었다. 돌려차기에서 끝난 것이 아니라

팔꿈치로 안면까지 강타당한 지금 샐리온은 자신이 인간이었다면 반드시 죽었을 것이라는 생각을 했다. 물론 지금도 아파 죽겠지만. 손으로 얼굴을 덮고 작은 신음을 내뱉는 샐리온을 향해 아영이 가운뎃손가락을 들어 올렸다.

"죽고 싶어서 무덤을 파는군, 빌어먹을 녀석아!"

「제길, 볼 것도 없는 주제에……」

퍼억!

아영의 주먹이 다시 한 번 샐리온의 머리를 두들겼고, 샐리온은 두 손으로 머리를 감싸면서 소파의 구석으로 내몰렸다. 당장이라도 잡아먹을 듯이 으르렁거리는 아영을 본 샐리온은 더 이상 말했다가는 정말로 죽을 것 같아서 애써 입을 다물었다. 언젠가 이 일이 다 끝나고 나서 자신을 부릴 수 없는 그날에 두고 보자고 속으로 다짐한 샐리온은 팔꿈치에 맞아서 욱씬거리는 눈가를 매만졌다.

「보, 본론이나 얘기하자. 여기 악마가 하나 와 있다면서?」

콧방귀를 뀌며 소파에 털썩 주저앉은 아영이 고개를 끄덕였다.

"메피스토펠레스인지 뭔지 하는 악마 하나가 들어앉아 있지. 하지만 하루 종일 어디 있는지는 몰라. 필요할 때가 되면 알아서 나타나기는 하더라만. 그런데 왜?"

「꽤 거물이 들어앉아 있네. 아이고, 눈이야……. 어쨌거나 그 녀석이 무슨 정보가 어쩌고저쩌고 안 하든? 우리도 그 정보가 들어와서 말인데.」

그의 말을 듣고 곰곰이 생각한 아영은 손가락을 퉁기면서 대답했다.

"아, 며칠 전에 그런 말을 하기는 했어. 무슨 종이를 우혁 오빠한테 넘겨줬는데 우혁 오빠는 화를 내면서 그걸 찢어버렸지. 그런데 그 정보가 뭔데?"

그렇지 않아도 궁금했었는데 잘됐다고 생각하며 아영이 풀썩 상체를 내밀었다. 샐리온은 소파에 등을 기대고는 잠시 생각하는 표정이 되었다. 원래 침묵 같은 것을 좋아하지 않는 그가 입을 다물고 말을 하지 않자 아영은 뭔가 이상하다고 생각했다. 무슨 일이 있든 간에 무조건 말을 하고 난 다음에 뒷수습을 하는 것이 샐리온이었다. 그런데 얼마나 중요하고 대단한 정보이기에 샐리온이 저런 표정을 지을까? 내심 기대가 되면서도 불안한 아영이 침을 삼키면서 샐리온의 입이 떨어지기만을 기다렸다.

시계의 초침이 째깍거리는 소리가 방 안에 울렸다. 성질 급한 아영이 속으로 몇 초나 지났는지 세고 있을 즈음 이윽고 샐리온이 입이 열렸다.

「네가 들으면 또 화낼 것 같은데… 정말로 듣고 싶냐?」

무슨 말이 그래? 누가 들으면 항상 화만 내는 줄 알겠네(사실이다). 속으로 그렇게 투덜거린 아영이 새초롬한 표정으로 고개를 끄덕였다.

"화 안 낼 테니까 말해. 뭔데 그래? 현홍이도 알고 있단 말야. 슈린은 나도 잘 모르겠지만."

「슈린이라면 이번에 새로 신족이 선택한?」

"응, 맞아. 예전부터 알던 사이였어. 나랑 별로 사이가 안 좋았지만 요즘에는 성격이 좀 바뀌어서 그럭저럭 지낼 만하더라고. 아, 그게 문제가 아니잖아! 그 정보가 뭔지 빨랑 말 안 해?!"

때릴 거야라는 듯이 주먹을 불끈 쥐는 아영을 보면서 샐리온은 한숨을 내쉬었다. 아영은 다시금 고개를 갸웃거렸다. 진지함과는 자신과 만만치 않게 담쌓고 지내는 샐리온이 한숨을? 주먹을 내리면서 아영은 목소리를 낮추며 물었다.

"뭔데?"

그녀가 진지한 표정을 짓자 샐리온은 조용히 자신의 손을 앞으로 내밀었다. 그의 손에는 언제 있었는지 모를 종이 쪽지가 있었고, 아영은 그것을 보며 눈을 깜박였다. 그냥 말로 하면 되지 뭐 하러 이런 쪽지까지 주는 걸까? 조금 멈칫거렸지만 궁금함에 못 이겨 쪽지를 받아 든 아영은 두근거리는 심장을 애써 진정시켰다. 무슨 내용이 적혀 있을까? 왜 그렇게 우혁 오빠가 화를 냈을까? 모든 것이 궁금하여 아영은 떨리는 손으로 쪽지를 폈다. 몇 번을 꼭꼭 접었는지 완전히 다 펴자 종이는 제법 큰 사이즈임을 알 수 있었다.

아영은 조용히 그것에 적힌 글씨들을 읽어 내려갔다.

"뭐, 뭐야?"

빼곡하게 적혀져 내려간 글을 다 읽은 아영은 자신의 두 손이 어느새 부들거리며 떨리고 있다는 것을 알아챘다. 예전 칼 레드에게서 들었던 자신의 전생… 대예언자인 예레미야가 쓴 테펜 체 에―디브 비세크의 한 부분이었다. 자신이 원래 살아가고 있었던 터전 『잃어버린 세계』에 관한 부분 말이다. 그리고 누가 해석을 했는지 몰라도 상세하게 해설까지 되어 있는 것을 보면서 아영은 어이없는 웃음을 지었다.

"이, 이거 진짜 맞는 말이야?"

샐리온이 묵묵하게 고개를 끄덕였다. 한참 동안 샐리온을 쳐다보면서 실없는 웃음만을 흘린 아영이 다시 손에 들린 종이로 시선을 돌렸다. 다시 한 번 쭉 훑어 내려간 아영은 우혁이 했던 것처럼 종이를 구겨 버렸다. 저도 모르게 주먹이 힘이 들어가는 것을 느낀 아영이 자리에서 벌떡 일어났다. 거칠게 앞 머리카락을 쓸어 넘긴 아영은 한동안 안절부절못하면서 좌우를 왔다 갔다 했다. 우혁이 보고 화를 냈던 이유도, 현홍이 한 이상한 말도 모두 다 이해가 되었다.

입술을 잘근 깨문 아영이 샐리온을 보면서 짜증난 목소리로 말했다.

"대체 저거 해석은 확실한 거야? 해석이 틀릴 수도 있잖아, 응?"

자신의 매끄러운 턱을 쓰다듬으면서 샐리온이 대답했다.

「시겔님과 다른 정령 왕이 머리 맞대고 의논한 결과 대부분은 맞다고 되어 있어. 뭐, 가장 중요한 부분은 틀렸다고 할 수 있지만.」

"진현이 죽은 것 말이지……."

고개를 살짝 끄덕인 샐리온은 두 팔을 들어 자신의 머리를 받치면서 고개를 젖혔다.

「맞아. 그가 죽는다는 부분은 없단 말이야. 대예언자의 예언인데 틀려 버리다니.」

아영은 종이를 바닥에 집어 던졌다. 그리고 화가 잔뜩 난 얼굴로 외쳤다.

"그래, 그 부분은 넘어가더라도 그 밑에 써진 저건 뭐야! 대체 신족은 뭘 생각하고 있는 거냔 말야!!"

그 부분에 있어서는 샐리온도 입을 다물 수밖에 없었다. 자신이 알고 있는 부분은 어디까지나 저 종이에 적힌 전부가 다이니까. 그가 입을 다물고 고개를 돌리자 아영은 이를 악물면서 이마를 손으로 짚었다. 확실하다는 증거도, 무엇도 없다. 그런데… 그런데 신족은 무엇을 꾸미는 것인지. 자신이 읽은 저 종이에 따르자면 세계를 구하기 위해서는 선택받은 인간 네 명 외에도 열 개의 구슬이라는 것이 필요하다고 되어 있다.

그저 구슬이라면 상관이 없겠지만 신족은 그것은 열 개의 영혼으로 규정 지었다고 한다. 그 부분까지도 좋다. 좋지만… 그 영혼을 모은다는 이야기는 사람들의 목숨을……. 다시 화가 나버린 아영은 눈을 감고 짧게 욕지거리를 내뱉었다. 세계를 구하기 위해서 열 명의 인간들을 희생하자는 말인가? 수로 보면은 이득이겠지. 원하는 것이 있다면 잃는 것도 있다는 당연한 원리 역시 아영은 잘 알고 있었다. 하지만 만약 그 열 명 중에 자신이 소중하게 여기는 사람들도 들어간다면?

절대로 용납하지 못할 것이다. 바닥에 떨어진 종이를 발로 밟아버린 아영은 한숨을 내쉬면서 고개를 숙였다. 확실히 이해할 수는 있다. 세계를, 수많은 사람들을 위해서 열 명의 목숨을 버리는 일을 말이다. 열 명이 죽고 세계가 구해지느냐, 아니면 열 명 때문에 세계를 희생하느냐의 문제일 것이다. 하지만 하나하나의 목숨이 다 같은 무게인데 어떻게 가볍게 여긴단 말인가. 머리로는 이해를 하지만 마음으로는 결국 이해하지 못한 아영은 거칠게 머리를 긁적이며 샐리온 쪽으로 고개를 돌렸다.

"역시 나 안 되겠어. 현홍이 했던 말처럼 끝까지 가고 볼래."

희미하게 웃으면서 말하는 그녀를 샐리온은 잠시 동안 보더니 곧 자리에서 일어났다. 마치 귀찮은 것 일색인 사람처럼 옷자락을 거칠게 털어내면서 샐리온은 퉁명스럽게 말했다.

「네 맘대로 해. 난 상관 안 할 테니까. 모든 것은 네가 결정하는 거야. 그리고 나나 다른 사대정령 왕은 네 말을 들을 뿐이지.」

"어라?"

평소라면 바보가 어쩌고 멍청이가 어쩌고 할 텐데, 오늘은 아무래도 이상한 일들만 일어나는 것 같다. 무슨 일인지 대체 모르겠다고 고개를 갸웃거리는 아영을 내버려 둔 채로 샐리온은 홀연히 사라졌다. 저 녀석이 드디어 철이 들었나 하고 중얼거리며 침대에 털썩 드러누운 아영은 팔베개를 한 채 천장을 올려다보았다. 모든 것은 내가 결정하는 것. 내가 선택하는 나 자신만의 인생. 마지막에 후회가 남을지라도 그것은 어쩔 수 없는 것이다.

피식 웃어버린 아영은 손을 들어서 자신의 눈을 가렸다. 그래, 나 자신만의 인생이니까 후회는 없는 거야. 그렇게 중얼거려 보아도 눈을 아프게 만들 정도로 흐르는 눈물을 어쩔 수 없는 것이었다. 그녀는 얼굴을 베개에 파묻고 한참을 그렇게 있었다. 결코 울음소리는 내지 않은 채로 말이다.

니드는 조용히 책장을 넘겼다. 어둡지도, 그렇다고 아주 밝게 만들어놓지도 않은 방에는 니드와 현홍만이 있었다. 물론 현홍은 침대에 누워서 죽은 듯이 자고 있었지만. 팔락이는 책장 넘기는 소리에도 혹여 깰까 봐 니드는 아주 조심스럽게 책을 넘기고 있었다. 그러다가 종종 고개를 들어 현홍의 얼굴을 보고 잘 자고 있는지 확인했다. 마치 아기가 잠이 들 때까지 옆에서 동화책을 읽어주는 부모의 모습과 같았다.

잠시 부스럭거리는 소리가 들렸다. 현홍이 으음, 하는 작은 신음 소리를 흘리며 몸을 뒤척이자 니드는 보고 있던 책을 당장 덮으면서 의자에서 일어났다. 그냥 잠투정이었던 것인지 현홍은 이내 다시 숨을 몰아쉬면서 잠에 빠졌다. 한숨을 내뱉은 니드는 현홍의 부드러운 와인빛 머리카락을 쓸어주었다. 참 귀엽게도 잔다고 생각하면서 니드는 이불을 정리해 주곤 자리에 앉았다.

이미 이렇게 앉아 있은 지도 서너 시간이 넘었다. 그래도 지루한 것하나 모르고 니드는 계속해서 현홍의 곁에 머물렀다. 누가 본다면 참으로 지극정성이라고 생각할 것이다. 하지만 본인은 전혀 그런 생각이 아니었다. 그저 일 분 일 초라도 더 곁에 있어주고 싶어서였다. 언젠가 현홍도 『잃어버린 세계』로 떠날 테니까. 그것이 아니라도… 그래, 언젠가는 헤어질 테니까. 그때 가서 후회하고 싶지 않아서, 그래서 이렇게 곁에 있는 것이다.

"휘이! 정말로 대단한 우정이군 그래."

나직한 목소리와 함께 웃음소리가 들렸다. 니드는 보고 있던 책을 조용히 접어 무릎 위에 올리면서 고개를 들었다.

"무슨 일이시죠, 메피스토펠레스님?"

문을 여는 소리 같은 것은 들리지도 않았다. 역시 악마는 악마라고 생각하면서 니드는 자리에서 일어나 방금 전 자신이 앉아 있던 자리에 책을 올려놓았다. 침대에서 조금 떨어진 창가, 정원이 내려다보이는 그곳에 흰색의 가운을 걸친 채로 메피스토펠레스가 서 있었다. 한 손에 커다란 가방을 들고 온 것으로 봐서 그냥 온 것은 아닌 모양이었다. 그의 생각대로 메피스토펠레스는 천천히 침대로 다가가면서 입을 열었다.

"뭐, 별것은 아냐. 마계로 가기 전에 진단해 보고 가려고. 어때, 이 정도면 훌륭한 의사 아냐?"

니드는 희미하게 웃으면서 너절하게 풀려 있던 자신의 암청색 머리카락을 한데 묶으면서 말했다.

"대단한 악마이시면서 의사가 될 필요가 있으셨나요? 이해하기가 힘들군요."

현홍의 침대 머리맡에까지 다가온 메피스토펠레스가 입가에 미소를 띠면서 가방을 열었다.

"내가 가장 소중하게 여기는 두 친구 중에서 한 명이 의사거든. 그래서 그의 흉내를 내보고 싶어서 그랬던 거다. 왜, 인간들도 자신이 좋아하는 사람의 모든 것을 다 가지고 싶고 닮고 싶은 마음이 있잖아? 그거랑 비슷해."

"그렇군요……."

악마도 그렇다는 사실이 조금 놀랍지만 고개를 끄덕인 니드는 메피스토펠레스가 진료하기 쉽도록 옆으로 비켜났다. 자고 있는 현홍이 깨지 않도록 조심스럽게 잠옷 소매를 걷고 링거액을 준비했다. 그 모습을 보면서 니드가 걱정스러운 듯 물었다.

"또 그런 약을 맞아야 하는 건가요? 언제쯤 건강이 회복될지……."

조심스럽게 정맥에 바늘을 꽂은 메피스토펠레스는 고개를 들어 올리지도 않은 채로 대답해 주었다.

"그야 본인에게 달렸지만, 지금까지 떨어졌던 체력이 쉽게 회복이 될지가 문제야. 뭐, 내가 옆에 있으니 죽을 리는 없겠지만 이렇게 골골거리면서 어떻게 세계를 구하겠다는 건지."

메피스토펠레스는 한심하다는 것처럼 말했고, 그의 말에 니드는 조금 발끈했다. 악마라는 사실을 잊은 것은 아니지만 그래도 할 말은 해야겠다고 생각해서 니드는 주먹을 불끈 쥐면서 말했다.

"현홍이도 나름대로 열심히 하고 있습니다. 현홍이가 못마땅하시면 왜 그를 선택하신 겁니까? 세계를 구하도록, 그런 무거운 짐을 현홍이에게 얹어준 것은 그쪽 아닌가요?"

겁도 없이 악마라는 것을 알고 있으면서도 저런 말을 하다니. 메피스토펠레스는 힐끔 눈만을 치켜 올리면서 니드를 보았고, 소심한 니드는 자신도 모르게 움찔하면서 뒤로 물러났다. 그래도 틀린 말을 하지는 않았다고 스스로에게 다잡은 니드는 마치 배 째라는 듯이 당당히 어깨를 폈다.

그 모습을 보고 메피스토펠레스는 자신도 모르게 웃음이 나와 피식 웃고 말았다. 링거액을 옷걸이에 걸면서 허리를 펴고 선 메피스토펠레스는 언제나 그랬듯이 가운 주머니에서 담배를 꺼내어 들었다. 멀뚱히 자신을 쳐다보는 니드에게 담배를 살짝 내밀면서 말했다.

"필 수 있나?"

태어나서 지금까지 담배를 한 번도 태워보지 않았던 니드는 조금 머뭇거렸지만 조심스레 담배를 받아 들었다. 그저 호기에 차서 하는 짓인 줄 잘 알고 있는 메피스토펠레스는 억지로 웃지 않으려고 노력하면서 라이터로 니드가 입에 문 담배에 불을 붙여주었다. 그와 동시에 숨을 들이마신 니드는 눈에 눈물이 고이면서 담배를 뱉어냈다.

"캑, 콜록! 콜록, 뭐… 뭐가 이리 매운… 쿨럭, 쿨럭!"

"아하핫!"

결국 메피스토펠레스는 배를 잡고 웃고 말았다. 니드는 놀림을 받은 기분이 들었지만 폐까지 들이마신 담배 연기 때문에 한참 동안 기침을 해야 했다. 소란스러움에 현홍은 천천히 눈을 뜨면서 상체를 일으켰다.

"누구……?"

자신의 팔뚝에 링거액이 연결되어진 것을 보면서 현홍은 멍한 얼굴로 고개를 갸웃거렸다. 그리고 눈물을 쏟으면서 기침을 내뱉는 니드와 방이 떠나갈 듯이 웃고 있는 메피스토펠레스를 보며 더욱 의문스러운 얼굴이 되었다. 잠시 후 조금 진정이 된 니드가 비틀거리면서 현홍의 곁으로 다가왔다.

"쿨럭… 깨, 깼니? 미안."

"아니, 잠은 오래 잤으니까 괜찮아. 메피스토펠레스? 왜 여기에……."

너무 웃어서 하얀 얼굴이 조금 발갛게 변한 메피스토펠레스는 연신 끅끅거리면서도 웃음을 쉽게 멈추지 못했다. 하긴, 담배를 뱉어내면서 눈물을 쏟음과 동시에 기침도 쏟아내는 니드의 얼굴이 보고 누가 안 웃을 수 있을까. 눈가의 눈물을 닦아내며 메피스토펠레스는 현홍의 이마를 짚어주었다.

"심심해서 말이지. 그리고 오늘 또 쓰러졌다면서? 쯧쯧, 나가 돌아다니지 말라고 했을 텐데? 말도 참 안 듣는군."

그래, 아침에 쓰러졌었지. 현홍은 고개를 숙여 멍청한 눈으로 자신의 손을 내려다보았다. 새하얀 이불을 힘없이 부여 쥐면서 현홍은 아침에 만났던 그를 떠올렸다. 내 잘못이 아니라고?

툭, 투둑.

작은 소리와 함께 현홍의 눈가에서는 작은 물방울이 떨어졌고, 니드와 메피스토펠레스는 내심 당황했다. 입술을 깨물면서 고개를 숙인 현홍은 작게 울음소리 섞인 음성으로 중얼거렸다.

"내 잘못이 아니라고……? 하지만 그렇다면 왜 내 곁에 있는 사람만… 떠나 버리는 건데? 왜, 왜 나만 두고 떠나려고 하는 거냐고……."

흐윽, 하고 울음소리를 내뱉은 현홍은 상체를 앞으로 숙이면서 자신의 무릎을 모았다. 갑자기 일어나서는 울어버리니까 걱정하지 않는 사람이 어디 있겠는가. 니드는 안절부절못하면서 현홍의 주위를 맴돌았고 메피스토펠레스는 잠시 동안 생각하는 표정이 되었다. 그리고 그는 니드의 어깨를 툭툭 치면서 나직하게 말했다.

"잠시만 밖에 나가 있겠어? 현홍과 할 말이 좀 있는데."

울고 있는 현홍을 내버려 두고 밖으로 나가는 것은 내키지 않았지만 메피스토펠레스의 진지한 얼굴을 보니 고개를 끄덕이며 나갈 수밖에 없었다. 흰색의 이불보가 눈물에 젖어드는 것을 보면서 메피스토펠레스는 가운의 주머니에 두 손을 꽂아 넣었다. 인간이란 유약하기 그지없는 생명체. 슬픔 같은 것을 가슴에 묻어둔 채로 심심할 때마다 꺼내보는 그런 존재들.

주머니에서 담배를 꺼내 입에 문 메피스토펠레스는 조용히 현홍의 침대에 걸터앉았다. 숨을 몰아쉬면서 겨우 고개를 든 현홍의 얼굴은 눈물로 범벅이 되어 있었다.

강아지처럼 커다랗고 까만 눈동자가 눈물에 젖어 있는 모습은 그리 보기 좋은 광경은 아니었다. 그리고 그것이 예전에 알고 지내던 사람과 같은 얼굴이라면 더 더욱 말이다. 현홍을 생각해서일까. 담배에 불을 붙이지 않은 채 입에 물고만 있던 메피스토펠레스가 입을 열었다.

"'그 일'에 대해서 다시 한 번 생각해 봐. 정말로 하지 못할 일인지."

움찔.

현홍의 어깨가 작게 흔들렸다. 그는 입술을 깨물면서 고개를 저었다. 와인 빛의 머리카락이 허공에 출렁거렸다.

"하, 할 수 없어. 어떻게 그런 짓을 해? 어떻게 하란 말야!"

"너 자신을 위한 일이야! 그래도 못한단 말야?! 인간들은 다 자기를 위해서 사는데 넌 왜 아닌 거냐!"

자신도 모르게 발끈해서 메피스토펠레스는 목소리를 조금 높이고 말았다. 흠칫 놀라서는 파르르 떠는 현홍의 모습을 보며 다시 냉정을 찾은 메피스토펠레스는 한숨을 쉬면서 자기 자신을 억제했다. 인간에게 발끈하다니, 그토록 오랜 세월의 인고도 다 소용없는 일이었나. 이를 악물면서 스스로에게 바보라고 말해 준 그는 조용히 손을 뻗어서 현홍의 머리를 쓰다듬어 주었다.

"흑… 흐흑……."

어른에게 야단맞은 후에 구석진 곳에서 몰래 우는 아이처럼 현홍은 눈가를 손으로 덮으면서 작게 울었다. 대체가 인간들은 모두 편한 길을 추구하는 것이 아니었단 말인가? 쉬운 일이다. 세계와 자신이 사는 곳을 구하기 위해 가장 쉬운 길을 내놓았는데도 그것을 마다하다니. 단 열 명. 그 인간들의 영혼만이 있다면 세계는 구해진다. 물론 조건에 해당되는 인간들을 찾기는 힘들겠지만 「어둠이 도래」해 그 어둠을 전파하는 존재와의 싸움은 더욱 힘들 것이다. 그 존재는 과연 무엇일까? 아직 선택받은 이들에게는 알려주지 않았지만…….

어둠의 도래. 그렇다고 그것에 마계가 개입되어져 있는 것은 아니다. 그들 역시 이 세계가 사라지면 기반이 사라지는 것이다. 유혹하고 타락시킬 존재들이 사라지는 것. 그것은 신족 역시 마찬가지이지만, 솔직히 신족은 영 신뢰가 가지 않는다. 신이 뭘 꾸미는 지도 모르겠고 단독으로 행동하는 것이 종종 눈에 띄었기 때문이다. 반대로 신족 역시 자신들을 신뢰하지 못하겠지만. 피식 하고 웃어버린 메피스토펠레스는 현홍의 어깨를 살짝 두드려 주었다.

"열 명의 영혼과 세계의 존망. 너에게는 열 명의 영혼이 더 무게 가치가 높은가 보군. 후훗, 모르겠어. 인간들은 정말로 모르겠어."

손등으로 눈물을 훔친 현홍이 고개를 살짝 저어 보였다. 왜 그러냐고 묻는 듯이 자신을 쳐다보는 메피스토펠레스를 보면서 현홍은 눈물이 그렁그렁해진 눈과는 달리 입가에 미소를 지었다.

"그저, 그저 마음이 원하는 대로 행동하는 것뿐이야. 단지 그것뿐이야."

"……."

단순하면서 저렇게 신념있게 말을 하다니. 속으로 다시 한 번 '인간은 모르겠어'라고 중얼거린 메피스토펠레스는 자리에서 일어나면서 현홍의 머리카락을 쓰다듬었다. 그렇게까지 말한다면 도와주어야겠지. 뭘 원하는지, 끝이 어떻게 될 것인지 궁금하기도 하니까. 이번 일은 모험이기 때문에 그만큼 재미있는 것이다. 어느 정도의 위험은 감수해야 할 것이다. 그 위험이라는 것이 자칫하면 세계가 날아가는 것이라도. 무슨 안 좋은 생각을 하는 것이냐고 자신을 책망한 메피스토펠레스는 자신의 가방을 챙겨 들었다.

이제 겨우 진정한 듯 보이는 현홍을 슬쩍 쳐다보면서 그제야 메피스토펠레스는 담배에 불을 붙였다.

"한 가지 알고 있나? 선택받은 인간들 중에서 말야… 단 한 명이라도 그 일을 허락하는 사람이 있다면……."

"아니! 그럴 리가 없어! 우혁이도, 아영이도… 그리고 슈린도 모두 그 일을 받아들이지 않을 게 뻔해! 그런 일을, 그런 일을 할 수 있는 사람은 아무도 없을걸!"

현홍은 절대로 그럴 일이 없다는 것을 확신하듯이 눈을 부릅뜨며 사납게 외쳤다. 그리고 메피스토펠레스의 입가에는 알 수 없는 미소가 떠올랐다. 그는 손을 저으면서 조용히 문 쪽으로 걸어갔다.

"알았다, 알았어. 괜히 열내지 말아라."

"…한 가지 질문이 있어."

막 문고리를 잡고 열려던 메피스토펠레스가 눈을 깜박거리면서 고개를 돌렸다.

"질문?"

잠시 머뭇거린 현홍은 작은 한숨을 내쉰 뒤에 가까스로 물어볼 수가 있었다.

"왜 날 도와주는 거지? 세계를 위해서?"

그의 질문을 들은 메피스토펠레스는 가만히 현홍을 응시했다. 비록 머리 색깔만은 다르다고 하더라도 그 예전 알고 지내던 자와 완벽하게 같은 얼굴. 물론 영혼은 다르지만. 아주 오래전의 기억이 떠올라서 메피스토펠레스는 자신도 모르게 담배를 꺼버렸다. 항상 피우지 말라고 잔소리를 들었었지. 입가에 묘한 웃음을 지으면서 메피스토펠레스는 천천히 방문을 열었다. 작은 틈 사이로 비치는 불빛이 그의 흰 가운을 물들였다.

"내가 소중히 여기는 두 존재 중의 하나가 너를 참 많이도 아꼈었거든."

"응?"

현홍은 알 수 없는 말을 하는 메피스토펠레스에게 다시 질문을 하려고 손을 뻗었지만 그 말만을 남긴 메피스토펠레스는 서둘러 방을 빠져나갔다. 조금은 도망친다는 듯한 느낌. 그가 방을 나선 뒤 잠시 후 니드가 고개를 갸웃거리면서 안으로 들어왔다. 그는 현홍에게로 다가와 말했다.

"무슨 얘기를 했어?"

눈물로 조금 얼룩이 진 시트를 내려다보면서 현홍은 나직하게 대답했다.

"그냥, 여러 가지……."

이상하게 마지막 말을 하는 메피스토펠레스의 목소리는 굉장히 서글프게 들렸다. 나를 아껴주었다고? 그렇다면 그는 대체 누구일까? 의문점을 남기고 사라진 메피스토펠레스의 여운이 굉장히 오랫동안 방 안을 맴도는 것처럼 느껴졌다. 점점 일의 전말은 밝혀져 간다. 그와 동시에 삐걱거리면서 움직이던 운명의 수레바퀴 역시 종말을 향해 치닫고 있는 중이었다.

"후훗, 밤바람이 상쾌하군."

가을의 바람은 약간의 습기와 함께 건조함도 묻어 있어서 상쾌한 기분을 느끼게 하기에 충분했다. 밤바람이라서 스산한 면도 없지 않아 있었지만. 아직 깊어지지 않은 가을이었지만 가을의 냄새는 물씬 풍겼다. 정원 이곳저곳의 나무들이 초록색 잎을 벗어 던지고 옷을 갈아입을 차비를 하고 있으니까 말이다. 바람에 휘날리는 흰색의 가운을 대충 여미면서 메피스토펠레스는 정원을 걷고 있었다.

바람에 의해 우석거리는 소리들이 사방에 울렸다. 보통 사람 같으면 겁이 나서 돌아다니지 못하겠지만 악마에게 그런 것이 통할 리 없다. 천천히 발걸음을 옮겨 자신이 만들어놓은 마계의 출입구 쪽으로 걸어가면서 메피스토펠레스는 고개를 들어 밤하늘을 쳐다보았다. 불빛이 그리 많지 않은 곳이어서 그런가, 너무나도 많은 별들이 쏟아질 듯 하늘을 채우고 있었다. 종종 길게 꼬리를 이으면서 떨어지는 별들을 보며 메피스토펠레스는 자신도 모르게 조금 서글픈 감정을 느꼈다.

별의 운명도… 생명을 가진 모든 것들의 운명도 이제 조만간 결정이 될 것이다. 그것이 어떤 방향으로 치닫든 간에 희생이 없을 수는 없다.

모든 일에는 자그마한 것에서부터 커다란 것까지 희생이 따르기 마련 이니까. 원하는 결과를 얻기 위해서는… 그래, 희생이 필요하다. 쓸쓸 하게 웃으면서 저택의 구석까지 걸어간 메피스토펠레스는 갑자기 걸음 을 멈추었다. 자신이 만들어놓은 출입구의 앞에 어떤 존재가 있었기 때문이다.

순간적으로 악마로서의 기를 뿜어낸 메피스토펠레스는 평상시에는 장난기 많고 다정한 눈동자에 살기를 피워 올렸다. 그저 어떤 인간이 서 있는 것이라면 상관이 없었다. 하지만 그 존재는 자신이 만들어둔 출입구를 열어놓고 있었다. 인간이 그럴 수 있을 리가 없지 않은가? 드 래곤 족일까, 신족일까? 하지만 어느 쪽의 기운도 느껴지지 않았다. 느 껴지는 것이라고는 타오르는 듯한 불꽃의 기운과 어딘지 모르게 성스 러운 기운이랄까. 그러나 모호한 느낌이었기 때문에 메피스토펠레스 는 확신할 수 없었다.

붉은색의 화려한 머리카락을 틀어 올려서 수많은 장식을 해놓고 있 는 여성이었다. 그와 더불어 조금은 야하다시피 끌어 내려진 옷자락과 나불거리는 비단이 그녀의 미모를 더욱 아름답게 해주는 듯했다. 붉은 안료를 바른 눈매와 더불어 붉게 칠해진 입술이 매혹적인 곡선을 짓고 있었다. 메피스토펠레스는 자신의 기운을 거두지 않은 상태에서 천천 히 한 발자국 앞으로 걸어나갔다.

"오랜만에 눈이 놀랄 정도의 미인을 보는군. 내가 좋아하는 스타일 은 아니지만."

차랑.

그녀의 머리에 꽂힌 장식이 작은 쇳소리를 내면서 흔들렸다. 이 어 두운 밤을 환하게 밝혀주고도 남을 붉은색의 빛에 둘러싸인 그녀는 미소를 지으면서 고개를 돌렸다. 메피스토펠레스는 살짝 고개를 내려서 여성의 발 쪽을 보았다. 조금 떠 있었다. 정확히 잔디가 끝나는 부분에 살짝 떠 있었기 때문에 마치 잔디의 끝을 밟고 서 있는 것처럼 보였다. 황금색의 눈동자가 자신을 응시하자 메피스토펠레스는 잔뜩 긴장할 수밖에 없었다.

붉은 입술이 호곡선을 그렸고, 그와 함께 긴 소맷자락에서 빠져나온 손가락에는 화려한 색색으로 칠한 긴 손톱이 달려 있었다. 마치 그래… 새의 발톱처럼 길고 날카로운 손톱이 말이다. 그녀는 혀로 살짝 입술을 핥으면서 입을 열었다.

「칭찬은 고맙구나, 악마여. 서양 쪽에서는 제법 이름 있는 자라지? 내 이름은 주작. 너와는 달리 동방에서 숭배받는 신이다.」

"동방? 동양을 말하는 건가? 그렇다면 이곳의 신이 아니란 말인가?"

주작은 생긋 웃으면서 소맷자락으로 입을 가리면서 눈을 가늘게 떴다.

「그래, 이곳은 내가 사는 세계가 아니지. 나는 말이다… 네 몸에서 짙게 나는 냄새를 가진 자의 무신이었다. 자, 이제 말해 보아라, 그분이 어디 계신지.」

메피스토펠레스는 자신의 소매를 들어 살짝 냄새를 맡아보았다. 원래 자신의 체향인 꽃 향기 말고 다른 냄새는 나지 않았다. 고개를 갸웃거리면서 메피스토펠레스는 가운의 주머니에 손을 꽂아 넣었다. 고개를 삐딱하게 틀어 올리면서 미소를 지은 메피스토펠레스는 담배를 꺼내 물면서 말했다.

"미안한데 난 당신이 하는 말을 전혀 모르겠어. 그분이라니, 누구지?"

사실은 자극할 생각은 아니었다. 왜냐하면 승산이 없기 때문이었다. 지금 여기서 저 여자와 싸워도 자신이 100%에 가까운 확률로 질 것이 뻔했으니까. 그만큼 자신을 주작이라고 밝힌 여성의 힘은 굉장했다. 위압감과 함께 격렬한 불길을 보는 것 같았다. 그의 생각대로 주작의 몸에서는 시뻘건 불꽃이 밤하늘을 향해 아른거리면서 피워 올려졌다.

메피스토펠레스는 입을 꾹 다물면서 가운 속에 들어 있는 손을 힘있게 쥐었다. 전투는 피할 수가 없겠는걸이라고 작게 중얼거리면서.

주작은 조용히 자신의 원형으로 모습을 바꾸고 있었다.

남쪽을 수호하는 신이자 불꽃의 기운을 가진 붉은 새… 모든 것을 심판하고 그에 따른 파괴를 도맡는 신인 주작, 그녀의 몸은 점점 흐릿하게 변해갔다.

신족의 계획 5

꽈광—!

"으악! 뭐, 뭐야?!"

일찍 잠이 들었던 에오로는 갑자기 꽝음이 들리면서 저택이 크게 흔들리자 두 팔과 다리를 휘저으며 침대에서 벌떡 일어났다. 뭔가 폭발하는 소리였다. 지진이라면 그런 큰 소리는 나지 않을 테니까. 잠옷을 입고 있었지만 옷을 갈아입을 시간 따위는 없었다. 서둘러 검만을 챙겨 들고 맨발로 방을 빠져나온 에오로가 사방을 둘러보았다. 저택의 곳곳에서 하녀들과 하인들의 비명 소리가 울려 퍼졌다.

다시 한 번 크나큰 폭발음과 함께 저택이 흔들렸다. 몸을 한번 휘청거린 에오로는 간신히 벽을 짚어 넘어지지 않았다. 그는 이를 악물며 균형을 잡고 복도에 있는 큰 창문을 열었다. 저택에서 조금 떨어진 곳, 그러니까 평원에서 붉은 불길이 검은 밤하늘을 향해 치솟고 있는 중이었다. 대체 무슨 일이란 말인가? 붉은 불길과 그리고 종종 가다가 펑펑 소리를 내면서 터지는 평원은 마치 전쟁터처럼 보였다. 먼 거리였지만 그것들을 다 볼 수 있을 정도로 불길은 엄청났다.

"어, 어라?"

문득 에오로는 자신의 눈에 뭔가 비치는 것을 보았다. 슥슥 손등으로 눈가를 비빈 후 다시 불길이 치솟고 있는 곳을 보았다. 지옥을 연상케 하는 거대한 불기둥의 옆으로 무언가가 날아다니고 있었다. 붉은색의 아름다운 황금빛의 가루가 밤하늘을 아름답게 밝혔다. 마치 유성우의 꼬리처럼 긴 꼬리를 이으면서 그것은 한번 날갯짓을 하더니 불기둥의 주위를 둥글게 날아다녔다. 멀리 보이기는 했지만, 그 정도의 거리가 있는데도 대단한 크기였다. 저택보다 조금 더 작을 정도의 크기. 다른 사람들이 본다면 괴물이라고 할 것이 분명했다.

에오로는 이를 악물면서 슈린의 방 쪽으로 뛰었다.

"제길! 대체 왜!"

다시 한 번 붉은 빛이 번쩍 하더니 굉음과 함께 진동으로 사방이 흔들렸다. 이번에는 근접한 곳에서 터졌는지 마구 흔들리던 창문이 요란한 소리를 내면서 깨져 버렸다.

와장창— 쨍그랑—!

"으왁!"

복도를 뛰던 에오로는 창문에서 유리들이 튀자 머리를 감싸면서 바닥에 주저앉았다. 다른 사람들은? 다른 사람들은 무사할지 모르겠다. 그가 그런 생각을 하고 있을 때 방문 하나가 벌컥 열렸다. 튀어나온 것은 흰색의 잠옷을 입고 있는 슈린이었다. 그 역시 옷을 갈아입을 시간도 없었던 것 같다. 슈린은 바닥에 주저앉아 있는 에오로를 보더니 황급하게 뛰어왔다.

옷을 챙겨 입지 못했는데 구두를 신을 틈이 어디 있나. 슈린의 발바닥은 사방에 깔린 유리 파편에 상처가 났고 핏방울이 투명한 유리들 속에 번져 갔다.

유리 파편들이 팔에 조금 박혔는지 왼팔이 욱씬거렸다. 에오로는 이를 악물고 자리에서 일어났다. 무슨 일인지는 모르겠지만 저대로 두면 안 되겠다고 생각했다. 수도에서도 군대가 출동할지 모르니까.

"에오로, 다친 곳은?"

자신도 현재 발바닥에 온통 유리 파편이 박혔을 거면서… 에오로는 고개를 살짝 저었다. 팔에 박힌 파편도 그리 많지 않았으니까 출혈도 많지 않았다.

"괜찮아, 난. 그건 그렇고, 저거 저 새, 그 누님 아냐?"

"맞아. 거대하고 위대하면서도 붉은 힘이 느껴져. 분노한 힘, 그것은 수도를 괴멸시키고도 남을 거야. 폭발이 그쪽까지 갈지는 모르겠지만. 그리고 또 다른 기운도 느껴져."

"또 다른 기운?"

고개를 갸웃거린 에오로가 소맷자락을 조금 찢어 왼팔에 감으면서 물었다. 깨어진 창문의 틈으로 시커먼 하늘을 쳐다보면서 슈린은 고개를 끄덕였다.

아름답다. 보고 있는 이를 매혹시킬 정도로 아름다운 모습이었다. 모든 것을 파괴하고 삼켜 버리는 불꽃, 파괴는 곧 재생을 의미하는 것이다. 황금색과 붉은색의 깃털은 화려함의 극치를 보여주는 것이었다. 긴 꼬리 깃털에서는 붉은 불씨와 같은 가루들이 사방으로 흩날렸다. 슈린은 이를 악물면서 고개를 저었다. 저 모습에 현혹되면 안 된다. 그것은 불로 뛰어드는 불나방과 같은 짓이다.

주먹을 불끈 쥔 슈린이 에오로의 팔을 붙잡으면서 말했다.

"지금 주작과 함께 있는 기운은 바로 메피스토펠레스야! 내 예상이지만 아마도 주작과 메피스토펠레스는 전투 중일 거다."

"뭐?! 왜?"

슈린은 그저 기운만을 느낄 뿐 왜 싸우는지 정확한 이유도 모른다. 그렇기에 어서 빨리 저곳으로 달려가야 하는 것이다.

결국 에오로와 슈린은 서둘러 아래층으로 내려왔다. 하인들과 하녀들이 우왕좌왕하면서 비명을 토하고 있었다. 개중에는 슈린과 에오로처럼 유리 파편에 다친 사람들도 많았다. 부상자들을 안전한 곳에 옮기라고 슈린이 말하고 있을 때 2층에서 아영과 우혁이 뛰어 내려왔다. 아영은 흰색의 잠옷 차림이었지만 우혁은 언제나처럼 그렇듯 짙은 원색의 스탠드 컬러의 옷을 입고 있었다.

애도 파사를 한 손에 쥔 채로 내려온 우혁이 슈린을 보면서 물었다.

"무슨 일인지 알고 있나?"

슈린은 입술을 살짝 깨물더니 곧 고개를 저었다.

"정확히는 모릅니다. 하지만 두 개의 기운이 느껴집니다. 느끼셨습니까?"

"그래, 하나는 익숙한 기였다. 메피스토지. 하지만 하나는 모르겠어. 그보다 훨씬 강대하고 훨씬 더 고귀한 기임에는 분명하지만. 드래곤 수백 마리가 몰려와야 겨우 대등하게 싸울 수 있을 정도의 힘을 가진 자다. 대체 정체가 뭐지, 저 새의 형태는?"

말을 해야 하나 말아야 하나라고 조금은 당황하고 있는 슈린을 젖히면서 에오로가 소리쳤다.

"주작이라고 알아요?"

다급한 그의 목소리에 아영과 우혁이 동시에 놀란 얼굴이 되었다. 『잃어버린 세계』의 사람으로서, 아니, 그쪽 세계에서 동양에 살고 있는 사람이면서 주작이라는 이름 한번 들어보지 못한 이가 어디 있겠는가. 남방의 수호신이면서 사신 중의 하나가 아닌가? 눈치 빠른 아영이 두 주먹을 불끈 쥐면서 파랗게 질린 얼굴이 되었다.

"그, 그럼 저 빨간 새가 주작이란 말야?"

슈린은 이제 별수없다는 심정이 되어 고개를 끄덕였다. 하지만 여기서 길게 말할 틈 같은 것은 없었다. 이를 악문 슈린은 조용히 두 손을 모았고, 언젠가 보여주었던 빛의 창을 만들어냈다. 주작과 메피스토펠레스, 어느 쪽과 싸워야 할지도 모른다는 생각에 슈린은 싸움이 일어난 장소로 가며 설명해 주겠다고 하면서 아영과 우혁, 에오로를 데리고 저택을 나섰다. 사실 에오로는 놔두고 왔어야 하지만 저 성격에 죽어도 따라오겠다고 할 것 같아서 별수없이 데려가는 것이었다.

저택을 나온 네 사람은 순간적으로 숨을 멈췄다. 저택과 제법 떨어진 평원인데도 여기까지 불기운이 밀려오고 있는 것이다. 화끈거리는 뺨을 감싸면서 아영은 뭐가 뭔지 모르겠다는 표정이 되었다.

"대체 왜 주작이 여기에? 그 신은 여기 신이 아닌데!"

그녀의 물음에 대답을 해주는 이는 아무도 없었다. 그러나 우혁은 조금 알 것 같다는 얼굴이 되었다.

주유소 두세 개는 터진 것처럼 불기둥은 끝도 없이 치솟아올랐다. 주유소가 터졌을 때와 다른 것이 있다면 유독 가스는 없다는 것이었다. 주작. 그녀의 불은 오로지 모든 것을 불태우고 재생시키는 생명의 불이었기 때문이다. 아마도 사람이 주작의 불꽃에 격중된다면 재도 남기지 않고 소거되어 버릴 것이 분명했다.

네 사람은 있는 힘껏 그 장소를 향해 달렸다. 숨도 차지 않는지 우혁이 달려가면서 입을 열었다.

"주작은 진현이 형의 무신이었는데……."

그의 목소리를 들은 슈린이 미간을 찌푸렸다. 돌부리와 모래 때문에 발이 아파왔지만 걸음을 멈출 수는 없었다. 에오로는 헉헉거리는 숨을 몰아쉬면서 자신의 훨씬 앞에 뛰어가는 우혁을 향해 소리쳤다.

"다, 다 알고 있었어요?"

"사신이 형의 무신이라는 것만 알았어. 한 번도 본 적은 없었고. 그런데 이곳에서 보게 될 줄이야."

에오로의 옆에서 있는 힘껏 달리던 아영이 힘들지만 물어봐야 할 것은 물어야겠기에 가까스로 말했다.

"무신? 수호신 비슷한 거야? 아니, 그것보다… 그렇다면 진현이 저런 괴물 같은 신의 보호를 받았다는 거야?"

그녀의 질문에 대답한 것은 슈린이었다.

"아니, 보호가 아니라 부린 것입니다. 사신의 주인으로서 말입니다."

그건 더 놀랍다고! 아영은 그렇게 속으로 외치면서 계속해서 뛰었다. 끝이 보이지 않는 평원은 불기둥으로 인해 대낮처럼 환하게 변해 있었다. 땅의 기운이 뜨거워졌다. 불로 인해 달구어진 것이다. 몇백 미터 정도의 거리를 두고 네 사람은 멈추어 섰다.

땀으로 범벅된 얼굴을 손으로 닦으면서 에오로는 허리를 숙였다. 아영은 목이 따가운지 목 부근을 매만지면서 하늘로 고개를 들어 올렸다. 그녀의 눈에 비친 것은 불씨였다. 불기둥에서 나온 것은 아니다. 바로 자신들의 머리 위로 선회하여 날아가는 주작의 깃털에서 떨어져 나온 것이었다.

그러나 뜨겁지는 않았다. 손에 닿은 붉은 불씨는 눈처럼 녹아 없어졌다. 뜨거운 열기에 절로 미간이 찌푸려진 우혁은 조용히 파사의 손잡이를 잡았다. 밤하늘의 별은 이미 보이지 않았다. 별의 빛은 더 이상 땅을 밝히지 못했다. 불의 기둥, 그것을 올려다보면서 에오로는 탄성을 내질렀다. 그러나 넋 놓고 있던 것도 잠시, 슈린이 소리쳤다.

"모두 엎드려!"

그의 목소리에 아영은 화들짝 놀라면서 자신의 앞을 바라보았다. 그리고는 기겁하면서 머리를 두 손으로 감싸며 바닥에 털썩 주저앉았다. 집채만한 불의 덩어리였다. 그것도 하나가 아닌 여러 개. 다연발 미사일이 자신에게 날아올 때의 기분이 이럴까? 우혁은 재빨리 파사를 뽑아 들었고 슈린 역시 자신의 창을 두 손으로 붙잡으면서 들어 올렸다.

콰과광! 쾅! 드드드—

우혁의 파사에서 나온 푸른색의 빛과 슈린의 창에서 나온 빛의 기운이 융합되어져 거대한 방어막을 만들었다. 그리고 그것에 부딪친 불덩어리들이 굉음을 일으켰다. 에오로는 아영의 옆에 엎어져 있었는데, 땅이 흔들리면서 턱을 부딪치자 윽, 하고 작은 신음 소리를 내뱉었다. 하나의 불덩어리가 방어막에 부딪친 다음 연속으로 몇 개의 불덩어리가 방어막에 맞아 대평원의 이곳저곳으로 날아갔다. 이어 연속해서 들리는 거대한 폭발음.

온 사방에는 유성이라도 떨어진 것과 같은 거대한 구덩이들이 패어졌다. 우혁과 슈린의 이마에는 식은땀이 맺혔다. 무기를 들고 있는 손이 부들거리면서 떨려왔다. 두 사람의 힘을 합해서 만든 방어막에 금이 가기 시작한 것이다. 그리고 그와 더불어 자신들에게로 전달되는 힘도 몇 배로 불려져 돌아왔다. 조금만, 조금만 더 힘이 가해지면 그대로 방어막은 깨어져 버릴 것이다.

사방을 밝히는 섬광, 귀를 찢어버릴 것과 같은 굉음, 대지가 흔들리고 하늘이 울었다.

주작은 자연계의 신이다. 세계의 어머니… 모든 생물들의 모태인 자연의 분노를 그대로 보여주는 것과 같은 것이다. 아영은 귀를 막으면서 눈을 감았다. 땅이 이대로 꺼져 버리는 것이 아닐까, 그런 걱정마저 들었다.

"큭!"

낮은 신음 소리. 아영은 고개를 들어 자신의 앞을 바라보았다. 그리고 서서 무기를 들고 있는 우혁과 슈린의 등을 보았다. 슈린이 한쪽 무릎을 꿇으면서 바닥에 주저앉았다. 하지만 아영이 뭐라고 소리치기 전에 다행히도 불덩어리의 쏟아짐은 멈춰졌다. 사방에서 피어오르는 연기와 사람이 빠져도 수십 명이 빠질 것 같은 거대한 구덩이들. 참변의 현장이나 다름없었다. 사람의 시체만 널려 있다면 전쟁터라고 해도 믿을 수 있을 정도로. 휘둘리는 머리를 손으로 짚으면서 에오로가 고개를 들어 올렸다. 우혁은 잠시 동안 비틀거렸다.

이 정도로 힘이 대단할 줄은 몰랐다. 아무리 신이라고는 하지만 이렇게까지 파괴적인 힘을 행사할 수 있다니. 파사를 땅에 꽂고 겨우 균형을 잡은 우혁은 이를 악물었다. 자신들의 머리 위로 선회하는 주작은 이미 제정신이 아닐지도 모른다. 이유는 모르겠지만 분노에 의해서 정신이 나갔을 수도 있다. 아니면 일부러 공격을 한단 말인가? 신이라면, 진현과 함께하는 신이라면 일행들의 얼굴을 모를 리 없을 텐데. 어느새 자리에서 일어난 에오로는 슈린에게 가 그를 부축했고, 아영은 우혁에게로 뛰어갔다. 창백한 그의 안색에 아영이 걱정스러운 목소리로 물었다.

"괜찮아? 우혁 오빠, 괜찮은 거야?"

"괜찮아, 걱정 마."

그러나 그의 말과는 달리 웬만한 일에는 까딱도 하지 않던 우혁이 숨을 몰아쉬고 있다는 것만으로도 충분히 걱정되었다. 슈린 역시 에오로의 부축을 조용히 거절하면서 높다란 하늘 위로 날아다니는 주작을 올려다보았다. 아름다운 모습과는 달리 그 속에 감추어진 것은 시퍼런 날이 선 검과 같았다. 어떻게 하면 저 행동을 멈추게 할 수 있을까. 그렇게 생각하는 도중 슈린은 자신의 왼쪽 귀에 걸린 자수정 귀고리가 생각이 났다. 그곳에 잠든 청룡을 깨워서 말리게 한다면… 될까?

그러나 그것은 모험이었다. 동료인 주작을 도와 파괴를 일삼을 수도 있는 일. 하지만 이렇게 머뭇거리고 있다가는 모든 것이 파괴되어 버릴 것 같아서 슈린은 지금 궁지에 몰린 상태였다. 청룡을 깨우기에도, 그렇다고 그렇게 하지 않기도… 둘 다 모험이었으니까. 그때 그들의 뒤로 하나의 그림자가 나타났다.

"훗, 역시 저런 소음 속에서 잠을 잔다는 것은 무리였지?"

화들짝 놀란 네 사람은 동시에 고개를 돌렸다. 그리고 우혁은 황급하게 뛰어갔다. 그들의 뒤로 나타난 이는 흰 가운 가득 피를 묻히고 수많은 상처를 입은 메피스토펠레스였다. 아영은 놀란 얼굴이 될 수밖에 없었다. 저렇게 망가진 모습을 보게 되다니… 속으로 쌤통이라는 생각을 한다면 벌받을까? 우혁은 파사를 땅에 꽂아놓으면서 메피스토펠레스의 몸을 붙잡았다.

"메피스토, 괜찮은 거냐?"

"쿡, 괜찮아 보이……."

메피스토펠레스는 그대로 무릎이 꺾이면서 쓰러지고 말았다. 아무리 강인한 악마의 몸이라고 하지만, 그 생체 치유 능력을 능가하는 공격을 받으면 인간과 다름없이 상처를 입는다. 초고온의 열을 가지고 자연이 있는 한 무한한 공격력을 가진 주작을 상대하기에는 역시 무리가 있었다.

크게 기침을 내뱉자 메피스토펠레스의 입에서는 걸쭉한 피가 흘러나왔다. 새하얀 가운은 그을음과 피로 얼룩이 져 있어서 대단히 보기가 흉했다. 메피스토펠레스는 우혁의 어깨에 머리를 기대고 앉아서 희미하게 웃었다.

"후, 후훗… 수억 년이 되어가는 세월을 살아오면서 이렇게 엉망으로 당해보기는 처음이야. 그런데 이상하게 기분이 좋군… 무력하다는 것을 느끼게 된다는 것이……."

"말하지 마! 아영아, 물의 정령을 불러서 치료해 줘! 어서!"

아영과 슈린, 그리고 에오로는 고개를 갸웃거렸다. 마치 소중한 사람… 그러니까 친구가 부상을 당한 것처럼 우혁은 상당히 안절부절못하고 있는 것이었다.

메피스토펠레스는 길게 숨을 몰아쉬더니 하늘 위에서 날고 있는 주작의 거체를 바라보았다. 검은 밤하늘에 하나의 선이 되어 날고 있는 붉은 새, 아무리 자신이 고위 악마라고 해도 신을 이기기에는 무리가 있었던 듯하다. 그것도 화가 나면 가장 무섭다는 자연의 신을 말이다.

반짝이는 불씨들이 그들의 위로 쏟아져 내렸다. 어쨌거나 아영은 서둘러 물의 정령을 불러내려고 했다. 하지만 메피스토펠레스는 조용히 고개를 저었다.

"미안하지만 정령의 치료는 악마에게 통하지 않아. 후우, 신족의 치료는 거의 독이고 말야. 악마를 고칠 수 있는 것은 악마뿐이다."

그 말을 들은 아영은 들어 올리던 손을 조용히 내렸다. 우혁은 메피스토펠레스의 손을 잡으면서 말했다.

"악마 주제에 약한 소리 하지 마!"

아영은 문득 우혁이 왜 저러나 싶었다. 그녀가 본 우혁의 얼굴은 아주 슬펐고, 또한 알 수 없는 감정들이 많이 깃들여 있어 보였기 때문이다. 메피스토펠레스와 우혁을 내려다보는 슈린의 얼굴에는 묘한 이채가 지나갔다. 그러나 그의 표정을 본 사람은 아무도 없었다. 우혁과 슈린을 보면서 에오로는 머리를 긁적였다. 그렇다면 여기 있으면 안 되지 않는가. 그렇게 생각하면서 어서 집으로 옮기자고 말하려던 찰나 에오로는 이상하게 등 뒤가 따끈따끈해지는 것을 느꼈다.

"서, 설마……."

에오로는 하하, 하고 어색하게 웃음을 흘리면서 조용히 고개를 돌렸다. 하지만 안 좋은 예감은 꼭 들어맞는 법. 저공 비행을 하면서 불기둥과 평원 곳곳에 피워 올려진 연기 사이를 이리저리 날고 있던 주작이 자신들 쪽으로 날아오는 것이 아닌가.

다른 사람들도 그것을 알아챘는지 슈린은 다시 창을 들어 올렸다. 공격을 해야 하는 걸까? 하지만, 하지만 자신이 혼자서 여행을 하는 도중 자신을 보살펴 준 청룡의 동료다. 그리고 무엇보다 진현의 무신이라는 사실이 슈린의 마음을 가장 불편하게 했다.

「꽤애애액—!」

하늘이 쩌렁쩌렁 울리는 괴성과 함께 주작은 일행들을 발견하고는 먹이를 찾은 매처럼 엄청난 속도로 날아왔다. 커다란 붉은 안광이 흉흉하기 짝이 없었다. 에오로가 기겁을 하면서 몇 발자국 뒤로 움직임과 동시에 주작은 황금색 부리를 쩍 하니 벌렸다. 또다시 불덩어리를 토해낼 심산인 듯했다. 드래곤 정도의 크기를 가진 집채만한 새—그것도 날개는 두 쌍이나 달린—가 자신들에게 다가온다고 생각해 보라, 누가 겁먹지 않겠는가. 슈린은 처음 주작의 공격을 막은 것도 힘겨웠는데 다시 공격을 당한다면 이번에는 방어막이 정말로 깨질지도 모른다고 생각했다.

주작의 입에는 드래곤이 브레스를 뿜어내듯 천천히 공기가 압축되어졌고, 곧 그것은 수천 도를 웃도는 초고열로 변했다. 크게 날갯짓을 한 주작은 고개를 휘저으면서 입속에 있는 불덩어리들을 뱉어냈다. 슈린은 이를 악물면서 자신의 손에 들린 빛의 창에 정신을 집중했다.

"성스러운 빛의 힘을 간직한 성령의 무기여, 그대의 힘을 발하는 자가 여기 있다. 눈앞에 닥치는 위험과 사악함을 멸할 힘을 지금 여기서 드러내라!"

콰곽!

창을 두 손으로 거머쥐고 슈린은 그것을 땅에 꽂아 넣었다. 그와 동시에 휘황찬란하게 빛나는 빛의 방어막이 창으로부터 생겨났고, 그것은 마치 수정구슬처럼 아름답게 반짝였다. 처음 공격과는 비교도 되지 않을 불덩어리가 연속으로 자신들에게로 쏟아져 내렸다. 유성이 추락하는 것처럼 붉고 거대한 그것은 슈린이 만들어낸 방어막으로 아무런 거리낌 없이 돌진했다.

두두두! 쿠, 쿠구궁—!

"윽!"

슈린은 창이 급격하게 흔들리는 것을 보곤 두 손에 힘을 주며 눈을 감았다. 창에게 느껴지는 진동은 방어막 전체로 번져 갔다. 유리창이 지진으로 흔들리는 것과 같이 방어막은 금방이라도 깨어질 듯이 흔들렸다. 하지만 문제는 그것뿐만이 아니었다. 주작의 불길은 이 세상에 존재하는 모든 고체를 융해할 수 있을 정도로 초고열이다. 그것이 계속하여 정면으로 날아오니 방어막 자체가 쇠 달궈지듯 달궈지는 것이다.

에오로는 후끈한 열기에 숨이 턱 막히는 것을 느끼면서 바닥에 주저앉았다. 어차피 몇 개의 불은 대지에 떨어져 사방을 흔들어댔으니 제대로 서 있을 수도 없었다.

메피스토펠레스는 이를 악물면서 상체를 일으켰다. 그러나 이내 우혁의 팔에 의해 제지당했다. 뿌리치고 싶어도 그럴 힘도 남아 잇지 않던 메피스토펠레스가 우혁을 보면서 작게 말했다. 사방은 굉음으로 시끄러웠기 때문에 가까이에 있는 사람이 아니라면 그의 말은 알아듣기 힘들 정도였다.

"아무리 신의 힘을 쓸 수 있다고 해도 그것은 무한정이 아냐. 저 녀석 혼자로는 어림도 없어. 어서 일으켜 줘. 내가 아니면……."

"시끄러워! 당장이라도 죽을 것 같은 주제에 입 닥치고 잠자코 있어!"

잔뜩 화가 났는지 평소에는 하지 않는 막말을 하는 우혁이었다. 그의 기세에 완전히 질려 버린 메피스토펠레스는 입술을 깨물면서 고개를 저었다. 방어막이 얼마나 버틸 수 있을 것이라고 생각하나? 그리고 계속해서 방어만 해서는 싸움에서 이길 수 없다. 분한 마음에 메피스토펠레스는 주먹에 힘을 주었다. 신족과 마족이 체결한 협정에 의해서 두 종족은 이곳 인간계에서 적정량의 힘밖에 낼 수가 없다. 만약 자신의 모든 힘을 드러냈다면 이 정도까지는 당하지 않았으리라.

콰앙—! 쿠궁! 쩌적!

슈린은 갑자기 방어막 전체가 흔들리면서 어둑한 그림자가 드리우자 흠칫 놀라면서 고개를 들어 올렸다. 그리고 안색이 파리하게 질려 버렸다. 빛의 방어막 위로 주작이 내려앉아 있었던 것이다. 보통 사람의 키 서너 배는 될 높이의 방어막이었지만 주작은 하늘에서 보던 것과는 비교도 안 될 정도로 거대한 몸으로 방어막을 내리누르고 있었다. 사람만한 황금색 발톱으로 유리구슬 안에 든 먹이를 꺼내기 위해 몸부림치는 새처럼 주작은 사납게 울부짖으면서 날갯짓을 했다.

"으, 으악!"

에오로는 방어막에 금이 커다랗게 가자 짧은 비명을 토하면서 머리를 감싸 안았다. 이대로는 단 몇 분도 버티지 못할 것이다. 발톱으로 방어막을 긁던 주작이 그 큰 부리를 벌렸다. 슈린은 설마 생각하면서 눈을 부릅떴다. 그러나 그의 생각은 아쉽게도 적중하고 말았다. 주작의 입속에서 그녀가 뱉어냈던 불덩어리가 아닌 완전한 불길이 쏟아지는 것이었다. 사방이 붉게 변했다. 불길 속에 갇혀 버린 꼴이나 다름이 없었다.

순식간에 방어막이 빨갛게 달궈졌다. 슈린은 자신의 창마저 붉게 달궈지는 것을 보며 경악을 금치 못했다. 이 정도일 줄은 몰랐다, 신의 힘이라는 것이. 비록 모든 것을 창조한 신은 아니지만 주작은 자연의 신이다.

방어막의 금이 서서히 벌어지면서 불의 열기가 안으로 밀어닥치기 시작했다. 그때 더 이상 버티지 못한 아영이 두 손을 들어 올리면서 외쳤다.

"생명의 모태인 물을 지배하는 자여! …아니, 몰라! 어서 나오기나 해! 쩌 죽겠어, 엘라임!"

급하기는 급했는지 후닥닥 말을 뛰어 넘어간 그녀의 위로 긴 아이스 블루의 머리카락을 휘날리면서 나타난 것은 물의 정령 왕 엘라임이었다. 아영의 황급함을 알았는지 엘라임은 그녀에게 따지지도 않은 채 자신의 모습을 변화시켰다.

정령 왕, 그들이 진지하게 싸울 대상은 그리 많지 않다. 그러나 지금은 다르다. 반쯤은 투명한 엘라임의 몸은 주작의 크기와 거의 동등할 정도로 거대해졌다. 그와 함께 실크의 옷으로 감겨 있던 몸은 은색의 갑옷으로 무장했고 머리에도 역시나 마찬가지의 투구를 쓰고 있었다.

주작은 크게 날갯짓을 하면서 허공으로 치솟았다. 물로 이루어진 투명한 날개를 가진 엘라임도 허공으로 치솟아올랐다. 그리고 싸움은 시작되었다. 아니, 싸움이 아닌 전투였고 전쟁이었다. 세계를 뒤흔들 수도 있는 거대한 두 힘에 의한 전쟁 말이다. 두 존재가 허공으로 올라간 이후 슈린은 방어막을 사라지게 만든 후 무릎을 꿇고 바닥에 주저앉았다. 혼자서 너무 오랫동안 버텼기 때문이다. 에오로가 서둘러서 슈린의 곁으로 다가갔다.

그러나 아영은 미동도 하지 않았다. 얼굴 앞에 두 손을 모으고 서서 뭔가를 중얼거리는 중이었다. 전투 모드의 정령 왕은 지금까지 한 번도 다뤄본 적이 없었다. 그렇기 때문에 아영은 지금 자신과의 싸움을 하는 중이었다. 엄청난 힘이 자신의 몸속에서 소용돌이쳤다. 지금이라도 당장 손을 풀고 주저앉고 싶었다. 이마에는 식은땀이 맺히기 시작했다.

"인간이 저 정도로 정령 왕을 다룰 수 있다니… 놀라울 따름이야."

멍청한 눈으로 이제 고요함이라고는 찾아볼 수도 없는 밤하늘에서 무서울 정도로 소용돌이치는 두 존재를 보면서 메피스토펠레스는 그렇게 말했다. 우혁은 대답없이 메피스토펠레스를 내려다보았다가 다시 시선을 옮겨 아영의 등을 쳐다보았다. 어느새 저 정도까지 성장한 건가. 자신도 모르게 입가에 미소가 지어졌다. 항상 제멋대로에다가 활발한 것 빼면 시체였던 녀석이었는데 말이다.

시커먼 먹물과 같이 어두운 하늘에서는 두 존재가 뒤엉켜 가면서 서로의 힘을 받아치고 있었다. 서로가 상극의 속성을 가진 존재이다 보니 싸움은 치열하다 못해 잔혹해 보일 정도였다.

주작이 네 장의 날개를 휘두르면서 엘라임의 팔을 물어뜯었다. 바위라도 깨부술 것 같은 발톱은 엘라임의 갑옷을 긁으며 거슬리는 소리를 냈다. 그녀의 몸 자체가 초고열로 이루어져 있기 때문에 엘라임의 몸은 새하얀 수증기를 뿜어냈다. 엘라임은 자신의 몸을 후려치는 날갯죽지를 하나 붙잡고 물로 이루어진 검을 꽂아 넣었다.

시뻘건 용암과 같은 피가 샘솟듯이 뿜어졌다. 이쯤 되다 보니 아래에서 보고 있는 사람들이 다 질려 버렸다. 특히 주작과 만난 적이 있는 슈린과 에오로는 더 안타까웠다. 숨을 몰아쉬는 우혁의 팔을 붙잡으면서 에오로가 말했다.

"어, 어떡해! 저대로 가다가는 둘 다 사라져 버리겠어! 신은 죽어? 아니면 그냥 사라지는 건가?"

안타까운 듯 외치는 에오로의 말을 들으면서도 슈린은 쉽게 결단을 내리지 못했다. 손을 들어 자수정 귀고리를 만지작거리면서 슈린은 아랫입술을 깨물었다. 청룡이 나와서 주작을 도와 물의 정령 왕인 엘라임과 싸운다면… 아영은 또 다른 정령 왕을 부를 것이다. 그렇게 되면 완벽하게 이 나라는 초토화가 되는 것이다. 청룡을 믿어야 할까, 아니면 이대로 둘 중 하나가 쓰러질 때까지 기다려야 하는가. 결국 슈린이 별수없다는 듯 손을 서서히 내리고 있을 때 그의 귀로 나직한 목소리가 들려왔다.

「걱정 마라.」

어디선가 들은 적이 있는 목소리. 하지만 사방에는 아무것도 없었다. 다만 이상하게 축축한 기운이 사방에서 몰려왔다. 비가 내리기 직전의 그런 습기. 막 그런 것을 느끼면서 슈린이 황급하게 고개를 들어 올렸을 때였다.

고오오─!

어디선가 공기가 극도로 압축되는 소리가 귀를 자극했다. 우혁이 미간을 찌푸리면서 놀란 음성으로 중얼거렸다.

"서, 설마……!"

얼마 지나지 않아 어디에선가 거대한 검은 기운이 길게 날아들었다. 그것은 검은 밤하늘을 가르면서 정확하게 주작을 향해 날아갔다. 막 주작이 그 날카로운 부리로 엘라임의 목을 찍으려 하는 순간이었다. 하나의 검은 광선은 주작의 머리에 정확하게 명중했다.

콰콰광─!

「꽤애애액─!」

길게 비명을 토하면서 주작은 엘라임에게서 떨어져 나왔다. 붉은 피로 인해 주작의 아름다운 황금색과 붉은 깃털은 흉하게 펄럭거렸고, 방금 전에 얻어맞은 정수리에서도 길게 피구름이 일어났다. 상처 입는 날개 하나를 빼고 세 장의 날개를 퍼덕거리면서 주작은 허공으로 날아

올라 몸을 휘저었다. 그녀의 입에서는 고통에 못 이겨 내뿜은 불덩어리들이 튀어나왔다. 목표 따위는 없었다. 화산이 폭발한 것처럼 사방으로 날아드는 불덩어리에 사람들은 기겁을 했다.

슈린은 갑작스러운 사태에 다시 방어막을 치지도 못했고, 아영은 엘라임에게 힘을 보내주는 것만으로도 자신의 일을 다하고 있는 중이었다. 우혁이 땅에 꽂힌 파사의 손잡이에 서둘러 손을 가져갔다. 그러나 그것도 타이밍을 놓치고 말았다. 에오로는 이제 죽었다고 생각하면서 눈을 질끈 감았다.

…아무리 기다려도 소식이 오지 않았다. 슬그머니 눈을 뜬 에오로는 기겁을 하면서 바닥에 엉덩방아를 찧고 말았다. 사람들의 위로 거대한 흰색의 물체가 있었던 것이다.

덩치는 주작과 비슷하거나 조금 작은 정도였다. 주작이 날개 때문에 더 커 보이기는 했지만, 지금 눈앞에 있는 괴물체(?) 역시 크기가 엄청난 것은 마찬가지였다. 길다란 꼬리 끝을 살랑거리며 사람들의 바로 위 허공에 떠 있는 그것은 커다랗게 아가리를 벌렸다.

찌이잉—!

"아악!"

귀가 극도로 아파왔다. 유리를 손톱으로 긁을 때와 비슷한 귀를 자극하는 소리 때문이었다. 공기가 일렁거렸다. 불덩어리는 그대로 떨어져 내렸지만 굉음을 일으키면서 허공에서 분해되고 말았다. 이상하다는 생각에 에오로는 눈을 가늘게 뜨면서 하늘을 쳐다보았다. 그리고 그는 투명한 막 같은 것이 자신들의 앞에 쳐져 있는 것을 알 수 있었다. 고양이를 뻥튀기 해놓은 것과 같은 외모였다. 흰색의 바탕에 검은색의 줄이 선명하게 난 그것. 슈린은 잠시 동안 입을 다물고 있다가 조용히 말했다.

"백… 호?"

그의 말에 대답이라도 하듯 백호는 허공을 향해 길게 포효했다. 쩌렁쩌렁하게 울리는 그 포효 소리에 우혁은 한 손으로 귀를 막았다.

"사신이 모두 나오는 것인가? 주작을, 주작의 폭주를 막으려?"

그도 놀랐으니 메피스토펠레스는 어떻겠는가. 그는 눈을 크게 뜨면서 자신의 눈앞에 펼쳐진 광경에 경탄했다. 오랜 세월 동안 살아왔지만 이런 광경은 처음 보기 때문이다. 슈린은 생각했다, 백호가 여기 있다면 주작을 공격한 것은 누구인가? 청룡일까? 아니면… 그의 생각은 틀림이 없었다.

공기가 흔들렸다. 천천히 일그러진 틈으로 무언가 시커먼 것이 나타났다. 주작을 능가하는 거대한 몸집, 주작이 잠시 멈칫하는 동안에 엘라임의 치료를 위하여 자신에게로 불러들인 아영은 입을 쩍 하니 벌리면서 그 존재를 손가락으로 가리켰다.

"혀, 혀, 혀… 현무?!"

벽화와 교과서에서만 보아온 신화 속의 동물이 눈앞에 떡하니 버티고 있으니 어느 누가 안 놀랄까. 어떤 것으로도 뚫어지지 않을 것과 같은 두꺼운 등 껍질, 보통의 거북이 아닌 검은 눈동자를 번뜩이면서 입끝이 뾰족하게 생긴 거북이었다. 악어 거북과 비슷한 생김새랄까. 그리고 그 거북과 함께 있는 뱀은 시뻘건 혀를 쉭쉭거리면서 고개를 연신 내저었다. 온통 검은색뿐이어서 밤하늘과 거의 구별이 안 갈 정도였다. 현무가 나타난 곳의 반대 편, 무언가 시퍼런 것이 꿈틀거렸다.

아영은 이제 더 이상은 안 놀라야겠다고 다짐하면서 고개를 끄덕였다. 그나마 현무보다는 익숙하게 그림으로 보아온 존재였으니까. 하지만 다른 세 존재를 합친 것보다 더 거대한 존재였다. 푸른색의 철갑을 비늘로 만든 것처럼 보이는 단단한 몸, 입에 문 커다란 여의주, 하늘을 뒤덮는 길다란 몸체.

청룡은 박쥐 날개처럼 생긴 거대한 두 날개를 살짝 휘저었다. 그것이 신호였을까. 현무의 거북 입과 뱀의 입이 동시에 크게 벌어졌다. 서서히 압축되어 간 공기는 처음 주작을 공격했을 때와 마찬가지로 검은 광선이 되어 주작의 몸으로 날아갔다.

두 개의 광선이 각각 주작의 날개 두 개에 명중했고, 졸지에 네 장의 날개 중에서 세 장을 쓰지 못하게 된 주작은 비명을 올리면서 바닥으로 떨어졌다.

"왜 하필이면 이쪽으로 떨어지는 거얏—!"

아영은 머리를 손으로 감싸면서 걸음아, 날 살려라 뛰었다. 에오로는 슈린을 부축했고 우혁은 메피스토펠레스를 등에 엎으면서 그 자리를 벗어났다. 마지막으로 허공을 산등성이 타듯이 폴짝 뛰어 옆으로 비껴난 백호는 커다랗게 포효했다.

주작의 거체가 땅에 추락하자 그 어느 때보다 커다란 소리가 나면서 대지 전체가 흔들렸다. 이 진동은 분명 수도 전체를 울리고 있을 것이다. 땅에 떨어져 다친 날개를 퍼덕거린 주작은 마지막 오기였는지 몸 전체를 불꽃처럼 커다랗게 만들었다. 하나의 불새가 된 주작의 몸은 천천히 허공으로 떠올랐고 그 몸에서는 시뻘건 광선들이 사방으로 쏟아져 나갔다.

주위에 포진해 있는 세 신은 광선을 피해가며 검은색, 흰색, 푸른색의 빛으로 뭉쳐졌다.

엄청나게 커다란 네 개의 빛의 구슬을 보는 것 같았다. 평원에 있는 바위 뒤로 몸을 숨긴 아영이 고개를 빼꼼히 내밀어 그 광경을 보았다.

주작이 중앙으로 떠오르자 현무가 주작의 붉은 몸에 부딪쳤다. 사방이 환하게 밝아졌다, 허공에서 폭탄이라도 터진 것처럼. 백호와 청룡이 현무의 뒤를 따라 주작의 몸에 부딪쳤고 불새가 되었던 주작의 몸은 서서히 불씨가 꺼지듯이 희미하게 변했다. 하나의 작은 빛이 땅으로 떨어져 내림과 동시에 신들의 싸움은 끝이 났다.

세 개의 빛 또한 서서히 옅어지면서 바닥으로 내려왔다. 나라를 날려 먹지나 않을까 걱정이 될 정도로 처절했던 한 신의 폭주 끝에 남은 것은 몇십 년가량은 개량되기도 힘들 정도로 폐허가 되어 있는 수백만 평방의 대지였다. 숲은 불타올랐고 근처를 흐르던 피니스 비 라임은 3분의 1가량이 메말랐다. 말 그대로 파괴의 흔적, 그것만이 남은 것이다.

바닥에 풀썩 주저앉은 아영은 길게 숨을 내쉬면서 고개를 푹 숙였다.

"사, 살았다아……."

하나의 신이 날뛴 것이 저 정도인데, 만약 사신이 모두 폭주를 한다면? 생각하기도 싫은 아영은 고개를 저었다. 에오로 역시 긴장이 한꺼번에 풀려 버려서 바위에 등을 기대면서 눈을 감았다. 이번에는 정말로 목숨의 위협 정도가 아니었다. 세계의 존망이 오락가락하지 않았던가? 슈린의 빛의 창을 거둬들이면서 자리에서 일어났다. 수백 개의 유성이 떨어진 것 같은 구덩이들… 연기가 하염없이 하늘을 물들였다. 그 모습을 보면서 슈린은 입술을 깨물었다.

'세계의 마지막은 이것보다 더 잔혹한 광경이 펼쳐질 것이다.'

주먹을 불끈 쥔 슈린은 알 수 없는 표정을 지으면서 고개를 돌렸다.

우혁은 문득 자신의 등에 업혀 있는 메피스토펠레스가 미동이 없다는 사실을 알아챘다. 서둘러 바닥에 내린 우혁은 자신의 손에 묻어나는 엄청난 출혈량에 눈을 부릅떴다. 인간이라면 이 정도로 피를 흘리고는 살 수 없다.

"메피스토! 정신 차려!"

우혁의 다급한 외침에 아영과 슈린, 에오로도 그제야 부상을 입은 메피스토펠레스의 존재를 알아챌 수 있었다. 그전까지는 일각을 다투는 싸움이 눈앞에서 펼쳐졌기에 신경을 쓸 틈이 없었다.

바닥에 눕혀진 메피스토펠레스는 미동조차 하지 않았다. 창백하게 질린 얼굴은 마치 죽은 사람 같았다. 우혁은 피에 젖은 자신의 손을 내려다보다가 다시 시선을 옮겨 메피스토펠레스의 얼굴을 보았다. 크게 흔들리는 그의 눈동자를 보면서 아영은 입을 다물었다. 저런 표정은 예전에 연우를 잃었을 때, 그때밖에 짓지 않았는데라고 생각하며.

가늘게 숨을 쉬고 있는 메피스토펠레스의 멱살을 우혁은 힘껏 잡아 올렸다. 깜짝 놀란 세 사람이 우혁을 붙들었다. 그러나 우혁은 놀라울 정도로 강한 힘으로 메피스토펠레스의 몸을 흔들어댔다.

"일어나! 일어나, 이 빌어먹을 자식아! 악마 주제에, 악마 주제에 이 정도로 죽어 나자빠지는 거냔 말이다! 제기랄, 일어나!"

"우, 우혁이 형! 진정해요! 정말로 죽이겠어요!"

"지, 진정하라고! 환자를 그렇게 흔들면 어떻게 해?!"

아영과 에오로가 양쪽에서 우혁의 팔을 붙잡았지만 우혁은 잔뜩 화가 난 사람처럼 얼굴이 붉어지면서 계속해서 외쳤다.

"림몬을 두고 죽어버릴 셈이냐!"

평상시의 그라면 무슨 일이 있어도 목소리를 평균 이상으로 높이는 일 없고 소리치는 일도 거의 없다. 우혁은 메피스토펠레스의 축 늘어진 몸을 놓으면서 바닥에 털썩 주저앉았다. 그리고 고개를 숙인 채로 숨을 몰아쉬었다. 마치 이제는 힘이 다 떨어진 사람처럼 그렇게 눈을 감으면서 우혁은 주먹을 힘있게 쥐었다.

아영이 그의 어깨를 살며시 토닥여 주었을 때, 그녀는 바닥에 쓰러져 있는 메피스토펠레스의 몸이 조금 움직이는 것을 보았다. 환하게 웃으면서 아영은 우혁의 고개를 메피스토펠레스 쪽으로 돌렸다.

"저, 저기 봐! 아직 안 죽었어! 움직인… 어?!"

메피스토펠레스 자신이 움직인 것이 아니었다. 그의 피로 젖은 가운이 꿈틀거렸다. 바람이 불고 있었다. 바닥에 누워 있는 메피스토펠레스의 주위로 바람이 춤을 추고 있었다. 둥실, 풍선이 바람에 떠오르는 것처럼 메피스토펠레스의 몸이 천천히 허공으로 떠오르기 시작했다.

우혁과 아영은 화들짝 놀랐고 슈린은 움찔하면서 혹시나 몰라 공격할 차비를 갖추었다. 에오로는 연신 자신의 눈을 비볐다. 마술의 한 장면을 보는 것처럼 날아오른 메피스토펠레스의 몸은 어딘가를 향해 날아갔다. 제자리에서 벌떡 일어난 우혁이 손을 뻗어 그의 옷자락을 잡으려 했다.

그러나 이미 늦었다.

불길은 모두 꺼져 있었다. 그래서 사방은 다시 어두워진 밤하늘의 등불이 별빛들에 의해서만 밝혀지고 있는 평원. 주작의 폭주로 쑥대밭이 되어버린 평원에는 이리저리 부서진 바윗덩어리들이 많이 널려 있었다. 일행이 몸을 숨긴 바위도 반쯤은 깨진 바위였다. 그들과는 조금 떨어진 곳으로 메피스토펠레스는 허공을 따라 날아갔다. 비록 그을음과 핏자국이 묻어 있었지만 흰색의 가운은 음침할 정도로 허공 속에서 펄럭거렸다.

어디로 날아가는 것일까? 그리고 갑자기 왜? 사람들이 모두 그런 의문에 빠져 있을 때 메피스토펠레스의 몸은 어딘가에서 뚝 멈추어졌다. 정지해 버린 것이었다. 그와 동시에 사람들의 표정은 굳어지고 말았다.

Part 26

잊을 수 없어

잊을 수 없어 1

밤의 정적을 깨고 그는 사람들 앞에 내려섰다. 은은한 빛을 내뿜던 달빛이 구름 속으로 가려지는 틈을 타서 말이다. 입가에 비틀린 듯이 짓고 있는 미소는 모든 것을 꿰뚫어 보는 듯했다. 바람에 의해 휘날리는 새하얀 코트 자락, 어둠과 구별되지 않는 검은 머리카락은 별빛을 받아 아름답게 반짝였다. 어둠 속에 반짝이는 한줄기의 빛과 같이 아름답게.

그의 양팔에 메피스토펠레스의 몸이 천천히 안겼다. 바위 위에 서 있는 그 자세 그대로 그는 아래를 내려다보았다.

믿지 못하겠다는 눈으로 자신을 올려다보는 네 명을 보면서 그의 입가에 번진 미소는 다시 한 번 호곡선을 그리며 비틀렸다.

아영은 어느새 땅바닥에 주저앉아 있었다. 아무리 사방이 어둡다고 해도 절대로 꿈에서라도 잊을 수 없는 얼굴. 달라진 것이 있다면 자수정을 박아놓은 것과 같은 눈동자 색뿐. 그 외에는 모두 똑같았다. 사람을 비웃는 그 특유의 미소와 냉정하게 빛나는 눈동자도 모두 같았다. 덜덜 떨리는 손을 들어서 입을 가리며 아영은 입을 벙긋거렸다.

"…아, 아아……."

차마 제대로 말이 나오지도 않았다. 믿을 수 없었으니까. 그는 분명히… 죽었으니까.

"진현!"

바닥에 쓰러져 있던 아영과 마찬가지로 창백한 표정으로 서 있던 에오로가 급박한 목소리로 외쳤다. 그러나 표백제로 씻은 것처럼 새하얀 코트를 입은 그는 등을 돌렸고 그 모습에 아영마저 벌떡 일어서면서 소리쳤다.

"진현! 진현아, 나, 나 아영이야! 어딜 가는 거야?!"

힐끔, 눈을 가늘게 뜨고 뒤를 쳐다본 그… 마신의 자식이자 마계 황위 계승 서열 1위에 올려져 있는 키스카 드 라헬 헬레스폰트는 조용히 입술을 달싹였다. 피를 머금은 듯한 붉은 입술을.

"날 아느냐, 인간들아?"

"뭐?"

키스카는 조용히 자신의 앞에 검은 구멍을 만들었다. 마계로 통하는 출입구였다. 그리고 그 안에 메피스토펠레스의 몸을 조심스럽게 집어넣었다. 끝이 보이지 않는 시커먼 구멍은 그대로 작게 변해서 허공에서 없어졌다. 백옥처럼 새하얀 얼굴에는 차가움만이 흘렀다. 이윽고 하늘 위로 유영하던 구름들이 달의 모습을 드러내게 해주었다. 달빛을 받으면서 바위 위에 서 있는 키스카의 모습은 사람의 넋을 빠지게 만들 정도로 아름다운 것이었다. 황태자로서의 고귀함과 아름다움, 그리고 강대한 힘을 모두 갖춘 그였다.

눈을 내리깔아 마치 벌레를 보는 듯한 눈매였다. 키스카는 손을 들어 자신의 검은 머리카락을 쓸어 넘기면서 다시 작게 말했다.

"내 이름은 키스카 드 라헬 헬레스폰트. 마계의 황태자다."

"……!"

네 명은 이제 아주 얼어버렸다. 이 무슨 소리인가? 갑자기 나타나더니 마계의 황태자? 그런데… 정말로 진현이 맞기는 한 건가. 아영은 조금 미심쩍은 생각이 들어 고개를 돌려 우혁을 보았다.

우혁은 우선적으로 메피스토펠레스가 마계로 돌아간 것을 보고 안도한 상태였다. 그래서 어느 정도 원래의 그로 돌아와 있는 것 같았다. 평상시의 그의 표정 그대로 우혁은 조용히 입을 다물었다.

진현? 아닐 수도 있다. 그는 죽었다. 분명히 시체도 확인했다. 그리고 눈앞에서 그 시체를 태웠다. 불의 정령 왕을 불러서 태웠으니까 시체가 남을 리 만무하다. 환생을 한다고 해도 이런 단시간에 저런 육체를 가질 수 있을 리가 없다. 세상에는 자신과 같은 인간이 하나쯤 더 있다고 한다. 성격과 배경 같은 것은 다를지라도 외모는 같은… 진현이 인간이고 저 키스카라고 자신을 밝힌 자는 마족. 그럴 확률도 극히 높았다.

하지만, 하지만 왜 몸은 저자를 진현이라고 생각하고 있는 걸까. 그게 당연한 것처럼 입속에서 계속해서 진현의 이름이 맴돌았다. 당장에라도 그렇게 내뱉고 싶었다.

우혁은 주먹을 불끈 쥐었다. 같은 외모를 가진 자일 뿐이다. 그는 그렇게 결론을 내렸다. 이제 와서 진현이 살아 있었다는 환상을 가지고 싶은 건가? 우혁은 피식 미소를 지으면서 다른 세 명에게 말했다.

"돌아가자. 저택이 걱정되니까."

"우혁 오빠!"

우혁이 저택 쪽으로 등을 돌리면서 걸어가자 아영은 두 주먹을 쥐면서 소리를 질렀다. 슈린은 멍한 눈으로 키스카를 올려다보았다. 아니, 키스카라고 하고 싶지 않았다. 진현임이 분명하다. 영혼이, 느낌이 그렇게 말해 왔다. 진현이라고… 그가 맞다고.

파사를 검집에 꽂아 넣으면서 우혁은 피곤한 눈매로 조금 멀찍한 바위 위에 서 있는 키스카를 보았다. 차가운 보라색 눈동자, 진현과 같은 얼굴과 느낌. 그러나 항상 자신들에게 다정하게 웃어주던 입가는 비웃음으로 바뀌었고 다정한 눈빛은 얼음장처럼 차가워졌다.

마족이다. 그것도 잔혹하고 인간을 벌레처럼 생각하는 그런 마족. 그렇게 중얼거리면서 우혁은 걸음을 옮겼다. 그의 뒤로 황급하게 뛰어온 아영이 우혁의 팔을 붙잡으면서 외쳤다. 그녀는 손으로 키스카를 가리켰다.

"우혁 오빠! 진현이야! 진현이라고! 왜, 왜 그냥 가는 거야?! 응?"

"진현이 아냐."

"맞아! 정령이, 정령이 맞다고 하는걸! 내 몸속의 그들이, 진현이가 맞다고 하는데……!"

어느새 아영의 눈가에는 눈물이 고여 있었다. 안타까운 음성으로 진현이라고 외치는 그녀의 목소리를 들으면서 우혁은 눈을 질끈 감았다. 왜 모르겠는가! 영혼으로 이어진 자들이다. 모습이 달라져도 알 수 있는데, 저렇게 같은 모습으로까지 나타난 이를 왜 못 알아보겠는가. 그러나, 그러나…….

"너도… 칼 레드에게 말했잖아, 전생의 너는 다른 사람이라고."

아영의 움직임이 멈추어졌다. 힘없이 내뱉은 우혁의 말에 아영은 멍한 시선으로 키스카를 돌아보았다. 그는 아무런 말 없이 자신들의 움직임을 주시하고 있었다. 차가운 눈동자와 아무런 상관이 없는 이들을 바라보는 듯한 시선, 그리고 짙은 보라색의 눈동자. 하, 하고 작게 실소를 내뱉은 아영은 자신의 이마를 손으로 짚으면서 고개를 숙였다. 그녀의 뒤에 서서 함께 우혁의 말을 들은 에오로가 입술을 깨물면서 눈을 감았다.

저 사람이 진현이 맞다고 해도 저런 모습으로 나타난 것은 잘 이해하기는 힘들지만, 새로운 육체를 받아서 태어난 것이 아니겠는가. 그것은 환생… 그러니까, 그러니까 전생의 진현과는 다른 인물인 것이다. 거의 절망에 빠져 있는 네 명의 귀에 작은 발자국 소리가 들렸다.

저벅.

흠칫 놀라서 고개를 돌린 네 사람은 또다시 경악에 가까울 정도로 놀라고 말았다. 대체 언제 왔단 말인가. 어깨에 흰색의 카디건을 걸치고 나타난 것은 현홍이었다. 그것도 혼자서 나타난 그를 보면서 아영은 두 손으로 입을 막았다. 현홍의 시선은 당연하게도 멀찍이 서 있는 키스카에게로 가 있었다.

쏴아아아—!

한줄기 바람이 거칠게 대지를 훑고 사라졌다. 바람에 의해 이리저리 흔들리는 머리카락을 한 손으로 잡으면서 현홍은 가만히 키스카를 보았다. 그리고 키스카 역시 새로이 나타난 인물을 말없이 바라보았다.

어두운 밤하늘 아래에서 기구한 운명을 가졌던 두 사람은 그렇게 다시 만났다. 나머지 네 사람이 침을 꿀꺽 삼키면서 사태를 주시했다. 현홍이 울면서 키스카에게 매달릴 것인가? 그것도 아니면 다른 일이 있을까?

"…저……."

현홍이 작은 입술을 놀려 말을 꺼냈을 때, 한참 긴장한 사람들은 어깨까지 흠칫할 정도로 놀랐다. 살며시 미끄러져 내려가는 카디건을 손으로 잡으면서 현홍은 계속 말을 이었다. 그의 목소리는 굉장히 가느다랗고 작았다. 그렇기에 더 부드럽게 느껴졌다.

"…지금까지 여기서 뭐 한 거야? 사람들이 걱정하는데……."

네 사람은 동시에 키스카 쪽을 바라보았다. 현홍의 말이 가리키는 것이 키스카, 그러니까 진현임이 분명하다고 믿었기 때문이다. 그러나 잠시 후 황당한 듯한 목소리로 현홍이 다시 말했다.

"너희들 말야, 이 바보들아."

"뭐?!"

아영이 고개를 급격하게 돌리면서 현홍 쪽으로 걸어갔다. 그리고 손가락을 뻗어 키스카를 가리키면서 소리를 빽 하니 질렀다.

"저기, 저 사람보고 뭐 할 말 없어? 그런 말은 우리가 아닌 저 사람에게 해야 하는 거야! 알아?!"

멍청한 눈으로 아영을 바라보던 현홍은 살짝 고개를 돌려 다시 한 번 키스카를 보았다. 새하얀 코트가 바람에 펄럭거렸다. 대체 키스카는 왜 이렇게 이곳에 있는 것일까. 슈린은 문득 그런 생각을 했다. 자신들을 기억하지 못하고 처음 본다면 마족인 그가 이곳에 계속 있을 이유 따위는 없다. 그런데 키스카는 마치 무엇인가를 기다리듯이 팔짱을 끼고 그대로 서 있는 것이었다. 무엇을 원하는 것일까?

현홍은 아영의 볼을 살짝 꼬집으면서 말했다.

"이상한 소리 하지 마. 처음 만난 사람한테 뭘 말해? 누군지도 모르는데. 자, 어서 가자. 저택 청소 도와."

"아야야! 뭐, 뭐라고?!"

처음 만난 사람? 그것도 누군지도 모른다고?! 아영의 볼을 붙잡은 채로 현홍은 홍 하고 콧방귀를 뀌면서 걸어갔다. 졸지에 질질 끌려가게 된 아영은 발버둥을 쳤고, 에오로는 현홍의 등과 키스카를 번갈아 보면서 당황한 얼굴로 현홍을 따라나섰다. 대체 일이 어떻게 돌아가는지 모르겠다고 중얼거리면서. 우혁은 묵묵하게 고개를 돌려 마지막으로 키스카를 보았다. 은은한 달빛 아래로 고고하게 서 있는 키스카는 사람들이 떠나가자 알 수 없는 미소를 지은 채 등을 돌리면서 어둠 속으로 몸을 숨겼다. 그가 사라진 곳은 이상하게도 너무나 허전해 보였다.

아영의 비명이 평원에 낭랑히 울려 퍼지는 가운데, 모든 소동이 다 끝난 후에서야 느릿하게 수도에서 군대가 출동했다. 그러나 그들이 본 것은 폐허가 된 평원과 구덩이들뿐, 그 외에는 아무것도 찾아볼 수가 없었다.

저택에 돌아온 이들은 뭘 하고 있을까? 다섯 중 셋은 같은 장소에 있었다.

소파에 앉아서 아영은 현홍에게 꼬집힌 볼을 쓰다듬었다. 어찌나 세게 꼬집었는지 아직까지 얼얼할 정도였다. 저택 유리창은 거의 몽땅 깨져 버렸고, 고급만을 쓰던 이곳의 유리창을 다시 새로 갈려면 돈이 제법 들 터였다. 진현이 있었다면 난리를 쳤겠지.

샤워도 하고 옷도 갈아입은 아영은 새벽이었지만 잠도 오지 않는지 응접실의 소파를 차지하고 앉아 있었다. 그리고 그녀의 앞에는 마찬가지로 잠이 몽땅 달아나 버린 두 사람이 있었다.

손에 든 찻잔에 담긴 차를 한 모금 삼키면서 슈린은 한숨을 내쉬었다. 아무리 신족의 힘을 받았지만 그것도 한계가 있다는 것을 실감한 그였다. 다시 한 번 힘의 갱신이 필요하다는 것을 느끼면서 슈린은 씁쓸한 얼굴로 차를 마셨다. 아니, 오늘 하루만은 힘에 대해서 잊기로 했다. 그가 눈앞에 나타났으니까. 환생을 한 것일까? 자세히는 모르겠지만 아마도 그렇겠지. 기억을 못하는 그를 보면서 슈린은 괜스레 마음이 무거웠다.

뛰기도 엄청 뛰었고 고생도 많이 해서 체력이 바닥난 에오로는 소파에 반쯤 기대앉아서 허공을 바라보고 있었다. 입은 계속해서 우물거리고 있었지만 그의 눈은 진지함만이 엿보였다. 진현을, 두 번 다시 보지 못할 것이라고 생각한 그의 모습을 봐서 그럴까. 그러나 차라리 만나지 말았으면 했다. 그렇다면 이렇게 자신을 기억하지 못하는 그에게 서운한 마음과 동시에 쓸쓸함을 느끼지는 않을 텐데. 그런 생각에 에오로는 깊게 한숨을 쉬면서 고개를 저었다.

아영이 했던 말처럼 전생은 전생이고 지금은 지금일 뿐. 그가 정말로 진현의 지금 모습이라면… 그리고 전과는 다른 인생을 살고 있다면 강요할 수는 없는 것이다. 그렇다면 자신들 또한 칼 레드와 다를 것이 없으니까. 소파에 둘러앉은 세 사람은 각자의 생각과 각자의 뜻을 가진 채로 망연하게 새벽을 보내야 했다. 여러 가지 상념들이 떠도는 방안에는 고요함만이 흘렀다.

그들과 마찬가지로 자신의 생각에 빠져 있는 사람은 또 한 명 있었다. 촛불 하나만이 밝히고 있는 방에서 가죽 의자에 앉아 있는 사람은 우혁이었다. 무시무시한 얼굴이 되어 그는 정면만을 응시했다. 책상에는 수없이 많은 종이가 이리저리 널려 있었다. 그리고 의자에 앉아 있는 그의 무릎에는 단 한 장의 종이만이 올려져 있었다. 어지러운 글씨로 마구 적혀 있는 그것은 제대로 읽기조차 힘들어 보였다.

복잡한 글씨들의 중앙에 하나의 그림이 그려져 있었다. 그것은 세피로트의 나무. 세상을 떠받치는 것이자 세상을 지탱하는 존재. 살며시 손가락으로 그 그림을 쓰다듬은 우혁의 눈빛이 이채에 반짝였다. 어두운 방 안, 그는 작은 목소리로 중얼거렸다.

"이제 종말은 멀지 않았다."

알 수 없는 말. 하지만 그의 말에 깃든 진지함과 묘한 장중함은 무시하지 못할 것이었다. 길었던 모든 일들이 차곡차곡 접혀져 가는 종이접기처럼 끝을 바라보고 있는 것이다.

예언은 그 뜻이 밝혀졌고 모든 이들이 모였다. 분명히 끝이 어찌 될지는 아무도 모르지만 그는 알고 있었다. 소중한 사람들은 많이 다치고, 또한 죽음을 눈앞에 둘 것이라는 것을⋯⋯.

그는 조용히 종이를 집어 올려 책상 위에 놓아둔 촛불의 끝에 가져갔다. 천천히 불꽃이 종이를 집어삼키는 것을 보면서 우혁은 미소 지었다.

그가 있는 서재의 방문 앞에서는 한 사람이 조용히 문에 등을 기대고 서 있었다. 현홍은 힐끔 뒤를 쳐다보면서 슬픔이 깃든 얼굴이 되었다. 천천히 발을 옮겨 자신의 방으로 돌아간 현홍은 잠시 동안 문에 기대어 하염없이 자신의 방 안을 쳐다보았다. 슬픈 눈으로, 그렇게 공허함만이 흐르는 방에서 그는 홀로 있었다.

그리고 마침내 천천히 바닥에 주저앉은 현홍은 입술을 깨물면서 눈을 감았다. 촉촉하게 젖어 있던 눈에서는 이내 눈물이 흘러나왔다. 왜 이렇게 모든 일이 틀어지고 있는 것일까. 한번 돌아간 운명의 수레바퀴는 정말로 종말에 이르러야만 멈출 수 있단 말인가? 그 아래 깔려 죽음을 맞이하는 사람들의 뼈와 살점들이 있어야 멈출 수 있단 말인가? 흐윽, 하고 울음소리를 내뱉은 현홍은 두 손으로 얼굴을 감쌌다.

자신이 할 수 있는 일이 아무것도 없다는 사실이 너무나도 서글펐다. 그리고 겨우 만났지만, 만났다고 말할 수조차 없는 진현을 생각하면 더 더욱 마음이 아파왔다. 어쩌면 좋을까…… 누군가가 자신에게 답을 가르쳐 주었으면 좋겠다고 생각했다. 가슴을 움켜쥐고 상체를 기울인 현홍은 바닥에 이마를 박을 듯이 몸을 숙였다. 아무도 답을 주지 않는 이 순간에도 운명은 흘러가고 있었다.

"어떻게… 어떻게 하면 돼? 어떻게 하면 모두가 행복하게 살 수 있는 거야?"

아무도 대답해 주지 않는 문제의 답을 어떻게 찾아낸단 말인가! 현홍은 이를 악물면서 고개를 사납게 저었다. 문제도 확실하지 않은 일인데 답을 찾으라는 것은 너무 잔인하지 않은가. 어둑한 방 안에서 현홍은 그렇게 혼자 소리 죽여 울었다.

"…답을 알고 싶은가?"

갑자기 들려온 목소리에 화들짝 놀란 현홍이 고개를 번쩍 치켜들었다. 어두운 방 안에 누군가가 서 있었다. 그런데 목소리는 어디선가 한 번 들어본 기억이 났다. 손등으로 눈물을 훔친 현홍이 비틀거리면서 몸을 일으켰다. 문을 손으로 짚고 겨우 일어난 현홍은 조용히 물었다.

"누… 누구?"

"오랜만에 보는군."

정중한 음성이었다. 현홍은 고개를 갸웃거리다가 이윽고 조금 밝은 곳으로 걸어나온 그의 모습을 보고 눈을 크게 떴다. 그는 바로 자신을 이곳으로 보낸 장본인이었기 때문이다. 긴 검은 머리카락을 하나로 묶어서 검은 양복 위로 늘어뜨려 놓은 사람. 붉은 적안이 아름답게 반짝였다. 그는 천천히 현홍의 곁으로 걸어오면서 입을 열었다.

"많이 힘들어 보이는군. 역시… 라고 할까."

현홍은 숨을 몰아쉬면서 자신의 앞에 나타난 악마 벨리알을 올려다 보았다. 바지 주머니에 두 손을 꽂고 조금은 쓸쓸한 얼굴로 자신을 내려다보는 그를 말이다. 입술을 깨물면서 현홍은 소리쳤다.

"왜, 왜 날 이곳으로 보낸 거야! 왜 내가 소중하게 여기는 사람들을 이곳으로 보낸 거냐고! 내버려 두었다면 난 그곳에서 행복했을 거야! 지겹지만 늘 행복한 일상을 보냈을 거라고! 나빠, 네가 다 나쁜 거야!"

아아, 하고 말을 마친 현홍은 그대로 주저앉아 다시 울었다. 그대로 원래 살던 그곳에서 살아갔더라면 이런 아픔도 없이 살아갈 수 있었을 거다. 항상 같은 일상이 일률적으로 반복된다 하더라도 계속 진현과 함께…….

하염없이 눈물을 흘리는 현홍을 보면서 벨리알은 쓸쓸하게 눈을 감았다. 확실히 용서해 달라고 말할 수도 없겠지. 한쪽 무릎을 조심스럽게 굽혀 앉으면서 벨리알은 현홍의 어깨를 토닥여 주었다.

"알고 있다, 다 내 잘못이라는 것도. 하지만 이것은 어쩔 수 없었다. 너희 네 명은 영혼으로 이어진 자들이었으니까. 그리고 이곳에 와서 너희들이 만난 다른 인연들 모두도."

눈물 때문에 발갛게 된 눈을 들어 벨리알을 올려다본 현홍이 간신히 입을 열었다.

"이어져… 있다고?"

"그래, 인연이라는 것은 생각보다 아주 강력해서 만나고 싶지 않아도 만날 수밖에 없지. 네가 가장 소중하게 여기던 사람이 다시 나타난 것처럼 말이다."

"아아……."

수긍을 하듯이 고개를 끄덕인 현홍은 고개를 떨구었다. 그렇구나, 인연이라는 것은 그렇게 끈질기고 끊을 수 없는 존재였구나. 그렇게 생각하자 다시 마음이 아파왔다. 그렇게 끊을 수 없는 인연으로 다시 만났지만 '어서 와'라고 다정히 말해 주지도 못했다. 다른 사람들이 자신을 보는 시선이 너무나도 안타깝다는 사실을 알았기 때문이다. 그래서 애써 아무것도 모르는 척 그를 남겨두고 와버렸다. 그 순간 눈물이 흐를 뻔한 것을 간신히 참으면서.

몸을 일으킨 벨리알은 조용히 주위를 둘러보았다. 이미 자신의 힘으로 결계를 쳤기 때문에 웬만한 자라고 해도 이 방에서 하는 얘기를 들을 수도, 엿볼 수도 없을 것이다. 작게 한숨을 내뱉은 벨리알은 천천히 현홍에게 손을 내밀었다. 멍청한 눈으로 자신을 보는 현홍에게 벨리알은 묵묵히 말했다.

"네가 진정으로 바라는 것을 이루게 해줄 수 있다. 하지만 작은 것을 얻기 위해서도 작은 희생은 어쩔 수 없는 것. 네가 바라는 것을, 가장 바라는 것을 이루기 위해서 네 모든 힘을 쓸 수 있겠는가?"

진지하게 말하는 그의 얼굴과 자신에게로 내밀어진 손을 번갈아 쳐다본 현홍은 결정을 해야 했다. 인생의 어느 면을 보아도 인간은 항상 결정을 내린다. 자기 자신이 선택하는 것이다. 어떤 결과가 나올지는 아무도 모르는 것. 과연 그 누가 알고 있을까? 현홍은 천천히 손을 들어 올렸다. 자신이 바라는 「단 한 가지」를 위해서… 그는 결정했다.

응접실을 나선 슈린은 이상한 기운이 저택의 어딘가에서 흘러나오는 것을 느꼈다. 그리고 그것이 현홍의 방이라는 것도 알아차렸다. 그러나 슈린은 말없이 현홍의 방 쪽을 쳐다보았을 뿐 다가가지는 않았다. 한 사람 한 사람씩 자신들만의 선택을 하기에 이르렀다. 그리고 운명의 수레바퀴는 속도를 붙여 빠르게 종말로 치닫고 있었다. 과연 세계는 구원받을 것인가? 아니면 결국에는 도래한 어둠에 의해 모든 것이 암흑 속으로 빨려 들어갈 것인가?

피식, 하고 비틀린 웃음을 지은 슈린은 조용히 자신의 방을 향해 걸음을 옮겼다. 방문을 열기 전에 슈린은 자신의 방에서 목소리들이 소곤거리면서 들려오는 것을 들었다. 고개를 살짝 갸웃거리던 그는 순간 아, 하고 탄성을 지르면서 조심스럽게 방문을 열었다. 작게 나무 긁히는 소리가 나면서 열린 방 안은 어두웠다. 문 바로 옆에 있는 탁자 위에는 성냥이 있었다. 그것을 이용해 방 안 이곳저곳에 있는 촛불들에 불을 밝히자 그제야 방 안은 제법 환해졌다.

문을 안에서 걸어 잠그고 난 다음에 슈린은 방을 둘러보며 조용하게 말했다.

"들어올 사람은 없습니다, 나와도 괜찮습니다."

그의 말이 끝나자 뭔가 침대 밑에서 꾸물거리는 것이 있었다. 슬그머니 머리를 내민 것은 흰색의 고양이였다. 검은색의 줄무늬를 가진. 살짝 코를 벌렁거린 고양이는 폴짝 뛰어나와 앞발을 혀로 핥았다. 그 뒤를 따라 침대의 기둥에서도 뭔가 이상한 것이 스륵거리는 소리를 내며 내려왔다. 보통 때 같았으면 깜짝 놀랐을 것이다. 검은색의 비늘이 반짝이는 뱀이었으니까. 연한 하늘색의 침대 시트 위에 똬리를 튼 뱀은 시뻘건 혀를 낼름거렸다.

마지막으로 모습을 드러낸 것은 바닥까지 드리워진 커튼 뒤에 숨어 있던 청룡이었다. 그만은 원래 그 아름다운 모습 그대로 있었다. 푸른 색의 머리카락을 찰랑거리면서 청룡은 옷의 매무새를 정리했다.

「이거, 실례가 많소.」

"아니, 아닙니다. 그런데 다른 분들은 왜 그런 모습을⋯⋯."

앞발로 삭삭거리면서 세수를 하던 흰색 고양이가 황금색의 눈동자를 치켜 올리면서 입을 움직였다.

「우리는 아까 주작과 싸울 때 힘을 너무 썼거든. 너희들을 보호하기 위해 보호막까지 쳐줬잖아. 음, 인간형보다는 이런 동물 모습으로 있는 게 더 에너지 소모가 작단 말이야.」

흰색 고양이, 그러니까 백호는 조금 뾰루퉁한 목소리로 그렇게 말했다. 슈린은 어색한 웃음을 흘리면서 테이블 쪽으로 걸어가 의자에 앉았다. 청룡 역시 조심스럽게 옷자락을 끌면서 슈린의 맞은편에 차분하게 앉았다. 조금 피곤한 듯이 똬리를 튼 자신의 몸에 턱을 올린 뱀은 붉은 눈동자를 반짝였다.

「주작은 사신들 중에서 가장 다혈질이기 때문에 폭주도 쉽게 하지. 무엇보다 사신들 중에서 '파괴'라는 부분을 맡고 있기 때문이기도 하고. 정말로 성격이 불 같다고 할까. 어찌 되었든 간에 인간인 너희들에게는 폐를 끼쳤군.」

어째 뱀이 저렇게 말하니까 그다지 어울리지가 않았다. 무엇보다 위엄있는 현무가 말이다. 의자 등받이에 등을 기댄 슈린은 고개를 저었다.

"아니오, 다친 사람은 없으니까 괜찮습니다. 아니, 메피스토펠레스는 제외를 하고 말입니다."

점점 진지해져 가는 그의 목소리에 청룡은 씁쓸한 얼굴로 고개를 숙였다. 아름다운 푸른 머리카락이 허공에서 잠시 출렁거렸다. 걱정스러운 얼굴로 청룡은 두 손을 무릎 위에 모으고 입을 열었다.

「신이면서도 저리 피해만을 끼치다니… 주작은 저희 셋이 펼친 결계에 갇혀 잠시 동안 근신을 하게 될 것이오. 사신에게도 법도라는 것이 있으니. 만약 이렇게 행동한 것이 황제의 귀에 들어간다면 그녀는 몇백 년간은 세상 구경도 못하거나 변방으로 좌천될 확률도 높소. 여기가 우리들이 사는 세계가 아닌 것을 다행으로 여겨야 할 듯하오.」

다친 이들은 없지만 그래도 피해를 입혔다는 것이 큰 문제인 것일까. 슈린은 한숨을 쉬면서 괜찮다는 표현으로 손을 저었다. 그래도 주작, 그녀가 화났을 이유가 있을 텐데? 악마라고 해서 무조건 싸울 리는 없지 않은가. 궁금한 마음에 슈린이 조심스럽게 질문을 던졌다.

"그런데 왜 주작이 메피스토펠레스와 싸운 건지 아십니까? 저는 아무리 생각해도 결론이 나질 않는군요."

그의 질문에 백호가 꼬리를 살랑거리면서 걸어와 청룡의 무릎 위로 뛰었다. 사뿐하게 청룡의 무릎에 올라간 백호가 입을 달싹였다.

「메피스토펠레스라는 그 악마인지 귀신인지에게서 진현의 냄새가 났기 때문이야.」

"예?"

의아스러운 표정으로 슈린은 고개를 갸웃거렸다. 손으로 턱을 매만지면서 슈린은 생각을 정리했다. 진현, 아니, 키스카라는 존재는 분명 진현이었다. 환생을 했든 뭐든 간에 말이다. 그것 하나만은 분명한 사실이었다. 키스카는 현재 마족, 그러니까 메피스토펠레스와 만난 것은 당연하지 않을까? 그러니 키스카가 직접 지상으로 모습을 드러내면서 메피스토펠레스를 데려간 것이고. 그것만을 가지고 그렇게 격렬하게 싸운다는 것은…….

"혹시 자신을 키스카라고 밝힌 남자를 보셨습니까?"

그의 물음에 백호의 귀가 살짝 꿈틀거렸다. 청룡의 얼굴색 역시 그리 좋지 않았다. 자연은 어디에도 있다. 그곳이 얼음밖에 없는 곳이든 물밖에 없는 곳이든 간에. 그렇기에 그들이 모를 리가 없다고 생각한 슈린이 그렇게 물었던 것이다. 안색이 좋지 않은 것을 보니 아마도 그들 역시 키스카에게서 진현의 기운을 느꼈겠지. 길다란 소맷자락을 들어 올려 얼굴의 반쯤을 가리면서 청룡의 구슬픈 목소리가 들렸다.

「그는 분명… 주군이지만, 이미 우리들을 기억하지 못하고 계시오. 그리고 우리 역시 다른 세계의 사람으로 새로이 모습을 바꾸신 그분과는 이제 아무런 연이 없소이다. 무신은 주인이 죽으면 어쨌든 간에 그와는 인연이 끊기는 것이니. 하나 우리들로서는 지금의 상황이 심히 마음에 들지 않소. 주군께서는 아직 생명이 20년은 더 남아 있었기에…….」

"예? 그게 무슨 말씀이신지…….”

청룡의 말에 슈린은 고개를 갸웃거리면서 되물었다. 그러자 청룡은 힐끔 침대 시트 위에 있는 현무를 쳐다보았다. 뭔가를 묻는 듯한 그의 시선에 현무는 살짝 턱을 까닥여 주었다. 허락을 받은 청룡은 차분한 어조로 말했다.

「명부에 적힌 주군의 수명은 마흔다섯까지 산다고 되어 있소. 그러니 주군의 죽음은 누군가가 꾸민 흉계란 말이오.」

그의 말에 슈린의 표정이 조금 달라졌다. 그러나 애써 내색하지 않은 채로 슈린은 천천히 고개를 돌렸다. 운명은 정말 제대로 돌아가고 있는 것인가? 그런 의문에 그는 사로잡혔다. 신이라는 자들이 거짓을 말할 리는 없다. 그렇다면 진현은 제 수명이 되기도 전에 죽은 것. 그러고 보니 신족에게서 들은 그 『잃어버린 세계』에 관한 예언 구절에도 진현의 죽음을 암시하는 부분은 아무 데도 없었다. 절대로 들어맞는다는 대예언가 예레미야의 예언이 틀렸나? 틀렸다고 해도… 그럼 사신이 말하는 저 얘기는?

이마를 손으로 짚으면서 창백해진 슈린과는 상관없이 백호를 안아든 청룡이 자리에서 일어났다. 자신만의 생각에 빠져 있던 슈린은 흠칫 놀라면서 같이 일어났다. 그러자 청룡은 조용히 고개를 숙였다. 정중하게 인사를 하는 청룡의 모습에 슈린은 조금 당황했다. 다시 고개를 든 청룡은 천천히 입술을 달싹였다.

「우리들은 이제 원래의 세계로 돌아갈 작정이오.」

그의 말에 슈린은 미간을 찌푸렸다. 그러나 딱히 할 말이 없었기 때문에 뭐라고 말을 꺼내지는 못했다. 어느새 바닥을 스르륵 기어온 현무마저 자신의 한 팔에 받아 들면서 청룡은 희미하게 미소 지었다.

「이곳에서 우리들의 힘은 굉장히 강력하오. 비록 약화되었다고는 해도 하나의 신만 있어도 이 세계를 괴멸시킬 수 있을 정도로 말이오. 원래의 세계에서 우리들은 여기에 있는 것보다 훨씬 더 강하고 큰 힘을 쓸 수 있지만… 대신 우리를 감시하는 존재가 있소.」

숨을 고르며 말을 멈춘 청룡은 서서히 흐려지기 시작했고, 슈린은 표정을 굳히고 입을 다물었다. 어차피 돌아가야 할 이들이니까. 그리고 돌아갈 곳이 있는 이들이니까.

「돌아가서 주군을 제대로 보필하지 못한 죗값을 치를 생각이오. 그대가 우리에게 베푼 호의는 잊지 않겠소. 언제나 자연의 가호가 있기를 바라오.」

백호는 귀를 까닥이면서 앞발을 흔들어주었다. 그리고 슈린은 빙긋

웃으면서 손을 들어 올렸다. 잠시 후 방 안에는 처음부터 슈린 혼자만
이 있었던 것처럼 고요만이 흘렀다. 돌아갈 곳이 있는 그들이니 다시
행복해질 수 있을 것이다. 새로운 주인을 만나서, 새로운 인연을 만들
어서. 자신도 모르게 실소를 내뱉은 슈린은 탁자를 손으로 짚으면서
고개를 숙였다. 이상하게 씁쓸한 미소가 입가에서 떠나질 못했다. 그
는 다른 손으로 얼굴을 덮으면서 중얼거렸다.

"나같이 돌아갈 곳이 없는 이들이 아니니까……."

짙은 슬픔과 회한의 감정이 깃든 그의 목소리는 고요한 그의 방 안
에서 넓게 퍼졌을 뿐이다. 새벽은 깊어져 갔다.

다음날, 우혁의 바로 옆방에 머물고 있는 에이레이는 이미 아침 먹
을 시간이 지났음에도 우혁이 식당으로 내려오지 않자 조용히 그의 방
문을 노크했다. 그러나 몇 번을 노크해도 그는 나오지 않았다. 결국 고
개를 갸웃거리면서 조심스럽게 문을 열고 안으로 들어갔다.

얼마 전에 셀로브는 우혁이 행방을 찾아준 어머니의 곁으로 잠시간
떠났다. 반드시 돌아온다는 약속을 남기고 말이다. 에이레이는 셀로브
의 약속을 믿었기 때문에 아무런 거리낌 없이 그를 보내주었다.

그래서 우혁에게 고맙다는 말을 하려고 틈을 보았으나 그는 늘 바빴
기 때문에 시간이 나지 않았다. 이렇게 혼자 온 김에 그에게 고맙다는
말을 하려던 에이레이는 방 안이 어둑한 것을 보고 이상한 느낌을 받
았다. 방은 항상 그랬듯이 깔끔하게 정돈되어 있었다. 그런데 우혁의
모습은 어디에도 보이지 않았다. 이상했다. 저택 어디에도 우혁을 봤
다는 사람이 없었는데.

조금은 안 좋은 예감이 들었다. 여자의 직감이라고 할까, 에이레이

는 천천히 방 안을 둘러보았다. 그러던 중 가지런히 정리가 된 침대 시트 위에 놓여진 종이 쪽지를 보게 되었다. 고개를 들어 다른 곳을 둘러보니 그가 늘 가지고 다니던 검도 보이지 않았다. 마른침을 삼키면서 조심스러운 손으로 쪽지를 펴본 에이레이는 손으로 입을 막으면서 눈을 크게 떴다.

안 좋은 예감이 맞았어! 그렇게 생각하며 에이레이는 황급하게 다른 사람들이 식사를 하고 있을 1층으로 뛰어 내려갔다.

새벽까지 잠을 자지 못한 아영과 에오로는 퀭한 눈으로 깨작거리면서 식사를 하고 있었다. 그들은 갑자기 아영이 황급히 식당으로 들어오자 고개를 갸웃거렸다.

"크, 큰일 났어!"

"큰일?"

에오로가 자리에서 일어났고 니드는 고개를 들어 올려 발갛게 변한 에이레이의 얼굴을 올려다보았다. 에이레이는 자신의 손에 쥐어진 종이를 아영에게 내밀었다. 말없이 식사를 하던 현홍은 천천히 손에 들린 나이프와 포크를 식탁 위에 내려놓았다. 큰일? 그것이 큰일일까? 에이레이와 마찬가지로 쪽지를 본 아영은 파리하게 질린 얼굴로 소리를 질렀다.

"뭐, 뭐야?! 이게 뭐야? 우혁 오빠가 그럼……!"

"방에 없어!"

루의 안색이 창백해졌다. 그는 눈물이 그렁그렁한 얼굴이 되었다. 바로 옆에 앉아서 같이 식사를 한 키엘이 끄응, 하고 작게 울면서 루의 뺨을 핥아주었다. 쪽지를 본 다른 이들 모두 반응은 거의 똑같았다. 슈린 역시 놀란 얼굴이 된 것은 마찬가지였다. 단 한 명 현홍을 제외하고 말이다. 그는 그저 알고 있다는 표정으로 의자에 앉아 있을 뿐 어떤 말도 하지 않고 어떤 표정도 짓지 않았다. 작게 한숨을 내쉰 현홍은 두 손을 무릎 위에 모아쥐고 고개를 돌려 식당에 난 커다란 창문을 바라보았다.

시리도록 푸른 가을의 아침 하늘이었다. 주위가 소란스러운 가운데 현홍만은 멍한 표정으로 시선을 하늘에 고정시켰다. 여유있게 흘러가는 구름들… 그리고 종종 가다 불어오는 바람에 흔들리는 나뭇잎들. 모두가 평화롭기 그지없었다. 하지만 저렇게 평화스러운 것도 이제 시간이 얼마 남지 않았다. 사람들은 알아채지 못하겠지, 이렇게 평화로운 일상이 언젠가는 공포로 뒤바뀔 것을.

우혁은 아마도 이 일이 끝을 보일 때까지 돌아오지 않을 것이다. 그가 선택한 현실이 바로 그것이니까. 그가 바라는 것, 그가 원하는 것, 그가 소망하는 것 「단 하나의 소원」을 위해 그는 움직인다. 그의 작은 움직임 하나가 이번의 발생을 예고할 것이다. 어젯밤 자신 역시 스스로가 바라는 것을 위해서 벨리알의 힘을 빌렸다. 그것도 운명.

체스 판 위에 놓인 말들은 하나씩 줄어들 것이고 사람들의 슬픔은 끝을 모르고 깊어진다. 어느새 주먹을 쥐고 있는 손은 부들부들 떨려왔다. 사람들을 속이고 있는 자신이 너무나도 미워서… 그럼에도 불구하고 어찌할 수 없는 자신의 무능력함이 너무나도 미워서. 현홍은 조용히 눈을 감고 중얼거렸다.

"…미안해."

누구에게도 들리지 않을 사과, 들리지 않을 진심.

잊을 수 없어 2

마계도 국가나 마찬가지이듯 신계 역시 마찬가지이다.

신이 사는 곳에 가장 가까운 곳, 오로지 빛과 아름다움만이 가득한 축복받은 세계. 무한대라고 할 수 있는 공간이었지만 이곳 역시 천사들이 살아가는 도시나 다름이 없는 것이다. 신계는 7계의 각각 다른 세계로 구성되어 있다. 그중 가장 높은 층, 7계의 계단 중에서 가장 위에 존재하는 이곳에는 단 하나의 건물이 있었다. 대리석과 보석으로 치장되고 자연과 식물이 조화를 이루도록 만들어놓은 곳이다. 가장 꼭대기에는 신이 존재했다. 그리고 아래에는 이곳 천계와 인간계 등을 관리하는 여러 가지의 사무소가 있었다. 어찌 보면 천사들이 그런 작업을 한다는 것은 우습기도 하다.

그들은 항상 노래를 부르고 평화를 추구하며 언제까지나 즐겁게 살아갈 것 같은데 말이다. 그러나 신이 있는 이곳은 인간계를 관리하는 곳이기도 하다(마계와 반씩 분담하여). 인간이 쓰고 있는 컴퓨터와는 비교도 안 될 거대한 컴퓨터—자신의 지능을 가지고 있는—가 있는 곳은 인간계를 직접 관리하는 중간층의 관리동이었다.

그곳은 지금 어느 때와는 달리 긴장감이 흐르고 있었다. 지능을 가진 메인 컴퓨터의 화면이 붉은색으로 반짝였다. 경고를 표시하는 소리와 함께.

새하얗고 둥근 공간. 원탁의 기사들처럼 동그란 테이블에 열댓 명의 천사들이 각기 의자에 앉아 자신의 일을 시행했다. 인간은 상상하지 못할 정도로 아름다운 그들의 얼굴에 식은땀이 흘렀다. 그들은 허공에 떠 있는 얇은 판과 같은 화면을 손가락으로 재빨리 두드렸다. 그 화면은 키보드와 같은 역할을 하는 것이었다.

세 개의 의자가 상공에 떠 있었다. 그리고 그 의자에는 각각의 천사가 앉아서 메인 컴퓨터의 화면을 바라보았다. 붉게 변한 화면에는 오류를 표시하는 글귀가 떠올랐고 천사들이 외쳤다.

"프로그램의 다운 확률이 20%에서 29%로 높아졌습니다!"

"오류 메시지의 해석이 되질 않습니다. 해석을 못하면 프로그램의 이상 역시 확인이 불가능합니다. 지시를 내려주십시오!"

다급한 그들의 말에 상공에 있는 세 존재 중의 하나가 입을 열었다. 이마에 찍힌 붉은 인과 4장의 날개, 그리고 붉은 머리카락. 이 천계에서 그런 조건을 충당하는 존재는 단 하나뿐이다. 성스럽고도 위대한 천상의 짐승 하요트였다.

그는 이마를 손으로 짚으면서 다른 천사들의 앞에 떠 있는 메인 컴퓨터와 연결된 키보드와 같은 화면을 쳐다보았다. 이곳에서 운용하고 있는 프로그램이 다운된다면 큰일이 벌어지고 말 것이다. 큰일 정도가 아닐 터. 골치가 아픈 듯 살짝 미간을 찌푸리는 하요트를 대신하여 옆에 있던 다른 이가 입을 열었다.

"방벽을 2중으로 치십시오. 방어 프로그램 온, 락Lock을 해제하고 수동으로 전환하십시오."

"하지만 그렇게 되면 프로그램의 다운 확률이 상승합니다!"

"제가 직접 조종하겠습니다. 실행하여 주십시오."

"예!"

잠시 후 메인 화면의 붉은 표시는 사라졌다. 하요트의 왼편에 있는 존재는 서둘러 자신의 앞이 있는 화면을 손가락으로 두드렸다. 톡톡거리는 작은 소리와 함께 나직한 소음이 들렸다. 삐익— 하고 오류음이 들리는 것과 동시에 다시 아래에 있는 천사들의 음성이 방을 가득 메웠다.

"프로그램의 다운 확률 32%로 상승! 방어 프로그램 작동시킵니다!"

명령을 한 존재의 이마에 식은땀이 맺혔다. 그는 이를 악물면서 자신의 옆에 있는 하요트를 바라보았다.

"하요트님, 이대로는 안 됩니다. 어서 「계획」을 실행시키지 않으면 예언은 정말로 물거품이 되는 겁니다."

그의 이름은 라지엘. 신계의 비밀을 관장하는 천사이면서 이곳 인간계를 관리하는 프로그램 실의 실질적인 담당자였다. 연한 보라색의 머리카락을 가지고 있는 이 아름답고도 신비한 천사는 신계의 비밀과 함께 인간계의 비밀 또한 관장하는 천사였다. 물론 가장 큰 담당은 이곳을 관리하는 일이었지만. 이곳이 제대로 돌아가지 않으면 인간계에 큰 재앙이 초래되기에 라지엘의 임무는 굉장히 중요한 것이라고 할 수 있다.

하요트가 대답을 하지 않자 라지엘은 파란색 눈동자를 흐리게 만들면서 고개를 저었다.

그의 옆에 있는 또 다른 존재는 입을 굳게 다물고 하요트를 쳐다보았다. 여느 천사가 그러하듯 남자인지 여성인지 구별이 되지 않을 것 같은 외모였다. 심해를 떠올리게 만드는 암청색의 긴 머리카락을 하나로 묶어 어깨 위로 흐르게 두었다. 새하얀 의복과 장신구를 갖춘 그는 하요트나 라지엘과 비교해 볼 때 상당히 연약해 보였다. 샤테이엘처럼 조금은 여성스럽다는 말이 아니다. 몸 자체가 약해 보인다는 것이다. 그는 두 손을 모아 무릎 위에 올리면서 입을 열었다.

"22개의 길들 중에 아직까지 하나의 길만이 만들어졌다. 어서 22개의 길이 열리고 '새로운 나무' 가 만들어지지 않으면 인간계도, 이곳도 모두 위험해진다."

산달폰, 신계에서 가장 위대한 천사의 쌍둥이 형제였다. 그의 목소리는 꿀처럼 달콤했으며, 그가 연주하는 악기는 지옥의 불길도 가라앉힐 정도로 아름답다고 전해지는 천국의 음악을 관장하는 자. 하지만 자신의 형제이자 신계의 재상이라고도 불리는 메타트론과 비교하면 턱없이 모자란 능력일 수 있다. 그러나 그가 맡은 가장 큰 임무는 신계의 중앙, 생명의 나무에 열리는 천사의 알을 깨우는 일이었다. 그가 악기를 연주하고 노래를 부르지 않으면 천사의 알을 부화하지 않는다.

신계의 빛과 불꽃이 감싸고 있는 나무에서 태어난 천사들에게 산달폰은 부모나 다름이 없는 것이다. 그의 말에 하요트가 천천히 고개를 들어 올렸다. 그는 무겁게 말했다.

"이미 계획은 추진 중이다. 더 이상 빠르게 하는 것은 무리야. 어떻게든 그때까지 버텨야 한다."

"지금이라도 저희들이 나서는 것은 어떻습니까?"

라지엘의 신중한 물음에 하요트는 고개를 저었다.

"마계 측에서도 크게 개입하지 않고 있다. 우리들이 먼저 손을 쓰는 것은 계약 위반이다."

"하지만 이 프로그램의 중앙 프로그램이 있는 곳은 마계다. 아마도 그쪽의 중앙 컴퓨터에 누군가가 손을 쓴 것 같은데……."

평상시라면 아름다운 노래가 흘러나왔어야 할 산달폰의 입에서는 진지한 목소리가 흘러나왔다. 그의 말을 들으면서 하요트는 시선을 다시 화면으로 돌렸다. 지금은 애써 막아내고 있지만 앞으로는 어찌 될지 아무도 모른다. 방벽이 무너지고 프로그램이 정지된다면 세계는……. 선택받은 인간들을 믿는 수밖에 없나, 그렇게 중얼거리면서 하요트는 주먹에 힘을 주었다. 부디 세계를 구해달라는 말도 이제는 하고 싶지 않았다. 다만 지금 그들이 눈앞에 있다면 이런 말을 해주고 싶었다.

부디 진정으로 자기 자신을 위해서 애써달라는 말을.

*　　　　　*　　　　　*

현홍은 눈을 떴다. 방금 누군가의 목소리가 들린 것 같아서. 천천히 몸을 일으키고 창가 쪽으로 고개를 돌리니 어느새 날이 밝아 있었다.

81일 남은 아침이었다.

밝기는 하지만 차가운 바람과 해가 아직 덜 떴기 때문에 아침이라는 것을 알 수 있었다. 우혁이 남몰래 저택을 떠난 지 일주일이 어느새 흘러가 버렸다. 그리고 점점 자신의 수명도 줄어들어 가고 있는 것을 현홍은 잘 알고 있었다. 모래시계 속의 모래가 아래로 떨어져 내리는 것처럼 말이다. 하지만 두렵거나 하지는 않았다. 다만 그전에 해야 할 일이 있기에.

조용히 이불을 걷으면서 바닥에 발을 디딘 현홍은 차가운 대리석 바닥의 기운에 살짝 어깨를 떨었다. 9월은 이제 중순으로 다가갔다. 가을도 깊어져 가고 있는 것이다. 하아, 하고 작게 한숨을 내쉰 현홍은 잠옷을 갈아입고 방의 정리를 마쳤다. 그리고 아침 식사를 하기 위해서 아래층으로 내려갔다. 보통은 이런 시간이면 있어야 할 다른 사람들이 아무도 보이지 않았다. 현홍은 고개를 갸웃거리면서 주위를 둘러보았다. 하인들과 하녀들도, 아무도 없었다.

이상하다라고 중얼거리면서 그는 저택의 안을 돌아다녔다. 하인들이 묵는 방은 크게 세 개로 나누어져 있어서 몇 명씩 같이 자게 되어 있었다. 하녀들의 방에 가기는 그렇고 해서 현홍은 저택의 뒤쪽 부엌과 가까운 곳에 있는 방의 방문을 조심스럽게 노크했다. 똑똑, 하고 제법 큰 소리가 나도록 노크를 했지만 이상하게 안에서는 아무도 대답해 주지 않았다.

조금은 이상한 느낌을 받은 현홍은 무례인 줄은 알지만 천천히 문을 열고 안으로 들어갔다. 2층으로 된 침대가 몇 개 있고 옷장이 있는 것이 가구의 전부였다. 그리고 하인들은 모두 있었다. 침대에서 한밤중처럼 잠을 자고 있었던 것이다.

"어……?"

지금 시간에 안 일어날 리가 없는데? 조금 긴장한 현홍은 가장 가까운 침대에 누워 자고 있는 사람의 어깨를 살며시 흔들었다.

"저, 저기… 괜찮아요?"

하지만 남자는 현홍의 손길에 이리저리 흔들리기만 할 뿐 전혀 미동을 하지 않았다. 이상했다. 혹시나 하는 생각에 현홍은 빠르게 뛰는 심장을 진정시키면서 떨리는 손을 뻗어 자고 있는 남자의 코끝에 손가락을 가져갔다. 바람이 느껴졌다. 그리고 보니 가슴 역시 오르락내리락 하는 것이 보였다. 그럼 왜 안 일어나는 건데? 남자의 어깨를 조금 더 거칠게 흔들면서 현홍이 외쳤다.

"이, 일어나요! 아침이라고요! 저기, 다들 일어나요!"

그의 목소리에도 일어나는 사람들은 아무도 없었다. 왜, 왜 이러는 걸까? 오싹한 느낌에 현홍은 후닥닥 일어나 다른 방으로 뛰어갔다. 하지만 다른 방에 있는 남자들도 모두 마찬가지였다. 멍청한 표정으로 덩그러니 서 있던 현홍은 주저앉아서 지금의 상황이 어떤 상황인지 결론을 유추해 내려고 애썼다. 하지만 아무리 머리카락을 쥐어뜯어도 결론은 나오지 않았고 결국에는 눈물을 터뜨리려고 할 찰나.

"여기 주저앉아서 뭐 해?"

어디선가 많이 듣던 목소리. 조금 부스스한 머리를 한 채로 나타난 것은 아영이었다. 그녀는 머리를 긁적이더니 길게 하품을 했다. 현홍은 환하게 웃으면서 아영에게 달려들었다.

갑자기 현홍이 자신을 껴안자 아영은 화들짝 놀라면서 뒤로 물러났다. 그렇다고 해서 현홍이 놓을 리 없지만.

"아영아! 넌 깨어났구나! 흑흑, 무서웠어!"

"무, 무슨 헛소리야! 이것 놓고 말해!"

아영에게 한 번 걷어차인 후에야 겨우 진정한 현홍이 모두들 자고 있는 하인들의 방으로 아영을 데리고 들어갔다. 하인들이 다 자고 있자 아영은 '근무 태만이야' 등등을 외치면서 그들의 이불을 치우고 소리를 바락바락 질렀다. 하지만 그들은 잠에서 깨어나지 않았다. 이불을 들고 멍한 표정이 된 아영은 현홍에게로 고개를 돌리면서 물었다.

"이, 이 사람들 왜 이래?"

그녀의 질문에 대한 답을 알 턱이 없는 현홍은 시무룩한 표정으로 고개를 저었다. 인상을 쓴 아영은 잠시 동안 그 상태로 서 있다가 이불을 바닥에 내던지면서 2층으로 달려갔다. 현홍 역시 그녀의 뒤를 따라 2층으로 향했다. 아영은 2층에서 계단과 가장 가까운 곳에 위치해 있는 슈린의 방문을 거의 발차기하듯 걷어차면서 외쳤다.

"슈리인—!"

"…요즘에는 그렇게 사람을 깨우나요?"

아영의 비명과도 같은 외침과 더불어 그녀의 발차기에 나가떨어져 버린 문은 침대의 바로 옆에 떨어졌다. 콰광, 하고 떨어지면서도 요란한 소리를 낸 문짝을 힐끔 쳐다본 슈린은 침대에 앉아서 창백한 얼굴이 되어버렸다. 침대로 날아왔으면 자다가 비명횡사할 뻔하지 않았는가. 꽤 화가 났는지 눈썹을 파르르 떠는 그를 보며 아영과 현홍은 동시에 한숨을 내쉬었다. 조금의 시간이 지난 후 아영과 현홍은 슈린에게 응징의 꿀밤을 사이좋게 얻어맞았다. 옷을 갈아입고 나온 슈린이 아영에게 전후 사정 이야기를 듣고 살짝 인상을 구겼다.

"잠에서 깨어나지 않는다고요?"

슈린에게 맞은 머리를 손으로 쓰다듬으면서 현홍이 고개를 끄덕였다.

"벌써 7시잖아. 그래서 아침 먹으려고 밑으로 내려갔는데 다들 자고 있었어. 깨워도 안 일어나는 거야."

"무슨 소리야?"

"무슨 말씀이신가요?"

그런데 아영과 슈린이 현홍의 말에 동시에 고개를 갸웃거리면서 되묻은 것이다. 되물은 스스로도 서로를 쳐다본 다음 슈린이 자신의 품에서 회중시계를 꺼내어 보며 말했다.

"지금은 새벽 6시 30분입니다만?"

"뭐?"

"아냐! 내 방의 시계는 지금 5시던데? 그런데 시끄러운 소리가 나길래 내려온 것뿐이야."

이게 무슨 소리인가? 간밤에 시계들이 몽땅 맛이 가버린 건가? 세 명은 서로를 바라보면서 잠시 입을 다물었다. 그리고는 누가 말을 하기도 전에 슈린의 방에서 가까운 에이레이의 방문을 벌컥 열어젖혔다.

"꺄악! 나가, 이 치한들아!"

퍼벅!

에이레이의 비명 소리와 함께 날아온 베개를 맞고 세 명은 방에서 쫓겨났다. 조금 후에 에이레이는 붉어진 얼굴을 하고 밖으로 나왔다. 그녀는 현홍과 슈린을 흘겨보았다. 에이레이의 눈초리를 받으면서 슈린과 현홍은 동시에 얼굴을 붉히면서 고개를 돌렸다. 하하, 하고 어색한 웃음을 흘린 아영이 머리를 긁적였다.

"옷 갈아입는 것은 몰랐지이~! 용서해 줘, 에이레이."

"쳇, 아무리 식사 시간에 늦었다고 해도 갑자기 들어오면 어떡해. 그렇지 않아도 늦었다고 생각해서 옷 빨리 갈아입었는데."

자신의 암녹색 머리카락을 하나로 묶으면서 에이레이는 퉁명스럽게 말했고 아영과 슈린, 그리고 현홍은 또다시 동시에 서로를 쳐다보았다. 안 좋은 예감. 한두 개의 시계가 고장났다고 하면 믿겠지만 각자의 시계가 모두 고장났단 말인가? 창백하게 안색이 바뀐 현홍이 에이레이의 팔을 붙잡으면서 조심스럽게 물었다.

"에, 에이레이, 네 방 시계는 몇 시인데?"

세 명의 안색이 좋지 않은 것을 보면서 에이레이는 작게 고개를 갸 웃거렸다.

시계는 맛이 갔고 하인들과 하녀들은 잠에서 일어나지 않는다. 그런 데 왜 몇몇 사람은 깨어나 있는 거지? 아영은 에이레이에게 일의 전모 를 설명해 주었다. 그리고 에이레이 역시 안색이 눈에 띄게 바뀌었다. 네 사람은 다음 방으로 가서 에오로를 깨웠다.

그의 옆방인 니드의 방으로 건너가니 니드와 키엘이 곤히 자고 있었 다. 혹시나 하는 마음에 그들의 어깨를 잡고 흔들자 두 사람은 멍한 얼 굴로 자리에서 일어났다. 옷을 갈아입고 곧장 니드의 방으로 온 에오 로가 아직도 잠이 덜 깼는지 눈을 깜빡이면서 물었다.

"대체, 무슨 일이야? 사람들이 안 깨어난다니… 다 깨어 있구만!"

"우리들만 깨어난 거야. 다른 사람들은 잠에서 깨어날 생각을 안 해. 그리고 저택 안의 모든 시계가 완전히 따로 놀아."

솔루드의 방에 다녀온 아영은 이를 악물면서 그렇게 말했다. 그는 깨어나지 않았다. 죽은 것이 아니니까 다행이라고 할 수 있지만, 아무 리 깨워도 일어나지 않는 것을 보니 마음이 편치 않았다. 루 역시 잠에 빠진 채였다. 깨어난 사람은 여기 있는 일곱 명뿐인 것이다.

그들은 결국 응접실에 모였다. 테이블 위에는 저택의 시계란 시계는 모두 있었다. 현홍과 니드는 음식을 가져오겠다고 하면서 1층으로 내 려갔다. 금강산도 식후경이듯 먹고 사는 것은 중요한 일이니까.

나머지 다섯 명은 소파에 둘러앉아 째깍거리면서 초침이 움직이는 시계들을 바라보았다. 잠시 동안 방 안에는 오로지 시계의 초침 소리만이 들릴 뿐이었다. 모든 시계가 조금씩이긴 하지만 시간이 달랐다. 가장 많이 차이가 나는 시간은 한 시간 정도. 슈린은 자신의 회중시계를 꺼내어 보면서 진지한 어조로 말했다.

"무슨 일일까요? 이것도 그 데저티드 드래곤들의 짓일까요?"

"그들에게 시간을 조종하는 능력이 있던가?"

아영이 되물었고 잘 알지 못하는 슈린은 고개를 저을 수밖에 없었다. 당장이라도 울 것 같은 표정을 한 키엘은 옆에 있는 에이레이의 팔을 붙잡고 눈을 꼭 감았다. 동물적인 본능으로 위험을 아는 것일까. 괜찮다는 말을 하면서 에이레이는 부드럽게 키엘의 머리를 쓰다듬어 주었다. 그녀 역시 두려운 것은 사실이었지만. 시간이 제멋대로라니, 이것은 상상도 하지 못한 일이었다. 그리고 잠에서 깨어나지 못하는 사람들은 왜 그럴까? 여기 있는 사람들 또한 공통점은 아무것도 없었다.

손으로 턱을 괴고 있는 에오로가 무겁게 입을 열었다.

"만약에 선택받은 인물들만 깨어날 수 있다면 조금은 이해를 하겠지만 왜, 나머지 사람들은 일어날 수 있는 거지? 대체 일어난 사람들의 공통점이 뭔데?"

"그걸 알면 머리가 안 아프지."

이마를 손으로 짚고 연신 끙끙 신음 소리를 내뱉은 아영은 결국에는 고개를 떨구고 세차게 자신의 머리카락을 잡아당겼다.

"미치고 팔짝 뛰고 돌아가시겠네! 대체 아닌 밤중에 홍두깨라고 왜 시간이 제멋대로가 된 거야?! 거기다가 왜, 잠에서 안 깨어나! 아악, 나 미쳐어—!"

머리를 쥐어뜯으면서 발광을 하는 아영을 싹 무시한 나머지 사람들은 조용히 자신들의 생각을 정리했다. 그리고 그때 커다란 쟁반 두 개에 먹을 것들을 가득 담아 니드와 현홍이 방으로 들어왔다. 니드의 안색 역시 그리 좋지만은 않았다. 그러나 그는 희미하게 미소를 지으면서 말했다.

"천천히 고민하자. 너무 급하게 생각하면 될 것도 안 돼."

그의 말을 들은 현홍 역시 부드럽게 웃으면서 고개를 끄덕였다. 시계들을 모두 치우고 난 다음, 테이블 위에 음식들을 올려놓은 니드가 소파 한 편에 앉으면서 입을 열었다.

"음, 만약에 말야. 저택의 사람들이 저렇다면… 수도 사람들도 모두 잠에 빠진 걸까?"

"……."

거기까지는 생각해 보지 못했다. 모두가 아무런 말 없이 멀뚱히 자신만을 바라보자 니드는 손을 저으면서 어색하게 웃었다.

"밥 먹고 가보자."

허겁지겁 주워 먹은 덕분에 식사는 제법 빨리 끝났다. 저택을 나선 여섯 명은 또다시 놀라고 말았다. 새들이 바닥에 널브러져 있었다. 벌레와 연못에 있는 물고기들도 모두… 마치 죽은 것처럼 축 늘어져 있었던 것이다. 니드는 땅에 떨어져 있는 새를 살며시 들어 올리면서 한숨을 내쉬었다.

"죽은 것은 아냐. 아마도… 사람들처럼 잠이 든 것 같아."

불길한 예감은 점점 깊어져만 갔다. 모아두기도 그렇고 해서, 일행들은 그대로 놔둔 채로 수도를 향해 떠났다. 하지만 그들은 모르고 있었다. 그런 자신들의 모습을 처음부터 응시하는 존재가 하나 있다는 것을 말이다.

말도 모두 잠이 들어 깨어나지 않았기 때문에 모두는 걸어서 가야 했다.

주작이 파괴했던 평원은 조금 제모습을 찾아가고 있었다. 깊은 구덩이들 역시 군부대들이 동원되어 모두 메워놓았고 말이다. 하지만 새의 울음소리는커녕 황량한 평원의 모습은 쓸쓸한 마음만을 안겨주는 것이었다.

슈린은 바람에 의해 흩날리는 자신의 머리카락을 조용히 쓸어 넘겼다. 이 풍경은 과연 무엇을 의미하는 것일까? 마치 시간이라도 멈춘 것 같지 않은가. 움직이는 것은 바람과 지금 이곳에 있는 여섯 명뿐. 그 외의 모든 것은 멈추어진 시계추처럼 움직일 생각을 하지 않았다.

이것이 종말로 가는 길일까? 자신도 모르게 오싹한 느낌이 들었기 때문에 슈린은 팔을 감쌌다. 아직, 자신은 한 일이 별로 없다. 어서… 어서 나머지를 모아야…….

"괜찮아."

"…예?"

슈린은 자신의 옆에서 들린 작은 목소리에 정신을 차리고 고개를 돌렸다. 그의 옆으로는 현홍이 서 있었다. 현홍은 멀리 있는 수도의 성벽을 쳐다보면서 생긋 미소 지었다.

"걱정 마. 아직은… 괜찮으니까. '시간'은 아직 흐르고 있어. 멈춰진 것은 일부에 지나지 않아."

그의 말에 슈린은 당황한 목소리로 물었다.

"그렇다면 시간이 언젠가는 완벽하게 멈춰진다는 말입니까?"

"…그럴 수도 있다는 거야. 하지만 말야…….."

두 손을 뒤로 돌리고 현홍은 한 발자국 슈린의 앞으로 걸어갔다. 그리고 밝게 웃으면서 말했다.

"그렇게 되지 않게 하기 위해 우리가 노력하는 거잖아."

왜? 원래의 현홍이라면 이런 상황에 놓이면 걱정스런 표정으로 안절부절못할 텐데? 그런데… 지금 저 여유로운 표정은 뭐란 말인가? 지금의 슈린에게 있어서는 현홍의 웃는 얼굴도 걱정을 풀어주지는 못했다. 오히려 현홍에 대한 의문만이 늘어날 뿐.

이윽고 여섯 명은 수도에 도착할 수 있었다. 풍경은… 저택과 별달리 변한 것이 없었다. 거대한 회색의 성벽만이 굳건하게 서 있을 뿐 사람들은 모두 자신의 집에서 잠이 든 상태였다. 행동을 하다가 잠이 든 것은 아닌 것 같았다. 왜냐하면 수도는 마치 밤거리와 같이 아무도 찾아볼 수가 없었기 때문이다.

모두가 밤에 잠이 든 그 상태에서 일어나지 않았다. 한 민가의 문을 열고 들어가 보고 나온 에오로가 고개를 끄덕였다.

"응, 모두 잠이 든 그 상태 그대로야."

깨어 있는 사람은 과연 아무도 없는 것일까? 물어볼 사람도 도움을 구할 사람도 아무도 존재하지 않았다. 에이레이는 입술을 깨물면서 건물의 벽에 등을 기대고 섰다. 다른 이들 모두 지친 표정이었다. 아무것도 하지 않았지만… 자신들 말고 움직이는 사람이 없다는 것은 그들의 정신을 지치게 만들기에 충분했다. 누군가 이 상태에 대해 말을 해줄 수 있는 사람이 있다면 정말로 좋을 텐데. 모두가 그런 생각을 하면서 입을 다물었다.

그때, 그런 그들의 작은 바람에 응답이라도 하듯 하나의 목소리가 허공에 울려 퍼졌다.

그러나 그것은 분명 듣고 싶지 않은 목소리였다. 최소한 여기 있는 사람들이라면 모두가 말이다.

"궁지에 몰렸군."

흠칫.

아영은 눈을 크게 뜨고 한 손을 들어 입을 막았다. 설마, 아니겠지… 하고 그녀는 천천히 고개를 들어 올렸다. 그러나 안타깝게도 아영의 생각은 정확하게 들어맞았다.

2층 건물의 지붕 위에 그는 서 있었다. 언제나처럼 회색의 코트를 입고 바람에 흔들리는 은회색 머리카락이 아름답게 반짝이는… 그가 말이다. 하지만 언제나 끼고 있던 고글은 없었다. 데저티드 드래곤들의 수장이자 이 모든 일들의 뒤에 있는 자… 칼 레드였다.

그는 자신을 올려다보는 아영의 표정을 살펴보더니 어깨를 으쓱거렸다.

"후훗, 그런 표정이라니… 조금 더 반가운 표정을 지어주면 좋지 않나?"

파랗게 질려 버린 아영은 그의 농담 같은 진담에 입술까지 떨었다. 가장 보고 싶지 않았던 인물을 이런 순간에 만나 버렸으니까. 그것은 다른 이들 역시 마찬가지였다. 에이레이는 입술을 질끈 깨물며 키엘을 자신의 뒤로 숨겼다. 칼 레드와는 초면인 슈린은 가만히 칼 레드의 모습을 훑어보았다. 생각했던 것보다 강하지는 않은 것 같은데?

칼 레드는 사람들을 바라보다가 자신을 아무런 표정 없이 올려다보는 현홍을 보면서 키득거렸다.

"그래, 아직은 살 만한가? 난 죽었을 것이라고 생각했는데 말야. 죄책감으로……."

그의 말이 끝나기 전에 아영은 손을 뻗으면서 재빨리 불의 정령 왕 샐리온을 불러냈다. 하늘을 꿰뚫을 듯이 치솟는 불길에 다른 일행들이 피해야 할 정도였다. 칼 레드가 그 사실을 말하게 해서는 안 된다. 현홍이… 자신의 손으로 진현을 죽였다는 사실을 말이다.

사방이 일순간 불바다가 되었지만 그것은 어디까지나 정령계의 불길, 그러므로 샐리온이 지정하는 대상이 아닌 이상 아무런 해도 끼치지 않는다. 그러나 키엘은 온몸을 바들바들 떨면서 에이레이에게 찰싹 달라붙었다. 귀찮다는 표정이 역력했던 샐리온은 아영에게 잔소리를 하려고 했지만 자신의 눈앞에 칼 레드가 보이자 마음을 고쳐먹었다.

그렇지 않아도 그날 아영을 괴롭혀서 마음에 두고두고 걸렸는데 잘 만난 것이다. 이를 악물면서 샐리온은 불꽃으로 이루어진 창을 만들었다. 불의 정령 왕을 보면서 슈린은 자신도 전투에 대비하기 위해 빛의 창을 소환해 냈다. 에오로가 그런 슈린을 돌아보면서 물었다.

"왜, 왜? 너도 싸울려고?"

슈린은 빛의 창을 조심스럽게 한 손에 들고 고개를 저었다.

"아니, 아직은 몰라. 하지만… 혹시 모를 때를 대비해야지."

샐리온이 황급하게 자신에게로 돌진하는 것을 보면서 칼 레드가 웃으며 한 손을 들어 올렸다.

"수도의 주민들은 어쩌고?"

성난 황소처럼 돌진하던 샐리온은 허공에 멈추었다. 그리고 아영 역시 입을 쩍 하니 벌렸다. 이곳은 텅 빈 공터가 아니다. 잠에서 깨어나지 못한 수많은 사람들이 있는 수도인 것이다. 칼 레드의 간계에 슈린은 주먹을 불끈 쥐면서 혀를 찼다.

"일부러… 이 수도에서 모습을 나타냈군. 수도의 주민 모두가 인질이라는 말인가……."

부르르, 너무 화가 나서 몸까지 떨면서 아영은 소리쳤다.

"대체, 왜 이런 짓을 하는 거지?! 시간이 엉망이 된 것도! 사람들이 잠에서 깨어나지 못하는 것도! 다, 네가 꾸민 일이지?!"

허공에 떠 있던 샐리온은 조심스럽게 물러나 아영의 곁에 머물렀다. 너무 화가 나서 눈물까지 나오려고 했다. 손등으로 거칠게 눈가를 비빈 아영은 칼 레드의 대답을 기다렸다. 그러나 한참이 지나도록 칼 레드는 말없이 그저 허공만을 바라볼 뿐이었다. 새가 날아가지 않는 하늘, 아무런 소리도 들려오지 않는 도시… 그는 조용히 눈을 감으면서 중얼거렸다.

"조금만 있으면… 아주 좋은 것을 보게 될 거야. 시간이 멈춘 세계를 말이지."

"뭐얏?!"

칼 레드는 조용히 상체를 숙여 아영을 바라보았다. 그의 아이스 블루의 눈동자에는 알 수 없는 묘한 기운이 흘렀다. 그것을 본 아영은 흠칫하면서 뒤로 한 발자국 물러났다.

그녀로부터 몇 발자국 뒤에 서서 현홍은 두 손을 꼭 쥐었다. 운명은… 예정대로 흘러가고 있었다.

두 손을 모아 조용히 눈을 감은 현홍은 입을 꼭 다물었다. 과연, '그'는 무엇을 바라고 있을까? 무엇 때문에 이런 운명을 정해놓은 것일까. 자신의… 자신의 아이들이 아파하는 모습을 보고 싶은 것일까, 그것도 아니면 다른 무언가를 바라고 있는 건가?

피식, 실소를 내뱉으면서 칼 레드는 조용히 한 손을 앞으로 내밀었다. 움찔한 슈린이 창을 두 손으로 쥐었고, 다른 사람들은 모두 긴장했다. 그러나 공격 같은 것은 하지 않았다. 그는 마치 허공에 무언가라도 있는 사람처럼 정중하게 손을 내밀면서 중얼거리듯 말했다.

"…재미있지 않겠어? 이게 바로 내가 가진 '히든카드' 야. 정해진 시간 내에 미션을 해결하지 못하면 시간은 정지될 거야. 이 세계는, 이대로 영원히 지속된다는 말이지."

"마, 말도 안 돼!"

"후훗, 아영… 네가 살고 있는 세계의 미래에 해당한 이곳이 흘러가지 않게 되면 어떻게 될까?'

"뭐?'

갑작스러운 칼 레드의 질문에 아영은 움찔했지만 대답은 쉽게 할 수 없었다. 미래가 정지한다면… 과거는 어떻게 되는 거지?

"과거 역시 고정되어 버리는 거야……."

칼 레드의 질문에 대답한 것은 다름 아닌 현홍이었다. 가만히 말을 한 현홍은 조용히 앞으로 걸어갔다. 그를 잡으려 에오로가 손을 뻗었지만, 한 발 늦었다.

어느새 칼 레드가 서 있는 건물 지붕의 바로 아래까지 다가간 현홍은 고개를 들어 올렸다. 새하얀 얼굴과 커다랗고 까만 눈동자. 현홍의 눈동자에는 슬픔이 가득 담겨 있었다. 코트의 주머니에 손을 꽂아 넣은 칼 레드는 입가에 미소를 지웠다. 마치 칼 레드에게 호소하듯 양팔을 살짝 벌리면서 현홍은 말했다.

그의 목소리는 실바람처럼 가느다랗지만 따뜻하고, 부드럽게 들렸다.

"시간이 정지하는 것은 영원과는 달라. 시간이 존재하므로 세계가 존재하는 거야. 미래가 없는 오늘은 없기 때문에 이곳의 시간이 정지한다면… 과거 역시 고정되어 버리겠지. 멈추어진 모래시계는 있을 수 없어."

"그, 그렇다면……!"

순간적으로 무언가가 머리 속을 스쳐 지나간 니드는 고개를 세차게 저었다. 설마, 설마 그렇게 될 리는……. 그러나 그의 말에 확신이라도 심어주듯이 현홍의 조용한 말은 계속해서 이어졌다.

"…『시간을 잃어버린 세계』는… 존재하지 않는 것과 마찬가지. 즉, 세계의 종말이야……."

Part 27

어둠의 도래

어둠의 도래

현홍의 말은 고요했다. 하지만 그의 말에 담긴 의미의 파급 효과는 대단했다. 대략 알고 있었던 슈린은 이를 악물면서 빛의 창을 더욱 세게 움켜쥐었다. 무릎에 힘이 쭉 빠져 버린 니드는 비틀거리다가 바닥에 풀썩 주저앉아 버렸다. 멍청한 표정으로 현홍과 칼 레드를 번갈아 쳐다본 에오로는 갑자기 한 발자국 앞으로 걸어가면서 외쳤다.

"왜! 왜 세계의 종말을 바라는 거지?! 왜 시간을 멈추게 만드는 거야?!"

악에 받친 그의 질문에 칼 레드는 희미하게 웃으면서 대답해 주었다.

"…복수야."

칼 레드는 매우 간단하게 대답했다. 그렇다, 복수. 마룡족을 핍박한 모든 존재와… 그토록 사랑했던 이를 죽게 내버려 둔 신에게로의 복수였다. 드래곤 족도, 마족도, 신족도, 정령족도 모두… 이 세계에서 사라지기만을 바라는 칼 레드의 모습은 광기 그 자체였다. 순간적으로 놀라서 말은 못했지만, 아영은 애써 가슴을 내리누르면서 빠르게 뛰는 심장을 진정시켰다. 그렇게까지 모든 것을 증오한단 말인가. 다 사라져 버리길 바랄 만큼?

칼 레드의 몸에서 흘러나오는 분노와 집착의 마음을 느꼈을까. 샐리온마저 놀란 얼굴이 되어 있었다. 이대로 가다가는 정말로 모든 종족이 저놈의 손에 놀아날 수도 있다. 그런데 어떻게 한낱 마룡족이 시간을 정지시킬 수 있는 힘까지 얻은 것일까? 물어보고 싶은 마음이 없었지만 궁금함을 참을 수가 없었기에 샐리온은 화를 꾹 참으면서 입을 열었다.

「어떻게… 시간과 관계된 중앙 프로그램은 마계의 중앙 관리실에 있을 텐데? 네가 어떻게 그것을 손댈 수가 있었던 거냐?」

질문하기에는 샐리온의 자존심이 너무 셌지만 어쩔 수가 없다. 저 녀석을 막지 않으면 정말로 큰일이 날 것 같았으니까.

그를 보면서 고개를 갸웃거린 칼 레드는 마치 천진난만한 어린아이처럼 입가에 미소를 피워 올리면서 상체를 약간 숙였다.

"후훗, 잘 알고 있군. 그래… 나로서는 그곳에 들어갈 수 없지. 내가 아무리 마룡족이라지만 그곳의 독기는 내게도 치명적이거든. 어떻게 했냐고? 나를 도와준 이가 있었기 때문이다."

「도, 도와준? 설마, 마족이……!」

발끈하여 외치는 샐리온의 모습을 보며 칼 레드는 검지손가락을 좌우로 까닥거렸다.

"아니, 틀렸어. 마족이 날 도와줄 리 없지 않아? 날 도와준 자는 말야… 너희들도 아주 잘 아는 이지……."

아주 재미있다는 듯 칼 레드는 갑자기 배를 잡고 크게 웃기 시작했다. 그의 모습을 보면서 사람들은 모두 오싹한 한기를 느껴야 했다. 쿡쿡거리면서 입을 가리고 웃음을 멈춘 칼 레드는 천천히 고개를 들어 올려 파란 하늘을 쳐다보았다. 구름은 흘러가지 않았다. 그리고 태양 역시 움직이지 않았다. 이 시간, 이 순간 그대로 얼음이 얼어붙듯 멈추기 시작한 것. 조금만, 이제 조금만 더 기다리면 완벽하게 시간의 모래시계를 깨부술 수 있을 것이라 생각하면서 칼 레드는 입술을 혀로 살짝 핥았다.

그는 다정한 얼굴로 밑에 있는 아영을 내려다보았다.

"이제… 조금만 기다리면 볼 수 있을 거야. 세계가 무너지는 모습을 말야……."

연인에게 속삭이듯이 그는 그렇게 말했다. 아영은 뭐라 말하려고 했지만 차마 입이 떨어지지 않았다. 고개를 젓는 그녀의 모습을 힐끔 쳐다본 현홍은 다시 나직한 목소리로 말했다.

"네 소망은 단지 세계의 파멸… 그뿐인 거냐?"

조용한 그의 질문에 칼 레드는 피식 웃더니 아래로 뛰어내렸다. 슈린은 빛의 창을 굳게 쥐면서 공격하려고 했지만 칼 레드의 등 뒤로는 수없이 많은 사람들이 잠들어 있는 민가들이 있었다. 이를 악물면서 슈린은 어쩔 수 없다는 마음에 창을 내렸다. 깜짝 놀란 것은 아영 역시 마찬가지였다. 그러나 그녀 역시 슈린과 같은 생각에 섣불리 움직이지 못했다. 정확하게 현홍의 바로 코앞에 내려선 칼 레드는 천천히 손을 뻗었다. 그러나 현홍은 미동조차 하지 않았다.

사납게 현홍의 턱을 손으로 잡아 올리면서 칼 레드는 현홍의 귓가에 중얼거렸다.

"…꽤 많은 것을 알고 있는 것 같아. 그래, 그를 찌를 때의 느낌, 아직까지 손끝에 맴돌지 않아? 응?"

천천히 현홍과 떨어지면서 칼 레드는 입가에 잔인한 미소를 피웠다.

"가장 소중한 사람을 제 손으로 죽인 「살인자」……."

결국에는 들켜 버렸다. 눈을 질끈 감은 아영은 고개를 돌렸다. 니드는 얼굴을 두 손으로 감싸면서 고개를 세차게 저었다. 겨우, 겨우 진현이 죽기 전의 그로 돌아갔는데… 저런 말을 듣고 과연 어떻게 버티란 말인가. 완전히 무방비 상태가 되어버린 슈린은 서글픈 눈으로 현홍의 등을 바라보았다. 차가운 바람이… 현홍의 곁으로 스쳐 지나갔다.

현홍은 눈을 감고 있었다. 아무런 표정도 없이… 그리고 그가 서서히 입을 열었을 때 모든 사람들은 자신의 귀를 의심했다.

"…처음부터 기억하고 있었어."

창백한 얼굴로 에이레이는 현홍을 쳐다보았다. 방금 뭐라고 했지? 처음부터… 알고 있었다고? 무슨 말이야, 대체? 그의 말에 칼 레드조차도 조금 놀란 얼굴이 되었다. 그때의 기억은 분명히 자신이 조종했기 때문에 남아 있지 않을 텐데? 어떻게… 기억하고 있다는 말이지? 미간을 살짝 찌푸린 칼 레드는 의심 섞인 목소리로 다시 되물었다.

"알고 있었다고? 자신의 손으로 그를 죽인 것을 말이냐?"

현홍이 고개를 조금 움직였다. 고개를 끄덕인 현홍은 손을 들어 올려 자신의 가슴을 짚으면서 말했다. 그런데 왜 입가에는 미소가 띠어져 있는 것일까?

"그때의 감촉, 그때의 기분… 모든 것을 다 기억해. …왜냐하면 난 그때 네 조종을 받은 것이 아니거든."

"…뭐?"

모든 것이 와르르 무너지는 기분이 들었다. 무언가가 쓰러지는 소리가 들려서 아영은 덜덜 떨면서 고개를 돌렸다. 바닥에 두 손을 짚고 쓰러진 에이레는 알 수 없는 말을 중얼거리고 있었다. 지금의 상황이 파악되지도 않는다는 사람처럼, 에오로는 헛웃음을 내뱉으면서 조용히 현홍 쪽으로 걸어갔다.

"거, 거짓말… 이지? 응? 농담, 농담이지, 현홍아?"

"……."

애타는 듯한 그의 물음에도 현홍은 대답하지 않았다. 그는 천천히 손을 들어 셔츠의 단추를 몇 개 풀었다. 잡티 하나 없이 새하얀 그의 가슴에 낙인처럼 그려져 있는 칼 레드가 새긴 저주의 문양. 힐끔 그것을 내려다본 현홍은 손으로 그 문양을 조심스럽게 쓰다듬었다. 그러자 이게 웬일인가. 가슴에 그려진 문양에서 검은 연기가 뿜어져 나오기 시작한 것이다. 칼 레드는 몇 발자국 뒤로 물러났고, 다른 사람들은 자신의 눈을 믿지 못했다. 실상 지금의 모든 것이 꿈이었으면 했지만…….

연기 속에서 정체를 알 수 없는 무언가가 꿈틀거렸다. 그것은 과연 무엇일까? 곧 이어 허공에서 길게 비명을 토하면서 꿈틀거리던 그것은 사라졌다. 그와 함께 현홍의 가슴에 새겨져 있던 문양도 처음부터 없었던 것처럼 깨끗하게 변했다. 속으로 칼 레드는 당황할 수밖에 없었다. 저 저주는 마룡족 사이에서 오랫동안 내려오던 저주. 그것을 푸는 방법은 시전자의 죽음이나 해지가 아니면 불가능했다. 그런데… 지금 무슨 일이 일어나고 있는 것인가?

다시 단추를 잠그면서 현홍은 피식, 하고 웃었다. 그의 미소에는 알 수 없는 의미가 가득했다.

"사실, 이 정도의 저주를 푸는 것은 일도 아니었어. 하지만 나 역시 기다리고 있었지."

이상하게 오싹한 한기가 온몸을 엄습했다. 있을 수 없는 일이라고… 그렇게 중얼거려 보았지만 이것은 현실이었다. 잔혹한 현실. 빛의 창을 땅에 떨어뜨려 버린 슈린은 창백한 얼굴로 현홍을 바라보았다. 천천히 현홍이 고개를 돌렸다. 그의 검은 눈동자에 이채가 떠오르는 것을 보며 키엘은 부들부들 떨면서 뒤로 물러났다. 자신이 알던 현홍이 아닌 것 같다고 생각하면서. 그러나 현홍은 진심이었다. 무엇보다… 이 순간을 기다려 왔다.

눈을 가늘게 뜬 현홍은 시선을 돌려 에이레이의 뒤에서 떨고 있는 키엘을 보았다.

움찔.

그의 시선을 본 에이레이는 헉, 하고 숨을 멈추었다. 현홍의 눈동자에 담긴 뜻을 알아차렸기 때문이다. 느릿하게 현홍은 키엘 쪽으로 걸어갔다. 아무도 그를 말리거나 하지는 못했다. 아니, 온몸이 쇠사슬에 묶인 것처럼 얼어버려서 그렇게 하지 못한 것이었다. 그것은 칼 레드조차도 마찬가지였다. 어느새 현홍은 에이레이와 키엘의 바로 앞에 서 있게 되었다.

차가운 눈으로 키엘을 내려다보면서 현홍은 에이레이에게 말했다.

"비켜……."

"혀, 현홍?"

믿을 수 없었다. 지금까지 쌓아 올린 모든 것이 무너져 버렸다. 정말로… 남은 것은 아무것도 없단 말인가? 갑자기 왜 현홍이 이런 행동을 하는지 알 수 없었지만 에이레이는 키엘을 감싸 안으면서 소리쳤다.

"무, 무슨 짓을 하려는 거야?! 너! 너 정말로 제정신이야?!"

왈칵 눈물이 흘러서 시야가 뿌옇게 흐려졌다. 현홍이 미쳐 버린 것 같았다. 칼 레드의 말을 듣고 난 후의 현홍은 자신이 알던 그 예전의 현홍이 아니었다. 아니, 그렇게 생각하고 싶었다. 그러나 머리 속에서는 계속 현홍이… 현홍이 진심이라는 목소리가 들려왔다. 차라리 미쳐 버렸다고 누군가가 말해 줬으면 했다.

"크윽!"

자신의 몸을 옭아매는 힘을 겨우 뿌리친 슈린은 바닥에 떨어져 있는 창을 들어 올리면서 현홍에게 달려갔다. 위험하다는 붉은 신호가 눈앞에 아른거렸다. 이대로 둔다면… 이대로 둔다면 현홍은 두 번 다시 돌이킬 수 없는 짓을 저질러 버릴 것 같다는 예감이 들었다. 죽지 않을 정도로만… 그렇게 생각한 슈린은 창을 들어 현홍을 향해 휘둘렀다.

쾅!

"컥!"

그러나 슈린이 가지던 마지막 희망은 사라져 버리고 말았다. 빛의 창이 길게 호선을 그리면서 날아가 버렸다. 그가 휘두른 빛의 창을 가볍게 막아낸 현홍은 슈린의 몸을 그대로 한 건물의 벽 쪽으로 내던져 버렸다.

"슈린!"

정신이 반쯤 나가 있던 에오로가 정신을 차리고 슈린이 부딪친 건물 쪽으로 달려갔다. 뛰면서도 지금이 제발 꿈이기를 바라면서. 다른 누구도 아니고… 현홍이 왜 저렇게 행동하는 걸까? 혹시 전처럼 아스타로테에게 몸을 빼앗긴 것일까? 건물의 무너진 잔재 속에 몸을 파묻고 있는 슈린은 입가에서 길게 피가 흐르고 있었다. 그러나 다행히도 큰 부상이 아니었는지 이내 몸을 일으켰다. 그는 복부를 손으로 짚으면서 소리쳤다.

"무, 무슨 짓입니까! 그만두십시오!"

그의 외침에 현홍은 고개를 돌려 그를 보면서 생긋 웃었다.

"어차피 너도 이러려고 했잖아?"

"…다, 당신 설마!"

알 수 없는 말을 주고받는 슈린과 현홍을 아영은 멍한 시선으로 쳐다보았다. 이제는, 정말로 싸우고 싶은 마음조차 사라졌다. 누가 적이고, 누가 동료인지… 모르게 되어버렸으니까. 현홍이 슈린을 공격했다. 그럼 자신은 누굴 공격해야 하는 거지? 결국 아영은 바닥에 무릎을 꿇었다. 샐리온이 화들짝 놀라서 아영의 어깨를 붙잡았다.

「아영?! 정신 차려!」

"모르겠어… 이제는 정말, 어떻게 해야 할지 모르겠어……. 난 어떻게 해야 해? 응? 어떻게 해야 해, 샐리온……?"

자신의 품에 안겨 눈물을 흘리는 아영의 어깨를 샐리온은 세게 안아주었다. 무슨 일이 이따위로 흘러가고 있단 말인가? 정말로 세계는 멸망할까? 그건 그렇고… 갑자기 얌전하게 있던 현홍은 왜 저 모양으로 행동하냔 말이다. 단순한 그에게 있어서 지금의 상황은 도저히 이해가 가지 않았다.

입가에 뒤틀린 웃음을 지은 현홍은 다시 고개를 돌려 눈앞에서 바들바들 떠는 두 사람을 내려다보았다. 그는 다시 에이레이에게 말했다.

"경고했다. 비켜……!"

에이레이는 더 이상 소리칠 기운도 없었다. 무서웠다. 살면서 이렇게 두려운 공포는 느껴보지 못했다. 눈을 질끈 감고 고개를 도리질 치는 그녀를 보며 현홍은 한숨을 내쉬었다. 어쩔 수 없다는 듯 그는 손을 뻗었다. 그 순간 에이레이의 몸은 키엘에게서 떨어져 나와 엄청난 속도로 다른 곳을 향해 튕겨져 나갔다. 니드가 외마디 비명을 내질렀다.

"에이레이!"

샐리온은 눈을 감았다. 그리고 다른 정령 왕을 부를 기력이 되지 않는 아영을 대신하여 다른 정령 왕들을 소환했다. 그의 소환에… 남은 사대정령 왕들이 모두 허공에 모습을 드러냈다. 무서운 속도로 날아가는 에이레이는 그대로 땅바닥에 떨어지기 일보 직전이었다. 그러나 다행히도 그녀가 바닥에 떨어지기 전에 바람의 정령 왕 실피드가 그녀를 허공에서 받아 들 수 있었다. 그대로 기절해 버려서 축 늘어진 에이레이를 조심스럽게 바닥에 눕힌 실피드는 천천히 주위를 살펴보았다.

마룡왕 칼 레드가 보였다. 그러나 사람들의 시선은 모두 다른 곳에 가 있었다. 그것은 바로 현홍이었다. 비록 정령계에 있었지만 다른 사대정령 왕 모두가 인간계를 주시하고 있었으니 상황 파악은 간단하게 되었다. 엘라임은 입술을 깨물면서 샐리온의 품에서 울고 있는 아영을 내려다보았다. 항상 밝던 그녀가 우는 모습을 보니 정령 왕들은 마음이 편치 않았다. 땅의 정령 왕인 노아스는 현홍을 힐끔 쳐다본 후에 무릎을 구부려 아영의 옆에 앉았다. 그는 샐리온을 보면서 작은 목소리로 말했다.

「아영님은 내가 돌볼 테니까… 너는 다른 정령 왕들과 함께 만약의 사태에 대비해.」

「만약의 사태?」

샐리온의 물음에 노아스는 고개를 끄덕였다. 정령 왕들이 모두 모인 것을 보면서도 현홍의 표정에는 변함이 없었다. 차가운 표정으로 정령 왕들을 돌아본 현홍은 다시 시선을 돌려 자신의 앞에 주저앉아 있는 키엘을 보았다. 까만색 머리카락 사이로 불쑥 튀어나와 있는 귀가 파르르 떨렸다. 황금빛의 눈동자에는 공포와 슬픔, 그리고 믿을 수 없다는 감정들이 뒤섞여 있었다.

…이것이 내가 바라던 일.

결코 뒤엎을 수 없는 결정. 한숨을 내쉰 현홍은 눈을 감았다. 이제 와서 후회할 마음 따위는 이미 남아 있지 않다. 그는 눈을 뜨고 자신의 흰 손을 바라보았다. 희고 깨끗한 손. 그러나 이제 이 손은……. 현홍은 손을 뻗었다, 키엘에게로. 시간을 정지시킨 것은 칼 레드임이 분명하다. 하지만… 이것을 기다린 것은 자신. 자신이 원하는 결과를 얻기 위해서이다.

도저히 힘이 들어가지 않는 니드는 벽을 손으로 짚으면서 가까스로 일어날 수 있었다. 현홍이 키엘에게 손을 뻗는 것을 보며 니드는 소리쳤다.

"왜! 현홍아, 대체 왜?!"

눈물을 흘리면서 외치는 그의 비명에 현홍은 질끈 눈을 감았다. 이를 악물고 눈을 뜬 현홍이 미소를 지으면서 키엘에게 말했다.

"그동안 즐거웠다."

커다란 황금빛 눈동자에 자신의 얼굴이 비쳤다. 아아, 그래… 나는 지금 저런 얼굴을 하고 있구나. 그래, 저렇게… 울 것 같은 얼굴을. 키엘은 현홍의 얼굴을 보면서 입을 꾹 다물었다. 그리고 큰 눈을 깜박이

더니 빙긋 웃었다. 그 미소는 대체 어떠한 의미였을까.

"안 돼—! 그만둬!"

허공을 울리는 긴 비명 소리, 혼란스러움. 귀를 자극하는 찢어지는 소리에 현홍은 살며시 눈을 감았다. 손끝에 느껴지는 뜨거움. 얼굴에 묻어나는 핏방울들.

데구르르.

몸에서 떨어져 나간 키엘의 머리는 기괴한 무늬를 그리면서 바닥을 굴러갔다. 사대정령 왕의 얼굴에 믿을 수 없다는 감정이 피어 올랐다. 대로의 포석을 따라 번지는 핏물들. 중심을 잃어버린 몸뚱어리는 그대로 바닥에 널브러졌다. 새빨간 피에 젖어버린 손을 내려다보며 현홍은 멍한 눈으로 중얼거렸다.

"이제는… 정말로 돌이킬 수 없어."

고양이처럼 자신의 뺨에 부비적거리던 작은 묘족 꼬마는 이제 더 이상 아무 곳에도 존재하지 않았다. 바람이 불어와 피에 젖은 그의 셔츠 자락을 흔들었다.

하하, 하고 웃은 에오로는 두 팔을 축 늘어뜨리고 무릎을 꿇었다. 어느새 회색의 포석을 굴러와 자신의 앞에 멈추는 키엘의 머리를… 에오로는 빛이 사라진 두 눈으로 볼 수밖에 없었다. 머리가 어지러웠다.

포석의 틈새로 흘러가는 키엘의 피를 보면서 에오로는 머리가 어지러워 견딜 수 없었다. 이를 악문 슈린은 부상에도 아랑곳하지 않고 멀리 떨어져 있던 빛의 창을 자신에게로 불러들였다. 어떻게… 어떻게 저렇게! 분노에 의해서 슈린의 몸 주변으로 소용돌이치던 빛의 힘은 더욱더 강대한 힘을 발휘하면서 들끓었다. 니드는 손톱이 손바닥을 파고들어 피가 나는 것도 개의치 않았다.

"키엘! 키엘—! 아아악!"

아무것도 할 수 없는 무능력자! 니드는 자신에게 분노했다. 그리고 머리카락을 쥐어뜯으면서 이마를 땅에 박았다. 건물에 기대어서 있던 칼 레드는 마른침을 삼켰다. 어떻게 된 일이란 말인가? 이건 예상하지 못한 일이었다. 이를 빠득 하고 간 칼 레드는 조심스럽게 공간의 문을 열고 그 안에 몸을 숨겼다. 어느새 싸움은… 칼 레드와의 싸움이 아닌 다른 쪽으로 진행되는 중이었다. 그것도 절대로 싸울 수 없는 존재와의 싸움으로 말이다.

"…놀라운 일이로군."

그들의 모습을 지켜보던 자의 입에서 나온 말이었다. 곱게 한지가 붙어 있는 부채를 펼쳐 그는 입을 가리며 미간을 찌푸렸다. 높다란 건물의 꼭대기에 서서 그는 새하얀 공단에 붉은 매화가 자수되어져 있는 옷을 입고 있었다. 까만 머리카락이 바람에 흩날렸다. 주월은… 진현의 영혼에 대해 조사를 하던 중에 많은 것을 알게 되었다. 『잃어버린 세계』와 이곳을 구하는 방법을, 시간을 다시 정상적으로 되돌릴 수 있는 방법을 말이다.

씁쓸한 얼굴로 주월은 자신의 친구를 보았다. 벌레 하나 제대로 죽이지 못했던 그 유약하고 착하던 현홍이 맞는 것인지 의심이 갈 정도였다. 하지만 그가 어떤 것을 위해서 움직이는지 잘 알고 있기 때문에 차마 말리지 못했다. 과연 이 일의 결말은 어떻게 날 것인가? 그는 그렇게 생각하곤 쓴 미소를 지으면서 고개를 돌렸다. 자신의 뒤에 서 있는 인물을 향해서 주월은 무거운 어조로 말했다.

"말리지 싶지 않아?"

무뚝뚝한 얼굴, 하지만 그의 표정에는 짙은 어둠이 드리워져 있었다. 정말로… 지금 당장이라도 뛰어 내려가 현홍을 붙잡아 말렸으면 했다. 그러나 이것은 어쩔 수 없는 일. 쿡, 하고 작게 웃은 그는 손을 들어 이마를 짚었다. 검은색의 스탠드 칼라 옷, 그리고 한 손에 들고 있는 검. 허무하게 웃고 있는 우혁을 보면서 주월은 묵묵하게 고개를 저었다. 일주일 전 홀연히 모습을 감추었던 우혁은 지금 모습을 드러낼 수 없는 자신의 신세를 한탄할 수밖에 없었다.

"바보 같아……."

"응?"

"…자기가 바라는 결과라고 해도 그 누구보다 아파할 것은 자신이면서… 그런데도 저 사람은 지금 자신이 가장 아파할 짓을 하고 있는 거야! 대체, 대체 무엇 때문에……!"

손으로 얼굴을 덮으면서 우혁은 슬픈 감정이 가득 담겨진 목소리로 그렇게 외쳤다. 대체 무엇 때문에 저런 일을 하는 것일까. 자신의 선택이라고 하지만 그것은 그 누구보다 슬픈 결과로 몰고 갈 수도 있다는 것을 그는 알고 있을까? 응? 알고 있을까… 현홍이 형…….

주월은 부채를 접어서 자신의 어깨를 두드리면서 한숨을 푹 내쉬었다.

"시간이 멈춘다면 신도 손을 쓸 수가 없어. 마신은 물론이고 말야. 그들은 이 세계에 모습을 드러내지 않는다는 것으로 계약을 맺었거든."

화가 난 마음을 진정시키면서 우혁은 음울한 얼굴로 물었다.

"…천사들과 악마들을 보내면 되잖아."

"쯧쯧, 하나만 알고 둘은 모르시는군. 시간이 멈추기 전이라면 상관

없겠지만… 시간이 멈춘 다음 이곳에는 그 누구도 출입하지 못해."

"뭐?"

주월은 하늘에 들러붙은 듯이 움직이지 않은 흰 구름 조각을 올려다보면서 대답했다.

"당연한 거잖아. 시간이 정지된 공간에 들어오면 그 존재 또한 시간이 정지되는데! 누가 들어오겠어."

그래, 당연하다. 그렇기 때문에 시간이 완전히 고정되어 멈춰 버리는 일은 없어야 한다. 이 세계의 시간이 멈추면… 미래가 없는 현재는 없기 때문에 『잃어버린 세계』의 시간도 천천히 멈춰져 버릴 것이다. 그렇게… 시간의 정지는 세계를 좀먹어 들어갈 것이고, 우주에 퍼져서 결국에는 우주 전체를 멈추게 만들 게 분명한 사실이다. 파괴되거나 고통이 있거나 사람들이 죽어 나가는 것은 아니다. 보통 사람들의 종말은 그렇겠지만 진정한 종말이라는 것은… 「시간」이 없어져 버리는 것이다.

일반 사람들이 생각하는 종말 역시 어떤 의미에서는 시간 파괴나 마찬가지다. 그동안 쌓아놓은 과거를 부수는 일이니까. 그러한 파괴는 언젠가는 복구가 되고 새로운 생명이 태어날 수 있다. 그러나 시간이 멈춘다면… 사람들은 영원한 잠에 빠져서 다시는 깨어날 수 없다. 잠이 든 그들에게는 상관이 없을까? 고통도, 무엇도 없으니.

작게 한숨을 쉰 주월은 부채를 펴서 부치면서 우혁에게 말했다.

"돌아가자, 너는 아직 모습을 드러내서는 안 돼. 언젠가 때가 되면 그때 네 힘을 쓸 수 있을 거다. 우리가 그때까지 바래야 하는 것은 우리가 계획한 일들이 그 순간까지 착착 진행이 되어가는 것뿐이야."

"…그렇게 될 겁니다."

바람은 멈추지 않았는데 구름은 멈추어져 버렸다라……. 우혁은 쓰게 웃으며 멀리 보이는 현홍의 모습을 바라보았다. 피에 젖은 그의 모습이 너무나도 안쓰럽고… 너무나도 서글퍼 보였다. 그 까맣고 커다란 눈에서는 당장이라도 눈물이 흐를 것 같은데. 소중한 사람을 자신의 손으로 죽이면서까지 정말로 현홍이 형이 바라는 것은 무엇일까. 자신이 아는 것은 단 한 가지뿐이다. 그 「소망」을 위해서 지금 저 사람은 자신의 의지를 관철시키고 있는 것이라는 것.

허공에 차원의 문을 연 주월과 우혁은 마지막까지 그 모습을 한 번씩 더 지켜보면서 그 자리를 떠났다.

현홍은 자신의 발치에 쓰러져 있는 키엘의 몸을 보았다. 목이 사라졌지만 신경은 아직 남아 있는지 조금 꿈틀거리던 그것은 곧 잠잠해졌다.

자신의 눈으로 본 것은 믿고 싶지 않다는 표정으로 아영은 노아스의 옷자락을 붙잡았다. 반정령화가 아닌 완벽하게 실체를 구현해 있는 그는 아영의 새파란 입술을 볼 수가 있었다. 얼마나 고통스러울까. 측은한 마음에 노아스는 아영의 어깨를 감싸 안았다. 눈에서 하염없이 눈물방울이 떨어져 내리는 모습은 정말로 바라볼 수가 없을 정도였다.

흐읍, 하고 숨을 들이마신 에오로는 고개를 세차게 저었다. 정신을 잃어버릴 것 같았다. 그 정도로…지금의 상황은 도저히 믿기가 힘들었다. 현홍이… 키엘을 자기 손으로 죽이다니. 거기다가 진현을 죽인 것이… 자기 자신의 의지였다니. 피가 나올 정도로 세게 입술을 깨문 에오로는 자신의 검을 땅에 꽂고 그것을 축대 삼아 천천히 자리에서 일어났다. 이유가 뭐지? 왜 그래야만 하는데?

키엘을 죽인 현홍을 증오해야 하는가? 아니면 그가 왜 그랬는지 이유를 알고 이해해야 하는 것인가? 둘 중 어느 하나도 쉽게 결론을 내릴 수 없었다. 죄도 없는 키엘을, 키엘을……! 생각하면 생각할수록 현홍이 미워지고 증오스러워지는 자신의 마음을 에오로는 가까스로 진정시키며 겨우 말할 수 있었다.

"왜, 왜 그래야 하는데? 키엘을… 왜 죄도 없는 키엘을 죽였는데?! 진현은 또 왜!"

자신의 입으로 가장 소중한 사람이라고 말한 그를 현홍은 왜 죽여야 했나. 분노와 슬픔에 의해 온몸이 부들부들 떨려왔다. 현홍은 에오로에게 시선을 돌리지도 않았다. 바닥에 있는 키엘의 시체만을 내려다보면서 그는 나직하게 말했다.

"내가 바라는 단 한 가지의 소망을 위해서."

"뭐라고?"

"…세계가 온통 해골산이 되어도, 내 손이 수많은 사람들의 피로 물들어도, 그래도… 바라는 단 한 가지의 소망을 위해서……."

그건 칼 레드가 하는 짓과 다를 바가 없잖아! 바로 현홍 자신이 그의 행동을 꾸짖었으면서 자신은 왜… 왜?!

그때 그의 옆에 서 있던 슈린이 한 발자국 앞으로 걸어나왔다. 어느 때보다 더 아름답게 빛나는 광휘를 내뿜는 빛의 창을 두 손으로 거머쥐면서 슈린은 사납게 외쳤다.

"아무리! 아무리 이유가 있어도 절대로 용서 못할 일이 있습니다! 당신이, 당신이 어떻게 키엘을 죽일 수가 있습니까! 어떻게!"

얼굴이 하얗게 질릴 정도로 화가 난 슈린의 몸에서 빛의 기운이 뿜어져 나오자 사대정령 왕은 전투가 일어날 것을 대비해야 했다. 물론 상대가… 아주 껄끄러웠지만. 아영은 싸울 의지가 있는가? 우선은 아영에게 소속되어진 정령 왕들은 아영이 싸우지 말라고 명령을 한다면 어쩔 수 없이 못 싸우는 신세가 된다. 하긴, 지금 아영의 상태를 보면 명령을 내릴 수 있을지도 의문이었지만. 엘라임은 안타까운 눈으로 다른 정령 왕들을 바라보았지만, 하나같이 돌아오는 반응은 약하게 고개를 저어 보이는 것이었다. 결국 사대정령 왕은 방관자가 되어 우선은 지켜보기로 했다.

그런데 키엘의 몸에서 작은 빛이 퍼졌다. 모든 이들이 어리둥절한 표정을 짓고 있을 때 슈린은 창백하게 얼굴색이 바뀌면서 뒤로 한 걸음 물러섰다. 현홍은 빙긋이 미소를 지으면서 중얼거렸다.

"역시 굉장히 아름답네……."

목이 없는 키엘의 시신에서 퍼진 빛은 점점 하나로 뭉쳐졌다. 빛의 구슬, 그것처럼… 연한 푸른빛을 띤 아주 아름다운 그것을 보면서 현홍은 조용히 고개를 돌렸다. 이를 악물고 있는 슈린을 보면서 현홍은 쓸쓸한 미소를 지었다.

"어차피… 네가 할 일을 내가 대신해 준 거야."

"그, 키… 키엘도?"

슈린의 물음에 현홍은 고개를 끄덕였다. 허공에 잠시 동안 머무르던 그것은 어딘가를 향해 빠르게 날아가 버렸다. 진공청소기에 빨려드는 것처럼 말이다. 움찔한 슈린이 움직이기 전에 현홍의 목소리가 먼저였다.

"걱정 마. 네가 걱정하지 않아도 잘 찾아갈 거야. 신족이 그렇게 만들어놨을 테니까. 안 그래?"

대체 무슨 말을 주고받는 것인지 다른 이들은 알 수 없었다. 다만 아영만이 그 소리를 알아듣고 더욱 몸을 떨어야 했다. 현홍은 처연한 얼굴로 하늘을 바라보았다. 그의 눈동자는 다른 사람들은 이해하지 못할 그런 감정들이 뒤섞여 크게 흔들렸다. 피에 젖은 손을 들어 올려 손바닥으로 하늘을 가리면서 현홍이 중얼거렸다.

"열 개의 구슬이 모여 하나의 나무가 되어야 한다는 구절, 생각나?"

그의 질문에 슈린은 얼떨결에 고개를 끄덕였다. 그렇기 때문에 자신이 그런 일을 한 것이 아닌가. 두 명의 '구슬'을 뜻하는 영혼을 거두어들인 일을.

"구슬은… 세피로트의 나무를 이루는 열 개의 구, 세피라를 말하는 것이지. 그 정도쯤은 이미 예전에 알고 있었어. 그리고… 이 세계의 종말을 구하기 위해서는 새로운 나무를 만들어야 한다는 것도 말야. 즉, 열 개의 구를 뜻하는 상징어와 연결된 인간들의 영혼을… 모으는 일. 지금 현재, 세계를 지탱하는 세피로트의 나무는 죽어가고 있거든."

「마, 말도 안 돼!」

샐리온은 자신도 모르게 외치고 말았다. 언제나 차갑고 무표정하던 실피드의 표정마저 그다지 좋지 않았다. 두 손으로 입을 가린 엘라임은 방금 전 자신의 귀에 들린 말이 맞는 말인지 의심해야 했다. 영혼을 모으는 일은 알고 있었지만… 세피로트의 나무가 죽어간다고? 그런 말도 안 되는 일이. 그러나 현홍은 피가 묻지 않은 손으로 자신의 검은 머리카락을 부드럽게 쓸어 넘기면서 정령 왕들을 바라보았다.

"후훗, 영원불멸할 줄 알았던 세피로트의 나무마저도 자신이 만든 시간의 앞에서는 무력할 뿐이야. 어서 열 개의 영혼을 모아 새로운 나무를 만들지 않으면 세피로트의 나무는 그 힘을 소진하고 소거되어 버릴 거야. 그녀가 그렇게 변한 것도 다 이유는 있어. 물론… 아직까지 그건 비밀이지만."

입술 앞에 검지손가락을 세워 보인 현홍은 수줍게 웃었다. 그러나 아무리 그래도 키엘을 죽일 이유가 된단 말인가? 그의 말을 끝까지 들은 니드가 외쳤다.

"그래서! 키엘을 죽인 거야?! 그 아이가 그 열 개의 영혼들 중에 하나라서?"

"…맞아. 그래서야."

"왜?! 넌 마지막의 마지막까지 싸운다고 했잖아! 절대로 그들을 희생시킬 수 없다고 한 것은 너잖아! 그런데 왜……."

"……."

간절히 대답을 바랬지만 현홍은 대답해 주지 않았다. 그는 묵묵히 니드를 보면서 씁쓸하게 웃을 따름이었다. 천천히 걸음을 옮긴 현홍은 에오로의 앞까지 걸어갔다. 흠칫, 하고 놀란 에오로는 황급하게 뒤로 물러났다. 그러나 그의 걱정과는 달리 현홍의 목적은 에오로의 앞에 있는 키엘의 머리였다. 살며시 허리를 숙여 그것을 집어 든 현홍은 말없이 키엘의 머리를 가슴에 안았다. 더 이상은 아름다운 황금색 눈동자로 자신을 봐주지 않을 아이를, 더 이상은 남몰래 자신을 위로해 주던 작은 목소리로 말하지 않을 아이를.

그리고 천천히 그의 몸은 옅어지기 시작했다. 아차 하는 순간에 현홍은 자신이 잘라 버린 키엘의 머리와 함께 그곳에서 사라져 버렸다. 정령 왕들은 어리둥절한 표정으로 사방을 둘러보았다. 니드는 바닥에 주지앉았다. 지금 이 순간, 그는 둘을 잃었다. 소중했던 친구… 마음을 열었던 몇 안 되는 존재 둘을 동시에 잃었다. 그것은 슈린도, 에오로도, 아영도, 에이레이도 마찬가지였다. 허무하게 불어오는 바람 사이로 짙은 피 냄새만이 역겹게 퍼질 뿐이었다.

짙은 안개에 감싸여서 한 치 앞도 볼 수 없는 것과 같이 미래는 알수 없는 방향으로 흘러갔다. 슬프도록 서글픈 운명의 종점을 향해서말이다.

외전外傳

파랑새를 찾아서

파랑새를 찾아서

"음, 이것 봐."

소파에 드러누워 어떤 알 수 없는 책을 얼굴에 덮고 있는 에오로의 목소리가 들렸다. 그의 옆에서 오이를 얇게 썰어 얼굴에 붙이고 있는 아영이 고개를 갸웃거렸다. 다리를 잠시 허공에서 버둥거린 에오로가 얼굴 위에 올려두었던 책을 손으로 치우면서 상체를 일으켰다. 머리를 틀어 올려서 핀으로 꽂고 오이 팩을 하는 아영의 얼굴을 쳐다보면서 에오로가 말했다.

"파랑새가 뭘까?"

난데없는 그의 물음에 아영은 접시에 담긴 오이 하나를 집어 먹으면서 대답했다. 물론 얼굴에 붙이고 있는 오이 조각들이 떨어지지 않도록 주의하면서 말했기 때문에 발음은 그리 좋지 않았다.

"음음… 파란색 깃털을 가진 새겠지. 갑자기 그건 왜 물어?"

식상한 대답을 하는 아영을 흘깃 노려봐 준 에오로가 자신이 보고 있던 책을 펼쳐서 한 부분을 읽어 내려갔다.

"신비한 푸른색 깃털을 가진 새, 파랑새는 신계의 한구석에 살아가는 새이다. 예로부터 행복을 가져다 주는 새라고 해서 그 새를 찾으려고 하는 움직임은 활발하게 일어났다. 그러나 어떤 이유에선지 그들은 멸종의 길을 걸어야만 했다……. 파랑새 말야, 찾으면 정말로 행복이 찾아올까?"

진지한 얼굴로 글을 읽는 에오로를 아영은 가만히 쳐다보았다. 입술을 꿈틀거리면서 고개를 돌린 아영은 결과 무릎을 꽉꽉, 때리면서 큰 소리로 웃었다.

"푸하하하핫! 이제 보니 에오로 너 순전히 애구나! 깔깔, 그런 게 어딨어? 푸른색 깃털을 가진 새는 많고 많아! 그중에서 파랑새라고 불리는 게 어디 있겠냐?! 거기다가… 행복을 가져다 주는 대단한 새라면서 왜 멸종을 하는데? 쿡쿡, 그거 다 사람들 속이려고 그냥 하는 말일걸? 아이고, 에오로 너 엄청 순진하구나."

얼굴까지 붉혀가면서 웃고 있는 아영을 보며 에오로는 잔뜩 화가 난 표정으로 입을 다물었다. 그는 자리에서 벌떡 일어서서 책을 덮고 그것을 옆구리에 끼었다. 한번 아영을 노려봐 준 다음 에오로는 응접실을 나섰다. 씩씩거리면서 사라지는 에오로를 보고 아영은 '내가 너무 심했나' 하고 중얼거리면서 머쓱한 표정으로 지었다. 이미 많은 수의 오이들이 바닥에 떨어졌기 때문에 오이 팩도 이쯤 해야겠다고 생각하며 그녀는 얼굴에 붙은 오이를 하나씩 떼어냈다.

파랑새라… 그러고 보니 자신이 있던 세계의 동화에도 그런 것이 있었지. 하지만 그 동화에도 알려주듯이 많은 고생을 해가며 파랑새를 찾지만 결국에는 찾지 못한다는 결론이 나온다. 왜냐하면… 처음부터 치르치르와 미치르가 기르던 비둘기가 파란색을 가지고 있는 새였던 것이다. 행복이란 먼 곳에 있는 것이 아니다라는 결론을 가진… 단순한 동화극에 지나지 않을 텐데. 팔베개를 하고 소파에 벌렁 드러누운 아영은 천장을 올려다보면서 중얼거렸다.

"정말로 있을까? …파랑새."

"응, 있어."

"…음, 있구나."

옆에서 들려온 목소리에 씨익 웃으면서 고개를 끄덕인 아영은 눈을 감고 누웠다. 그러다가 잠시 후 상체를 벌떡 일으키면서 재빨리 자신에게 말을 건 사람을 돌아보았다. 어느새 다가온 것인지 현홍이 배시시 웃으면서 자신의 옆에 있었다. 사람 간 떨어지게 만들려고 작정을 했나. 길게 한숨을 내쉬면서 아영은 손사레를 쳤다.

"말도 안 되는 소리 하지 마. 파랑새가 어디 있냐? 요즘 세상에……."

언제나처럼 까만 눈동자를 깜빡이면서 고개를 갸웃거린 현홍은 검지손가락을 얼굴 옆에 가져가면서 생긋 웃었다.

"하지만 요즘 세상엔……."

아영은 침을 꿀꺽 삼키면서 현홍의 뒷말을 기다렸다. 부드럽게 미소 지으면서 현홍은 조용히 말했다.

"…지금 네가 있는 요즘 세상엔 드래곤도 있고 정령도 있잖아?"

"……."

그러니까 파랑새도 있다는 말? 으으, 하고 신음 소리를 내뱉으면서 아영은 거칠게 머리를 긁적였다. 자리에서 일어난 아영은 바지 주머니에 손을 꽂으면서 어깨를 으쓱거렸다.

"하지만 푸른 깃털을 가진 새는 많고 많아. 더욱이 진짜 행복을 주는지, 그렇지 않은지 어떻게 판단해? 하암, 난 내 방에 가서 낮잠이나 잘래."

손을 흔들면서 사라지는 아영을 보면서 현홍은 나직하게 중얼거렸다.

"…행복은 멀리 있지 않아, 아영아."

알 수 없는 말을 중얼거리면서 현홍은 고개를 돌려 시리도록 푸른 하늘을 바라보았다. 한창 여름이 깊어가는 것을 증명해 주듯이 저택의 정원에서는 수없이 많은 매미들이 길게 울기 시작했다. 역시 여름에는 매미 소리를 들어야 제 맛이라고 중얼거리면서 현홍은 총총히 그 방을 벗어났다. 그래서 현홍은 테이블 위에 올려두었던 찻잔이 저절로 움직이는 것을 보지 못했다.

에오로가 방 안으로 들어가 문을 잠궈 버린 것을 알게 된 아영은 이 일을 어쩌나 하고 생각했다. 평상시에는 끄덕도 안 하면서 이런 작은 면에 삐치다니… 사과를 해야 하나? 하지만 생각해 보니 자신이 뭘 잘못했나 하고 생각도 들었다. 사실을 말해 준 것뿐이다. 파랑새가 있다고? 아니, 있다가 멸종당했다고? 사람들에게 행복을 줄 수 있는 파랑새가 왜 멸종을 당하는데? 바보 같지 않은가. 다른 이들에게는 행복을 나눠줄 수 있는 새가 자신은 정작 멸종당했다는 것이 말이다. 그런 힘을 가지고 있다면 자신부터 행복해지고 봐야 할 텐데…….

문 앞에서 계속 서 있기도 뭐해서 아영은 한숨을 푹 내쉬면서 자신의 방으로 돌아가려 했다. 그런데 방금 전까지 있었던 응접실에 읽다 남은 잡지를 두고 왔다는 것을 안 아영은 아, 하고 탄성을 지르면서 후닥닥 응접실로 돌아갔다. 빨리 읽고 이벤트에 응모를 해야 사은품을 받을 수 있는 잡지였다. 문을 벌컥 열고 안으로 들어간 아영은 순간적으로 몸이 덜컹 하고 정지하는 기분을 느꼈다. 방의 천장이… 천장이 없어진 것이었다!

아니, 지붕이 날아가 버린 것이 아니라 그러니까… 어딘가로 통하는 통로처럼 하얗고 길게 끝도 보이지 않을 높이로 뚫려 있었던 것이다. 멍청하게 그것을 올려다보면서 아영은 눈을 비볐다. 아무래도 요즘 피곤하게 지내서 환각을 보는 것 같다고 생각한 아영은 자신에게 비웃음을 보내주면서 속으로 숫자를 세었다. 하나, 둘, 셋 하고 눈을 뜨면 원래대로 돌아가 있을 것이다. 신경 쇠약 증세임이 분명해, 하고 자조 섞인 말을 내뱉은 아영은 심호흡을 했다.

"하나, 둘, 셋!"

그 말과 동시에 눈을 번쩍 뜬 아영은 몇 번을 그렇게 반복한 후에야 자신의 시력과 정신에는 아무런 장애가 없다는 것을 발견했다. 이게 대체 웬 변고인가? 천장은 어디로 간 것이고… 더욱이 있어야 할 가구들은 왜 다 안 보이는데? 말 그대로 새하얀 공간만 있었다. 위로는 끝없이 이어진 올려다봐야 할 공간이 있을 뿐. 결국에는 벽을 짚고 바닥에 주저앉기 일보 직전에 그녀의 옆으로 누군가가 불쑥 나타났다.

"흐음, 이건 또 뭐야?"

화들짝. 아영은 정말로 놀라서 벽에 찰싹 달라붙었다. 그녀의 옆으로 나타난 것은 서재에 다녀오는 것인지 책을 하나 옆에 끼고 있는 진현이었다. 무심한 눈으로 천장을 올려다보던 진현은 콧등에 걸린 안경의 위치를 바로잡으면서 아영 쪽으로 고개를 돌렸다.

"요즘에는 이런 마법도 할 수 있는 거야?"

"내가 한 게 아니라고!"

엉뚱한 오해를 받게 된 아영은 소리를 빽하니 질렀다. 숨을 몰아쉬는 아영을 보면서 진현은 고개를 약간 틀어 옆을 보면서 피식 웃었다.

"그냥 해본 말인데 반응이 이런 걸 보면 뭔가 하기는 했나 보구나."

"김진현!"

참을 인을 서른 번쯤 속으로 중얼거린 후에서야 간신히 진정한 아영이 새하얀 공간을 가리키면서 외쳤다.

"대체 이게 뭐야?! 방금 전까지만 해도 이렇지 않았어!"

셔츠의 옷깃을 바로잡은 진현은 자신의 새까만 머리카락을 조심스럽게 쓸어 넘겼다. 생각을 정리한 진현은 허공에서 손가락을 퉁겼다. 그러자 그의 앞으로 작은 불꽃이 생겨났다. 정확히 말하자면 불꽃에 감싸인 불의 속성을 가진 페어리지만. 다카 다이너스티의 성에서 데리고 온 마법서에 봉인되어져 있던 페어리였다. 루비라는 이름을 가진 그녀는 팔을 쭉 하니 펴면서 기지개를 켠 후에 진현의 어깨에 앉으면서 말했다.

「음, 무슨 일이야? 오랜만에 날 부르네.」

"오랜만에 뵙습니다, 루비. 이 공간을 스캔해 주실 수 있습니까? 공간에 제한을 받지 않는 페어리인 당신이라면 가능할 것 같아서 여쭙는 겁니다."

정중한 그의 물음에 새하얗고 허공만이 끝없이 펼쳐진 그곳을 올려다보며 루비가 활짝 웃으면서 손을 저었다.

「어머나, 오랜만에 보네. 차원의 뒤틀림으로 인한 무한 증대라고 해야 하나?」

진현의 옆에 서 있던 아영이 울상이 된 얼굴로 물었다.

"쉽게 설명해 줘! 그리고 이건 원래대로 안 되는 거야?"

「아니, 그렇지는 않아. 이건 말야, '누군가'에 의해 일시적으로 일어나는 현상이니까. 3일 뒤면 정상으로 돌아올 거야.」

그녀의 설명에 진현은 자신의 턱을 매만지면서 고개를 끄덕였다. 3일만 이 응접실을 사용하지 않으면 되는 것이니까 그다지 불편할 것은 없다. 이곳 말고도 손님 접대용의 응접실은 많고 많으니까 말이다. 그건 그렇고 구경거리이니까 다른 사람들을 불러와야겠다고 생각한 진현은 발걸음을 돌리다가 아영의 표정을 볼 수가 있었다. 울상이 된 그녀는 바닥에 주저앉으면서 소리쳤다.

"우왕, 저기에 잡지 놓고 왔단 말야! 그거 내일까지 응모해야 사은품 받을 수 있다고!"

돈도 남아돌면서 그런 것에 집착하다니. 기본적으로는 그녀의 성격은 짠순이가 아닐까 생각하면서 진현은 고개를 저었다.

"포기해. 3일만 기다리라고. 그리고 사은품 정도는 돈으로 사면 되잖아."

"안 된단 말야! 그건 그 잡지를 사는 사람들에게 주는 특별한 프리미엄이 붙는 것! 거기다가 1년 무료 정기 구독권도 준다고 했는데."

네가 1년 동안 이곳에서 그 잡지 볼 거냐, 라고 진현이 옆에서 말하는 동안에도 아영은 시무룩한 표정으로 고개를 숙이고 있었다. 그런데 그때 진현과 아영의 귓가에 작은 날갯짓 소리가 들렸다. 이런 공간에서 무슨 날갯짓 소리가? 진현은 미간을 찌푸리면서 허공을 올려다보았다. 끝없이 펼쳐진 흰 공간에서 무언가 알 수 없는 것이 자신들에게로 다가오고 있었다. 어리둥절한 표정의 아영과는 달리 진현은 눈을 크게 뜨면서 자신의 눈에 비치는 것을 보고 믿을 수 없다는 표정을 지었다.

허공에서 하나둘씩 떨어지는 것은 과연 무엇일까? 그것은 분명 푸른색의 깃털이었다. 윤기가 흐르면서 반짝이는 푸른색의 깃털들이 허공에서 날아들었다. 안경을 벗은 진현은 놀란 목소리로 중얼거렸다.

　"「파랑새」……?"

　아영은 진현을 한번 쳐다보았다가 허공에서 자신들 쪽으로 날아 내려오는 그것을 보았다. 커다랗고 긴 날개와 공작처럼 긴 꼬리 깃털을 휘날리면서 날아든 그것은, 분명히 온통 푸른색의 깃털로 뒤덮여 있었다. 어색한 웃음을 흘리면서 아영은 자리에서 벌떡 일어섰다. 에오로에게 알리면 화를 풀 거야, 하는 생각에. 그러나 진현과 아영은 자신들의 앞에 내려선 파랑새를 보면서 멍청한 표정을 지었다. 힐끔 진현을 쳐다보면서 아영이 무뚝뚝하게 입을 열었다.

　"저기 말야……."

　"…응?"

　"원래 파랑새가……."

　미세하게 떨리면서 들어 올려진 아영의 손가락은 자신들의 앞에 있는 파랑새를 가리켰다. 그리고 그녀는 벽에 찰싹 달라붙으면서 비명 같은 외침을 내뱉었다.

　"원래 파랑새가 이렇게 커?! 잡아먹히겠어, 괴수야! 괴수!"

　"…음, 새니까 괴조라고 하는 게 옳겠지."

　진현의 농담에도 새파랗게 질린 아영의 얼굴은 펴질 줄 몰랐다. 그렇다, 그들의 앞에 날개를 곱게 접고 앉아 있는 그 새는 널따란 응접실을 가득 메울 정도로 커다란 새였던 것이다. 만약 위쪽의 공간이 무한대의 공간이 아니었다면 날개를 펴기도 힘들 정도로. 짙은 암청색의 눈알을 굴리면서 구르륵, 하고 작게 운 그 새는 조용히 자신의 커다란 부리를 아영에게 가져갔다. 설마 날 잡아먹으려는 것은 아니겠지, 등의 말을 외치면서 진현의 팔에 매달리는 아영이었다.

자신의 몸집보다 크고 딱딱해 보이는 부리를 들이대는데 놀라지 않을 인물은 거의 없을 것이다. 아, 아영의 옆에 서서 멀뚱거리면서 파랑새를 올려다보는 인물만은 제외하도록 하자.

다행히도 아영을 잡아먹을 생각은 없었는지 파랑새는 아영의 바로 앞에서 부리를 멈추었다. 갑자기 왜 이러냐고 소리치는 아영을 대신해, 진현은 조용히 파랑새를 살펴보았다.

"아……."

그리고 파랑새가 아영에게 부리를 가져간 이유를 알 것 같아서 실소를 내뱉었다. 조용히 손을 뻗어, 파랑새가 입에 문 것을 자신의 팔에 매달린 아영의 눈앞에 가져가 주었다. 흠칫하여 눈을 뜬 아영은 멀뚱히 자신의 앞에 있는 그것을 보았다. 그건 자신이 보다 만 잡지였다. 진현에게서 잡지를 받아 든 아영은 입술을 샐쭉거리면서 파랑새 쪽으로 고개를 돌렸다. 커다랗고 순해 보이는 구슬 같은 눈동자가 자신을 가만히 응시했다. 머뭇거리면서 아영이 말했다.

"이, 이걸 가져다 준 거니?"

그녀의 말을 알아듣기라도 하듯이 파랑새는 목을 울리면서 구르륵, 하고 웃었다. 살짝 아영의 머리를 쓰다듬어 준 진현이 낮은 목소리로 그녀에게 말했다.

"네가 마음에 든 모양이야."

얼굴을 살짝 붉힌 아영은 잡지를 가슴에 안으면서 파랑새를 향해 고개를 꾸벅 숙였다.

"고마워!"

졸지에 늘 쓰던 응접실에 갈 수 없게 된 진현은 다른 응접실에서 언제나 그랬듯이 차를 마시면서 책을 읽고 있었다. 그 응접실이 폐쇄 아닌 폐쇄가 된 이후로 다른 사람들 얼굴 보기가 힘들어졌다. 항상 그 방에서 파랑새를 본다고 난리였으니까. 하지만 분명히 파랑새는……. 그가 그렇게 생각하면서 보고 있던 책을 덮어 테이블 위에 올려놓을 때 응접실의 문이 열리면서 현홍이 들어왔다. 진현은 부드럽게 웃으면서 현홍에게 손을 내밀었다.

총총히 진현 곁으로 걸어온 현홍은 진현의 손을 꼭 붙잡고 그의 옆에 앉았다. 누가 본다면 연인보다 더 다정하게 보인다고 말할 것처럼 두 사람은 한동안 말없이 서로에게 기대어앉아 있었다. 현홍은 진현의 어깨에 머리를 기대며 작은 목소리로 말했다.

"파랑새… 정말로 있었네."

그의 말에 진현은 피식 웃었다. 손가락으로 현홍의 와인 빛 머리카락을 쓸어 내리면서 진현은 고개를 들어 올렸다. 창밖으로 흘러가는 흰 구름들이 여유로운 하루를 보내는 그들처럼, 지극히 평범하고 평화로운 일상을 보여주는 듯했다. 파랑새의 깃털 색만큼 아름답고 푸른 하늘을 쳐다보면서 진현이 중얼거렸다.

"나도 멸종된 줄 알았어."

"…왜 나타난 거지?"

자신을 올려다보면서 묻는 현홍에게 진현은 고개를 저어주었다. 확답을 해줄 수 없었다. 그러나 자신이 아는 단 한 가지 사실은 있었다.

"파랑새는… 자신을 진정으로 필요로 하는 곳에 나타나. 행복이 있어야 할 곳, 행복이 필요한 곳에 말이지."

그의 말에 현홍은 고개를 끄덕였다. 하지만 궁금한 것은 한 가지 더 남아 있었다. 2층의 소란스러움이 3층에 있는 이곳까지 들려왔다. 생긋, 하고 웃으면서 현홍은 다시 진현에게 질문했다.

"그런데 왜 파랑새는 멸종되었다고 전해진 거야?"

잠시 동안 진현은 대답하지 않았다. 멸종되었다고, 그래… 최소한 한 개체는 남아 있으니 이제 멸종된 것이 아님은 분명했다. 그러나 무슨 소용이 있을까. 혼자서만… 남아 있는데. 동료도, 가족도 없는 파랑새는 차원을 홀로 날아다니면서 자신을 필요로 하는 곳을 찾아다닐 것이다. 그러나 종족을 남기지 못하니 더 이상 수는 늘어나지 못할 것이고, 수명이 정해져 있는 남은 파랑새 역시 언젠가는 죽게 되겠지. 멸종이나 다름없는 것이다. 작게 한숨을 내쉰 진현이 조용히 현홍의 머리에 턱을 올리면서 나직한 목소리로 대답해 주었다.

"…행복은 한곳에 머물 수가 없으니까. 계속해서 떠돌아다녀야 하는 그들은 자신의 가족들과 종족들과 만날 확률도 극히 적어. 그래서 그렇게 돌아다니다가… 종족을 번식시키지 못하고 죽는 경우가 많기 때문이야."

"그래……."

조금은 서글픈 목소리로 말하면서 현홍은 고개를 끄덕였다. 자신의 어깨를 감싸 안고 있는 진현의 팔을 붙잡으면서 현홍은 눈을 감고 중얼거렸다.

"혼자라서 외롭겠어……."

"……."

"다른 사람들 그 사실을 모를 텐데… 떠난다는 것."

"…아니, 알고 있을 거야."

진현의 말에 현홍은 살짝 고개를 들어 올리면서 눈을 떴다. 알고 있을까, 라고 묻는 눈으로 쳐다보는 현홍을 향해서 진현은 희미하게 웃어 주었다. 세상의 그 어느 누구보다 더 사랑스러운 것을 바라보는 시선, 가장 소중한 것을 보는 시선으로 말이다. 부드럽게 현홍의 머리를 쓰다듬어 준 진현은 고개를 끄덕였다.

"머리로는 모르겠지만… 마음은 이미 알고 준비할 거야. 그들은……."

확신이라도 하는 듯한 그의 말에 현홍 역시 미소 지었다. 비록, 그것이 쓸쓸한 미소라고는 하지만.

하인들과 하녀들도 종종 가다가 이곳 응접실에 와서 전설 속에나 나올 법한 파랑새를 보고 미소를 지었다. 마치 파랑새를 본 것만으로도 행복을 얻은 것처럼 말이다. 확실히 파랑새가 이곳에 온 이유로 사람들은 항상 웃었다. 에오로는 정말로 파랑새가 있다라고 아영에게 잔뜩 뻐기면서 말했고, 아영 역시 환하게 웃어 보였다. 에이레이도, 셀로브도, 키엘도 모두 파랑새를 보고 놀란 얼굴이 되었다. 물론 파랑새가 항상 방 안에 앉아 있는 것은 아니었다.

가끔씩 허공으로 날아올라 그 끝이 보이지 않는 공간을 유영했다. 늦은 저녁 시간, 방에는 파랑새와 아영만이 있었다. 아영의 손에는 알 수 없는 것이 들려 있었다. 얼마 전에 니드에게서 강습을 받은 이 세계의 악기였다. 원래의 세계에서 기타를 취미 생활 삼아 쳤기 때문에 그것과 비슷한 구조에 다루는 방법도 비슷한 류트를 들고 온 아영이 벽에 등을 기대어앉았다. 파랑새는 고개를 갸웃거리며 그런 그녀가 신기한 듯 보았다. 아영은 빙긋이 웃으면서 조용히 류트를 무릎 위에 올렸다.

"자자, 오늘은 내가 널 위해서 노래를 가르쳐 주마!"

무슨 의미인지 알아들었나? 파랑새는 고개를 빼들고 구르륵, 울었다. 그런 모습이 마음에 들었는지 아영은 소리 높여 웃었다. 천천히 류트의 현을 몇 가닥 퉁겨본 아영은 에헴, 하고 헛기침을 내뱉었다. 목소리를 가다듬은 그녀는 조용히 입술을 달싹였다. 그와 함께 그녀의 손가락 역시 부드럽게 움직였다. 하프의 소리보다는 굵고, 그렇지만… 어딘지 모르게 애달픈 듯한 소리가 류트에서는 새어 나왔다.

"After long enough of being alone. Everyone must face. Their share of loneliness. In my own time nobody knew. The pain I was goin' through. And waitin' was all my heart could do. Hope was all I had until you came."

예전 곡이라 조금 그랬지만 그래도 좋아하는 가수의 곡이었고 연습도 굉장히 많이 했던 곡이라 자신감이 있었다. 밝은 얼굴로 노래를 부르는 아영을 내려다보며 파랑새는 부리를 까닥였다. 가만히 귀를 기울이면서 아영의 노래를 듣는 파랑새와 즐거운 듯이 노래를 부르는 아영. 저녁 식사를 마치고 사람들은 응접실의 문밖에 있었지만 차마 들어가지 못했다. 방해가 하고 싶지 않았기 때문이다. 입 앞에 검지손가락을 세워 든 니드가 작은 목소리로 다른 사람들에게 말했다.

"오늘은 방해하지 말자."

그의 말에 대답이라도 하듯이 에오로는 빙긋 웃었다. 다른 사람들 역시 마찬가지였다. 그리고 각자 복도의 벽에 기대어서서 아영의 노랫소리를 들었다. 그때였을까.

"Baby, Baby. Feels like maybe things will be all right. Baby,

Baby. Your love's made me free as a song. Singin' forever. Only yesterday when I was sad. And I was lonely. You showed me the way to leave. The past and all its tears behind me. Tomorrow may be even brighter. Than today, Since I threw my sadness away Only yesterday."

「Baby, Baby……. Feels like maybe things will be all right. Baby, Baby. Your love's made me free as a song. Singin' forever. Only yesterday when I was sad. And I was lonely. You showed me the way to leave. The past and all its tears behind me. Tomorrow may be even brighter. Than today, Since I threw my sadness away Only yesterday.」

갑자기 목소리가 두 개로 들리는 것이 아닌가. 사람들은 서로를 쳐다보았다. 놀란 것은 노래를 부른 아영 역시 마찬가지였다. 두어 번 불렀을 뿐인데 파랑새가 따라서 부른 것이다. 그녀는 멍청한 얼굴로 자신을 내려다보면서 구르륵, 거리는 파랑새를 올려다보았다. 그리고 환하게 웃으면서 말했다.

"노래 잘하네? 그럼 오늘은 내가 부를 수 있는 곡 다 가르쳐 줄게!"

신이 난 듯이 외치는 그녀의 목소리를 들은 밖의 사람들은 오늘 날 밤을 새겠구나, 하는 생각에 한숨을 내쉬었지만 그녀를 방해할 수는 없었다. 무엇보다 소음도 아니고, 노래도 제법 화음이 잘 맞지 않은가? 결국 저택의 사람들은 그날 밤 파랑새와 아영의 합창을 들으면서 밤을 지새워야 했다.

이틀이 흘렀다. 파랑새가 응접실에 머문 지 삼 일째가 되어가는 날이었다. 새벽까지 노래를 부르느라 아침 늦게까지 잠에서 깨어나지 못하는 아영을 대신해 진현이 방에 와 있었다. 파랑새는 그다지 피곤한 기색이 아니었다. 바지 주머니에 손을 꽂고 선 진현은 파랑새를 올려다보면서 희미하게 웃었다.

"고맙다고 해야 하나… '행복' 하게 만들어줘서 말야."

그의 말에 파랑새는 고개를 갸웃거렸다. 그 모습을 보며 진현은 자신의 머리를 긁적이면서 실소를 내뱉었다.

"…그래, 넌 그게 네 일이었지. 아니, 일이라기보다… 너도 '행복' 하기 때문에 하는 거지."

구르륵. 파랑새는 맞다는 듯 울었다. 진현은 조용히 자신을 향해 고개를 숙이는 파랑새의 딱딱한 부리를 살짝 쓰다듬어 주었다. 기분이 좋은 듯 파랑새는 그의 몸에 부리를 비볐고, 진현은 한참 동안을 그렇게 파랑새를 쓰다듬어 주었다. 그래, 오늘로… 마지막이니까. 네가 떠나면 다른 사람들이 서운할 거야라고 작게 속삭인 진현의 표정에는 쓸쓸함만이 감돌았다.

그리고 오후가 되어서야 일어난 아영은 지난 이틀 동안 그랬듯이 류트를 들고 응접실에 도착했다. 환하게 웃으면서 방문을 연 아영이 소리쳤다.

"자, 오늘은 다른 가수 노래를 배우자! 파랑새… 어?"

그러나 방에는 아무것도 없었다. 새하얀 공간은 그대로였지만 삼 일 동안 언제나 그곳에 앉아 있던 파랑새는 존재하지 않았다. 아영은 가만히 허공을 올려다보았다. 역시 아무것도 없었다. 류트를 조금 늘어뜨리면서 아영은 고개를 조금 숙였다. 그녀의 뒤로 진현과 현홍이 서 있었다. 현홍은 안타까운 눈으로 아영을 바라보다가 한 발자국 앞으로 걸어갔다. 그러나 진현은 조용히 손을 뻗어 그를 제지했다. 복도에 있는 창문들을 통해 흘러 들어온 바람이 그의 셔츠 자락을 흔들리게 만들었다. 아무런 말 없이 류트를 든 채로 망연하게 서 있는 아영을 향해서 진현이 담담한 어조로 말했다.

"행복은 고정될 수 없는 것들 중의 하나야. 파랑새가 한곳에 머무를 수 있는 시간은 단 삼 일뿐이다. 파랑새는 다른 공간에 행복을 전해주기 위해서 떠난 거야. 너에게 웃음을 주었던 것과 같은 행복을."

"…알고 있었어."

아영은 고개를 들어 올리면서 새하얀 공간을 올려다보았다. 그리고 밝게 웃으면서 손을 휘저었다.

"파랑새야, 고마웠어. 네 덕분에 파랑새가 있다는 것 믿게 되었어!"

행복이 있다는 걸 말야. 이상하게 눈가에 눈물이 고여서 아영은 헤헤, 웃으며 손등으로 눈을 비볐다. 가만히 서서 그런 그녀의 등을 보던 현홍이 조용히 아영의 옆으로 걸어와 그녀의 손을 잡아주었다.

"…행복했지?"

"…응!"

힘차게 고개를 끄덕인 아영은 현홍을 보면서 웃어주었다. 아영은 다시 한 번 무한대로 펼쳐진 흰색의 공간을 힐끔 쳐다보고는 발걸음을 돌렸다. 쓸쓸하지만 지난 삼 일간 즐거웠다. 그녀의 어깨를 감싸면서 같이 걷던 현홍이 뒤를 슬쩍 보더니 나직하게 소리쳤다.

"아, 저기……!"

문을 나서던 진현이 현홍의 목소리에 다시 방으로 들어왔다. 그리고 아영은 두 손으로 입을 가리면서 하늘을 바라보았다. 허공에는 그 커다랗고 아름다운 날개를 펼친 채로 날아가는 파랑새가 있었다. 제법 높은 곳에 떠 있었지만, 파랑새의 모습은 선명할 정도로 아름답게 시야에 들어왔다. 그리고 파랑새는 둥글게 허공을 돌면서 부리를 움직였다.

「Everything I want the world to be. Is now coming true especially for me. And the reason is clear. It' s because you are here. You' re the nearest thing to heaven that I' ve seen.」

"내가… 가르쳐 준 노래들 중의 하나야."

눈물이 그렁그렁한 눈으로 아영은 파랑새의 노래를 들었다. 진현도 벽에 등을 기댄 채 희미한 미소를 띠면서 눈을 감았다. 아영의 손을 잡은 손에 힘을 조금 더 주면서 그 모습을 지켜보던 현홍이 깜짝 놀라면서 허공을 가리켰다.

"어, 한 마리가 아냐!"

그의 말대로였다. 파랑새의 주변에는 셀 수도 없이 많은 그와 똑같이 생긴 새들이 있었다. 허공을 가득 메우고 유영하는 그들의 모습에 진현과 아영, 그리고 현홍은 넋을 잃을 정도였다. 수십 마리의 파랑새들이 함께 노래를 부르고 있었다. 같은 노래지만 각자가 다 다른 음 높이를 따라… 마치 공명을 하듯이 그들은 날갯짓을 하며 노래를 불렀다.

「Something in the wind has learned my name. And it' s telling me that things are not the same. In the leaves on the trees and the touch of the breeze. Is a pleasin' sence of happiness for me.」

「There is only one wish on my mind. When this day is through. I hope that I will find. That tomorrow will be just the same for you and me. All I need will be mine if you are here.」

노래가 거의 끝나갈 즈음, 파랑새들은 하나둘씩 모습을 감추었다. 그러나 그 모습을 보면서 아영은 슬프지 않았다. 아니, 오히려 행복했다. 그녀는 환하게 웃으면서 팔을 펼쳤다.

"뭐야, 친구들이 많았잖아. '행복'은 정말로 많구나……!"

물기 가득한 목소리였지만 그녀의 목소리에서는 희망과 행복이 담겨 있었다. 이곳에 나타난 파랑새는 행복을 주고 간 것이 아니었다. 다만, 주변에 있는 소소한 일에서 행복을 찾아주고 간 것일 뿐이다. 무색의 공간에는 파랑새들의 노래가 울림처럼 남아서 한동안 맴돌았다. 그래, 행복은 먼 곳에서 찾는 게 아냐. 눈을 뜨고 주위를 둘러보면 어디에서든 찾을 수 있는 것이지.

〈제7권 끝〉